한봉구 시인의 동서음악 횡단

태초에 음악이 있었다

학민사

황봉구 시인의 동서음악 횡단

태초에 음악이 있었다.

지은이 | 황봉구   펴낸이 | 김학민   펴낸곳 | 학민사

주소 | 121-080 서울시 마포구 대흥동 303번지   전화 | 716-2759, 702-3317

팩스밀리 | 703-1494   등록번호 | 제10-142호   등록일자 | 1978년 3월 22일

1판 1쇄 | 2001년 10월 31일

http://www.hakminsa.co.kr   E-mail : hakminsa@hakminsa.co.kr

ISBN | 89-7193-133-7(03810), printed in korea

* 잘못 만들어진 책은 구입하신 서점에서 바꿔드립니다.

* 책값은 표지 뒷면에 있습니다.

머리말

    우리는 나날의 생활에서 끊임없이 음악을 듣는다. 그리고 우리가 들었던 음악에 대해서 어떤 형식으로라도 설명을 하고자 한다. 음악연주회가 열린 다음 날이면 연주된 음악에 관한 비평기사가 신문에 실린다. 우리들 또한 친구를 만날 때나 모임에서 특정 음악을 놓고 왈가왈부한다. 결국 우리는 어느 음악에 대해서 어떻다고 판단을 하며 논하게 된다. 그리고 하나의 판단을 선택하게 되며, 그러한 판단을 외부로 나타내기 위하여 가장 일상적인 수단을 취한다. 그 수단은 다름 아닌 언어다. 음악을 설명하기 위해 글쓰기가 도입되는 것이다.

    그러나 유의하여야 할 점은 음과 음으로 구성된 음악은 문자와 문자로 구성된 글쓰기와는 서로 다른 영역인 동시에 표현수단이라는 것이다. 언어는 사물과 현상, 그리고 그것들로부터 유추된 사고개념을 표현하는 것인데, 어떻게 보면 사물과 현상은 이미 언어로 구성되어 있어서 글쓰기는 정해져 있는 언어를 또 하나의 언어로 재생시키는 작업이다.

    다시 말하면 음악을 언어로 해석하고 기술할 때, 기술되는 언어는 음악과 직접적인 관련이 없이 그것 자체로 자족적이고 충분한 의미를 지니고 있다. 음악을 해체하여 서술하는 언어의 나열들은 이미 음악과 독립하여 또 하나의 작품일 수가 있는 것이다.

    이러한 근본적인 한계에도 불구하고 사람들은 음악을 언어로 기술하려는 노력을 부단히 해왔다. 아무리 순수음악이라 하더라도 사람들은 글쓰기를 통해 그 음악이 지니고 있는 '어떤 의미'를 찾고자 했다. 그 의미를 정확히 파악하기 위해 작곡자의 개인 생애를 연구하기도 하고, 또 그 음악이 태어난 시대적 역사적 배경을 탐구하기도 한다.

그러나 음악은 어디까지나 음악일 뿐이다. 로망 롤랑이 쓴 베토벤의 전기를 읽으면 우리는 베토벤이 전기 작품 속에서 하나의 개성화된 인간으로 재창조되어 있음을 알 수가 있다. 로망 롤랑은 과거에 살았던 베토벤이라는 한 사람을 토대로, 또 하나의 가상적인 인물을, 즉 완전히 새로운 인물을 창조한다. 읽는 사람은 창조된 인물에 공감하면 그만이다. 그 사람이 과연 역사적 인물인 베토벤과 동일한가 여부는 별개의 문제이다.

우리는 여기서 역설적으로 음악에 대한 글쓰기의 존재의미를 발견한다.

글쓰기와 음악은 생태적으로 아무런 관련이 없더라도 본질적으로 인간과 관련된 것들이기에 인간이라는 공통점을 통해 막연하지만 글쓰기와 음악은 어떤 연대성을 갖는다. 글쓰기가 음악을 있는 그대로 재생하거나, 음악이 지니고 있는 아름다움 또는 감정을 똑같이 나타내기에는 근본적인 한계가 있지만, 그래도 사람들은 음악을 글로써 표현하고자 하며, 결국 이러한 노력을 통해 새로운 글쓰기의 아름다움이 탄생하는 것이다. 음악은 동기를 부여함으로써 또 다른 창조의 바탕이 되고, 글쓰기는 음악으로부터 힘을 얻어 스스로의 세계를 일구어 나가는 것이다.

결과적으로 어떤 글쓰기가 특정한 음악을 제대로 표현해 냈느냐 아니냐 하는 질문은 성립될 수 없는 것이고, 음악을 들으며 즐거움을 느낀 것처럼 글쓰기를 하며, 또 그 글을 읽으며 즐거움을 느낀다면 그것으로 충분하고 자족적이다.

이 글은 음악을 직업으로 하는 음악전문가의 글이 아니다. 나날의 생활에서 음악을 좋아하여 언제나 음악을 곁에 두고 즐겨온 한 음악애호가의 글이다. 악보를 읽거나 음표를 기재할 수 있을 만큼의 전문 지식도 부족하다. 그러나 음악을 사랑하는 사람으로서 왜 음악을 좋아하는가 하는 기본

질문은 언제나 나의 뇌리에서 떠나지를 않았다.

음악의 아름다움 때문에 음악을 좋아한다면 음악에서의 아름다움이란 또 무엇인가 묻게 되었다. 그렇다고 이 글이 무슨 음악미학처럼 어떤 철학적인 접근을 하고 있는 것은 결코 아니다. 다만 음악이 아름답다고 느끼면, 내 자신이 생각하는 대로, 또 느끼는 대로 글쓰기를 통해 그 아름다움의 모습을 정리하고 싶었다.

이러한 아름다움에 가장 접근해 있는 것이 미술, 또는 문학에서의 시라 한다면, 음악언어도 역시 시적인 언어로 변환될 수 있지 않을까 감히 판단하여, 여러 가지 문제점에도 불구하고 음악을 또 하나의 인간 기호인 문학언어로 기술하고자 하였다. 따라서 이 글은 작가의 극히 주관적인 감정과 판단을 근거로 하여 쓰여진 글이다. 다시 한번 확인하거니와 음악이 나타내는 양상과 이 글의 내용은 전혀 상관이 없을 수도 있다. 글쓰기는 또 하나의 창작일 뿐이다.

글쓰기의 대상이 되는 음악은 우리가 익숙한 서양음악부터 우리나라 전래의 국악, 그리고 나아가서는 중국의 음악도 선택하고자 노력하였다. 인도의 라가도 이야기하고 싶었고, 우리나라의 조선 가곡이나 영산회상도 언급하고 싶었지만 다음 기회로 미루기로 하였다. 20세기 전반에 살다가 요절한 중국의 작곡가 유천화의 이호 작품들과 우리의 현대음악이 나갈 방향을 찾고자 애쓰는 김영재의 해금 작품들을 비교하여 조명할 계획도 있었으나 일단 생각을 접었다. 그리고 욕심같아서는 대중음악도 취급하고 싶었지만 역시 나중으로 넘겼다.

이 글을 쓰면서 나는 두 가지 사실을 정리하였다.

첫째는 서양음악과 동양음악의 아름다움의 차이는 무엇인가 하는 것이다. 결론은 차이가 없다는 것이다. 아름다움은 직관적이다. 그리고 음악은 인간 자체이다. 인간의 감정이나 영혼 그 자체이다. 사람을 표현한 것이기에 아름다움의 차이가 있을 수가 없다. 어찌 보면 서양음악의 아름다움은 하나의 훈련과정으로 느껴지는 것일 수도 있다.

나는 초등학교에서부터 서양음악을 기초로 한 음악교육을 받아 왔다. 그리고 지난 수십년간 흔히 접하여 감상을 즐긴 음악도 주로 서양음악이었다. 한 마디로 귀에 익숙한 것이다. 그리고 서양음악의 역사와 그 세계의 틀도 시험을 보듯이 외워 척하면 삼천리를 갈 수 있을 정도가 되었다.

반면에 우리의 전통음악은 나이가 훨씬 들어서야 접하게 되었다. 그리고 중국음악을 들을 수 있었던 것은 겨우 수삼년이 안되었다. 하지만 동양음악은 익숙하지 않음에도 불구하고 처음 듣는 나의 귀를 강하게 흔들었다. 아마 내 몸 안에 수천년간 내재되어온 어떤 유전자가 반응하는 듯 싶었다. 근래 사회생물학에서 이야기하는 어떤 진화론적 인자가 있음이 틀림없다.

이러한 인식은 나로 하여금 심각한 반성을 하게 만들었다. 모든 음악은 아름답지만 왜 아름다운가에 대한 비판적 인식을 강요당한 것이다. 그리고 새삼스러운 일이지만 나는 역사적으로 어떤 자리에 서 있는가 하는 생각을 지울 수가 없었다.

둘째로는 고급음악과 대중음악의 아름다움에는 어떤 차이가 있는 것인가 하는 의문이었다. 이 역시 결론은 차이가 없다는 사실이었다. 서양음악, 그 중에서도 소위 고전음악은 최상의 고급음악이고, 우리가 흔히 부르는 대중가요는 저급한 음악이라는 이분법적 사고에 대해 나는 회의를 갖는다. 사람이 좋아하고 즐긴다면 그것으로 충분하지 않은가. 나는 베토벤도 좋아하지만 핑크 플로이드도 즐겨 듣고, 또 노래방이나 어디 야유회를 가면 배호나 조용필, 그리고 하춘화의 노래를 기꺼이 선택하며 즐거워한다.

무엇을 더 이야기해야 하는가. 좋으면 그만 아닌가. 뽕짝의 역사적 유래를 몰라서가 아니다. 분명히 말하지만 역사적 비판의식도 있다. 그러나 음악은 음 그 자체의 아름다움만 이야기해야 하는 것이 아닌가. 조용필이나 서태지도 수백년이 흘러 우리의 고전으로 취급될지도 모른다. 우리가 신라나 고려시대에 중국에서 도입한 당악이나 아악이 지금껏 면면히 전해 내려와 우리의 고전 정악으로 대접을 받듯이 말이다.

나는 20세기 들어 중국 사람들이 미학 이론을 세우면서 도입한 경계론에 호감을 갖는다. 음악에서도 다양한 경계가 있다. 아름다움에 어떤 질적인 차이가 있는 것이 아니라 경계를 달리하는 무수한 층이 있는 것이다. 우리는 하나의 경계를 이루고 있는 음악에서, 그 음악의 아름다움을 느끼고자 한다면 그 경계의 가장자리를 건너 그 속으로 들어가야 한다.

모든 경계의 음악이 다 그런 것이다. 서양 고전음악이나 우리의 국악, 그리고 중국 음악, 또 현대의 모든 대중음악도 그러한 경계를 지니고 있어서, 편견을 버리고 다리를 건너면 그 순간에 우리는 그 음악의 아름다움에 접할 수가 있다. 나는 어떠한 음악도 거부하지 않는다. 모든 음악은 아름답다. 그래서 나는 모든 음악을 좋아하고 즐기는 것이다.

음악은 아름다운 것이기에 나는 음악을 좋아하였고, 지금도 사랑하고 있으며, 아마 죽는 순간까지 음악의 곁을 떠나지 않을 것이다.

이 글이 나처럼 음악을 사랑하고 즐기는 모든 사람에게 조금이나마 도움을 주었으면 하는 바램이다. 그리고 음악의 아름다움을 모든 이와 함께 가질 수 있다면 더할 나위가 없겠다.

이 책에 나오는 중국 음악과 관련하여 중국 음반 소개가 필요하신 분은 nineyellowbirds@yahoo.co.kr로 연락주시면 안내해 드리겠다.

이 글을 쓰는 데는 딸아이 지윤의 도움이 컸다. 아빠하고 미적 인식을 공유하며 원고를 읽어 주고, 또 중국 음악에 관한 시디와 자료를 보내 준 것에 깊은 고마움을 느낀다. 훗날 지윤이의 손에 의해 좀더 체계적인 글이 나올 것이라고 기대한다. 특히 동양음악에 대해 길잡이 노릇을 할 것으로 생각한다. 그리고 용기를 갖고 음악 글을 쓰라고 격려해준 지기 김종태 교수

에게도 감사드린다. 또한 이러한 글을 쓸 수 있도록 물심 양면으로 지원해
준 동생 황정구 부부에게도 고마움을 전한다.

끝으로 만날 때마다 인문학적 소양을 강조하며 이 보잘것없는 글을 선
뜻 출판하기로 한 학민사 김학민 사장께 사의를 드린다.

2001년 10월

원당 우거에서

차 례

마음의 소리

태초에 소리가 있었다. "태초에 말씀이 있었느니라"는 요한복음의 첫머리다. 태초에 있었다는 것은 소리 말고도 여럿이다. 태초에 어둠이 있었다. 태초에 빛이 있었다. 소리는 언어요, 하늘의 말씀은 빛이니 결국 빛과 소리는 마찬가지일 수가 있다.

정말 소리는 태고 시절부터 존재하였을까. 우주의 기원이 빅뱅으로 시작되었다면, 그러한 폭발에는 거대한 굉음이 뒤따랐을 것이다. 50억 또는 100억 광년이 떨어진 거리에서 우주 초기의 신성이 폭발하여 그 빛이 아직도 우리에게 전달되고 있다니, 영겁의 시간이 흐른 후에 우리는 아마 우주 생성의 빅뱅 소리도 들을 수 있을 것이다. 아니면 빅뱅의 소리는 우리의 청각 범위를 벗어나는 극초단파여서, 이미 그 파장이 우리를 통과하였는지도 모른다.

그러나 소리는 어디까지나 인간이 들을 수 있어야 한다. 그래야 소리다. 소리는 음이다. 음은 공기와 물체의 떨림이나 파장으로 생긴다고 하지만, 인간이 들을 수 없으면 그것은 소리가 아니다. 박쥐나 돌고래가 만드는 음파는, 주파수가 우리 인간의 가청 영역을 훨씬 벗어나는 초음파이기 때문에, 물리적으로 그것을 소리라 할 수 있을지 모르지만, 우리 사람들과는 하등 상관이 없는 것이다.

생태학자들의 연구에 의하면 고래는 소리를 만들어 서로 의사 전달을 하고 있다고 한다. 우리 인간들에게 들리는 소리도 있고 들리지 않는 소리도 있다. 물리학적으로 고래들의 소리는 분명 소리이지만, 고래들의 어떤 소리는 우리가 들을 수가 없는 소리이니, 어디 그것이 소리이겠는가.

결국 소리는 사람들에 의해 인지될 경우에 한해 소리인 것이다. 사람들에게 들려오는 소리는 여러 종류가 있다. 무엇보다 자연현상에서 발생되는 소리가 있다.

화산이 시뻘겋게 폭발하는 소리
폭포가 우르르쾅쾅 떨어지며 깨어지는 소리
눈사태로 바위가 구르며 박살나는 소리
검은 파도가 해일로 칼바위에 부딪치는 소리
잔잔한 파도가 밤새도록 방파제를 때리는 소리
소나기가 퍼붓는 소리
후드득 후드득 여우비로 땅을 건드리는 소리
눈보라 휘몰며 북쪽에서 내려오는 삭풍 소리
회오리바람 소리
사막의 모래바람 소리
검은 태풍에 꺾여 나가는 나뭇가지 소리
지리산 피아골의 검은 바위를 쓸고 내려가는 계곡 물소리
흙탕물이 되어 도도히 흘러가는 강물 소리
소용돌이치며 미친 듯이 흐르는 양자강 강물 소리
봄날 얼음이 호수에서 쩡쩡 갈라지는 소리
봄날 얼음이 녹아 졸졸 흐르는 시냇물 소리

자연의 소리는 마찰이요, 파괴요, 부딪침이다. 그리고 살아서 움직이는 소리다. 그냥 정지해 있어서는 소리가 없다. 태초에 우주가 폭발한 이래 그 거대한 움직임의 일부가 살아 남아 아직도 땅에서, 하늘에서, 그리고 바다에서 소리를 내고 있다. 죽으면 아무런 소리가 나오지 않는다.

자연은 정지해 있거나 죽어 있는 것이 아니다. 그들이 끊임없이 소리를 내고 있다. 바람에 풍화되어 모래가 되는 바위와 돌들. 그리고 빗물에 쓸

린 자갈이 되도록 강물 깊숙이 끌려가는 돌들. 바다는 파도로 소리를 낸다. 해일도 있다. 태풍도 무시무시한 소리를 내며 소용돌이친다. 화산은 폭발할 때 거대한 굉음으로 세상을 때린다. 그들은 소리의 연속이다.

소리없이 이루어지는 것은 하나도 없다. 자연은 생명을 가지고 있다. 자연은 쉬지 않고 소리를 만들고, 또 소리를 외치는 살아있는 생명체요, 유기체인 것이다. 현재의 인류, 즉 호모 사피엔스가 아프리카에 나타난 것이 수백만년 전이라면, 그때부터 이런 자연의 소리를 우리 인간들은 들어 왔을 것이다. 인류로 진화하기 그 이전에 아마 고생대의 삼엽충이 모든 동물들의 원형이라 한다면, 그때부터 우리는 소리를 들어 왔을 것이다. 움직이는 생명체로서, 움직이는 자연의 생명의 소리를 들어 왔을 것이다.

자연을 구성하고 있는 모든 물체가 살아있는 생명체로서 소리를 내고 있다면 인간도 예외가 될 수 없다. 인간은 존재하기 시작한 어느 시점에서부터 스스로 마찰의 소리를 만들어 냈을 것이다. 팔과 다리가 바람결에 부대끼며 나는 소리도 있었을 것이고, 달음박질을 할 때 생기는 발자국 소리와 거친 호흡소리도 있었을 것이다. 사람들은 자연이나 다른 동물들과 하나도 다를 것이 없이 하나의 움직이는 생명체로서 소리를 만든다.

태어나자 앙 하며 호흡이 터지는 울음소리
하품하는 소리
잠자며 코를 고는 소리
끙끙 앓는 소리
꼬르락 배고픈 소리
엉엉 울거나 깔깔 웃는 소리
죽기 싫어 내지르는 비명소리
짝을 지며 내지르는 열락의 소리

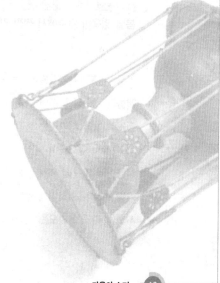

그리고 인간들이 다른 사물들과 관련이 되어 만들어지거나 생기는 소리들도 있다. 자연 그대로의 소리가 아니라 반드시 인간이 개입되어 있는 소리들이다. 이러한 소리들은 인위적이기에 그때까지의 소리들이 갖고 있는 한계를 넘어 소리의 영역을 확대하였다.

썰매 마차 자동차 열차가 달리는 소리
하늘에 띄운 연 소리
하늘을 나는 비행기 소리
유리창 깨어지는 소리
집들이 불타는 소리
칼이 부딪치는 소리
총소리, 대포소리

인간들은 진화하면서 기능이 뇌와 연결되어 고도화되기 시작한다. 소리를 듣고 적이나 맹수로부터 자기를 보호하거나, 아니면 반대로 먹이감을 발견한다든지 하는 수동적인 듣기에서 한 걸음 나아가 소리를 선택하기 시작한다. 하나의 목표나 정해진 느낌을 위해 수많은 소리들을 취사선택한다. 추운 겨울에는 봄이 그립다. 봄을 기다리는 사람은 봄이 오는 소리를 듣는다. 자연의 숱한 소리들 중에서 봄의 소리만 선택하여 듣는다.

버들강아지 부시시 벌어지는 소리
개울가 개구리 잠깨며 기지개하는 소리
흰눈이 녹아 사라지는 소리
그 속에서 다소곳이 올라오는 매화꽃 소리
살금살금 뜨락에 내려 앉는 이슬비 소리
간밤 소슬비에 하얗게 떨어지는 불두화 소리
시냇물 따라 올라오는 피래미의 헤엄 소리

언땅을 비집고 솟아오르는 꽃다지, 냉이, 개망초의 어린 잎소리
노랗게 봄을 밝히는 양지꽃, 그리고 노란 애기똥풀 소리
동백꽃 벙글다 못해 빨갛게 터지는 소리
분홍 진달래가 산그늘에 숨어 배시시 웃는 소리
오월의 하늘 아래 연분홍으로 반짝이는 나뭇잎 소리

　사람들이 귀에 들려오는 소리 중에서 선택을 한다는 것은 결국 소리를
내는 사물에 나름대로 의미를 부여한다는 뜻이다. 그래서 본격적으로 자
기들이 만들어 내는 소리부터 선택을 하고 의미를 부여하는데, 이것이 바
로 언어가 생기기 시작한 이유일 것이다. 그리고 그 언어는 목소리에 의해
소리로 울려진다. 성대가 달린 목에서는 갖가지 소리가 난다. 바로 그 소
리를 정형화하고 반복하여 음으로 만듦으로써 전달 매개체로의 소리를 구
비하게 되었다.
　다른 동물과 달리 이러한 언어를 형성하고 발음하기 위하여 인간들은
많은 노력을 기울였다. 바로 동물들과 다른 인간의 특성이다. 여러 가지
음소를 구성하기 위해 성대는 물론 입과 혀, 콧숨소리, 그리고 음식을 씹
는 치아들까지 동원하였다.
　게다가 사람들은 의도적으로, 그리고 목적의식을 갖고 목소리를 다듬기
시작했다. 그 목소리는 무엇인가 목표하는 것이 있었기에, 즉 무엇인가를
상대 개체에게 전달하고자 하는 소리였기에 그것은 손짓이나 몸짓과 다를
바 없는 기호였다. 그리고 그 기호가 발전하여 의미를 갖게 되고, 또 그러
한 의미있는 기호들의 조합과 구성은 언어가 되었다. 사람들은 소리를 다
듬어 언어를 만든 것이다. 그리고 언어는 생각이 되고, 생각은 축적되고
또 발전하여 새로운 의미와 형상을 창출하였다.
　의미가 부여된 언어들이 발전하면서, 그리고 그 언어가 다시 사물에 의
미를 부여하면서 사람들의 소리는 자꾸 복잡해졌다. 사람의 목소리를 처
음에 그냥 울리는 대로 놔두면 동물들의 소리와 다를 것이 없으나, 인간은

목소리를 다듬기 시작하였고, 거기에 의미를 부여하고, 또 배열하여 언어를 만들고, 다시 그 언어를 가공하여 시를 만들었다. 시의 탄생이다. 그리고 시와 동시에 그 자매라 할 수 있는 음악도 탄생한다.

언어에는 길고 짧음이 있다. 높낮이가 있다. 그리고 반복도 있다. 사람들은 이러한 언어의 여러 가지 모습을 통하여 귀에 달콤하고 아름답게 들리는 소리를 빚었다. 시와 음악이다. 음악의 시초는 따라서 노래다. 노래는 언어로 이루어져 있기 때문이다. 노래를 통하여 사람들은 기호적인 표현 수단에 덧붙여 아름다움이라는 새로운 분야를 느끼게 되었다. 아름다움의 발견이었다. 노래는 사람들이 직접 소리를 내어 만든다. 그리고 아름다운 소리의 시작과 으뜸은 역시 사람들이 목소리로 부르는 노래였다.

개울가 정자에서 한목 뽑아 세상 끝나도록 기다란 시조창 소리
아우라지 강물에 씻겨 흐르는 정선 아라리
눈물이 나도록 슬픈 흥이 솟는 남도 육자배기와 흥타령
행주치마 입에 물고 부르고 싶은 밀양 아리랑
들이들이 돌아드는 강강수월래
그리고 옹헤야 소리
심청어미 곽부인이 죽어가는 멍석마당 판소리
농꾼들의 메나리소리
배뱅이 굿소리
박수무당 귀신 부르는 소리
살풀이 소리
관세음보살 범패소리
상여나가는 소리, 북망산천 헤매이는 넋소리
그리고 달구 소리, 에헤야 달구 소리

어디 우리의 소리만 있겠는가. 노랑머리 검은머리 갈색머리 모두가 사람들이기에 목소리가 있고 노래가 있다.

스코틀랜드의 어메이징 그레이스
슈베르트의 겨울 나그네에서 얼어붙는 눈물 소리
마리아 앤더슨이 부르는 흑인들의 한숨소리
중국 사람들이 좋아하는 경극 노래 소리

끝이 없다. 소리는 한계가 없다. 조용필도 좋고, 패티김도 좋다. 서태지도 요란하지만 좋고 신해철도 좋다. 비틀즈도 좋고 핑크 플로이드도 좋다. 그러나 사람들은 욕심이 많았다. 목소리로 시작하여 노래를 만들고, 그로인해 아름다움이라는 세계에 발을 들여 놓자 이제는 목소리 하나만 갖고는 성에 차지를 않았다. 그래서 사람들은 공간에 울려 퍼지는 소리를 사람의 목소리 말고 아주 새로운 것을 획기적으로 발명하였으니, 바로 악기 소리다.

인간의 목소리 이외에 자연에 있는 특정 물체들은 마찰이나 타격에 의해 일정한 소리가 난다. 그리고 그 소리들은 바로 의미가 부여된 인간의 목소리처럼 의미를 부여할 수가 있는 것이었다. 또 소리들을 가려서 필요한 소리들만 선택할 수 있었다. 악기들은 그 종류가 무수한데, 처음으로 발견되어 채택된 것이 타악기였다. 고대 악기들 중에는 돌이나 항아리 등이 자주 발견되는데, 이는 사람들의 주위에서 흔히 쓰였던 것들이다. 그리고 타악기부터 시작하여 현악기 등 복잡한 악기들로 발전한다.

악기 소리는 인간에 의해 만들어진다. 그리고 인간에 의해 조율되며, 그 소리는 어떤 목적을 지닌다. 그 소리 자체가 어떤 절대적인 가치를 갖는 것이 아니라, 그 소리를 통해 인간은 무엇인가 느끼고 전달하고 싶어한다. 그렇다면 광의로 악기 소리는 언어의 범주에 속한다고 할 수 있다. 그러나 음악의 소리는 어디까지나 인간이 발명한 위대한 기호이며, 언어라는 기호와는 사뭇 다른 하나의 일관된 체계라고 할 수 있다.

　사람들은 음악으로 무엇인가 서로 전달한다. 음악이 소리를 통해 무엇인가 뜻을 전달하는 매개체이기에, 그리고 인간의 의사를 전달하는 수단은 음성, 즉 목과 혀, 그리고 입이 만들어 내는 소리이며, 이러한 소리들의 조합이 바로 언어이기에, 음악도 결국은 역시 언어의 범주 안에 들어 있다고 주장할 수 있다.

　그러나 이는 비약이다. 언어도 매개체의 하나요, 음악도 훌륭한 매개체이지만 분명 서로 다른 본성을 지니고 있음이 틀림없다. 무엇보다 기호와 상징의 체계가 서로 다르다. 마치 아날로그와 디지털의 차이라 할까. 우리는 아름다운 음악을 듣고 나서 그 음악의 아름다움에 대해 무엇이라고 이야기하고 싶어한다. 그러나 특정한 음악이 어떠하다고 언어로 해석하고 서술할 때, 우리는 표현의 어려움에 부닥치는데 이러한 문제는 음악과 언어의 본질적인 차이에서 비롯한다.

　사람들은 언어가 싫증이 나면 곧바로 음악소리를 듣는다. 이러한 싫증은 음악 중에서도 사람의 목소리가 들어간 성악도 해당될 수 있기에, 우리는 순전히 기악의 소리로만 구성된 음악을 선호하게 되는 경우가 있다. 바로 순수 절대음악이다. 악기 소리로만 구성된 음악들 중에서도 작곡가가 뚜렷한 목적을 지니고 만든 표제음악은 어느 한 느낌만을 강요한다. 그래서 아무래도 아름다운 느낌에 한계가 있다. 종교음악이나 군대의 행진곡 등이 그 좋은 예다.

　순수음악은 모호하고 애매하다. 물론 작곡가가 어떤 의도와 심정을 지니고 음악을 만들었겠지만, 듣는 이는 굳이 그러한 의도를 알 필요가 없다. 모든 느낌과 해석은 듣는 이의 자유다. 음악이 지니고 있는 화성, 박자, 선율, 음조, 그리고 형식, 또는 악기들의 조합 등으로 음악은 무한하게 변신한다. 그리고 그러한 음악을 듣는 우리도 무한세계에서 노닐 수 있는 것이다.

　어떻게 이러한 느낌의 무한한 변화와 아름다움이 가능할까. 소리가 아름답기 때문일까. 물론이다. 소리가 아름답기 때문이다. 그러나 그 소리는 이미 의미가 부여된 소리다. 나아가서는 그 소리의 뒤에 또 다른 그림자 소리가 있기 때문이다. 우리는 악기의 아름다운 선율과 더불어 그 소리의 그림자를 또 듣는 것이다.

중요한 사실이 있다. 언어가 복잡하게 발전하면서 인간은 아름다움이라는 느낌의 세계를 발견한다. 문학이다. 마찬가지로 음악이 발전되면서 이러한 아름다움의 영역을 넘나들 수 있는 음악을 우리는 찾아냈다. 음악이라고 귀에 무조건 아름다운 것은 아니다. 그리고 음악이 아름답다고 누구의 귀에나 아름다운 것이 아니다. 마치 하나님을 찾는 자가 이승에서 선한일을 많이 하여 천국의 좁은문을 통과하듯이, 언어나 음악을 통해 아름다움이라는 세계로 경계를 넘어서는 일은 그리 쉬운 것이 아니다.

아름다움이란 무엇인가를 이야기하기는 너무 어렵지만, 아름다움에 접근하는 방법이 무엇인가를 설명하는 것도 역시 쉽지 않다. 방법을 깨닫기 위해서는 삶을 살면서 경험으로 축적하는 수밖에 없다. 물론 그 경험은 역사적으로, 그리고 문화적으로 축적된 모든 경험을 포함한다. 가장 가까이는 시와 음악 등에 항시 접하려 노력하는 수밖에 없다. 그러한 노력이 이루어져야만 우리의 가슴에 내재하는 아름다움과 맞물려 우리는 완전한 아름다움을 느낄 수가 있다.

가슴에 아름다움이 있다면 그 아름다움은 무엇으로 구성되어 있을까. 바로 마음의 소리다. 마음에는 소리가 가득히 차 있다. 평소에 우리가 모르고 지낼 뿐이다. 이러한 마음의 소리가 깨어나야 한다. 그리고 그 소리가 움직이고 나름대로 배열이 될 때 아름다움이 구성된다.

마음의 소리란 도대체 무엇인가. 마음이란 무엇이고, 마음에 담겨 있는 소리는 무엇인가. 마음이란 일상적으로 포괄적인 의미를 갖고 있어서 어느 한 사람 전체의 생각을 뜻한다. 생각이 마음이요, 마음이 생각이다. 동시에 마음은 육체와 대립되는 의미로도 쓰인다. 그래서 마음은 영혼일 수가 있다. 사람이되 눈에 보이지 않는 것은 모두 마음이다. 그러니 마음의 소리 역시 대단히 포괄적이다. 눈에 보이지 않는 것이 마음이니, 그러한 마음이 내는 소리 또한 귀에 들릴 수가 없다. 물리적 음성학적으로 이야기하는 소리가 전혀 아니다. 보이지도 않고 들리지도 않는 소리가 바로 마음의 소리이다.

마음의 소리는 눈 앞의 현실에서 감각적으로 인지되는 것이 아니고 순전히 상상의 산물이기에, 우리는 마음의 소리를 능동적으로 우리가 원하는 대로 가공도 하고 선택도 한다. 따라서 마음의 소리는 더 달콤하고 아름다우며 신비스럽다. 마음은 우주이기에 무한정으로 넓고, 세상의 현실과 모든 사물, 과거와 미래, 그리고 상상의 세계인 지옥과 천국까지도 가슴에 담고 있다.

사람들은 모두 마음의 소리를 갖고 있다. 그러나 어떤 이들은 다른 사람들과 달리 마음의 소리를 먼저 듣거나, 더 강하게 느끼거나, 더 복잡하게 듣거나, 더 미세하게 듣는다. 그리고 그들은 다른 사람들에게 마음의 소리를 보여주고 또 해설해 준다. 그렇게 함으로써 모든 이들이 마음의 소리를 깨닫게 된다.

고대에는 제사를 주관하는 사제들이 이러한 역할을 맡았다. 실제로 그들은 사제요, 시인이요, 음악가인 동시에 신전을 짓기도 하는 건축가들이었다. 종합예술가였던 셈이다. 현대에는 이러한 기능이 세분화되어 여러 분야의 예술로 발전하였다. 각 예술 분야마다 전문가들이 있지만 현대 예술은 어느 특정인들의 손을 떠나 아주 보편적으로 일반대중들의 소유물이 되었다. 따라서 우리 모두가 약간만 신경을 쓰고 관심을 갖는다면 우리는 바로 예술가가 된다. 우리가 화가요, 음악가요, 시인인 것이다.

예술작품들에는 마음의 소리들이 풍부하다. 예술가들이 마음의 소리들을 듣고 작품을 만들었기 때문이다. 우리는 그러한 작품들에 접하면서 눈과 귀에 직접적으로 전해오는 아름다움과 더불어 그 작품들이 갖고 있는 마음의 소리가 나타내는 아름다움에도 현혹되는 것이다. 예술작품을 감상하는데 우리가 두려움을 가질 이유는 없다. 우리 자신에게 마음의 소리가 숨어 있기에 그것만 찾아내면 되기 때문이다.

예를 들어 이태백이나 두보에서 시작하여 현대에 이르기까지 아름다운 시들은 무수히 많다. 그리고 마찬가지로 조선조 〈영산회상〉에서 현대의 산조까지, 서양에서는 모차르트와 베토벤 등 숱한 아름다운 음악이 헤아릴 수 없이 많다. 그림도 마찬가지이다. 그러나 이러한 예술작품의 아름다움을 깨닫는 첩경은 바로 감상하는 사람들이 스스로 자기들의 마음의 소리에 귀를 기울이는 것이다.

우리의 마음에는 세계가 있다. 자연도 있고, 우주도 있다. 보이지 않는 에너지도 있고, 어두움도 있다. 없는 것이 없다. 작품 속에 나타나는 소리에 맞추어 우리의 마음에 있는 소리를 함께 어울리게 하면 된다. 작품 속에서 바다가 넘실대듯이 파도가 울렁거리면, 마찬가지로 우리의 마음에 살고 있는 바다가 넘실거리고 파도가 울렁거리면 되는 것이다. 그림과 음악, 시의 예를 들어본다.

네덜란드의 화가 빈센트 반 고호(1853~90)는 인상파 화가라 한다. 빛을 중시하고 색을 밝게 사용한다. 그가 살고 있던 당시에 인상주의가 풍미하고 있었으니 당연히 그도 영향을 받아 동료들과 유사한 방식으로 그림을 그린다. 아름다운 색채들, 노란 해바라기, 그리고 자화상들.

그러나 그것이 전부가 아니었다. 우선 붓놀림이 심상치가 않다. 꽃잎 하나라도 나뭇가지 하나라도, 꾸부렁거리며 꿈틀대는 것이 마치 그 사물이 살아서 움직이는 것처럼 보이게 만든다. 땅바닥에 버려진 해바라기꽃 몇 송이. 화분에 꽂을 수도 없을 만큼 시들고 말라버린 꽃들. 그러나 고호는 땅 위에 그 꽃들이 불타는 것처럼 살려 놓았다. 불타는 것처럼 살아 있는 꽃들. 죽어 있지만 결코 죽어 있는 것이 아니다. 그러한 상태가 화가의 마음의 소리였던 것이다. 화가는 해바라기 꽃에다가 자기 마음을 불어넣은 것이다.

1887년에 그린 〈종달새가 있는 밀밭〉을 보면 아직 밀밭의 모습이 남아 있다. 사물의 형체를 알아볼 수 있는 구상화임에 틀림없다. 색조나 붓자국이 강렬하여 화가의 심상치 않은 정서를 느낄 수 있다. 그러나 죽던 해인 1890년에 그린 〈까마귀가 있는 밀밭〉을 보면 사물들이 이미 제 모습을 상실하고 비틀어져 있다. 하늘은 마치 태풍이 부는 듯하고, 길은 길이되 무슨 강물처럼 흐르며 꺾여 있다. 밀은 노란 붓자국으로 그냥 대체했다. 무서운 광기가 느껴지는 그림이다.

그럼에도 불구하고 우리는 아름다움을 느낀다. 그림 자체에서의 아름다움도 있고, 그림 뒤에 숨어 있는 아름다움도 있다. 바로 화가의 마음의 소리인 것이다. 이런 그림을 그리다니, 어찌 그가 세상을 견디며 살 수 있는가. 죽음은 필연인 것이다. 그리고 그런 마음의 소리를 발견하게 된 우리는 자신도 모르게 움찔거리게 되는 것이다.

명말 청초의 화가로 팔대산인(1626~1705)이 있다. 그의 〈석창포도石菖蒲圖〉를 보면 우리는 화가의 거대한 정신세계에서 우러나오는 소리에 귀가 멍멍해진다. 공간에는 돌과 창포뿐이다. 그리고 그것들을 그린 검은 먹만 보인다. 둘러싸고 있는 여백도 공간의 절대요소로 완벽하다. 바위의 선과 면이, 그리고 창포의 잎 하나하나가 살아 넘친다. 붓의 선 하나에 그의 내면에 숨어있는 우주의 무게가 걸려 있다. 압축되어 보이지 않는 블랙홀의 모습이 보이는 것이다. 그리고 그 블랙홀이 빨아들이며 소멸시킨 마음의 소리도 들리는 것이다. 마음의 소리를 들을 수 있어야만 우리는 아름다움에 공감할 수 있게 된다.

음악에서는 베토벤의 경우가 좋은 예이다. 특히 그가 말년에 쓴 일련의 현악 사중주들은 음악사에서 기념비적인 작품들이다. 이 작품들에서 그는 마음의 소리를 한껏 표현하기 위하여 기존의 형식까지도 무시하였다. 이 작품들에 관해서는 별도로 이야기할 것이다. 잠깐 언급하기에는 너무 거창한 까닭이다. 베토벤은 "음악은 어떠한 철학이나 예지보다 더 높은 계시이다"라고 말했다.

언어의 경우를 본다. 우선 김춘수의 시 「봄 B」를 예로 든다.

복사꽃 그늘에 서면
내 귀는 새보얀 등불을 켠다

풀밭에 배암이 눈뜨는 소리
논두렁에 민들레가 숨쉬는 소리

복사꽃 그늘에 서면
내 귀는 새보얀 등불을 켠다

이 시에서는 봄을 나타내는 마음의 소리가 아주 직설적으로 귀를 통해 들린다. 배암과 민들레의 소리도 봄을 연상시키는 직접적인 이미지다. 등불은 봄을 기다리며 봄을 느끼기 위해 마음에 이미 켜둔 등불이다. 마음의 소리와 눈에 보이는 소리가 동시에 봄을 공유하고 있는 것이다. 김춘수의 잘 알려진 시 「꽃」을 본다.

내가 그의 이름을 불러 주기 전에는
그는 다만
하나의 몸짓에 지나지 않았다.

내가 그의 이름을 불러 주었을 때
그는 나에게로 와서
꽃이 되었다. (이하 생략)

이 시는 마치 왕양명의 「양지론」을 연상시킨다. 모든 대상은 내가 인식하는 순간에 바로 존재한다는 일종의 인식론이다. 꽃은 내가 쳐다보고 그 것을 꽃이라고 부를 때 진정한 꽃이 된다. 꽃이 있어도 생각하는 주체가 쳐다보고 있지 않다면 물리적으로 그것은 꽃일지도 모르지만 실제로는 꽃일 수가 없다. 인식은 언어다. 언어는 사람의 머리 속에 들어 있다. 위에 설명한대로 하자면 인식은 마음의 소리다. 언어가 마음의 소리이기에 인식도 마음의 소리다. 마음의 소리에 의해 꽃이라고 부르니 그 대상은 건너와 꽃이 된다. 마음의 밖에 있던 꽃이 마음에 이미 자리잡고 있던 꽃이라는 마음의 소리와 일치하는 것이다.

필자의 자작시 「편경編磬」이다.

돌의 소리는
돌의 결 따라 켜켜이 맺혀
돌비늘을 하나 떼어
허공에 매달면
각시처럼 수줍게
바람을 부비며 속삭이고

신랑으로 편종을 짝지우면
그 어울림의 울림은
천년 숨은 그리움이 풀리는가

하늘과 땅 사이에
무지개가 가득 흐르네

돌이야 그냥 있으면 딱딱한 돌에 불과하다. 그러나 우리가 귀를 기울이면 그 돌은 소리를 낸다. 김춘수가 복사꽃 그늘에 서서 귀를 등불로 켠 것처럼, 그리고 꽃을 보고 그의 이름을 불러 준 것처럼 우리는 돌의 결에서 비늘을 보고, 그 비늘 사이에 돌의 세월만큼이나 켜켜이 쌓인 소리를 듣는 것이다. 그리고 돌이 소리를 내는 순간에 돌은 생명체가 되어 살아 움직인다. 그래서 돌은 각시처럼 수줍게 바람을 부비며 속삭이는 것이다.

그러나 돌이 소리를 낸다한들 그게 어디 소리이겠는가. 사람이 돌을 망치와 끌로 깎아야 제대로 된 소리가 나고 편경이라는 악기가 된다. 마찬가지로 어디 돌소리가 각시의 수줍은 소리이겠는가. 결국은 모두 마음의 소리가 돌에 투영된 것에 불과하다. 돌에 묻혀 있던 보잘것없는 소리가 마음의 소리와 합쳐 진정으로 아름답게 울리고 또 시가 된 것이다.

마음의 소리는 결국 우주만상이다. 그러나 마음의 소리는 동시에 아무런 구체적 형상을 지니고 있지 않다. 다만 준비되어 각인되어 있을 뿐이다. 마치 바람을 넣기 전의 풍선이라 할까. 그러나 아무런 모습이 없더라도 사람들은 무엇인가 하나를 정하면 손에 만져지지 않는 실체라도 어떤 형상을 마음에 만든다.

바로 '그리움' 이라는 단어가 좋은 예다. 그리움이라는 단어가 성립하려면 그리워하는 주체와 그리움의 대상이 있어야 한다. 그러나 아름다움이라는 관점에서 보면 그리움이 성립하기 위해 언어의 구문적인 구조가 완벽해야 할 이유가 없다. 그리움이라는 명사 자체가 형상화하여 이미 어떤 구체적인 사물로서 존재하는 것이다.

사물이라고 해서 손으로 감지되거나, 눈에 보이거나, 귀에 들려야 할 이유는 없다. 어떻게 생겼는지는 몰라도 언어는 이미 발전하면서 스스로 무엇인가 새로운 형상을 만들어 낸 것이고, 또 이러한 형상은 마음 속에 이미 소리로 존재해 있는 것이다. 그 마음의 소리라는 것이 결국 언어의 소리이겠지만 하여튼 마음의 소리는 미리 기다리고 있다가 언어가 나타나면 함께 소리의 뜻을 공유한다. 그리움이라는 단어의 이러한 형상을 언어로 기술해 본다.

소리에 미치면 그리움이 타오른다
그리움에 젖어 그리움을 찾는 소리
말도 못하고 그저 그리움으로 향하는 소리
살점이 한 웅큼이나 베어져도 잊지 못하는 소리

마음이 그리움 찾아 뚜벅뚜벅 말없이 걷는 소리

그리움이 부끄러움으로 멀리멀리 달아나는 소리

야속해도 그리움 찾아 그리움을 잡으려고

오늘도 살며시 싸릿문 열고 앞을 훔쳐 보는 소리

바람소리인가 님의 소리인가, 그리움으로 마냥 두근거리는 소리

그리움을 곱게곱게 접어 이불에 깐 황진이의 노래소리

그리움에 삭아 못내 절어버린 그리움이 우는 소리

그리움이 울다못해 피를 토하고 절명하는 소리

소리가 그리움을 만들고, 그리움이 소리를 만드는 소리

소리가 소리를 만든다. 꼬리를 물고 연이어 끊임없이 만들기에 소리에는 어떤 한계가 없다. 그래서 소리는 우주다. 우주의 태초에 소리가 있었지만 우주는 소리다. 그리고 소리가 우주가 된다. 무엇보다 사람들의 소리는 곧잘 증폭되어 우주를 덮는다. 우주는 사람의 소리로 가득하다. 그리고 우주는 사람의 가슴 안에 자리를 잡는다. 소리이기 때문이다. 모든 소리가 마음의 소리에서 비롯된 것이기에 우주가 소리라면 필경 그 소리들과 우주는 마음에 깃들이고 있다. 그래서 마음의 소리는 한없이 두려운 존재다.

음악을 듣는 까닭

흥어시 興於詩 입어례 立於禮 성어악 成於樂

거실의 벽에 걸려 있는 커다란 액자는 '흥어시興於詩 입어례立於禮 성어악成於樂'이라는 한문 전서체의 글씨다. 서울 올림픽이 끝난 88년 10월 하순에 안기부에서 사전 교육까지 받고 홍콩에서 입국허가증을 기다리며 1주일을 허비한 다음에 어렵게 들어간 중국에서 얻은 글씨다.

북경을 거쳐 만주로 가기 위해 대련에 머무르는 동안, 며칠을 묵었던 호텔 로비의 한 구석에 산수화 전시가 열리고 있었다. 화가의 이름은 유덕생劉德生이라 했다. 그림도 좋았지만 그림에 쓰인 글씨도 보통은 아닌 것같아서 글씨 몇 점을 써달라고 부탁했다. 미리 계획된 것은 아니었기에 특정한 문장이 준비된 것은 결코 아니었다. 그러나 머리에 가장 먼저 떠올랐던 글이 바로 『논어』의 「태백泰伯」에 나오는 구절이었다. 욕심이 어지간해서 하나는 춘추시대에 쓰였던 전서체로 아주 크게, 그리고 다른 하나는 중간 크기로 하되 고예체古隸體로 써달라고 했다.

나는 유덕생이라는 사람이 얼마나 뛰어난 화가인지 지금도 아는 바가 없다. 그리고 그의 글씨가 어떤 수준에 이르렀는지도 모른다. 그럼에도 불구하고 나는 거실에 걸려 있는 액자의 글씨를 사랑하고, 또 그 내용을 중히 여긴다. 전서로 썼기에 흥興과 악樂이라는 글자에서 악기와 음의 모습이 보인다. 입立자는 마치 사람이 서있는 듯하고, 예禮는 본디 뜻대로 음식을 담은 그릇의 형태를 띠고 있다. 중국의 상형문자가 지니고 있는 아름다움과 묘미이다.

글의 내용을 직역하면 '시로서 흥하고 예로서 서며 악으로 이룬다'는 뜻이다. 문장 구성으로 보면 시·예·악이 병렬로 되어 있다. 어느 한 부분이 더 중요한 것이 아니라 모두 같은 무게로 의미가 있다는 암시일 것이다. 그러나 먼저 시를 이야기하고, 다음에 예를 들었으며, 마지막으로 악을 지칭한 것은 단순한 순서의 배열을 넘어서는 무엇인가 함축된 의미가 있다고 생각한다. 사람이라면 갖추어야 할 것으로 세가지를 들고, 사람들이 그것들을 배우고 이룸에 있어 점차적인 발전단계가 있음을 제시해준 것이다. 사람이 살아가는 방향과 모습, 그리고 목표를 분명히 보여주었다고 볼 수 있다.

살아가는 방향과 목표라고 이야기하면 어떻게 살 것인가와 삶의 목적을 의미하는 것인데, 그렇다고 해서 공자는 이 짧은 말에서 그런 거창한 생각을 표현하고자 했던 것은 아닐 게다. 그리고 인간이 궁극적으로 도달하거나 추구하는 어떤 초월적인 존재나 세계를 의미함은 더더구나 아니다. 나는 공자의 위대한 점이 바로 현재에 살아가는 우리들에게 현실적인 도움과 가르침을 준다는 사실에 있다고 본다. 그는 신을 거론하지 않았다. "삶도 잘 모르면서 어찌 귀신을 논하겠는가" 하는 그의 말에 우리는 전율을 느낀다. 얼마나 가슴에 와닿는 말인가.

그는 살아있는 인간에게 모든 관심을 집중한다. 그리고 인간이 어떻게 살아야 하는가 하는 윤리적 도덕적인 면과, 한 인간이 궁극적으로 이루어야 할 것이 무엇인가를 탐구한다. 사회적이고 정치적인 관계를 논하는 것도 많지만, 인간이라는 개체가 내면적으로 쌓아 올려야 하는 것이 무엇인가를 제시하는 가르침도 많다.

공자의 이러한 이야기들은 『논어』에 숱하게 보이지만, 나는 유독 '흥어시 입어예 성어악'이라는 문구를 가장 아낀다. 입지立志의 나이 서른을 넘어 어느새 불혹不惑을 거쳐 지천명至天命에 들어선 지금까지, 공자의 짧은 글은 나의 생활을 인도해 주고 있는 하나의 등불이었다.

그러나 냉철하게 생각해보면 세가지 의문이 생긴다. 첫째는 춘추시대 이래 무려 2천 5백년이나 흘러 컴퓨터가 지배하고 생명도 복제 창조될 수 있는 현대에 이르도록 무슨 뜻이 있길래 아직도 공자의 이야기는 우리에게 공감을 주는가. 둘째는 시대가 달라진 만큼 혹 현대에 사는 인간으로서 공자의 말을 임의대로, 그리고 현대적으로 해석하고 있지 않은가. 셋째는 옛 의미에 얽매이지 않고 현대적으로 해석하여 공자가 뜻한 바 있는 인간 완성의 길을 이해하는 것이 더 타당하지 않을까.

지난 2천 5백년 동안 동양문화권에서 막강한 영향력을 행사하고, 또 정치권력의 경전처럼 숭앙되어 왔으며, 따라서 헤아릴 수 없이 많은 주석서와 해석이 있는 『논어』를 천학 후생이 감히 어떻다고 이야기한다면 두려운 일이 아닐 수 없다. 그래서 변명이라기보다 한마디 꼭 해야 하는 것은 이 글은 앞서 이야기한 세가지 의문을 풀려고 나름대로 노력한 어느 한 사람의 에세이에 불과하다는 점이다. 나도 한 인간으로서 어떻게 무엇을 향해 살아야 할 것인지 생각하는 사람이기 때문이다.

▋興於詩

'흥어시'를 어떻게 번역할 것인가는 쉽지 않다. 보통 '시에서 흥한다'고 번역하는데, 나는 '시로서 흥한다'로 읽는다. 어미의 차이가 무슨 의미가 있겠는가 생각할 수도 있지만, 시에서라고 하면 이미 지어진 시를 읽음으로써라는 뜻이 강하다. 공자시대에 이미 『시경』이 편찬되었으니 마땅히 『시경』을 읽어 흥이 난다는 뜻으로 해석하기 쉽다. 그러나 나는 좀더 적극적으로 확대해서 생각한다. 남이 지은 시를 감상하는 것은 물론, 스스로 시를 창작하는 것까지 포함한다는 의미로 말이다.

시가 뜻을 말하는 것이라면(詩言志) 누구나 흥이 나서 시를 쓰고 싶은 충동을 한 번쯤 가졌을 것이다. 감상이라는 정적인 상태에서 한 걸음 더 나아가 시를 짓는 적극적인 행동이 포함되어 있는 의미라야 공자가 모든 말에서 강조하는 실천까지 아우르는 뜻이 될 것이다. 유학이 발달되어 사회를 지배했던 조선 5백년간 유학을 하는 선비라면, 그리고 나라를 통치하는 지배계급의 한 사람이라면 마땅히 시 한 수 스스로 짓는 것이 기본이었다는 점은 시사하는 바가 크다.

여기서 흥은 일어나는(起) 것이다. 무엇이 일어나는가. 감정(emotion)이다. 감정은 어디에서 일어나는 것인가. 가슴 즉 마음에서 일어난다. 마음이 움직이는 것이다. 마음이 사물에 접하면 감응을 하고 움직인다. 사물뿐만 아니라 모든 인간관계의 변화, 그리고 자연현상의 변화를 접할 때 우리의 마음은 움직인다. 우리는 마음이 출렁거리며 움직일 때 희로애락을 느끼며, 또한 어떤 인식작용도 거치게 되고, 그를 통해 아름다움까지 느끼게 된다. 마음이 정지해 있다면 사람이 아니다.

공자가 백어에게 말했다. "너는 「주남」과 「소남」을 공부하였느냐? 사람으로서 「주남」과 「소남」을 공부하지 않으면 그는 마치 담벽을 마주 대하고 서 있는거나 같을 것이다."(子謂伯魚曰 女爲周南召南矣乎? 人而不爲周南召南, 其猶正牆面 而立也與! – 陽貨)

「주남」과 「소남」은 『시경』에 나오는 시편들을 말한다. 여기서 굳이 경전으로 인정되고 있는 『시경』에 나오는 무수한 시편들 중에서 「주남」과 「소남」만이 어떤 의미가 있어서 이야기한 것으로 생각되지는 않는다. 공자는 시라는 일반적이고도 보편적인 형식언어를 지칭한 것이다. 시를 모르는 사람, 즉 마음이 움직일 줄 모르는 사람은 마치 담벼락처럼 답답한 사람임이 틀림없다. 또 시를 직접 쓰지는 않는다 하더라도 시를 읽지 않고, 시를 읽어도 아무런 감흥을 느끼지 못하는 사람이라면 정서적으로 마음이 메말라 있을 것이다. 마음에 물이 전혀 흐르지 않고 있는 것이다.

요즈음 많은 사람들이 학교교육에 문제가 있음을 한탄한다. 복잡한 현대세계를 살아나가기 위해 필요한 지식을 주입하는 데만 급급하고, 인간이 본래 지니고 있는 마음의 계발에는 소홀하다고 한다. 맞는 이야기이다. 물론 국어시간에 시를 가르치고 있지만, 그냥 암기에만 치울칠 뿐 시가 갖고 있는 본질과 기능은 간과한다.

제도권의 교육을 부정하는 사람들은 대안학교를 설립하기까지 한다. 이러한 대안학교가 강조하는 것들 중의 하나는 자연과의 친화다. 학생들을 이끌고 밖으로 나가 자연의 산천초목을 바라보게 하고, 또 직접 체험하도록 만들기도 한다. 붕어가 뛰어 노는 개울에서 물고기가 사는 모습을 관찰하고, 조그만 땅에 작물을 심기도 하여 자연의 무섭고도 신비스런 힘을 느끼게 한다. 인간은 거대한 우주와 자연의 한 부분으로서 살아가고 있으며, 그것들과의 조화를 통하여 인간 본연의 모습을 새삼스레 일깨우게 된다.

공자는 또 이야기한다. "얘들아 왜 『시경』을 공부하지 않느냐? 『시경』의 시들은 사람의 감흥을 일으키고, 사물을 볼 수 있게 해주며, 남과 어울릴 수 있게 하고, 감정을 지니게 하며, 가까이는 아버지를 섬기게 하고, 멀리는 임금을 섬기게 하며, 새 짐승과 풀 나무의 이름도 많이 알게 하는 것이다."(子曰 小子. 何莫學夫詩? 詩可以興, 可以觀, 可以羣, 可以怨, 邇之事父, 遠之事君, 多識於鳥獸草木之名 - 陽貨)

공자의 인간적이고도 위대한 면목이 드러나는 글이다. 앞서 이야기했듯이, 공자는 우리가 처해 있는 현실에서 한 발자국도 앞으로 나가지 않는다. 이런 사실은 서양문명의 모태인 희랍문명의 플라톤을 비교해 보면 금방 알 수 있다.

공자와 거의 동시대에 살았던 플라톤(기원전 427~347)은 진리와 이데아를 강조한다. 감정은 이성의 통제를 받아야 하는 것으로서, 감정이 흐르면 방만해지고 인간이 추구하는 행복과 미덕을 해친다. 이데아를 추구하는 삶만이 진정 가치가 있는 것이다. 이러한 생각은 서구에서 사람보다 더 절대적인 선이 있는 신을 찾게 만들었다. 그러나 공자는 결코 진리를 언급하지 않는다. 더구나 신에 대한 언급은 피한다. 믿는다 안 믿는다, 그리고 있다 없다의 문제가 아니라, 현재를 살아가는 우리들에게 존재가 불확실한 신과 진리라는 무형의 객체는 크게 의미가 없는 것이다. 실제로 동아시아 문화권에서 진리라는 개념은 우리가 근대화 과정에서 도입한 서구문명의 언어로서 어떤 의미에서 우리에게 허상이다.

공자는 우리와 같은 인간으로서 무척이나 자연스럽고 편안하다. 그런 사람이라 시가 무엇인지도 아주 쉽게 풀이한다. 시는 우리의 마음을 움직이게 한다. 기분이 일어나는 것이다. 마음이 한 곳에 멈추어 있지 않고 출렁거리며 흐르게 한다. 그리고 시는 쳐다보는 것이다. 무엇을 보는가. 우리의 눈은 모든 것을 응시할 수 있게끔 빛을 투시한다. 보이는 것은 모두 쳐다보는 것이다. 인간으로서 눈에 띄는 모든 것들은 우리들 인간과 더불어 살고, 또 존재하는 것이 아닌가.

더불어서 함께 존재하기에 바라보이는 사물이나 현상을 우리는 소홀히 할 수가 없다. 따라서 호기심도 발동하고, 더 잘 알기 위해 관찰하며, 관조하고, 관심을 둔다. 쳐다본다는 것은 인간활동의 시작이다. 활동은 몸의 움직임도 있지만 마음의 움직임도 있으며, 더 나아가 사색과 생각을 일으킨다. 무엇인가 바라봄으로써 우리는 삶을 비추어 더 잘 이해하게 된다.

시는 또 어울려 무리를 짓는 것이다. 여기서 군群은 반드시 사람들과 잘 사귀며 지낸다는 뜻으로만 해석하고 싶지 않다. 군은 문자 그대로 하나가 아닌 여러 개가 모여 있는 무리를 뜻한다. 사람이 어디 홀로 살 수 있는가. 더불어 살아야 하는 것이다. 함께 살아야 할 것들은, 나 아닌 다른 사람들로 국한되지는 않는다. 우리가 몸담고 있는 자연과 우주가 모두 더불어 살아야 할 것들이다.

시는 인간이 살아가는 지혜를 제공하는 것이다. 옛날 아름다운 시와 음악이 흘러 나오면 새와 짐승들이 날아오고 춤을 추었다 한다. 사람의 아름다움이 지극하면 만물이 움직이는 것이다. 또 뒤집어 이야기하면, 우리는 만물의 지극함을 관觀으로 인식하고 아름다움을 느끼게 된다. 시가 갖는 뛰어난 기능이다.

시는 또 우리가 원怨을 가지도록 한다. 나는 원이란 것이 꼭 맺힌 감정을 의미한다고 보지는 않는다. 인간의 감정이란 것이 어디 아름다움과 기쁨만이겠는가. 감정은 희로애락 등의 사단칠정四端七情을 모두 포함한다.

공자가 말한 원은 이런 의미로 광의로 해석되어야 한다. 현대시를 보면 자연의 아름다움이나 사랑의 정열을 읊은 것보다는 인간이 처해있는 모순이나 비애, 그리고 존재의 고통을 노래한 것들이 훨씬 많다. 원은 바로 이런 상태의 인간의 마음과 생각을 지칭하는 것이리라.

공자는 다시 시로서 사람 관계를 설명한다. 시는 가까이 어버이를 섬기게 하고 멀리는 군주를 모시게 한다. 여기서 유교가 강조하는 덕목인 효를 강조하거나 삼강오륜을 거론할 이유는 없다. 그것들은 형식화된 일종의 껍데기일 뿐이다.

사람이 어버이를 모심은 당연지사다. 인간이 인간으로 진화하기 전의 원숭이 시절에 암컷을 차지하기 위해, 그리고 생명 번식을 위해 새끼는 성장해서 힘이 생기면 자기를 낳은 애비를 거세했을 지도 모른다. 그리고 그런 일이 생길까 두려워하는 어른은 아마 사전에 새끼를 제거하였을 것이다. 우리가 말하는 소위 외디푸스 콤플렉스는 머나먼 시절의 유인원의 유전형질이 남아 있기 때문인지도 모른다.

그러나 인간은 유전적으로나 문화적으로나 진화를 거듭하여 일종의 사회계약을 만든다. 그리고 의식적이든 무의식적이든 우리는 그러한 규약에 순종한다. 사회계약은 인류가 생존하기 위한 최선의 방법이었다. 따라서 인류가 발전시킨 어떤 문명에서도 자식은 아버지를 섬기고 존경한다. 그래야 하는 것이고, 그렇게 생각해 왔다. 우리는 시를 읽거나 쓸 때 자연스럽게 자연을 관찰하고 인간을 성찰하게 되며, 사람이 아버지를 섬겨야 한다는 사실을 새삼스레 인지하고 바로 효를 하게 되는 것이다.

공자가 이야기하는 임금은 현대에는 존재하지 않는다. 사람들은 공자의 이런 구절들을 보고 고리타분한 구시대적 유물이라고 비하한다. 그러나 공자가 살았던 시대를 보면 군주는 인간들이 무리지어 사는 공동체의 구심이었다. 사회를 지탱해주는 기둥이었던 셈이다. 이렇게 보면 임금을 섬겨야 하는 것은 당연하다. 그리고 이러한 의미를 문자 그대로 온고이지신 溫故而知新하여 새롭게 유추하면 임금 대신 사회공동체를 섬긴다고 생각하면 맞을 것이다. 중요한 것은 인간은 홀로 사는 존재가 아니며, 더불어 살아야 한다는 점이다. 시는 이러한 사실을 깨닫게 한다.

시를 읽거나 쓰게 되면 우리는 저절로 새나 짐승, 그리고 풀과 나무의 이름을 많이 알게 된다. 지극히 옳은 말인데, 실상 우리의 삶은 이러한 상황과 거리가 멀다. 현대 문명의 특징 중 하나는 사람들이 도시를 건설하고 도회지에 집중적으로 모여 산다는 사실이다. 사람들은 살고 있던 산과 들을 떠나 아스팔트와 시멘트 빌딩이 즐비한 곳에서 삶을 영위한다. 도시에는 새와 짐승이 없다. 그리고 풀과 나무도 공원이나 가로수 이외에는 없다. 사람들은 그들이 이룩해낸 문명의 물질적인 이기를 마음껏 향유하며 인간임을 자랑한다.

그러나 이제 그런 생활에 한계가 왔음을 20세기 후반에서야 깨닫는다. 소위 환경을 강조하기 시작한 것이다. 우리는 인간들이 파괴한 자연환경이 부메랑으로 돌아와 우리의 생존을 위협하기 시작했음을 절감한다. 풀한 포기 나무 한 그루가 소중함을 알게 된 것이다.

그러나 대부분의 사람들은 아직도 나무와 풀들의 이름들에 몽매하다. 관심이 없는 것이다. 관심이 없으면 사랑도 없다. 언어는 기호이다. 그리고 사물마다 기호로 이름을 붙인다. 인류학 연구에 의하면 관심도에 따라 언어가 발달하고 이름도 많아진다. 에스키모는 눈과 얼음을 지칭하는 언어가 수백 가지가 넘고, 비가 자주 내리는 일본 남부지방에서는 비에 관한 이름이 무수히 많다고 한다. 그리고 수렵과 채집을 하는 오지의 원주민들은 식물 이름을 보통 수백 가지 외우고 있으며, 그 식물들의 모습과 용도를 구체적으로 설명할 수 있다고 한다.

이름을 모르면 아무 것도 할 수 없다. 아니 사랑을 느끼며 관심을 갖게 되면 저절로 이름도 붙이고 또 외우게 된다. 우리는 누군가 새로운 사람을 사귀게 되면 먼저 이름을 묻고 바로 그 이름으로 상대를 부르기 시작한다. 우리도 더불어 사는 짐승들과 초목들의 이름을 알고 그들을 불러주어야 한다. 나라마다 민족마다 지칭하는 이름이 다른 것은 문제가 전혀 아니다. 이름으로서 기억하고 연상하며 사랑하는 것이 더 본질적이고 중요한 것이다.

시는 이러한 토대를 만들어 준다. 자연 사물을 바라보는 것이 시의 기능이라 앞서 나왔듯이, 바라보며 느끼며 이름을 만들어 불러주는 것이 또한 환경 사랑이다. 시가 주는 훌륭한 가르침이다. 이제라도 놀이를 가거나 산에 갈 때, 식물도감을 들고 이름을 배워 그들을 불러주어야 한다. 그러면 당신도 저절로 시인이 될 것이다. 그리고 그러한 행동이야말로 환경운동의 첫걸음이다. 시인은 바로 자연의 나무와 풀, 그리고 짐승들이나 벌레들을 쳐다보며 깨닫고, 더불어 살며 그것들을 사랑하는 사람인 것이다.

앞의 주장들을 더 세밀히 살피기 위해 최문자의 시 「푸른 고통」을 고른다.

마음을 내놓고
잎은 괴로웠으리라.
뿌리보다 더 괴로웠으리라.
그리움도
희망처럼 푸르러야 했으므로
시퍼렇게 멍울진 허세로
꼭 한여름만큼만 연인이어야 했으므로
얼마 안 있어
사랑이 멈출 나무를 잡고
잎은 괴로웠으리라
뿌리보다 더 괴로웠으리라.

나무는 뿌리와 나무기둥과 잎으로 구성되어 있다. 시인은 잎을 나무의 한 부분으로 보면서도, 그리고 잎의 아름다움을 느끼면서도 언제인가 찬바람이 불어오면 잎은 나무에서 떨어져 나가야함을 인식한다. 나무의 아름다움은 여름 한철의 무성한 잎새로 만들어지지만, 그 이파리들의 푸르름은 일장춘몽 허세인지도 모른다. 아마 사람들의 그리움이 그러할까. 나무는 연인처럼 잎을 끌어안고 있다가 버릴 것이다. 이미 그것을 느끼는 잎은 푸르름을 자랑하고 있지만 벌써 멍울져 아픈 것이다. 무심한 뿌리나 나무보다 더 괴로운 것이다.

시인이 이러한 시를 쓴다는 것은 이미 마음에 그런 요소가 숨어 있었음을 의미한다. 그리고 어느 날 시를 지으려는 충동이 일어난다. 마음이 흥하여 움직이는 것이다. 그리고 이러한 시를 짓기 위해 시인은 오래 전부터 나무를 쳐다보고 있었다. 그것도 아주 예리하고 세밀하게 말이다.

우리는 이 시에서 시인이 꼭 나무만을 이야기하고 있다고 생각지 않는다. 시가 아름다운 것은 우리 인간의 모습을 거울로 다시 비추기 때문이다. 나무와 뿌리와 잎은 공동체로 함께 살아간다. 무리를 이루고 있는 것이다. 여기서 구체적으로 사람들의 어떤 모습을 보이고 있느냐는 중요하지 않다. 그저 그렇다는 것을 느끼기만 하면 된다. 그리고 시의 핵심은 시인의 감정과 생각이다. 괴로웠으리라는 말이 여러 번 반복된다. 사람으로서 왜 괴로운지는 설명이 없고 단지 잎의 괴로움만 서술되어 있다. 하지만 우리는 이 시에서 강렬한 원怨을 인지한다. 시 전체를 관류하고 있는 것은 원인 것이다. 여기서의 원은 마음의 아픔이다. 시인도 아프고 잎도 아프다. 뿌리도 나무도 모두 아프지만 잎이 더 아픈 것이다.

유재영 시인의 「변성기의 아침」을 보자.

창 열린 집을 지나
자작나무숲을 지나
아그배꽃 핀 아침
장수하늘소가
묵은 가지에서
천천히 내려오고
혀가 예쁜 새들은

조금 전부터

울기 시작했다

조그만 소리에도

맑게 금이 가는

공기들의 푸른 이동

직박구리 분홍색 알은

내일쯤이면

무슨 소식이 있으리라

안개가 떠난 자리

채 식지 않은

은색 똥 몇 개

햇빛을 향해

우리가 남겨야 할

꿈처럼 누워 있다

　시는 한 마디로 식물과 동물로 엮어져 있다. 언제 시인은 이런 이름들을 다 기억하고, 아니 언제 이런 보잘것없는 생명들을 응시하고 있었던가. 시인의 시집 『지상의 중심이 되어』는 한 편의 동식물 백과사전이라 할 수 있을 정도로 무수한 이름들이 쏟아져 나온다. 시인은 이름만 알고 있는 것이 아니라, 그들을 불러내어 우리 앞으로 다가서게 만든다. 노래하는 광대로서 우리들의 귀에 아름답게 노래를 불러 주는 것이다.

　송나라의 시인 황정견黃庭堅(1045~1105)의 「연아演雅」라는 시를 보면 온통 새, 물고기, 곤충, 짐승, 그리고 무수한 식물들이 튀어나온다. 아예 시가 그런 단어들로만 구성되어 있다. 길어서 여기서 인용할 수는 없지만 시인은 자연의 천태만상을 하나도 놓치지 않고 쳐다보고 있었으며, 그러한 자연들에서 또한 우리 인간의 생활과 모습을 훔쳐보고 있었던 것이다. 동서고금을 막론하고 시인은 기본적으로 자연을 쳐다보며 사랑하는 사람들인 것이다.

공자는 결론을 내린다. "『시경』 3백편은 한마디로 표현하면 생각에 사악함이 없는 것이라 하겠다."(子曰 詩三百, 一言以蔽之, 曰思無邪 - 爲政)

여기서 사邪라는 말을 딱 집어 무엇이라고 정의하기가는 쉽지 않다. 사라고 하면 우리는 '나쁘고 못된 것'을 떠올린다. 개념을 정확히 하기 위해 차라리 사邪의 반어反語를 생각하는 것이 빠를 것이다. 순수, 순정, 무염무애無染無碍라고나 할까. 착하고 좋은 마음, 순수한 마음, 순수한 감정, 그리고 때묻지 않고 걸림이 없는 마음. 그런 것들을 지니고 있어야 시를 쓸 수 있지 않을까.

우리들은 시를 읽으며 그런 것들을 느끼고 인지하게 된다. 자연을 관찰하고 사랑하며, 사람 관계를 사람이 사람을 섬기는 것으로 파악하는 자세를 가진다면 사무사는 저절로 당연한 것이다. 시는 생명과 사랑을 느끼도록 가르치는 것이니 사람이 살아가며 이보다 중요한 것이 어디 있는가. 공자는 사람이 살아가며 갖추어야 할 덕목으로 시를 첫째로 내세우는 것이다.

▎立於禮

사람이란 시를 알아야 한다는 것이 공자의 첫 번째 가르침이다. 그러나 시는 어디까지나 사람의 기초 바탕으로서 중요한 것이지, 그것만으로는 살아갈 수가 없다. 그래서 공자는 둘째 덕목으로 예禮를 내세운다. '입어예'는 '예로서 선다'라는 말로 직역된다. 입立은 선다, 세운다, 또는 입신한다, 사회에 나아간다라는 의미로 해석된다. 예는 사람이 홀로 자립하기 위한 필요수단인 동시에, 다른 사람들로 이루어진 집안, 사회, 국가, 천하 등의 공동체와 더불어 살기 위한 필수요건이다.

예라는 상형문자는 사원에서 그릇에 음식이 풍성히 담겨 있음을 나타낸다. 이로 보면 사람들이 고대로부터 하늘과 조상에게 제사를 지내기 위해 마련하는 갖가지 음식과 절차가 예의 시작이었음을 알려준다. 이러한 제사의식은 음악과 시, 그리고 춤을 만들어 냈으며, 정성을 다해 제사를 지내고자 여러 가지 복잡한 의식의 절차가 생기게 되었다.

종교와 신이 부정되는 현대에 있어서 이러한 절차는 의미가 없는 것으로 보일지 모르지만, 얼마 전까지만 해도 이러한 제사의식이 예의 가장 중요한 부분이었음을 부인할 수가 없다. 유학이 고도로 발달하여 사회의 전 규범을 지배하였던 송나라 때에는, 부모가 돌아가면 묘 옆에서 3년상을 치르는 것이 의무였다. 이는 고관대작에게도 예외는 아니어서, 이를 지키지 아니한 대신이라면 무조건 파직을 당하는 등의 엄한 벌이 내려졌다.

조선시대 중기와 후기에 들어와 유학이 완전 정착하였을 때, 상喪에 관한 이견으로 얼마나 많은 당쟁이 일어났고 수많은 선비들이 목숨을 잃었던가. 상례喪禮에 있어서는 조그만 부분까지도 소홀히 할 수가 없었던 것이다.

또 예는 춘추시대에 이미 육예六藝의 하나였다. 예禮, 악樂, 사射, 어御, 서書, 수數의 첫머리에 내세워지는 것이 바로 예다. 다양한 음식과 갖가지 종류의 그릇들, 그리고 그것들을 진설하는 방법과 절차, 옷의 모양과 신분에 따른 차이, 의식을 치를 때 인원의 구성과 위치 배열, 날짜의 선택 등 따지면 한이 없을 정도로 알아야 할 것들이 많다. 제사를 치르는 정성도 정성이지만 우선 사실을 있는 그대로 외우고 배워 익혀야 한다. 바로 지식과 정보인 것이다.

악도 마찬가지다. 의식에 치르는 음악을 알아야 할 것이 아닌가. 또한 생활을 즐김에 있어 악이 필요함은 물론이다. 사는 활쏘기다. 어는 마차를 다루는 것이다. 이를 현대식으로 이야기하자면 스포츠를 즐기며 또 스스로 건강을 지키기이며, 동시에 자동차 운전과 복잡한 컴퓨터를 다룰 줄 아는 능력 등과 비견될 수 있겠다. 서는 글쓰기와 서예 두 가지인데, 과거에는 서예가 예술인 동시에 인격수양의 한 부문으로 인정되어 왔다. 수는 물

론 헤아림이다. 사람이 살며 숫자에 따른 논리와 나아가 경제적인 것을 알
아야 함은 기본이다.

이렇게 보면 예의 첫째 의미는 지식과 정보이다. 아는 것이 힘이다. 사
람이 사회에 나가 살아가려면 무엇보다 배워서 알아야 하는 것이다. 자식
을 낳으면 학교에 입학시키고, 그것도 모자라 별의별 과외를 받게 하여 자
식들에게 거의 무한한 지식을 갖도록 강요하는 것은, 사회에서 스스로를
세우기 위한 능력을 갖추게 함이요, 또한 사회와 국가와 공존하며, 그러한
공동체들에게 기여할 수 있는 자질을 구비시키려 함이다.

시를 읽고 흥을 느끼는 그러한 감성만을 갖고는 사람이 사는 데 충분치
가 않다. 현실적으로, 그리고 구체적으로 세상을 살아갈 수 있도록 지식을
갖추어야 하고, 그에 따른 정보를 취득할 줄 알아야 하는 것이다. 따라서
얼마나 중요한 일인가, 예를 알아야 한다는 것은. 생존과 직결되기 때문이
니 말이다. 그러므로 공자는 『논어』에서 되풀이하여 예를 강조한다.

"예를 배우지 않으면 설 수가 없다."(不學禮 無以立 – 季氏)

"예를 알지 못하면 입신할 수가 없다."(不知禮 無以立也 – 堯曰)

둘째로 예의 의미는 인간관계의 정립이다. 우리가 소위 이야기하는 예
의 범절이다. 순자荀子는 그의 「예론禮論」의 첫머리에서 다음과 같이 이
야기한다.

예의 기원은 어디에 있는가. 사람은 나면서부터 욕망을 가지고 있다. 욕망을
채우지 못할 때 이것을 추구하게 되고, 추구하는 데 제한과 절도가 없으면 서로
다투게 된다. 다투면 사회는 어지러워지고. 어지러워지면 사회는 막다른 데로 치
닫게 된다. 옛날의 성왕이 이 사회의 혼란을 미워한 까닭에 예의 즉 사회의 규범
을 세워서 분별이 있도록 하여, 사람의 욕망을 기르고 또 만족시키면서, 물욕에
궁진하지 않고 물욕에 굴하지도 않게 하여, 둘이 서로 견제하면서 균형있게 발
전시키려고 한 것이 예의 발단이다. 그러므로 예란 사람을 기르는 것이 된다.
(禮記於何也. 曰, 人生而有欲, 欲而不得, 則不能無求, 求而無度量分界, 則不能不

爭. 爭則亂, 亂則窮. 先王惡其亂也, 故制禮義以分之, 以養人之欲, 給人之求, 使欲
必不窮乎物, 物必不屈於欲, 兩者相持而長, 是禮之所起也. 故禮子, 養也 - 荀子
禮論)

여기서 순자의 성악설이나 맹자의 성선설을 운위할 필요는 없다. 이러한 주장들은 두 사람 모두 사람이 사람다워야 하는 소이를 설명하면서 나온 말들에 불과하다. 사람이 사람다워지기 위해서는 교육이 필요하다. 바로 그 교육의 대상이 예다. 사람이 홀로 사는 것이 아닌, 즉 다른 사람들과 어우러져 지내려면 처신을 삼가야 하는데, 그 처신하는 방법이 예다.

옛날에는 삼강오륜을 비롯하여 여러 가지 인간관계를 상당히 중요시하였는데, 현대에 들어서도 이는 마찬가지가 아닌가 싶다. 삼강오륜이 현시대의 바쁜 생활에 맞지 않는다 하여도, 아직 우리에게는 뿌리깊을 정도로 그 잔재가 남아 있음이 틀림없다. 감히 이야기하건대, 이를 쓸모없는 구시대의 것으로 치부하기 전에 좀더 적극적으로 변용하여 수용하는 것이 어떨까 싶다. 겉으로 드러난 대상만을 이야기하기보다는 본질을 보자는 말이다.

우리가 사는 현대사회에서도 인간관계를 원만히 유지하기 위한 서로간의 격은 대단히 중요하다. 예를 들어 부자지간을 보자. 과거에는 일방적인 훈계와 지도가 전부였다. 아버지는 절대권위의 화신이었고, 자식이 접근하기가 무척 어려운 상대였다. 하지만 지금은 세상이 달라져 아비와 자식이 전혀 허물없이 대화도 나누고 서로 인생을 상의하기도 한다. 부부도 마찬가지다. 예전에는 여자가 한 번 시집을 가면 죽을 때까지 한 남자만 쳐다보며 살았다. 그리고 절대복종이었다. 그러나 시대가 바뀌었다. 이혼이 급증하고 있다. 이제야말로 공자의 이야기대로 현대에 어울리는 새로운 예를 세워 부부가 배워야 하는 것이 아닐까.

우리는 새로운 시대에 걸맞는 일종의 사회규약이나 규범을 만들어가야 한다. 그 동안 준수되어 왔던 삼강오륜이 거의 사라진 지금 이를 대체할 새로운 협약이 이루어져야 하는 것이다. 또한 자본주의가 고도로 발달한 현시대에 있어서 한 개인끼리의 문제만이 아니라, 불특정 다수의 고객, 그리고 회사라는 법인 등의 관계도 정리되어야 한다. 아니 인간은 현명한 존재들이기에 이미 그러한 방향으로 진행되고 있다. 최선의 규약이 만들어지리라고 확신한다. 그리고 후손들은 그러한 규약들을 다시 배우고 익힐 것이다. 이런 의미에서 공자가 강조하는 예는 지금 아무리 되풀이하여도 지나침이 없는 것이다.

공자는 이야기한다. "군자가 학문을 널리 공부하고 예로써 단속을 한다면, 비로소 도를 어기지 않게 될 것이다."(子曰 君子博學於文, 約之以禮, 亦可以弗畔矣夫 - 雍也)

소위 박문약례博文約禮는 사람이 살아가는데 필요한 요체인 것이다.

셋째로 예의 의미는 인격수양이다.

공자는 이야기한다. "예다 예다 하고 말하지만 어디 옥이나 비단만을 뜻하겠느냐."(子曰 禮云禮云, 玉帛云乎哉? - 陽貨)

어떻게 보면 지식과 정보는 물적이고 외적인 것이며 피상적이다. 외면적인 지식과 표면적인 예의 절차는 밖으로 걸친 옷에 불과하다. 꼭 필요한 것이지만 핵심과 본질은 아니다. 예를 배우면서 우리는 질문을 던진다. 예의 목적은 무엇인가. 왜 예를 배우는가. 예의 본질은 무엇인가. 어떻게 예를 실천하는 것이 최선인가 등등.

질문은 생각을 수반한다. 생각은 사색을 유도한다. 생각하고 사색하게 되면 결과적으로 사물과 인간현상을 궁극적으로 탐구하게 된다. 오경 중 하나인 『예기』는 방대한 책이다. 『예기』에는 배움의 방법(學記), 그 유명한 음악이론(樂記)은 물론 주자朱子 유학의 핵심 경전인 『대학』과 『중용』이 모두 들어 있다. 예의 실천에 있어서 실제로 부딪치는 소소한 절차나 복식에 대한 언급이 있으면서도, 한편으로 하늘과 땅을 이야기하는 형이상학적인 요소까지 망라하고 있다. 예는 그만큼 심오하고 넓은 것이다. 인간사 이루어지는 것이 어디 간단한 것이 있겠는가.

공자가 위대한 것은 인간 본성을 학문으로 받들어 연구하며 또 터득한 것을 실천으로 옮기기 때문이다. 예도 마찬가지이다. 예를 배우는 목적은 스스로를 세워 수양하고, 나아가 공동체에 결합하는 것이다. 『대학』의 '수신제가치국평천하修身齊家治國平天下'의 기초는 어디까지나 한 개인이 예를 수양하는 것이다.

그래서 『대학』은 뜻을 설명하되 거꾸로 시작한다. 거꾸로가 아니라 바로 그런 순서로 하는 것이 정도다. 평천하하기 위해 치국이 있어야 하고, 또 제가가 우선하며, 그를 위해 수신이 이루어져야 하는 것이다. 그리고 수신 하려면 마음이 먼저 올바라야(正) 하고, 마음이 올바르려면 그 뜻한 바가 성실해야(誠) 한다. 성실하기 위해서는 깨달음에 도달해야 하는데, 이는 '격물치지格物致知'로 이루어진다. 격물치지는 사물의 이치를 규명하고 앎을 이룬다는 의미이다.

인간의 이러한 자세는 앞서 시를 이야기할 때 이미 언급하였다. 시의 기본중의 하나가 사물을 쳐다보는 것이다(觀). 관의 자세는 사무사思無邪다. 순수한 것이다. 예에서는 한 걸음 더 나아가 쳐다만 보는 것이 아니라 적극적으로 사물을 분석하고 이해하는 것이다. 이치와 도를 규명하는 것이다. 인간이 사물과 마주하여 존재함은 필연이다. 마주하는 사물들과 현상은 보여지고 들리고 맛보여지는 등으로 인식된다.

그리고 그러한 과정을 거쳐 인간은 무엇인가 확실히 인지하고, 그 인지한 상은 언어로서 존재하는 것이다. 바로 이것이 지식의 시작이고, 이로 인해 사람들은 사물의 본성과 현상의 궁극적인 본질을 깨닫게 된다. 이러한 깨달음이 갖추어지면 사람은 저절로 옷깃을 여미게 되고 성誠에 이르게 된다. 격물치지의 절대적 기본은 성인 것이다.

사서의 하나인 『중용』은 『예기』에서 주자가 떼어내어 독립 경전으로 만든 것인데, 『중용』에서는 앞서 나온 성誠이 설명되고 강조된다. 성이 지극하면 사람의 도(人道)를 깨닫게 되고, 또 하늘의 도(天道)에까지 이르게 된다. 『중용』은 먼저 인도를 언급한다.

"성이란 스스로 이루어진다. 도는 스스로 도다. 성은 만물의 처음이요 끝이다. 성하지 않으면 만물이 존재하지 않는다."

성이란 얼마나 무서운 단어인가. 아니 인간은 얼마나 대단한 존재인가. 인간이 지극히 성하면 만물이 존재하는 것이다. 만물이 사람 하기에 달려 있는 것이다. 사람은 지극한 성을 통해 사람의 길을 깨닫게 되고, 나아가서는 하늘의 도까지 이르게 된다. 조선의 대유학자 퇴계 이황이 자나깨나 성을 최고의 덕목으로 삼아 실천에 옮기며 몸과 마음을 삼갔음이 다 필연적이었던 것이다.

예를 공부하고 실천에 옮기면 인간의 도를 깨닫게 되고, 하늘의 이치에도 도달한다 하니 사람으로써 예를 어찌 공부하지 않을 수 있겠는가. 우리가 공자의 교훈을 지금에도 몸에 새겨 들어야 하는 이유다. 현대에 들어 우리는 공자와는 비교할 수 없을 정도의 많은 지식을 배우고 또 갖고 있다. 만일 공자와 그의 제자들이 오늘날 다시 나타난다면 그들은 무식하다고 경멸되거나 바보 멍청이로 낙인 찍혔을 것이다. 현대의 눈부신 과학 발전과 정보통신의 발달은 현기증이 날 정도로 우리에게 많은 지식을 선사한다.

그러나 과학문명이 이룩한 것은 맛있는 음식과 따스한 옷, 그리고 기계 덕분으로 편하고도 최소한으로만 요구되는 신체노동 등에 불과하다. 정신적으로 보아서는 예나 지금이나 커다란 차이가 없다. 오히려 겉껍질에 불과한 지식만으로 과대포장된 인간들이 인간의 본래 모습을 버리고 온갖 짓을 저지르는 것이 현대사회이다. 인간으로서 인간의 본성을 망각했기 때문이다.

사람이 사람다워야 하는 이유와 방법을 학교에서 집중적으로 가르쳐야 한다. 수학 문제 하나 더 빨리 풀고 영어 단어 더 많이 아는 것이 교육이 아니다. 공자의 가르침대로, 그러나 현대적 개념의 육예六藝와 더불어 인성을 기르기 위한 현대적인 예의 교육이 절실히 요구된다.

成於樂

　사람은 시와 예를 갖추고 마지막으로 음악을 통해 완성을 이룬다. 인간이 되기 위한 기나긴 인격형성과 인간으로서의 깨달음이 최종적으로 음악을 통해 실현된다. 시는 기초 바탕이요, 예는 겉으로 드러나는 형식이다. 그리고 이를 통합하는 것이 악이다.

　그렇다고 공자는 악을 이야기하면서 어떤 절대적 요소를 발견하거나 강요하지는 않는다. 종교의 신앙처럼 맹목적인 것이 아니다. 사람이 살면서 부단히 공부하고, 스스로를 수양하며, 배움을 실천하는데 있어 음악은 하나의 마지막 과정으로서 의미가 있을 뿐이다.

　음악은 목적이 아니다. 사람이 걸어가는 길을 안내해주는 신호등에 불과하다. 인간은 어떤 종착점을 향해 가고 있을까. 천국일까 아니면 극락세계일까. 혹은 신선의 경지인지도 모른다. 또는 그러한 세계는 존재하지 않는 허구일지도 모른다. 하여튼 인간은 어디론가 향하여 끊임없이 가고 있다. 그냥 흘러가는 것이 아니라, 신의 세계이든, 아니면 스스로의 완성이든 무엇인가 지향을 하고 있다. 음악은 이러한 길을 걸어가기 위한 인간의 아픈 노력을 위안하며, 인간이 좀더 쉽게 갈 수 있도록 도와주는 안내자인 것이다.

　음악은 원시시대부터 있었다. 원시인들이 하늘이나 신을 우러르며 제사를 지낼 때, 하늘을 찬양하며 인간의 기원을 나타내기 위해 시가 있었고, 더불어 음악과 춤이 있었다. 이러한 기능을 담당한 것은 신관神官이나 제사장들이었다. 그들은 일반인과 달리 신성시되었다. 그리고 원시계급사회의 최상계급을 형성하였다. 인도의 카스트에서 부라만이 최고의 계급을 차지하고 있는 것이 대표적 사례이다.

　그들은 시와 음악과 춤을 장악하고 있었다. 공자가 시와 예와 악이 우리가 갖추어야 할 덕목으로 꼽은 것과 어떤 의미에서 일맥상통하는 것이다.

즉 이를 구비함으로써 신에게 가까이 가거나, 인간으로서 최고의 경지에 다다를 수가 있는 것이다. 공자는 이 세가지를 모두 강조하였으되, 음악을 맨 마지막에 위치시켜 인간의 완성을 언급하고 있을 뿐이다.

현대에서 음악은 우리의 일상생활의 일부가 되었다. 문명의 이기 덕택으로 우리의 귀는 아침에 깨어나는 순간부터 한시도 음악을 피하지 못한다. 아침 뉴스도 음악을 배경으로 한다. 자동차 안에서도 다이얼을 선택하여 듣거나 버스 안에서 남이 틀어주는 것을 듣게 된다. 음식점에 가도 음악이 있고, 상점이나 백화점에 가도 음악이 흐른다. 호텔 로비에 누군가를 만나려 기다리고 있어도 홀 안에는 이미 음악의 선율이 공간을 조용히 지배하고 있다.

그리고 음악을 더 잘 즐기기 위해 사람들은 직접 연주도 하고, 노래방에 가서 노래도 하며, 커다란 건물에서 이루어지는 음악회에도 참석한다. 연극이나 영화를 보러 가도 음악은 절대로 빠질 수 없는 구성요소다.

음악이 이렇게 보편적일 수 있는 것은 예술이라는 형식에서 어느 장르보다도 직접적으로 광범위하게 대중들에게 전달되는 힘을 가졌기 때문이다. 예술이라 하면 음악, 미술, 문학, 건축 등 복잡다단하지만, 음악처럼 사람들에게 쉽게 접하고, 또 작품이 표현하고자 하는 뜻과 감정을 직관적으로 전달하는 예술은 없다. 음악은 공간과 시간을 흐른다. 그래서 특정한 시간과 공간에 위치하는 모든 사람들은 그들의 숫자에 관계없이 동일한 음악을 공유할 수 있다. 음악의 위대한 점이다.

공자는 성어악成於樂을 이야기한다. 악으로 이룬다는 뜻이다. 성成은 종종 완성과 성인聖人을 뜻하기도 한다. 악으로 성인이 된다는 의미가 아니라 성인의 뜻을 이해하고 성인에 가까이 간다는 뜻일 게다. 아마 공자 시대의 음악은 오늘날처럼 그렇게 보편적이지는 않았을 것이다. 어떤 음악들은 귀족이나 임금만이 즐길 수 있는 특별한 것이었음에 틀림없다. 그러나 음악은 당시에도 민간에 널리 퍼져 있었으며, 지배자들은 그들의 소리가 세태를 반영한다 해서 귀를 기울여 주목하고는 했다.

현대에 들어와 음악은 누구나 쉽게 즐길 수 있는 보편적 대상이 되었다. 궁중아악이나 세속음악의 구분도 없어지고, 아주 흔하디 흔한 것이 음악이 되었다. 이러한 음악에서 아직도 공자의 가르침을 배울 수 있을까.

　　우리는 역사에 4대 성인을 꼽는다. 석가모니가 있고, 예수 그리스도와 마호멧이 있으며 공자가 있다. 그들의 말씀은 모두 경전으로 남아 인류의 영원한 등불이 되고 있다. 그러나 절대자를 운위하지 않고 사람이 살아가는 실천적인 지혜를 다룬 성인은 공자밖에 없다. 사람답게 악이라는 즐거움을 인식하고 음악에 대해 그렇게 여러 번 언급한 것도 공자뿐이다. 『논어』에 나오는 몇 구절을 본다.

　　"공자께서 제나라에서 소라는 음악을 들으시고 석달 동안 고기맛을 잊으시고는 '음악 연주가 이런 경지에 이를 줄은 몰랐다' 하시었다."(子在齊聞韶, 三月不知肉味, 曰 不圖爲樂之至斯也 – 述而).

　　소昭는 중국 고대 순舜임금 당시 연주되었던 음악이다. 공자가 살던 시대로 보아도 한참이나 먼 고대음악이다. 그 음악이 얼마나 좋았으면 고기맛을 다 잊을까.

　　"공자께서 남이 노래하는 자리에 함께 있을 때 잘 부르면 반드시 그것을 반복하게 하고는 뒤이어 맞추어 부르셨다."(子與人歌而善, 必使反之, 而後和之 – 述而)

　　공자는 노래를 부르기도 하지만 악기도 다룰 줄 알았다.(取瑟而歌 – 陽貨)

　　그리고 음악에 대한 공자의 안목이 대단히 높았음을 그의 말을 통해 알 수 있다.

　　"음악에 대하여는 알 수가 있다. 연주를 시작할 때에는 여러 소리가 합쳐 나오고 연주 진행에 따라 조화를 이루고, 음절이 분명해지고, 계속 이어져 나가 일장이 완성되는 것이다."(子語魯太師樂曰 樂其可知也. 始作, 翕如也, 從之, 純如也, 皦如也, 繹如也, 以成 – 八佾)

　　"악사 지가 연주를 시작할 때와 관저의 끝은 귀에 가득 차도다."(子曰 師摯之始, 關雎之亂, 洋洋乎盈耳哉 – 泰伯)

'관저'는 『시경』의 「국풍國風」에 나오는 첫 번째 시다.

"내가 위나라로부터 노나라로 되돌아 온 뒤에야 음악이 바로 잡히어 아와 송이 각각 제자리를 얻었다."(子曰 吾自衛反魯, 然後樂正, 雅頌各得其所 −自罕)

아雅와 송頌 역시 『시경』에 나오는 시편의 이름들이다.

우리가 흔히 접하는 음악에서 공자는 무엇을 찾았고 또 느꼈길래 음악을 그다지도 강조하는가. 공자도 우리처럼 노래하고, 악기를 연주하고, 또 듣고 즐기며 감상하면서 어떤 다른 점을 인식한 것인가. 우리가 일상적으로 듣고 있는 음악을 공자는 그저 평범하게 바라보지 않고 의미를 부여한다. 무엇 하나 소홀함이 없는 그가 음악을 그저 귀에 아름다운 것만으로 생각지 않은 것은 당연하다. 『예기』「악기樂記」에서 말한다.

"음악을 잘 알면 마음을 다스릴 수 있으니, 온화하고, 정직하고 자애롭고 성실한 마음이 활활 일어난다. 온화하고 정직하며 자애롭고 성실한 마음이 생기면 즐겁고, 즐거우면 오래 살며, 오래 살면 하늘처럼 믿는다. 하늘처럼 믿으면 귀신처럼 두려워한다. 하늘처럼 두려워하면 말하지 않아도 믿으며, 귀신처럼 두려워하면 화내지 않아도 위엄이 있다. 음악을 잘 알면 이로써 마음을 다스린다."(致樂以治心, 則易直子諒之心, 油然而生矣. 易直子諒之心生則樂, 樂則久, 久則天, 天則神. 天則不言而信, 神則不怒而威. 致樂, 以治心者也)

한마디로 음악을 알면 마음을 알 수 있고, 마음을 스스로 알기에 마음을 다스릴 수가 있는 것이다.

음악이 어디서 유래한 것이길래 음악을 알면 마음을 알게 되는가. 「악기」의 첫 마디에 이에 대한 답이 있다.

"무릇 음이 일어나는 것은 인간의 마음에서 말미암아 생긴다. 인간의 마음이 움직이는 것은 외물外物이 그렇게 만드는 것이다. 마음이 외물에 접촉하여 움직이게 되면 소리가 나타나게 된다. 소리가 서로 응하면 변화가 생기고, 변화가 꾸미어지면 이를 일러 음이라 한다. 음을 비교하고 악기에

맞추고 간척우모干戚羽毛에 이르면 이것을 악이라고 한다."(凡音之起, 由
人心生也. 人心之動, 物使之然也. 感於物而動, 故形於聲. 聲相應, 故生變,
變成方, 謂之音. 比音而樂之, 及干戚羽毛, 謂之樂)

음악은 마음의 소리인 것이다. 마음은 그 안에 이미 모든 것을 지니고 있
다. 우주만물부터 시작하여 그것들의 갈등과 조화 등 변화하는 모든 가능
성을 이미 지니고 있기에 마음은 그러한 외물에 접하면 즉시 반응을 보이
는 것이다. 음악을 들으며 슬프다고 느끼는 것은 이미 우리 마음 안에 슬픔
이 자리잡아 상응하고 있기 때문이다.

마음들이 투영되어 나타난 것이 음악이고, 그 마음들은 마음 밖의 모든
사물에 응하여 생긴 것이라면 우리는 음악을 그냥 간단하게, 그리고 단순
하게 들을 수만은 없는 것이다. 음악에서 많은 것을 배울 수가 있는 것이
다. 왜냐하면 음악이 모두 이야기해주기 때문이다.

그렇다면 음악은 어떻게 해서 우리의 마음을 모두 담아낼 수 있을까.
단순하게 생각을 해본다. 우리의 마음은 희로애락 등의 복잡한 감정으로
구성되어 있다. 그러한 마음들의 형상은 보이지 않기에 그림을 그릴 수는
없으나, 언어로 표현한다면 조용하고, 어둡고, 시끄럽고, 아프고, 짜릿하
고, 차갑고, 뜨겁고, 부드럽고, 뾰족하고, 느리고, 빠르고 등등 한이 없을
것이다.

음악을 구성하고 있는 음과 음의 조합들, 그리고 그것들의 배열, 나아가
그것들을 악기에 연주할 때의 다양한 변화 등은 마치 우리 마음이 시도 때
도 일정치 않게 굴곡을 만들고, 또 바람처럼 변덕스럽게 변화하는 다양함
과 닮아 있다. 이러한 불규칙한 요소로 이루어져 있으나 그 다양함이 다듬
어져 조화를 이루는 것이 음악이다.

중국 고대문헌인 『춘추좌전春秋左傳』에 "음악은 청탁, 대소, 단장短長,
질서疾徐, 애락哀樂, 강유剛柔, 지속遲速, 고하, 출입, 주소周疏 등으로써
서로 가지런해집니다. 군자는 그것을 듣고 마음을 화평하게 하며, 마음이
화평하면 덕이 조화롭게 됩니다. 그러므로 『시경』에 덕이 있는 소리는 허

물이 없다(德音不瑕)라 했습니다"라는 말이 나온다.

맑음과 흐림, 크고 작은 것, 짧음과 긴 것, 서두름과 느긋함, 슬픔과 기쁨, 강함과 부드러움, 느림과 빠름, 높음과 낮음, 나아가고 들어오는 것, 집중과 흩어짐 등은 모두 대립적 요소들이다. 사람들의 감정도 이런 대립적인 요소들로 가득차 있다. 따라서 이러한 요소들의 조화와 화평을 꾀하여 안정을 이루어야 하는데, 음악이 그런 방법을 알려주는 전범의 역할을 하는 것이다.

음악의 기능과 효과는 오늘날 많은 연구가 이루어졌다. 심리적, 교육적, 그리고 미학적인 관점에서 여러 가지 분석이 나왔다. 여기서 이런 것들을 일일이 논할 수는 없다. 그러나 한가지 중대한 의문이 나온다. 공자는 당시의 음악 중에서 순임금의 소昭와 주나라 초기에 연주되었던 음악인 무武 등을 높이 평가하였다. 그리고 시대가 흐르면서 음악이 타락하여 정鄭나라나 위衛나라 음악같이 음란한 음악이 나타났음을 한탄하고 당신이 속하였던 노魯나라 음악을 정비하는데 힘을 썼다. 음악에 어떤 구분과 질적 차이가 있길래 공자는 음악을 듣되 골라서 들으려 했는가.

오늘날의 관점에서 보면 공자의 이런 생각은 한계가 있는 것이다. 현대에서 인간의 이해와 공감능력은 놀라울 정도로 깊고 넓어져, 어떠한 음악이라도 그 동기를 파악할 수 있고, 또 이해할 수 있게 되었다. 단지 각 개인마다의 선호만이 있을 뿐이다.

그렇다고 공자의 이야기가 의미를 상실하였다고 보지는 않는다. 오히려 그가 음악을 쳐다보는 본질적인 시각, 즉 음악에서 인간의 본성과 우주만물의 자연질서를 찾으려 했음은 지금도 절대적으로 공감을 얻는 부분이기 때문이다. 묵자墨子나 한비자韓非子처럼 음악을 부정적인 시각으로 이해하지 않는다면, 예나 지금이나 음악은 인간이 반드시 갖추어야 할 덕목으로서 유효하다.

공자시대에도 별의별 다양한 음악이 존재하였다. 우리는 한비자「십과十過」에 나오는 예를 볼 수 있다. 한비자는 군주가 경계해야 할 일로 열 가지를 들었는데, 그중 네 번째가 음악을 좋아하는 것이었다. 여기서는 음악의 다양성이라는 측면에서 인용한다. 내용이 재미있으므로 길지만 모두 기재한다.

　무엇이 호음好音이냐 하면, 옛 위나라 영공靈公이 진晉나라에 가는 도중 복수僕水의 강가에까지 와서 숙소를 정해 묵게 되었습니다. 밤이 깊었는데 악기에 맞춰 아름다운 노래 소리가 들려오므로, 크게 기뻐한 영공은 사람을 시켜 그 노래하는 주인공을 찾게 했으나 아무도 그런 음악조차 들은 사람이 없다는 대답이었습니다. 마침내 악사인 연涓을 불러 "지금 새로운 음악을 악기에 맞춰 타는 자가 있었다. 사람을 보내 이 집의 부근 사람에게 묻게 했던 바 아무도 음악소리를 듣지 못했다는 보고였다. 그런데 나의 귀에는 들리고 다른 사람의 귀에는 들리지 않는다는 것은, 그 형상이 귀신의 소위를 닮고 있지는 않는가. 그대는 나를 위하여 그 성곡聲曲을 듣고 악보로 옮겨 주게"라고 했습니다.

　악사인 연이 응낙하자 영공은 조용히 거문고를 쓸어 이것을 들려주고 악보를 쓰게 하였습니다.

　연은 다음 날 "저는 그 악보를 습득했습니다만 아직 익숙하지 못하므로 원컨대 하룻밤만 이것을 익혔으면 하옵니다." 영왕은 이를 허락했습니다. 그래서 계속 머무르고 다음 날까지 연으로 하여금 이것을 익히게 한 다음 그 땅을 떠나 진나라로 갔습니다. 진나라 평공平公은 영공을 위하여 시이대施夷臺라는 곳에 주연을 베풀었습니다.

　술잔이 한참 돌려졌을 때 영왕은 자리에서 일어나 "여기 귀에 새로운 성곡이 있습니다. 한번 퉁겨 보게 함이 어떠하십니까"라고 물었습니다. 평공은 좋다고 청했습니다.

　그래서 영공은 악사인 연을 불러 거문고를 퉁기게 했으며, 진나라 악사인 광曠을 그 옆에 앉게 했습니다. 그 곡이 아직 끝나기도 전에 광은 연의 손을 제지하고 그 곡을 만류하면서 "이것은 망국의 성곡입니다. 끝까지 탄금彈琴해서는 안됩니다." 이때 평공이 "이 곡은 어디로부터 나온 것이냐"고 묻자, 악사인 광은

"이것은 주紂(은나라 마지막 왕으로 폭군임)의 악사인 연延이 주를 구하기 위해 지은 음탕한 곡입니다. 무왕武王이 군주인 주를 칠 때에 즈음하여 악사인 연은 동방으로 달아나 복수까지 와서는 물에 빠져 죽었던 것입니다. 그러므로 이 성곡을 들은 자는 반드시 복수의 위에서만 있을 수 없습니다. 최초로 이 소리를 듣는 자는 반드시 그 나라를 빼앗긴다는 전설이 있으므로 이것을 끝마쳐서는 안됩니다"고 답했습니다.

평공은 "과인이 좋아하는 것은 음악이므로 어떻게 되든 이것을 끝까지 퉁기게 하라"고 했습니다. 따라서 악사인 연은 그 곡을 끝까지 퉁겼습니다. 평공이 악사 광에게 "이 곡은 무슨 성곡이라 했는가"고 묻자, 악사 광은 "이것은 청상淸商의 곡조입니다"라고 답했습니다. 평공은 "청상의 음은 원래가 가장 슬픈 곡인가"고 물었고, 광은 "그렇지 않소이다. 그외에 맑고 시원한 곧 청징淸徵이라는 곡조가 있으며, 이것은 지금 것보다도 슬픔이 깊은 곡입니다"라고 답했습니다. 평공은 "그러면 그 청징의 음을 듣고 싶은데 어떨까. 들려 주지 않으려가"고 했으며, 광은 "그것은 안됩니다. 옛날부터 청징의 음을 들은 자는 모든 덕의德義가 있는 군주뿐이었습니다. 우리 군주는 거기 비해 덕이 없습니다. 그러므로 이것을 들을 만한 자격이 없습니다"고 답했습니다. 평공은 "과인이 즐기는 것은 음악인 것이다. 어떻게든 시험삼아 이것을 듣고 싶다"고 강청했고, 이에 이르러 광은 하는 수 없이 거문고를 퉁기게 되었습니다.

한번 탄금하자 남쪽으로부터 현학玄鶴, 곧 날개가 검은 학 여덟 마리가 2열로 날아와 복도 밖의 담에 모여 들었고, 다시 연주한즉 검은 학은 열을 바르게 했고, 세번째로 퉁기니 목을 길게 뻗치고는 울면서 날개를 활짝 벌리고 소리를 내어 춤을 추었습니다. 그 우는 소리는 궁상宮商의 가락에 맞추었고, 학의 울음은 하늘에까지 들리는 듯 했습니다. 평공은 크게 기뻐했고 모두들 기뻐하지 않는 자가 없었습니다. 평공은 만족하여 일어나 술잔을 높이 들고 악사 광의 장수를 축복했습니다.

제자리에 돌아온 평공이 거듭 묻기를 "음악 중에 청징보다 슬픈 것은 없는가"고 물었고, 광이 "청각淸角의 음에 미치지를 못합니다"고 하니, "청각의 음을 들을 수는 없을까" 되물었고, 광은 "안됩니다. 옛 황제黃帝가 귀신을 태산 위에 모이게 하려고 상아로써 꾸민 수레를 타고 여섯 마리의 교룡蛟龍이 말 대신으로 나란히 그 수레를 끌었습니다. 또 필방畢方이라는 것은 목신木神인데, 필방이 나타나 그 고삐를 가지런히 잡았고, 치우蚩尤는 앞에 서고, 풍백風伯 곧 풍신風神은 나아가 길을 쓸고, 우사雨師는 길에 비를 뿌려 깨끗하게 하였습니다. 이와 같이 천지간의 모든 신이 황제에게 귀복歸服하고 황제를 위하여 이러한 일을 담당했던 것입니다. 그래서 호랑이나 이리같은 동물도 모두 황제의 덕을 흠모하여 그 앞에 모여 들었으며, 또 귀신들 뒤에서 황제를 호위하는 것이었습니다. 또 하늘을 나는 용 곧 등사螣蛇는 땅에 엎드려 황제에게 경의를 나타내었고, 봉황은 공중에서 춤을 추는 판이었습니다. 이렇게 하여 크게 귀신을 모아놓고 맑고 시원한 청각의 음악을 탄주했던 것입니다. 지금 우리 군주께서는 덕이 엷으므로 끝까지 듣지 못할 것입니다. 만약 이것을 듣는다고 하면 어김없이 패할 일이 있을 것입니다"고 했습니다.

평공은 "과인은 벌써 노인이 되었네. 나의 낙은 음악을 듣는 일 외에는 없는 것일세. 어떻게든 꼭 이것을 듣고 싶다네"라고 고집했으므로 악사 광은 하는 수 없이 거문고를 퉁겼습니다. 한번 이것을 퉁기니 검은 구름이 서북쪽에서 일어났고 두 번 이것을 퉁기자 큰 바람이 불고 이어 큰 비가 쏟아져 휘장을 갈기갈기 찢고, 음식그릇은 깨어지고, 지붕의 기와는 떨어져 박살이 나고, 그 자리에 있던 자들은 모두 사방으로 흩어져 달아나는 꼴이 되었습니다. 평공은 두려워 회랑과 자기 방 사이에 엎드려 머리를 감추는 등 궁전 안의 일대는 대단한 소동이 일어났습니다.

이런 일이 있고부터 진나라는 크게 가물어 3년간이나 땅에 초목이 나지를 못하고, 평공의 몸은 드디어 전신에 옴이 올라 일찍 죽고 말았습니다.

한비자가 이 이야기를 통해 말하고자 한 것은 일단 젖혀놓자. 우리는 여기서 오히려 음악의 위대한 힘을 읽는다. 음악은 만물을 움직이게 하고 감동시키는 것이다. 희랍신화에 나오는 오르페우스도 모든 동물들을 감응시키어 노래를 부르게 하고 눈물을 흘리게 하지 않았는가.

그리고 또 이 이야기에서 우리는 고대에도 음악이 얼마나 다양했었는가를 알 수 있다. 공자는 이러한 이유로 음악을 가려서 들었지만 오늘날에는 그럴 이유가 없다. 공자 자신이 이야기한대로, 모든 음악은 인간의 본성을 나타내는 것이므로, 음란하고 혼란한 음악이라도 결국은 그것은 인간 본성의 일부에 속하기에, 우리는 공자의 말대로 그것들로부터도 우리를 비추어 배움을 이루고, 즐거움도 느끼고, 또 인격 형성에 도움이 되도록 한다.

이런 의미에서 일부 사람들이 음악을 질로 구분하여 저급한 음악과 고급한 음악으로 나누는 것에 대해 나는 거부감을 느낀다. 예를 들어 서양 고전음악만 고급으로 간주하고, 대중가요나 락 음악, 또는 언더그라운드 음악은 비하해서 듣지 않는데, 이는 지독한 편견이 아닌가 싶다. 우리가 고전음악이라고 떠받드는 서양 음악도 사실은 당대의 대중음악이었을 뿐이다. 즉 슈베르트의 가곡은 당시 우리의 대중가요에 해당된다고 할 수 있고, 오페라나 기타 기악곡도 당시 널리 유행하고 인기가 있었던 음악들에 불과한 것이다.

시대가 변천하면서 우리의 감성은 이해의 폭이 복잡하고 깊어져 옛 음악만으로는 만족할 수 없게 되었고, 이러한 이유로 현대인의 감정에 걸맞는 새로운 형식의 음악과 음들이 출현한 것은 당연지사인 것이다. 조용필이나 이미자의 노래도 아마 백년이 흐르면 고전으로 귀중하게 대접받을 것이 틀림없다.

락 음악도 마찬가지다. 슬래쉬 메탈이나 데스메탈, 또는 프로그레십메탈 등을 들어보면 그 시끄러움이 하늘에 닿는다. 마치 한비자의 이야기에 나오는 것처럼 천지가 움직이고 광풍이 몰아쳐, 듣는 이로 하여금 어디 숨고 싶도록 만든다. 그러나 어떻게 하겠는가. 그러한 소리들 역시 인간이 만들고, 인간이 발견하고, 또 느낀 것에 불과한 것이니 모두가 우리의 모습들이 아닌가. 해서 나는 락도 좋아한다. 아름답게 들리는 것이다. 그리고 공자 이야기대로 그러한 음악에서 인간의 본성을 발견하고 배우는 것이다.

나는 음악에 옳고 그름이나, 또는 품질의 차이가 있다고는 보지 않는다. 물론 특정한 형식에 있어서 기술적으로 그 형식에 얼마나 잘 어울리며, 또 표현하고자 하는 것이 얼마나 효과적으로 달성되었느냐 하는 차이는 있을 수 있다. 그러나 모든 음악이 같은 경계에 속한 것은 아니다. 나는 사람들의 미감이 여러 가지 경계로 다층구조를 이루고 있다고 믿는다. 즉 음악마다 경계가 다른 것이다.

예를 들어 우리가 야유회를 가서 여러 사람들이 함께 즐기기 위해 술을 마시며 노래하고 춤을 출 때 베토벤의 곡을 틀어놓을 수는 없지 않은가. 역시 주현미나 하춘화가 나와야 하는 것이다. 그러면 이러한 음악들은 저급한 것인가. 아니다. 아주 훌륭한 음악인 것이다. 사람들이 야유회를 즐기면서 마음을 공유하기에 적합한 음악으로서 이 음악들은 이러한 경계를 갖는다.

그러나 쓸쓸할 때 혼자 듣고 싶은 음악은 모차르트나 우리의 전통 아악일 수가 있다. 단소나 대금이 불어대는 '청성잦은한잎'은 얼마나 처량하고 그윽한가. 이러한 음악들은 단지 경계가 다를 뿐인 것이다. 그리고 이렇게 서로 다른 경계를 통해 우리는 인간의 여러 가지 모습을 인식할 수 있고 또 배우는 것이다. 공자가 인격형성의 과정에서 왜 음악을 중시하여야 하는가 이야기한 이유를 이제 조금씩 알 것같다.

그러나 공자는 여기서 한 걸음 더 나간다. 오늘날 우리는 음악을 단순히 예술이라고 한다. 예술은 인간의 무수한 활동영역 중의 하나에 불과하다. 그러나 예술이 무엇인가 물으면 답이 쉽지가 않다. 하지만 단순하게 전개해보자. 예술은 즐거움을 찾는 것이다. 즐거움을 찾아 즐거움(樂)을 즐기는 것이다. 즐거움은 아름다움에서 연유한다. 우리가 보거나 듣거나 느끼거나 읽거나 할 때 우리는 아름다움을 느낀다. 아름다움은 어디서 나오는가. 아름다움은 사람이나 또는 사람과 관계되는 사물들이 그것들의 본성을 가장 잘 나타낼 때 만들어진다.

본성은 무엇인가. 인간을 포함한 우주만물, 그리고 하늘과 땅의 정해진 이치다. 공자는 음악이 우주만물, 그리고 하늘과 땅의 정해진 이치를 표현하고 있다고 생각했다. 그러므로 음악은 한 개인의 수신과 인격형성에만 중요한 것이 아니라, 한 나라의 정치를 운영하는 데도 커다란 몫을 한다고 여겼다. 논리의 비약일지 모르지만 실은 공자가 예를 강조하며 '수신제가 치국평천하'를 운위할 때 결국 한 개인의 마음 수양이 시발점이라고 하지 않았던가. 공자의 이야기는 어느 부분을 보아도 일맥상통한다. 스스로도 '일이지관도一以之貫道' 라 하지 않았는가. 결국 예와 음악은 동전의 겉과 안이라고 할 수 있다.

"무릇 정치란 음악을 형상하고, 음악은 화和를 따르며, 화는 평平을 따릅니다."(夫政象樂, 樂從和, 和從平 - 『춘추좌전』)

음악은 조화와 화평을 갖추고 있으며, 무릇 정치도 음악처럼 이루어져야 하는 것이다. 예가 자기 수양에만 머무르는 것이 아니라 실천적 행동으로서 공동체에도 기여하는 것처럼 음악도 그래야 하며, 정치 역시 마땅히 조화와 화평을 갖추어야 하는 것이다. 이렇게 중요한 것이 음악이니 아무리 그 귀중함을 강조해도 부족하지 않다.

과학문명이 고도로 발달하여 우주선이 달나라에 착륙하고, 인간의 지성도 또한 복잡다단해져 신을 부정하는 시대에 우리들이 음악을 정치와 결부하여 생각하는 것은 전혀 이해가 안가는 사항일 수 있다. 옛날에는 정치가 어지러워지면 음악이 혼란해지고, 음악이 음란해지면 정치도 타락하여 나라가 망한다 했다. 누가 이 말을 믿겠는가. 그러나 우리는 시비를 따지기 전에 그 취지를 이해하지 않으면 안된다. 음악이 바로 설 때, 음악을 듣는 사람이나 만드는 사람이나 연주하는 사람 모두가 음악의 원리대로 '온화하고 정직하며, 자애롭고 성실한 마음이 생기면 즐겁고, 즐거우면 오래 살게 되는데', 이야말로 정치가 궁극적으로 추구하는 유토피아의 세계가 아닌가.

「악기樂記」에 지대한 영향을 준 순자의 「악론樂論」에 나오는 말이 있다.

"악이란 화가 변할 수 없는 것이고, 예란 이치가 바뀌지 않는 것이다. 악은 합하여 같음이 되고, 예는 구분하여 다름이 된다. 예와 악이 합치어 마음을 다스린다. 근본을 궁구하고 변화를 지극히 하는 것이 악의 정이고 정성을 드러내어 거짓을 버리는 것이 예의 요체이다."(且樂也者, 和之不可變者也. 禮也者, 理之不可易者也. 樂合同, 禮別異, 禮樂之統, 管乎人心矣. 窮本極變, 樂之情也. 著誠去僞, 禮之經也)

「악기」에 다시 이야기가 나온다.

"악은 같아지는 것이고, 예는 다르게 하는 것이다. 같아지면 서로 가까워지고, 다르면 서로 존중한다. 그러나 악이 지나치면 혼란해지고, 예가 지나치면 멀어진다."(樂者爲同, 禮者爲異. 同則相親, 異則相敬. 樂勝則流, 禮勝則離)

이러한 예가 지극하면 싸움이 일어날 수가 없다(禮至則不爭). 예는 배워서 깨달음을 얻는 것인데, 배움으로 사물을 구분하고 현상을 판별할 수가 있다. 그리고 바라보이는 다른 대상을 소홀히 함이 없이 분명히 인지하고 그것들을 존중하는 것이다. 사람관계라면 더군다나 말할 것이 없다.

그러나 음악은 더 큰 것을 지향한다. 서로 다른 것들을 모아 합쳐 조화와 균형을 이룩하는 것이다. 「악기」는 말한다.

"큰 음악은 하늘 그리고 땅과 함께 조화한다. 큰 예는 하늘 그리고 땅과 함께 조절한다."(大樂與天地同和, 大禮與天地同節)

그리고 다시 강조한다.

"음악은 하늘과 땅의 조화이고, 예는 하늘과 땅의 차례이다."(樂者, 天地之和也. 禮者, 天地之序也)

하늘과 땅이 조화롭고, 우주가 화해로우며, 이로 인해 나라의 정치가 조화롭고, 집안과 자신이 화평하고 조화롭다면 더 이상 무엇을 바랄 것이 있겠는가. 무엇이라도 하나가 지극하면 천지를 통한다. 그러니 음악 하나를 들으면서도 마음을 지극히 하면 공자의 이야기를 빌릴 것도 없이 우리 스스로도 만물을 관통할 수가 있다.

공자는 나이에 따라 사람이 이르는 경지를 다음과 같은 유명한 말로 요약한 바 있다. 나이 열 다섯에 학문에 뜻을 두고(志于學), 서른에 홀로 서고(立), 마흔에 불혹에 이르렀고, 쉰에 천명을 알았으며(知天命), 예순이 되어서는 이순(耳順)에 이르고, 칠십이 되어서는 마음이 내키는대로 무엇을 하더라도 법도를 넘어서지 않게 되었다(從心所欲 不踰矩).

오십이 되어서 하늘의 이치를 깨닫고, 육십이 넘어서는 이제 조화의 경지에 도달하는 것이다. 나이가 들면서 원숙해지고 만물의 조화를 깨달으니, 이미 조화의 경지를 나타내고 있는 음악을 우리가 가까이 하고, 그것으로부터 배움을 얻는 것은 당연한 일이다.

그래서 '음악이란 성인이 즐거움을 얻는 수단인 것이다.'(樂也者, 聖人之所以樂也 -樂記) 왜냐하면 "음악은 하늘과 땅의 가르침이며 마음이 조화로울 수 있는 원리이기에 무릇 사람들이란 이를 벗어날 수 없기 때문이다."(故樂者, 天地之命, 中和之紀, 人情之所不能免也 -樂記)

공자는 말한다. '음악은 하늘이 만드는 것(樂由天作)' 이라고. 공자가 음악에 보내는 최대의 찬사인 것이다.

서양의 악성인 베토벤도 말한 바 있다. "음악은 어떠한 철학이나 예지보다 더 높은 계시이다."(Die Musik ist eine höhere Offenbarung als alle Philosophie und Weisheit)

사실 베토벤은 스스로 이야기한 것처럼 철학이나 예지보다 더 높은 어떤 계시에 도달하지는 못했다. 그런 경지를 터득하였으면 그의 현악 사중주는 존재하지 않았을 것이다. 오히려 그런 사실을 인식하고, 끊임없이 괴로워하고 노력하며 무엇인가 이루려 했던 사람이 베토벤이다. 우리와 다를 것이 없는 평범한 사람이었기에 우리를 아직도 감동시키는 것이다.

어떤 면에서 바하의 음악이 공자가 말한 조화와 균형이라는 면에서 합당한 작품들인지도 모른다. 아마 서양음악에 있어 이러한 조화의 경지를 이룩한 사람은 바하가 유일하지 않으느가 싶다. 비하여 동양에서는 옛날부터 지금까지 공자의 말에 충실하여 모든 음악이 조화를 추구하거나 달성하고 있는 것 같다. 과거의 중국 음악들이나 우리의 전통 아악들을 들으면 이런 사실들이 느껴진다.

단지 시대가 변천하면서 본질은 유지하되 겉의 양태는 변화하여야 함에도 그냥 옛 모습을 그대로 간직하고 있어서 우리 현대인에게 감동이 약간 덜할 뿐이다. 안타까운 일이다. 우리 세대가 그런 점을 자각하고 전통을 밑거름으로 하여 새로운 음악세계를 창조해야 하는 이유다.

공자는 시로 시작하여 예를 강조하고, 다시 끝에서 악으로 종합하여 마무리한다. 이 세가지는 인성교육의 기본이다. 그리고 사람이 살아가면서 반드시 갖추어야 할 덕목이다. 끊임없이 이 덕목들을 마음과 몸에 구비할 수 있도록 노력해야 한다. 학교에서만 배워야 하는 것이 아니라, 사회생활을 하면서도 부단히 갈고 닦아야 한다. 아니 죽음에 이를 때까지 한시도 소홀히 해서는 안될 것들이다.

현재 우리의 제도교육은 인성을 말살한 지식 위주의 교육이라고 많은 사람들이 주장한다. 인간의 본성이 메말라가고, 정서적으로는 불안하여 자기밖에 모르는 아이들을 대량 생산하고 있다. 자본주의 사회의 경쟁구도에 살아남기 위하여 경제도 공부하고, 영어도 배워야 하며, 컴퓨터는 필수 과목이 되었다. 그러나 이러한 것들은 사실은 표면적인 도구들에 불과하다. 그것들 모두가 인간이 인간을 위해 만들어 놓은 것들이다. 그런데도 우리는 그러한 동기를 망각하고 오히려 그것들에 얽매여 살고 있다.

우리는 현대사회에서 필요한 사람들을 다음과 같이 열거할 수 있다.

첫째 착하고, 순수하고, 남하고 어울릴 줄 알고, 자연을 사랑하는 사람들이다.

둘째로는 세상 살아나가는데 필요한 지식을 충분히 지니고, 그 지식을 인간을 위해 적절히 활용하는 사람, 그리고 사람들간에 예의범절을 지키며 공동체의 건전한 존속을 위해 애쓰는 사람들이다.

마지막으로 자기 완성을 위하여 끊임없이 정진하는 사람들이다. 밋밋한 삶을 윤택하게 하기 위해 예술을 사랑하며 예술의 멋을 알고, 궁극적으로는 하늘과 땅의 이치를 탐구하고, 자연과의 조화를 꾀함으로써 자기는 물론 자기를 담고 있는 사회와 국가도 함께 조화롭게 되도록 노력하는 사람이다.

  결국 우리는 이러한 사람들을 기르기 위해 학교에서 시와 예와 악을 가르쳐야 한다. 근본을 가르치는 것이다. 교육이 지식만을 가르치는 것이 아니라 사람이 사람다워야 하는 이유와 그 방법을, 그리고 더불어 살아야 할 것들이 무엇인지, 어떻게 더불어 살아야 하는지 그 방법을 가르쳐야 한다. 우리가 공자의 말씀을 온고이지신溫故而知新하는 이유다.

슬픔은 강물처럼

성금연의 가야금 산조

성금연成錦鳶. 아름다운 여인이시여. 1984년 성음사에서 펴낸 앨범의 표지를 찬찬히 뜯어본다. 예순을 넘은 모습이라지만 단아하다. 옥색 저고리와 치마에 짙은 갈색의 옷고름이 어울린다. 머리는 하얗고 얼굴에는 세월이 배어 있지만, 가얏고를 끌어안고 있는 여인의 모습은 어느 이웃집 아주머니처럼 우리를 잡아당긴다.

그러나 가야금 줄을 어루만지고 있는 손매는 의외로 투박하다. 가얏고를 타는 손이라면 섬섬옥수라야 하는데 전혀 그렇지를 아니하다. 인생을 길게 살아온 여인의 손이 어디 가냘픈 손이겠는가. 그리고 산조 가락의 그 무겁고 깊은 가락을 여린 손가락이 어디 감당이나 하겠는가.

해금의 명인인 남편 지영희와 하와이로 이민을 갔다가 남편을 먼저 보내고 홀몸으로 병치레에 시달리다 잠시 고향에 다니러 온 길에, 여인의 가락을 사랑하는 사람들의 요청으로 갑자기 무대에 서고, 또 녹음까지 해서 나온 앨범이다. 나는 이 앨범을 무엇보다 사랑한다. 긴 유럽생활을 끝내고 귀국하자마자 손에 들어온 이 앨범은 운이라기에는 필연이었던 것같다.

햇살이 짧아진 가을이나 겨울의 아침 나절에, 창을 넘어 비치는 따스한 햇볕을 즐기며 성금연의 가야금 산조를 듣는다. 앞에 작설차의 은은한 향이 있다면 더욱 좋고, 아니라면 설탕이나 크림 없이 그저 새까만 커피향이라도 좋다. 입을 홀짝거리며 조용한 삶의 순간을 확인하고 있을 때 산조 가락은 유장하게 흐른다. 다스름을 지나 진양조로 들어서면 가야금의 탄주 소리는 아주 천천히 당신을 먼 세월의 저쪽에 숨겨 두었던 갖가지 그리움과 슬픔, 그리고 탄식으로 몰고 간다.

세월은 긴 세월이어야 한다. 짧을 수가 없다. 한 사람의 세월도 아니다. 수백 년 아니 수천 년 녹아내려 숨어든 깊은 물살을 가락은 슬며시, 그리고 느리게 끌어낸다. 물살을 타고 내려가는 뱃사공은 바로 여인이다. 그리고 배는 가얏고다. 열 두줄 현이 퉁겨내는 소리는 악기의 소리가 아니다. 그것은 이미 세월의 물결을 헤쳐 나가는 뱃사공의 노래이다. 사람의 목소리인 것이다.

우리가 음악을 들을 때, 특히 기악곡을 들을 때 그 가락과 선율이 악기의 소리로 들리지 않고 사람의 목소리로 들리는 경우는 그리 흔치가 않다. 연주되는 음악이 아름다움의 최고봉에 이를 때나 가능한 것이다. 서양 음악에 있어서도 듣는 이가 이런 절대적 공감을 가질 수 있는 곡들은 몇 안되어서 베토벤의 말년 현악 사중주들이나, 또는 바하의 무반주 바이올린 조곡, 그리고 평균율곡집 정도가 이에 속한다.

그렇게 보면 우리의 가야금 산조는 대단한 곡이다. 절대 순수음악의 최고 경지에 도달한 곡이니 말이다. 더 정확히 이야기한다면 산조 가락이 발전하며 성취한 경지야말로 아름다움의 극치이며 우리 음악의 자랑스러움이다. 산조는 근래 대부분의 악기들에 의해 연주된다. 거문고, 가야금, 해금, 피리, 대금 등이 모두 산조를 연주한다. 악기의 특성에 따라 모두 나름대로의 빛깔을 지니고 있다.

하지만 나는 가야금 산조와 아쟁 산조를 가장 사랑한다. 가야금 산조는 산조의 효시이고 아쟁 산조는 해방 후에 나타난 것이지만, 그보다도 같은 현이면서도 가야금은 탄주 악기이고 아쟁은 찰현 악기로서, 산조라는 아름다운 가락을 서로 대칭적으로 표현하였기 때문이다. 특히 가야금 산조는 산조의 시작이며 완성이라 할 수 있고, 아쟁은 산조의 비장한 아름다움을 극적으로 표현하고 있기 때문이다.

산조는 허튼 가락이다. 허튼이라는 말은 틀이 잘 잡히지 않고 제멋대로라는 뜻을 포함하고 있으니, 어찌 보면 산조는 마음내키는대로 연주되는 곡이랄 수가 있다. 이는 산조 가락이 나온 유래를 확인해 보아도 알 수 있다. 산조는 시나위에서 파생된 것이라 한다. 시나위 가락에서 판소리, 산조, 그리고 남도 민요 등 충청 이남의 대부분 음악이 비롯된 것이다.

시나위는 무악巫樂이다. 무당들이 굿을 할 때 반주로 나오는 음악이었다. 유동적이고 즉흥적인 가락이며 활력이 넘친다. 그 가락들은 우리의 정악正樂에서 보는 것처럼 잘 짜여진 틀이 없이 마치 생각나는대로 마음대로 연주되는 것같다. 시나위 연주악기는 피리, 젓대, 해금, 장고, 징 그리고 북으로 구성되며, 간혹 가야금이나 아쟁이 추가되기도 한다. 이러한 악기들이 각자 엇갈리게 연주하며 불협화음을 만들어 내는데, 그럼에도 불구하고 우리는 시나위 가락에서 깊은 맛을 느낄 수가 있다. 무엇이라 해야 할까. 호소력이 강한 선율은 우리의 마음을 쉽게 사로잡는다.

지난 한 세기 동안 서양문물을 도입하면서 미신이라고 치부해버린 무당과 그들의 굿판은 사실 우리 민족의 역사와 함께 수천 년을 내려온 것이다. 시나위라는 말도 일설에 의하면 신라시대의 〈사뇌가詞腦歌〉에서 비롯되었다고 하니 이미 천 년이 넘은 음악인 것이다. 굿은 우리의 순하디 순한 백성들의 갖가지 애환이 서려 있는 하나의 종교의식이다. 그리고 그 굿에 따르는 음악이야말로 우리 민족의 정서를 무엇보다 깊이 간직하고 있는 것이다. 우리는 이러한 음악을 속악俗樂으로 분류한다.

우리 전통음악의 상징이라 할 수 있는 정악, 즉 〈종묘제례악宗廟祭禮樂〉이나 〈영산회상靈山會相〉, 〈수제천壽齊天〉 등은 마치 하늘에서 내리는 선율처럼 아름답기가 그지없어 우리 음악을 자랑스럽게 하고 있지만, 실은 왕실이나 집권 귀족들이 특정한 의식에 쓰거나 즐겼던 음악이었기에 일반 백성들과는 괴리가 있었다. 또한 이러한 정악은 고려시대에 중국에서 건너와 우리 식으로 변질되면서 정착된 것이기에, 우리의 음악이 틀림없다고 해도 속악에 비해서는 우리의 본질적인 미감을 순수하게 나타냈다고는 볼 수가 없다.

한 가지 더 지적해야 할 것은 정악은 의식에 사용되었던 음악이어서 그 형식과 내용이 한번 정해지면 더 이상 고치거나 발전하는 것에 한계가 있을 수밖에 없었다. 이에 비해 속악은 상대적으로 백성들이 즐기는 음악이기에 그들이 좋아하는대로 언제든지 변하며 발전하여 왔다는 사실이다. 시나위에서 파생된 산조는 대표적인 속악으로서 문자 그대로 허튼 가락이며, 어느 한 시기에 갑자기 나타난 것이 아니라 우리의 음악이 역사와 함께 발전되어 오면서 아주 자연스럽게 등장한다.

가야금 산조는 김창조金昌祖(1865~1920)로부터 시작되었다고 한다. 그러나 동시대에 박팔괘朴八卦도 이미 일가를 이루었다 했으니, 가야금 산조를 어느 한 사람이 만들었거나 완성했다고는 볼 수가 없다. 우선 기본 가락이 시나위인 만큼 시대가 요구하여 거의 자연발생적으로 산조 가락이 대두되었고, 단지 앞의 명인들이 잘 다듬어 음악으로서의 형식을 완전하게 갖춘 것이라고 말하는 것이 옳을 것같다. 같은 시나위 가락에서 파생된 판소리는 이미 18세기 영정조 때 나타나며, 산조는 사람이 부르는 판소리와 달리 기악곡이기에 약간 시대를 늦추며 형성된 것이다.

18세기는 우리의 문화가 고도로 성숙하여 꽃을 피우던 시절로 실학을 비롯한 학문은 물론, 겸재 정선의 그림, 그리고 시가와 가사 등의 문학이 발달하고 있었다. 이러한 시대에 아름다운 음악이 태동하는 것은 당연하다고 하겠다. 노랫가락인 판소리로 시작하여 점차 순수 기악곡인 산조로 음악은 자연스럽게 발전되었다. 우리는 이러한 정황에 대한 인식이 없으면 산조가 지니는 그 위대한 가락을 이해할 수가 없다. 어느 천재가 혜성같이 나타나 작곡한 것이 아니라 우리의 할아버지 할머니들이 모두 참여하여 만들어 낸 가락이 바로 산조인 것이다.

성금연의 가야금 산조를 다시 듣는다. 아직도 진양조다. 느린 가락이 딩딩거리며 죄었다 풀었다 하며 긴장을 자아낸다. 낮은 음도 있지만 높은 음도 있다. 천천히 그리고 조용하게 가락을 준비하는 듯 전개하다가 서서히 높여가는 탄주는 우리의 감정을 한시도 놔주지를 않고 팽팽하게 당긴다. 수천 년간이나 고여 단단해진 슬픔이 어디 그렇게 쉽게 도달하거나 풀어지겠는가.

그리고 틈틈이 장고소리와 고수의 명인인 김명환金明煥의 추임새도 끼어든다. 들릴 듯 말 듯, 감탄하는 듯 탄식하는 듯, 그리고 흥에 겨운 듯 추임새는 가야금 가락에 맞춰 아주 자연스럽게 녹아든다. 가야금 혼자서 깊고도 깊은 희로애락을, 그리고 그 높은 슬픔을 감당하기에는 벅찼던 모양이다. 우리는 가야금이라는 악기의 음색에 매혹당하면서도 그 소리를 마치 사람의 웃음과 울음소리로 착각해서 듣는다. 일부러 그러한 것이 아니라, 가야금이라는 악기의 음색이 그러하고, 그런 음색이 구성하여 만들어내는 가락이 또한 그러하다.

가야금 산조는 세 가지 소리로 이루어진다. 가야금이 주이고, 다음이 장고인데, 장고소리는 북편(大面)과 채편(小面)으로 나누어진다. 왼손으로 장고를 울리는 것을 북편 소리라 하고, 오른손으로 채를 들고 변죽을 울리는 것을 채편이라 한다. 그리고 마지막으로 고수의 추임새가 있다. 얼씨구 절씨구 하며 바람을 넣어 가야금을 연주하는 사람의 호흡을 적당히 옆에서 조절해주는 것이다.

가야금은 우리 악기 중에서 대표적인 현악기이다. 그러나 찰현악기가 아니고 탄주악기이다. 서양의 류트나 기타와 같은 악기라 할 수 있다. 중국의 금琴과 슬瑟도 이에 해당하고 거문고도 물론 탄주악기이다. 다만 거문고는 줄이 여섯 개고 술대로 탄주하지만, 가야금은 줄이 열두 개고 손으로 직접 뜯는다. 가야금은 음역도 넓고 빠르기도 마음대로 조절할 수가 있어서, 현이라 하지만 서양의 피아노에 버금가는 훌륭한 악기이다. 어떤 면에서 피아노는 기술문명의 소산물이기에 음색이나 구조가 잘 정비된 악기라고 한다면, 가야금은 수천 년이나 거의 같은 모습을 지니고 있어 오히려 인간적인 음색이 피아노보다 훨씬 뛰어나다.

서양의 대표적인 현악기인 바이올린이나 첼로와 비교해도 그렇다. 서양의 현악기들은 리듬악기가 아니고 선율악기이므로 독주악기로 쓰이기보다는 반드시 리듬악기가 동반자로 필요해서, 피아노가 없이는 제 노릇을 하기가 어렵다. 물론 바하의 걸작인 무반주 바이올린이나 첼로 조곡 등의 예외는 있지만 바이올린 소나타 하면 언제나 피아노가 따른다.

어떤 면에서 주 악기인 현보다 피아노가 오히려 전체를 리드하는 감마저 느끼게 한다. 그러나 가야금은 그 자체로 완벽한 독주악기이다. 리듬과 선율을 동시에 완벽하게 갖추고 있는 악기인 것이다. 가야금 산조에 있어서 장고는 리듬과 장단을 맞춘다 하기보다는 가야금의 긴장을 풀었다 죄었다 하며, 곡이 원활하게 미끄러지듯이 흘러가게 하는 기능을 하고 있으므로 경우가 다르다.

성금연의 가야금 산조는 대곡이다. 무려 55분 49초에 이르는 대작이다. 길고도 긴 곡인데도 전혀 지루하거나 싫증이 나지 않고, 오히려 진양조를 거쳐 단몰이로 끝날 때까지 듣는 사람에게 조금도 틈을 허용하지 않는다. 아름다움의 연속인 것이다. 슬픔과 애환이 녹아 단단한 결정체를 이루며 빛을 발할 때, 그 처절하도록 숭고한 아름다움에 어찌 우리가 고개를 돌릴 수 있겠는가. 함께 즐거워하고, 또 울음을 머금으면서도 수백 년 다듬어진 즐거움과 슬픔이기에, 그리고 바짝 마른 슬픔이기에 우리는 소리내어 웃거나 울 수도 없다.

그리고 중머리에서 느껴지는 춤은 어디 그것이 춤이겠는가. 춤이라고 해서 어디 덩실덩실 춤을 추겠는가. 그냥 들리느니 춤의 가락이요, 마음에서 느끼는 춤이다. 오히려 무당이 죽은 이를 불러내는 초혼굿처럼 슬픔에 잠긴 춤이다. 우리는 그 모순의 미학을 가야금 산조에서 흠뻑 느낄 수가 있다. 어느 곡이 한 시간 가까이 이렇게 아름다움의 긴장을 쏟아내는 경우는 서양의 고전음악에서도 유례를 찾기가 힘들다. 더구나 악장이 중단되지 않고 계속 이어나가는 형식으로서는 인도의 전통음악인 라가 raga와 함께 가야금 산조가 유일하다고 하겠다.

성금연의 가야금 산조는 모두 일곱 부분으로 구성되어 있다. 다스름, 진양조, 중몰이, 중중몰이, 잦은몰이, 휘몰이, 단몰이 등이다. 산조의 기본 골격이다. 산조 하면 반드시 가야금을 으뜸으로 치는데, 이는 가야금 산조가 역사도 제일 오래되었지만, 그보다도 형식의 완성미가 완벽하기 때문이다.

거문고는 같은 현이지만 운지법의 한계로 휘몰이, 단몰이가 불가능하다. 그리고 음색도 너무 낮고 옛스럽다. 더구나 호흡을 길게 들여마신 다음에 불어대는 피리나 대금은 가야금의 그 빠른 단몰이를 상상도 할 수가 없다. 찰현악기인 아쟁도 마찬가지여서 잦은몰이 정도의 빠르기가 최대 한계이다.

아마도 가야금의 휘몰이, 단몰이의 속도를 따라갈 수 있는 악기는 피아노 정도가 아닌가 싶다. 단몰이의 빠르기는 서양음악으로 말하면 알레그로 비바체나 프레스토의 빠르기 이상이다. 메트로놈으로 따지면 230 정도라니 얼마나 빠르겠는가. 그리고 진양조의 느리기는 또 얼마나 느린가. 진양조는 긴 노래라는 뜻이라고 이야기하는 사람이 있는데 정말로 그런 것 같다.

우리 음악은 산조의 진양조가 아니더라도 느림의 미학에 있어서는 최고봉이다. 진양조의 느리기는 서양음악의 라르고보다 훨씬 느리고, 렌토 아싸이보다도 느리다. 어쩌자고 그렇게 느린 것인가. 그러나 음악에 있어서 느린 속도는 대개 서정적인 경우가 많다. 서양의 고전음악에서도 아름다운 서정적인 음악은 모두 느린 속도로 되어 있다. 알비노니의 아다지오, 헨델의 라르고, 그리고 바하의 바이올린 파르티타 2번의 샤콘느도 아다지오다. 베토벤의 불후의 걸작 현악 사중주 op.131의 4악장도 안단테의 노래하는 듯한 속도로 시작되지만, 악장의 중간 부분 최고 클라이막스는 역시 아다지오로 되돌아간다. 어쩔 수가 없는 것이다.

그러나 느림의 미학에 있어 최고봉은 우리의 가곡과 가사이다. 여기서 가곡은 현대가곡이 아닌 조선조 가곡을 뜻한다. 가곡 한 마당을 들으려면 엄청난 시간이 필요하다. 현존하는 가곡은 삭대엽數大葉인데, 우리말로 잦은한잎, 즉 빠르고 큰 노래라는 뜻이다. 다시 한번 강조하지만 가곡 삭대엽은 빠른 노래이다. 그러나 우리 귀에 그렇게 느린 노래가 도대체 어떻게 가능할까 할 정도로 느리다. 메트로놈으로 거의 잴 수 없을 정도의 15~20이라니 얼마나 느린 것인가. 그러나 이런 느린 노래를 왜 삭대엽, 즉 빠른 노래라고 했을까. 이유는 있다. 이보다 더 느린 형식의 곡들이 있었기 때문이다. 우리의 가곡은 신라와 고려시대까지 거슬러 올라가는데, 바로 향가와 고려가요가 그것들이다.

가곡으로 만대엽慢大葉과 중대엽中大葉, 그리고 삭대엽의 세 가지 형식이 있었는데, 이중에서 만대엽이 제일 속도가 느린 노래다. 도대체 만대엽은 얼마나 느린 곡이었을까 도저히 상상이 안간다. 만대엽은 이미 조선조 중반에 사라졌다니 아쉬움이 남는다. 아마도 인간의 아주 원초적인 원형이 남아있지 않았을까 생각해 본다. 우리가 결국 잃어버린 원형이 아닐까.

아주 느린 속도로 울리는 곡은 인간들이 본디 태어난 자연과 조화를 이루고 있었음이 틀림없다. 자연을 쳐다보면 어디 급한 것들이 있는가. 나무는 수백 년을 가고 하루도 길기만 하다. 떠오르는 해나 떨어지는 해나 얼마나 천천히 움직이는가. 급히 흐르는 강물이라도 결국은 변함이 없이 흐르고, 또 멈춰있는 듯한 거대한 바다로 들어가지 않는가.

어떻든 가곡을 한번 들어보시라. 얼마나 유장한가. 그리고 그 기다란 가락에 들어있는 인간의 원형을. 바삐 움직이며 숨돌릴 틈도 없이, 그리고 눈길이 닿는 곳마다 인간이 만들어 놓은 숫자와 시간에 스스로 얽매여 질식하고 있는 우리 현대인에게 우리의 조선조 가곡은 한 줄기 빛이라고 할 수 있다.

역시 그랬다. 느림의 미학이 지배하고 있는 것이 가야금 산조이다. 우리의 원형이 살아 숨쉬고 있는 곡이 바로 가야금 산조인 것이다. 그러나 가야금 산조가 오직 느림의 미학만을 나타내고 있다면 그 위대함에는 한계가 있을 수 있다.

가야금 산조가 진정 위대한 것은 전개를 하고 있기 때문이다. 내용이 단조롭지 아니하고, 수많은 얼굴을 보이며 스스로 다양하게 발전하고 있다. 진양조에서 점점 속도를 높이며 단몰이에 이를 때까지, 끊임없이 빠르기

와 내용을, 그리고 이에 따른 느낌을 쉴 사이 없이 변용하며 전개하고 있
는 것이다. 진양조와 중몰이의 흐느낌이나, 슬프도록 아름다운 춤사위도
모두 잊고 휘몰이에서 단몰이로 넘어가며 몰아치는 폭풍우는 숱한 세월에
맺혀 있는 빗방울들을 마구 뿌려댄다. 그리고 그 빗방울들이 아주 빠르게
우리의 가슴을 때릴 때 곡은 매듭을 지으며 완성되는 것이다.

　나는 명인이 진정 무엇을 의미하는지 모른다. Virtuoso라 하면 한 악기
의 달인을 뜻하는 것일진대, 명인이라면 마찬가지로 한 악기의 연주기술
이 최고 경지에 이른 사람을 의미하는 것일까.

　성금연의 얼굴을 다시 본다. 주름이 있지만 광대뼈가 약간 나온 사각형
얼굴은 영락없이 우리의 보통 얼굴이다. 그러나 어딘지 모르게 숨겨져 있
는 그림자, 그리고 그 그림자를 휘어잡으며 흰 머리를 이고 단정하게, 곱
게 정좌하여 악기를 어루만지고 있는 모습은 예사롭지 아니하다. 아름다
움의 동굴을 다 터득한 사람답게 전혀 흔들림이 없다. 그 투박한 손가락들
이 탄주하는 음률은 가히 심금을 울리고도 남아서, 우리를 이 혼탁한 세계
에서 잠시 벗어나 아름다운 천상의 세계로 인도하는 것이다. 그리고 그 길
로 안내하는 길잡이 성금연이야말로 훌륭한 안내자이며 명인인 것이다.

부석사 석등의 슬픈 노래

아쟁 산조

아쟁은 일곱 줄의 현악기이다. 찰현악기擦絃樂器로서 활대로 연주한다. 활은 본래 개나리 가지로 만든다고 하는데, 요즈음은 말총이 쓰인다고 한다. 소리를 부드럽게 하기 위한 것같다. 산조를 연주하기 위해 옛부터 전하는 아쟁의 길이를 조금 줄이고, 활은 말총을 사용하여 음색을 화려하게 만들었다고 한다.

아쟁은 우리의 악기 중에서 보기 드물게 아름다운 음색을 지니고 있고, 또 음량도 풍부하여 현대인이 친숙해 질 수 있는 악기이다. 서양의 첼로와 닮았다고나 할까. 그러나 첼로의 화려함이나 부드러움과는 본질적인 면에서 격이 다르다. 우리가 아쟁을 사랑하는 것은 그 소리가 거의 사람의 목소리와 흡사하기 때문이다. 첼로는 너무 정교하여 문자 그대로 기악소리인데 반하여, 아쟁은 곡과 상관없이 얼핏 들어도 그 소리가 사람의 낮고 쉰 목소리로 들린다. 공명의 구조가 달라서 그런 것이 아닌가 싶다.

우리의 현악기들이 공통적으로 지니고 있는 점은 공명통이 악기의 뒤편에 달려 있어 줄이 달려 있는 앞면은 그저 평평하기만 하다. 바이올린이나 첼로는 모두 앞쪽에 구멍이 뚫려 있다. 역시 동양과 서양의 차이일까. 숨기는 듯 드러내는 것이 우리 동양의 방식이 아닐까. 그래서 그런지 우리 악기들의 소리는 더 차분하고 뒷맛을 깊게 남긴다.

아쟁 산조의 창시자는 한일섭(1927~73)이라고 한다. 박종섭의 스승이다. 그러나 가야금 산조와 마찬가지로 누가 만들어 낸 것이라고는 말할 수 없는 것이고, 단지 산조 가락을 아쟁에 맞게 다듬었다고 하는 것이 맞는 말일 것 같다.

아쟁 산조는 보통 진양조, 중몰이, 중중몰이, 잦은몰이의 네 부분으로 이루어져 있다. 시간도 25분에 못 미치니 가야금에 비해 반이 안된다. 그러나 바로 이러한 점 때문에 아쟁 산조를 들으면 우리는 긴장감을 더하게 된다. 아쟁 산조는 한 마디로 화려하다. 느낌도 화려하지만 곡의 구성도 화려하다. 보통 우리가 궁중사극을 볼 때, 배경음악으로 아쟁 산조 몇 가락을 접하게 된다. 구중궁궐에 버려져 슬픔에 잠긴 여인들을 묘사할 때, 아쟁소리가 그만큼 쉽게 우리를 감응시키기 때문이리라.

아쟁 소리는 마치 여인이 울고 있는 것처럼 들린다. 아쟁의 음색이 인간의 목소리와 흡사하기 때문이다. 따라서 곡의 내용이 슬픔을 나타낼 때, 다른 악기들과 달리 아쟁은 그 슬픔의 효과를 극대화시킨다. 악기가 울고 있는 것이 아니라, 마치 탁하고 저음의 목소리를 가진 어떤 사람이 소리를 내어 울고 있는 것같다.

하지만 그 울음은 늘상 우리가 울고 있는 그런 울음이 아니다. 높이 승화된 울음인 것이다. 궁중의 여인이 마른 울음을 삼키고 있는 것은 눈앞의 현실이지만, 이러한 감정이 아쟁에 얹힐 때 그 슬픔은 승화되어 아름다움을 빚어내는 것이다.

슬픔이 극에 달하면 침묵하게 된다. 아쟁은 높은 음으로 슬픔을 고조시킨다. 이 때 슬픔의 강도는 슬픔이 쌓인 크기와 얼마나 오랫동안 슬픔이 쌓여 왔느냐 하는 세월의 정도를 의미하며, 바로 이 점이 음악이라는 예술 형식의 묘미인 것이다. 어떻든간에 아쟁의 울음은 소리를 내어 우는 것이 아니다. 어깨를 들썩이며 울되 몸짓은 어깨만 겨우 움직일듯 말듯 하며 소리는 전혀 없이 안으로 삭히며 우는 것이다.

등잔 밑 그림자 되어
눈물 짓는 여인아
웃고름 접어 닦으렴

한 세상 걷는 길
그렇게도 먼 것을

보아주는 이 듣는 이
아무도 없는 걸
옥죄인 머리비녀 풀어나 보고
큰소리로 섧게나 울 일이지

초승달 작은 빛 파르슴히
서리서리 무서리 내려
시나위 추스릴 때
현마다 소리그림자 아쉬움으로 떨고
빨라지는 가락에 서러움이 차오르면

그렁그렁
어깨나 들썩이지
멈춰 소리 죽이면 어떡하라구

가랑잎은 겨울비 되어
밤으로 떨어지고
어둠에 걸린 일곱가닥
이제 활도 쇠서
멈춰야 하는데

가물가물 등잔 불꽃
아직 잿속의 불씨는
눈물을 덥히우고

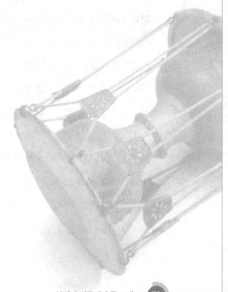

달무리 찬 서리
중중모리 휘모리로 고개 넘어 흐르면
강물은 소리없이 여인을 떠메어 가네
　(자작시 「아쟁 산조 가락에 붙여」)

아쟁 산조가 지니고 있는 슬픔은 통상적이고 표면적인 것이 아니다. 꼬리가 아주 긴 울음이다. 아쟁이 높은 음자리로 이동하며 긴박감을 주면서 어디인가 숨어있는 슬픔과 한을 끌어낼 때, 우리는 온몸이 떨리는 듯한 전율을 느낀다. 단선적이 아닌 복수로 깔린 슬픔의 여운이 우리를 감동시키는 것이다. 특히 이러한 효과는 우리의 음악에서 볼 수 있는 농현의 덕택이 아닌가 싶다.

농현은 가야금 산조에도 있지만, 아쟁 산조에서도 그 효과가 유감없이 발휘된다. 보통 우리의 가락은 한 음이 길기만 한데 음이 너무 긴 것을 완화시켜 주는 것이 농현이다. 요성이라고도 하는데, 음을 여러 음으로 분산하며 흔들어 준다. 일종의 떨림소리인데, 떨림소리는 한 음이 바이브레이션됨에 반해 농현은 높낮이가 서로 다른 음으로 만들어진다. 악기의 왼쪽 현을 강약을 달리하여 지긋이 누르면서 밀거나 당겨주고, 오른손으로는 활대를 움직이면 이때 여음이 떨려 나오는 것이다. 소위 역안법에 의한 탄주이다.

또 한가지는 문자 그대로 여음餘音이 있다. 활대로 한 번 힘껏 그으면 첫 음이 강하게 나오고 소리 그림자가 길게 꼬리를 늘어뜨린다. 서양의 현은 이러한 꼬리음도 길지 않지만 그나마 꼬리음이 모두 사라지기를 기다리지 않고 곧바로 다음 음을 건드린다. 이에 비해 우리의 현은 서양의 피치카토보다 한결 더 완벽하게 음을 끈다. 느림의 효과다. 게다가 묵음도 있다. 묵음이란 소리가 전혀 없는 음이다. 쉼이라고 이야기하겠지만 그것과는 본질적인 차이가 있다. 소리가 없는 음이지만 소리인 것이다. 듣는 이가 마음으로 듣는 음이다. 동양 산수화의 여백이나 마찬가지 개념이다.

이러한 농현과 여음, 그리고 묵음으로 우리는 아쟁이 그려내는 슬픔을 아주 깊숙이 오래도록 느끼게 되고, 바로 이러한 슬픔이 멀리 까마득한 시절부터 쌓여 내려오는 것처럼 착각하게 된다. 그리고 그러한 느낌은 우리로 하여금 음악의 아름다움을 다시 한 번 찬탄케 하는 것이다.

　　슬픔에 관한 이야기라면 나는 언제나 영주의 부석사가 떠오른다. 부석사는 오래된 절이다. 책에서 배운 대로 무량수전이 우리나라에서 제일 오래된 목조건축이라 하지만, 그보다도 전체 가람이 산기슭에 앉아 있는 모습에서 나는 세월의 깊이를 느낀다. 건물들이 드문드문 배치되어 있지만 하나같이 퇴색한 단청에서, 그리고 썩지는 않았지만 금이 여기저기 간 배흘림기둥들, 그리고 무엇보다 무량수전 앞에 덩그러니 서있는 키 큰 석등에서 세월의 말없음을 깊이 느낀다.

　　그러나 나를 언제나 붙들고 있는 것은 돌로 쌓은 석단, 즉 석축이다. 흘러내리는 산기슭에 가람을 앉히다 보니 높이가 서로 다른 석축을 쌓아야 했고, 그 위에 건물을 지었다. 범종각을 지나 안양루, 그리고 마지막 무량수전에 이르기까지 우리는 무수한 석축을 만나게 되는데, 요즈음과는 달리 이러한 석축들은 모두 일정한 크기의 돌로 쌓은 것들이 아니다. 크기가 서로 다른 큼직한 돌을 바라보이는 면만 반듯하게 하고, 다른 면은 아무렇게나 모가 나있는 대로 서로 맞추어 쌓았다. 틈틈이 잔돌을 끼워 힘을 보강하고 있지만 언뜻 보면 무질서하기 짝이 없다. 그러나 전체적으로 우리에게 주는 느낌은 아름다움의 극치이다. 부조화의 조화이다. 산조의 허튼가락이 전체적으로 주는 아름다움이 이러할까. 이러한 방식의 석축은 불국사에도 보이고, 송광사에서도 보이지만, 부석사의 석축은 그 중에서도 으뜸이라 할 수 있다. 아마 신라시대부터 내려오는 석축이리라.

　　우리는 그러한 석축을 깊이 응시할 때마다 덧없고 한없는 세월을 느끼게 되고, 무엇이라 말할 수 없는 이상한 슬픔이 천천히 가슴에서 스며 나오는 것을 인지하게 된다. 말없는 돌들이 우리를 대신하여 무엇인가 강하게 호소하고 있는 것이다. 아쟁 산조를 들을 때마다 저며나오는 슬픔은 바로 부석사의 석축에 제멋대로 박혀 있는 돌들이, 그리고 세월 속에 숱하게 사라져 간 삶들이 빚어내는 슬픔의 아름다움인 것이다.

아쟁 산조 가락이 한창 진행되면 춤이 연상되기도 한다. 춤이 생각나는 것은 흥이 나서 그런 것이 결코 아니다. 물론 음악은 본질적으로 춤하고 연관되어 있다. 음악과 춤은 원시적 동질성을 지니고 있어서, 음악을 들으면 춤을 연상할 수도 있다. 춤이라고 해서 반드시 덩실덩실 즐겁게 추는 춤만이 있는 것은 아니다. 음악도 마찬가지 아니겠는가.

바하의 무반주 바이올린 조곡은 대부분 춤곡의 리듬에 맞춘 것이다. 그러나 우리가 그 곡을 들을 때 신나고 흥겨운 춤을 연상하지는 않는다. 아쟁 산조도 마찬가지다. 아쟁을 들으며 설사 그것이 춤이라 해도 리듬에 맞춰 빠르게 움직이는 춤은 더욱 아니다. 침묵의 춤이기에 느리기가 한량없다. 천천히, 극도로 절제된 몸짓이 요구된다. 춤사위는 느리고 넉넉해야 한다. 양주별산대놀이의 파계승이 추는 춤을 생각하면 될 것이다. 손을 들어 손과 팔의 무게가 느껴질 때까지 아프도록 오래 멈추는 듯하고, 다리도 무릎을 꺾어 크게 들어 올리되 내릴 때는 천천히, 그리고 아주 조용히 부드럽게 움직인다.

이러한 춤사위는 우리의 전통이다. 고구려 고분 벽화에서 나타나는 무용에서도 우리는 이런 느린 춤을 발견할 수가 있다. 옷매무새가 보통 넉넉한 것이 아니다. 소매가 대단히 크다. 넓적하다. 날렵하게 옷을 입고 동작을 빠르게 하는 요즈음의 춤과는 거리가 멀다. 춤옷은 품이 넉넉해야 한다. 옷은 가림이다. 품이라도 충분해야 하는 것이다. 공간이 있어 숨을 편안히 쉴 수가 있어야 한다. 가파른 선은 급하고 아슬아슬하다. 슬픔의 결정체는 가파르게 표현되는 것이 아니다. 천천히 숨어 보일 듯 말 듯 깊숙이 안에서부터 한 방울 한 방울 소리가 거의 안 들리는 듯 우러나와야 한다.

우리는 아쟁 산조를 들으며 음악과 춤의 모순의 아름다움에 다시 한 번 경탄하게 된다. 그리고 조지훈의 아름다운 시 「승무」를 다시 떠올리게 된다. 시나위 가락에 맞춰 추는 살풀이춤도 아름답지만, 아쟁 산조를 감상하며 「승무」를 볼 수 있다면 바로 그 순간이 이승의 최고 즐거움이 아니겠는가. 지훈의 「승무」를 마지막으로 읽는다.

얇은 紗 하이얀 고깔은
고이 접어서 나빌레라

파르라니 깎은 머리
薄紗 고깔에 감추오고

두 볼에 흐르는 빛이
정작으로 고아서 서러워라

빈 臺에 黃燭불이 말없이 녹는 밤에
오동잎 잎새마다 달이 지는데

소매는 길어서 하늘은 넓고
돌아설 듯 날아가며 사뿐히 접어올린 외씨보선이여.

까만 눈동자 살포시 들어
먼 하늘 한 개 별빛에 모두오고

복사꽃 고운 뺨에 아롱질 듯 두 방울이야
세사에 시달려도 번뇌는 별빛이라.

휘어져 감기우고 다시 접어 뻗는 손이
깊은 마음속 거룩한 합장인 양하고

이 밤사 귀또리도 지새는 三更인데

얇은 紗 하이얀 고깔은 고이 접어서 나빌레라.

흐르는 강물

- 고금 독주 〈유수流水〉

금쪽은 음을 진양조로 느리게 흘린다. 굵은 저음으로 음들은 시작한다. 느리지만 잔잔하지는 않다. 무엇인가 숨어 있는 듯한 음들이다. 베토벤이 말년에 작곡한 곡들에서 여러 번 보이는 모습들이다. 예상대로 곡은 속도를 빠르게 하고, 음들은 가녀리지만 높은 소리를 낸다. 여러 개의 현들이 함께 훑어지기도 한다. 그러다가 음들이 솟구친다. 크레센도로 점점 강도를 높이며 무섭게 솟구치다가 무너져 내린다.

무엇을 연상할 수 있을까. 잔잔히 흐르던 물길에 용솟음치는 물마루, 물줄기가 바위에 부딪쳐 솟구치는 거대한 물마루 바로 그것이었다. 곡이 빨라진다. 소용돌이가 나타나며 어쩔 수 없이 물살도 급하다. 거칠고 빠르다. 물도 맑은 물이 아니고 흙탕물이 틀림없다. 아마 황하가 흐르는 모습이었을 것이다. 황하는 말 그대로 누런 물줄기다. 황토지대를 한없이 흘러내리는 거대하고 장대한 흐름이 황하다. 폭포도 있다. 황하의 폭포를 거슬러 뛰어 올라가는 물고기는 용이 되어 하늘로 오른다 하던가. 그래서 등용문이라 했단다.

황하의 물줄기는 정해져 있지 않다. 중류를 지날 무렵에 물이 흘러 넘치게 되면 멋대로 물줄기를 바꾼다. 산동성의 위 아래로 물줄기가 바뀐 것이 도대체 몇 번인가. 곡은 마치 이런 물줄기처럼 거대하면서도 제멋대로 넘실대며 춤을 추는 듯 흐르고 있다.

중국의 강들이라는 것이 모두 다 이래서 강물은 잔잔한 흐름을 거부한다. 장강이라 부르는 양자강도 마찬가지여서 강의 중류까지만 해도 깊은 협곡을 흐르며 곳곳마다 소용돌이가 무섭게 솟구친다.

이럴 때쯤이면 금의 일곱 개 현들은 끊어질 듯 소리를 거칠게 토해낸다. 이 짧은 곡에 강물소리를 다 담으려 하는가. 짧다고 해도 서양의 고전음악에 나타나는 각 악장의 길이에 비해 짧다는 이야기이지 느낌은 결코 짧지가 않다. 마음이 그리움에 사무치면 하룻밤에도 만리장성을 쌓는다니까 우리의 길고 짧은 느낌은 상대적인 것에 불과하다. 흙탕물의 폭포가 뛰어내리더니 물은 다시 잔잔해지고 느린 물결이 흐느끼다가 다시 물길은 솟구치며 곡은 끝난다.

나는 음악 언어를 이야기하면서 언제나 문학 언어의 한계를 뼈저리게 느낀다. 음악이나 문학이나 똑같이 아름다움을 이야기하는 데도 왜 겉으로 나타나는 언어의 모습은 이다지도 다른가. 더구나 서양의 고전음악에만 익숙하여 그나마 서양음악을 구성하고 있는 여러 가지 음악 관련 언어들과 용어들을 사용하고 있을 때에도 이런 문제에 시달렸는데, 이제 새롭게 접한 중국 음악이라는 신세계와 그 세계의 중심을 이루는 악기 고금古琴에 대해 짧은 지식만을 갖고 있는 상황에서 어떤 언어를 사용하여만 이 아름다운 금곡琴曲을 기술할 수 있을 것인가.

분명한 것은 금이라는 악기, 길이가 1.2m 정도밖에 안되는 현악기가 강물이 흐르는 모습을 아주 훌륭히 묘사하고 있다는 점이다. 두 가지 면에서 이런 점이 느껴지는데, 첫째로는 현이 나타내는 음색이다. 현이 퉁겨지며 울려 나오는 소리는 명료하지가 않다. 무어라고 딱 집어서 이야기할 수 없는 복잡한 음색이다. 피아노와는 사뭇 다르다. 피아노도 물론 건반이 한번 울리면 공명으로 뒤따르는 음이 있지만, 다음 차례의 음이 급하게 나타나고, 울리는 음마다 모습을 뚜렷이 나타낸다. 모호함이라고는 전혀 없다. 음도 수학적으로 분석이 되는 그들이니 오죽하겠는가.

고금이 울리는 소리는 자연스럽고 그윽하다. 우리의 가야고처럼 고금도 몸체는 오동나무로 만들고, 현은 명주실을 꼬아 매달았다. 그러므로 악기에 자연의 생명이 깊숙이 녹아 들어 있음이 틀림없고, 그 악기를 연주할 때면 악기의 속내울림이 바로 자연의 소리이므로 그 깊이가 한결 아득하고 먼 것이다.

흐르는 탁한 강물은 맑지가 않다. 조용히 흐르지도 않는다. 유럽의 강물을 보라. 좁고 깊다. 물도 숲 사이를 흘러 맑기만 하다. 비가 내리는 양도 많지를 않아서 웬만해서 범람하지도 않는다. 라인이 그렇고 다뉴브가 그렇다. 세느강도 도심을 흐르지만 넘치지를 않아, 강가에 무수한 계단과 산책로가 만들어진다. 한마디로 강은 사람이 다스릴 수 있을 정도로 고분고분하다.

그래서 피아노는 얼마든지 그들의 강을 노래할 수가 있다. 그러나 피아노의 88개 건반이 갖는 그 너른 음역으로도 중국의 거칠고 도도히 흐르는 강들을 표현하기에는 역부족이라고 생각한다. 역시 일곱 줄의 금이어야 하는 것이다. 분명치 않아도 거대한 물줄기가 현絃의 안으로 잠겨들 만큼 깊게 울리는 음색이어야 하는 것이다.

둘째로는 마음이 느끼는 강물이다. 이 곡 〈유수〉(吳文光 연주)를 듣다보면 마음에 절로 강물이 흐른다. 조용한 강물이 아니라 노도처럼 흐르는 황하가 마음 한 구석에도 깊이 흐르는 것이다. 마음은 우주이니 아무리 거대한 황하라도 마음에 널린 산과 들을 헤치며 흐른다. 마음이 그렇게 느끼도록 곡은 금을 타며 흐른다. 그리고 그 강물은 반드시 눈에 보이는 강물이 아니어도 좋다. 강물이 강물일 필요는 전혀 없다. 어떻게 보면 강물이라는 눈에 보이는 허깨비를 세워놓고 있는지도 모른다.

여기서 유의해야 할 점이 있다. 바로 의경意境이다. 마음의 경치이다. 이 개념은 중국의 모든 예술에서 보이는 것인데, 회화에 있어 사의화寫意畵도 이의 일종이다. 아름다운 산수를 그리거나, 나무 또는 새를 그리더라도 사물 자체의 아름다움뿐만 아니라 그 속에 숨어 있는 후경後景을 강조한다. 특히 남종화를 중심으로 하는 문인화가 이를 강조하는데, 실은 남종화만 아니라 중국의 모든 회화는 이런 요소를 지닌다. 그리고 특정 예술작품에서 나타내려는 의경이 과연 무엇일까는 감상자의 몫이다. 의경이 정해져 있는 것이 아니라 감상자가 무한한 자유를 갖고 임의대로 상상할 수 있다.

나는 〈유수〉를 들으면서 곡의 뒤에 숨어있는 광기어린 자유를 읽는다. 곡의 중반부를 넘어서며 마구 훑으며, 또 선이 끊어질 정도로 힘차게 뜯어내는 현들의 소리에서 나는 무서운 힘과 그 힘으로 인해 정신이 돌아버릴 정도의 세찬 광기를 느낀다. 가녀린 현을 놓고 연주자는 도대체 무슨 짓을 하는가. 차라리 오동나무로 만든 눈앞의 작은 악기를 내동이치고 부숴라. 아니면 두 손을 움켜쥐고 일곱 개의 줄을 모두 끊어 버려라.

황하는 강이되 보통의 강이 아니다. 우선 물이 맑지 못하고 흙탕물이다. 그리고 밀려 내려온 토사로 인해 강바닥이 강 옆의 평야보다 높아지는 대표적인 천정천이다. 비가 억수로 내리면 강물은 정해진 길을, 평소에는 거부할 수 없는 주어진 길을, 인간들이 강을 다스리려고 높이 쌓아놓은 거대한 강둑을 일거에 무너뜨리며 평야를 집어 삼킨다. 강물은 스스로의 길을 선택한다.

주위의 무수한 도시와 그 도시들이 만드는 역사를 허리에 껴안고 흐르다가도 스스로 역사를 뒤엎고 인간을 다스리며 새로운 길을 창조한다. 둑으로 막힌 좁은 길은 철저히 거부한다. 둑이 무슨 대수인가. 자연의 순리는 정해진 것인가. 아니다. 우리 사람들이 도저히 예측할 수 없을 만큼 자연은 제멋대로이다. 어떻게 보면 자연은 미쳐 있을 수도 있다. 그 속에 사는 우리 인간들도 무수한 관습과 제도를 만들고 순응하려 하지만 인간의 본성 한 구석에는 거친 혼돈이 있다. 그것은 미친 자유일 수도 있다.

명나라 말기에 두 사람의 미치광이가 있었으니 한 사람은 이지李贄 (1527~1602)요, 또 한 사람은 서위徐渭(1521~93)다. 두 사람 모두 기존의 질서를 매섭게 거부한 창조적 고집통들이다.

나는 서위의 그림을 볼 때마다 눈물이 날 정도로 그의 광기를 공감한다. 제한된 여백의 종이 위에 그려지는 그의 붓 한 획 한 획은 인간이 속에 숨겨놓은 날카로운 광기의 표현이다. 차라리 종이를 찢어 버려야 마땅하거늘, 서위는 어떻게 해서 그 조그만 붓자루로 희디 흰 공간에 그림을 그리는가. 미치도록 솟구치는 힘을 어떻게 다스리고 그렇게 아름다운 그림을 그릴 수 있었단 말인가. 그가 그린 난초나 대나무에서 정상적인 잎들은 없다. 모두 찢겨지고 갈라진 잎들이다. 공간을 가득 채울 이유도 없다. 한 개의 잎을 그린다 해도 우리는 그 잎사귀에서 그의 고통스런 광기를 읽을 수가 있다. 오죽했으면 후처後妻를 살해했을까. 비극이다.

지나친 자유에의 탐구는 미치광이가 되려는 신호다. 하지만 수백년이 지나서 우리에게 공감을 주는 것은 그런 미칠 정도의 자유스러운 영혼이다. 나는 〈유수〉라는 고금곡에서도 이런 광기를 발견하고 전율을 느낀다. 강물이라는 대상을 표현하였다고 하지만, 강물과 무슨 상관이 있단 말인가.

여기서 〈유수流水〉라는 제목을 한 번 짚고 넘어가자. 제목이 붙어 있으니 이 곡은 표제음악이다. 적어도 서양음악의 분류방법에 의하면 특정한 대상을 지칭하거나 뜻을 나타내는 제목이 붙으면 분명 그 곡은 절대 순수음악이 아니라 표제음악이다. 소나타 형식의 곡을 작곡하고 그것이 피아노를 위한 것이라면 단순히 피아노 소나타 작품 몇 번 정도로 족한데, 구체적으로 '흐르는 강물'이라는 표제를 달았으니 이는 순수음악이 아니다. 게다가 곡을 지칭하는 다른 이름이 있는 것도 아니다.

앞으로 이야기할 중국 음악의 모든 곡들은 이런 구체적인 형상을 나타내는 제목을 갖고 있다. 형상뿐만 아니라 대부분의 제목은 그에 어떤 역사적인 고사까지 얽혀 있다. 그렇다면 중국에 순수 기악음악은 없는 것인가. 절대음악이란 존재하지 않는가. 아니다. 그렇지 않다. 절대음악과 표제음악이라는 이분법은 어디까지나 서양에서 사용되는 기준에 불과하다. 음악을 음 자체에서 나오는 아름다움으로 인식한다면, 그리고 그러한 음악이 순수음악이라고 한다면, 오히려 중국 음악의 대부분, 특히 중심 음악인 금곡琴曲은 무조건 최고봉의 절대 순수음악이랄 수가 있다. 제목에 연연할 필요가 없다.

앞서 이야기한 사의화의 의경처럼 중국 음악은 마음을 그리고 있다. 마음의 세계를 노래하고 있기 때문에 우리는 음악을 들으며 상상의 나래가 아주 자유롭다. 곡에 관련된 역사적 사실도 생각을 하든 말든 상관이 없다. 음식에 조미료를 넣든 말든 무슨 상관이란 말인가. 무엇을 생각하거나 느끼거나 감상자의 자유다. 제목이 있다 해서 그 제목이 지시하는 형상을 어설프게 그리려 하지 않는다.

서양의 표제음악이라는 것이 구체적인 경치나 사물을 있는 그대로 음악으로 나타내려 하기 때문에 결과적으로 얼마나 우스꽝스러운 모습을 보이고 있는가. 프란쯔 리스트의 음악들이 그렇다. 그리고 베를리오즈의 환상교향곡은 스토리가 있는 곡인데도 왜 그렇게 지루한가. 중국 음악의 제목들은 분명 가이드라인으로 특정 대상을 지시하기는 하지만, 우리는 굳이 그것에 얽매일 필요가 없다. 오히려 그 제목이 지니고 있는 사물적 특성을 넘어서는 높은 마음의 경계에 우리는 자유롭게 도달할 수가 있다. 역설적이다.

그러나 우리는 다시 강조하지만 서양의 명쾌하기만 한 이분법에 익숙한 선입감으로는 이러한 경지를 설명할 수가 없다. 제목이 있으되 그것으로 좋고, 동시에 그것을 넘어서는 어떤 높은 경지가 있다니 쉽지가 않은 일이다. 하지만 우리의 미적 감각이라는 것이 본래는 이런 모호하고 은근한 아름다움이었는데, 거꾸로 근대에 이르러 서양 문물로 인해 수학적으로 분석되는 아름다움에 익숙하고, 또 그런 줄 아는 것이다.

〈유수〉는 가장 오래된 곡의 하나다. 앨범에 실린 이 곡의 해설을 본다.

이 금곡琴曲은 『여씨춘추』「본매편本味篇」에서 백아伯牙가 금을 연주하는 고사에서 유래한다. 현존하는 악보는 「신기비보神奇秘譜」(1425년, 주권朱權 편찬)에서 처음 보인다. 곡에 덧붙여진 당시의 해설에 따르면 "〈고산高山〉과 〈유수流水〉는 본래 한 곡이었으나 당대에 이르러 단수段數의 구분없이 두 곡으로 나뉘어졌으며, 송대에 이르러 〈고산〉이 다시 네 부분으로, 〈유수〉가 다시 여덟 부분으로 나뉘어졌다"고 한다. 오늘날 가장 널리 알려진 것은 청대의 천파川派 연주자 장공산張孔山이 새롭게 다듬고 발전시킨 〈유수〉(천문각금보天聞閣琴譜, 1876)이다. 후세의 연주가들은 이 곡의 각 부분들에 별개의 제목을 붙임으로써 그것의 음악적 정취를 달리 표현해 내고자 했으며, 동시에 고금의 곤滾(구르다), 불拂(털다), 작綽(움켜쥐다), 주注(모으다) 등의 기법을 충분히 발휘함으로써 흐르는 물의 모습을 더욱 선명하게 형상화시켰다.

『여씨춘추』에 기록이 보이니 이 곡의 역사는 최소한 2천 2백년을 넘는다. 까마득히 오래된 음악인 셈이다. 이렇게 오래된 음악이 오늘날까지 전해 내려져 온다는 사실에 우리는 중국 문화의 깊이를 새삼스럽게 인식하고 그에 대해 경외심을 느낀다. 물론 현재 우리가 직접 듣고 있는 음악은 원래의 곡과 완전히 일치하지는 않을 것이다. 긴 세월을 내려오면서 후세인들이 무수히 가감하고 다듬고 편곡하고 해서, 세인들이 그 중에서 제일 듣기가 좋다는 곡으로 발전하여 왔을 것이다.

동양음악이라는 것들이 대부분 이러해서 작곡자가 있는 경우가 드물지만, 있다 해도 그 최초의 작곡자가 지은 곡이 본래의 모습을 지니고 있는 경우는 드물다. 우리의 산조 가락의 예에서 보듯이, 산조는 시나위 가락에서 유래한 것이고, 어느 누가 산조를 창안하였다 하더라도 그것은 그 가락을 특정 악기에 맞추어 다듬었다는 사실에 불과하다.

그러나 우리가 유념해야 할 것은 어느 특정한 곡이 살아서 움직인다는 사실이다. 〈유수〉도 춘추전국시대 금의 명인인 백아가 작곡하고 연주하였다고 하지만, 역사가 흐르면서도 그 곡은 더욱 풍부하게 발전하여 많은 사람들의 사랑을 받고 있으니, 곡은 하나의 유기체적인 생명으로 살아서 움직이는 것이다.

그리고 미치광이가 연주하는 듯한 거친 가락의 고금곡을 마다 안하고 적극적으로 수용하여, 이를 다듬고 발전시킨 중국 문화의 깊이에 대해 새삼스럽게 놀라게 된다.

프랑스의 미셸 푸코가 지은 『광기의 역사』에서 그는 얼음처럼 차가운 지성으로 인간이 어떻게 제도와 관습이라는 굴레로 광기를 다스려 왔는가를 서술하고 있다. 한 마디로 인정머리가 없는 냉혹한 글이다. 하지만 동양에서는 신을 논하지 않듯이, 미치광이에 대해서도 어떤 대립적인 요소로 통제하려 하지 않고 그냥 관대하게 인간의 극히 정상적인 일부로 받아 들였다. 동양과 서양의 차이가 이렇게 크다.

백아의 곡이라 하니, 백아와 종자기의 고사를 언급 안할 수가 없다. '지음知音'이라는 단어가 여기서 유래하지 않는가. 지음이라 하면 상대방이 내 뜻을 알아준다 함인데, 보통 예술작품을 논할 때에 쓰인다. 가령 어느 시인이 시 몇 수를 지어 누구에게 보였을 때, 그가 그 작품들을 통해 지은 이의 뜻을 알아준다 하면 그것이 바로 지음이다.

아마도 백아가 〈유수〉를 탄주할 때 그 연주를 듣는 종자기는 얼씨구 등의 추임새를 넣으면서 강물이 폭포처럼 흐르면 그에 맞춰 감흥을 느꼈음이 틀림없을 것이다. 이런 종자기가 죽고 나서 백아는 더 이상 나의 곡을 알아줄 사람이 없구나 한탄하며 금을 부수어 버렸다던가.

술 취한 미치광이

고금 독주 〈주광酒狂〉

딩디딩 디딩디 정말로 흐드러지게 돌아간다. 봄날 꽃잎이 바람에 우수수 떨어져 땅을 분홍빛으로 물들일 때, 술에 잔뜩 취한 사나이 하나가 호리병 술병의 목을 한 손으로 잡고 한 손으로는 춤사위를 만들며 빙빙 돌고 있다. 꽃잎이 발 밑에 이지러진다 한들, 그 아름다운 꽃들이 무심코 바람에 흘러간다 한들, 술 취한 사나이는 아랑곳없이 눈은 멍하고 머리는 산발하고 옷깃은 하늘거리며, 붉은 꽃잎이 흩어져도 아아, 그 누군가 이 심정 알아 주리오.

봄 햇살 가득히 꽃잎에 부서질 때, 술 취한 이의 눈가에는 이슬처럼 물방울이 스치고 들리는 음악은 그저 아름답구나. 무척이나 아름답구나. 꽃보다 아름다운 음악이여. 내 술에 취했으니 너의 아름다운 모습에 내 춤을 추리.

나는 이 곡을 들으며 금곡의 아름다움의 경계가 이렇게 다양한 줄을 미처 몰랐다. 그 무거운 인생을 이렇게 가볍게, 그리고 유머러스하게 처리하다니. 그 절묘함이여. 그렇지! 눈물만 흘리면 무엇하나. 이렇게 보이니 아름다운 꽃들이 지천에 깔려 있는데. 웃을까. 웃음을 터뜨리며 즐거워할까. 마음은 그렇지 않은 데도 웃어야 할까. 이 짧은 곡에 모순의 아름다움이 짙게 배어 있다. 어두운 그림자가 숨은 듯 하늘거리고 있지만 무어라해도 귀에 들리는 곡은 명랑하고 아름답기 그지없다. 나는 이런 모순의 아름다움을 이렇게 멋지게 표현한 음악을 들어본 적이 없다.

이 곡은 완적阮籍(210~63)이 작곡했다고 하는데, 아마도 술에 취해 즉

흥적으로 만들어졌을 것이다. 노력해서 나오는 곡이 아니다. 이는 취흥에 의한 즉각적이고 직관적인 작품이다. 소위 중국 미학의 하나인 흥이 일어난(起) 것이다.

　서양에서도 슈베르트나 쇼팽의 즉흥곡이 꽤나 알려져 있는데, 아마도 그 중에서 사람의 모순된 감정을 아름답게 표현한 것이 슈베르트의 op. 90, 즉흥곡(Impromptu)일 것이다. 이 작품은 모두 4개의 즉흥곡으로 구성되어 있는데, 특히 마지막 곡이 대단히 아름답다. 마음이 어두운 그리움에 시달리고 있을 때 하늘에서 맑은 햇살이 쏟아져 내린다. 피아노는 햇살을 방울방울도 전달한다. 역시 슈베르트는 순간의 감정을 잘 표현하고 있다.

　그러나 〈주광酒狂〉(姚炳炎 연주)은 겉모습과 속모습이 다 다르다. 슈베르트는 단순하고 순진하다 할까. 간단한 깊이인 것이다. 아름다움에 무슨 수치로 따지는 듯한 비교치가 있을 턱이 없지만 우리는 굳이 이를 언급 안 할 수가 없다.

　겉으로 나타나는 〈주광〉은 더 우아하고 맑다. 나비가 날개 위에 무슨 눈물방울이라도 살짝 묻혀 꽃수술을 찾아 날아다니는 것같다. 날개의 깃은 가벼우며 천의무봉이다. 그러나 우리가 마냥 그렇게 생각을 편히 할 수 없는 것이 바로 이 곡의 묘미다. 바로 후경에 나타나는 다른 그림이요, 다른 경계이다. 이 점에 있어서 우리는 슈베르트와 달리 깊은 역사와 시간을 느낀다. 비애도 그냥 꽃이 떨어져 느끼는 것이 아니라 시대의 아픔인 것이다. 무게가 다른 것이다. 시대의 흐름과 모순을 느끼는 작자가 그 중압감을 이겨내며 다듬어내어, 겉으로 나타내는 가벼운 아름다움이 나비의 날개 위에 실려 있고, 그 곡을 노래하기에는 맨 정신은 너무 냉혹하여 술이라도 취해 딩딩딩 빙빙 돌며 꽃숲 사이를 헤젓는 것이다.

　'취중유심미醉中有深美'라 했던가. 송나라 구양수의 글에서 보듯이 '취옹지의부재주醉翁之意不在酒'이던가. 술이 취해야 깊은 아름다움을 느끼고, 술은 취하는데 뜻이 있는 것이 아니라던가.

　아마 역사에 시달리는 괴로움과 서러움이 쌓이고 쌓여, 그것이 다시 녹아 내린 다음에 겉으로 표현되는 무구무애無垢無碍의 아름다운 경지는 어떤 것일까. 역시 도연명陶淵明과 이백李白이 떠오른다. 먼저 이백의 「월하독작月下獨酌」을 읽어본다.

花間一壺酒	꽃 사이에 한 병의 술
獨酌無相親	혼자 마시니 아무도 없네
舉盃邀明月	술잔 들어 밝은 달을 맞이하니
對影成三人	그림자 만들어 우리 셋이라
月旣不解飮	달이야 술을 못하고
影徒隨我身	그림자는 나만을 쫓아다니는구나
暫伴月將影	잠시 달과 더불고 그림자와 함께
行樂須及春	노니나니 봄이로다
我歌月徘徊	내 노래하니 달은 주위를 돌고
我舞影凌亂	내 춤을 추니 그림자 어지럽네
醒時同交歡	깨어서는 같이 어울려 놀고
醉後各分散	취해서는 각기 흩어지네
永結無情遊	우리 사람티 없는 사귐을 영원토록 하여
相期邈雲漢	언제라도 은하수에서 서로 만나세

우리는 무려 천 삼백년 전의 시인인 이백의 노래를 듣고 있다. 멀고도 먼 옛날이다. 그러나 인간사 모습이 달라진 것이 무엇이 있던가. 이백의 시는 무아지경이다. 술도 이 정도의 아름다움을 즐긴다면 낭만이 넘친다. 건강이 어떻고 하며 따지는 술꾼이나, 또는 강남의 호화판 룸살롱의 술과는 거리가 먼 세계이다. 하지만 이백이라고 그 자신이 시처럼 멋진 삶을 살았던가. 아니다. 불우한 인생이었다. 그러한 괴로움이 쌓여 있었기에 이런 멋진 시가 튀어나오는 것이 아닌가.

〈주광〉을 지었다는 완적은 이백보다 5백년이나 더 앞서 세상을 살다간 인물로 흔히 이야기하는 죽림칠현의 한 사람이다. 진문왕晉文王 때의 사람이다. 어지러운 난세의 동한東漢 말기에 위魏가 삼국을 통일한다. 『삼국지』의 무대이다. 위를 세운 조조는 사마의司馬懿의 자식들한테 나라를 빼앗긴다. 사마씨들이 세운 나라가 바로 진이다.

이러한 진도 얼마가지 않아 오랑캐들에게 쫓기어 강남으로 천도하니 바로 동진이다. 이러한 정치적 격동 속에 소위 지식인들은 몸을 보전하기가 매우 어려웠으니 결국 염세와 허무에 탐닉하고 술을 찾게 된다. 완적은 기괴한 행동과 술로서 이 고비를 넘기고 목숨을 보전한 사람으로 혜강嵇康과는 대조적이다.

그는 모친이 상을 당했을 때에도 진문왕이 부른 연회석상에 나가고 거기서 술과 고기를 먹는다. 당시의 도덕기준으로 따진다면 그것만으로도 사형을 당할 수가 있다. 그리고 그는 직급보다 하급관리직을 자청하는데, 바로 그 직이 술을 관리하는 자리라서 술 3백석을 찾는다. 『세설신어世設新語』「임탄任誕」에 이르기를 "완적은 가슴속에 응어리가 쌓여 있기 때문에 모름지기 술로 씻어 내려야지요"(阮籍胸中壘塊 故須酒澆之)라 했다.

그렇다고 완적이 술만 찾는 망나니였던가. 그는 고대 중국 음악 미학을 체계화한 「악기樂記」 이래 위진시대에 이르러 혜강과 쌍벽을 이루는 「악론樂論」을 개진한 사람이다. 작곡가이며 연주가인 동시에 시인이였다. 〈주광〉이라는 금곡이 어디 절로 만들어졌겠는가. 그의 영회시詠懷詩 82수 중에서 첫 작품을 본다. (최병규 역)

夜中不能寐	한 밤중에 잠을 못 이루어
起坐彈鳴琴	일어나 앉아 거문고를 타네
薄幃鑒明月	얇은 휘장에 밝은 달 비치고
淸風吹我襟	맑은 바람은 옷깃을 스친다
孤鴻號外野	외로운 기러기 바깥 들에서 소리치고
翔鳥鳴北林	나는 새는 북쪽 숲에서 우는데

徘徊將何見	홀로 배회하건만 무슨 소용이리요
憂思獨傷心	근심걱정으로 혼자 애태울 뿐

품격이 느껴지는 고매한 시다. 통상적인 술꾼과는 거리가 멀다. 우리는 이 시에서 많은 대상을 본다. 거문고, 밝은 달, 맑은 바람, 외로운 기러기, 나는 새 등등이다. 그러나 이런 외부적 객체들은 그들의 중심 한가운데 시를 읊는 시인의 무거운 마음이 놓여 있다. 우리는 저절로 이런 마음을 발견하게 된다. 그 마음은 무어라 이야기할 수는 없지만 시인은 벌써 오래 전부터 무엇인가에 시달리고 있었던 것이다.

이런 마음이 어느 봄날 꽃밭 사이로 나비가 나는 것을 보았을 때 어찌 술 생각이 나지 않겠는가. 빙글빙글 춤이 그냥 어디서 솟아나는가. 눈물이라면 그저 눈앞에 슬픈 장면이라도 있어야 하는가. 완적이 술에 취해 부르는 노래는 그 동안 다져 잡았던 마음이 어느 한 순간에 몸매무새를 흐트러뜨리고 보일듯 말듯 숨어 절로 흐르는 눈물의 노래이다. 꽃잎에 실어 날리는, 그리고 나비의 날개에 실어 나르는 아름다운 모순의 멋진 눈물이다. 여러 가지 경계를 가진 금곡의 아름다움은 무한하기만 하다.

궁금한 것이 있다. 이렇게 술이 취하면 다음 일은 어떻게 하나? 술이 깨어나면 어떻게 될까? 이백 역시 술꾼이요 멋을 알기에 답을 준다. 그의 시 「산중대작山中對酌」이다.

兩人對酌山花開	산에는 꽃이 흐드러지고 그대와 술 마시니
一杯一杯復一杯	한 잔 한 잔 그리고 또 한 잔
我醉欲眠君且去	내 졸음이 오니 그대여 이제 가시게나
明朝有意抱琴來	내일 아침에 또 생각나거든 거문고 들고 오시게나

술에 취해 있다가 깨어나면 허망할 것이다. 어둠의 부드러움이 술에 취한 마음을 어루만져주던 시간은 잠결에 어느덧 다 사라지고, 보이느니 쓸

쓸함과 허무함이 찾아올 때, 그대의 귓가에 은근히 들리는 또 다른 아름다움이 있으니 바로 금 소리가 아닌가. 결국 언제나 가까이할 수 있는 아름다움은 금인 것이다.

시간에 쫓기고 공간에 갇혀 있는 현대인들이여. 예나 지금이나 봄햇살은 따사롭기 그지없다. 그리고 조금만 찾아 나서면 어디엔가 꽃들이 흐드러지게 피어 있을 것이다. 소주라도 한 병 들고 그 꽃밭에서 술이라도 취해볼 일이다. 마음으로 금곡을 그리며 춤도 추어볼 일이다.

정이 바쁘면 조그만 공간에서 도연명의 시「음주飮酒」라도 읊조리자. 넉넉하고 한껏 고원하여 기품이 넘치는 그의 세계를 조금이라도 엿보자. 그런 순간도 가질 수 없다면 인생을 무어라고 사는가.

秋菊有佳色	가을의 국화가 때깔이 곱구나
哀露掇其英	이슬을 머금어 꽃부리를 꺾는다
汎此忘憂物	그대 꽃잎은 술에 띄우니
遠我遺世情	멀어지나니 나요 떠나노니 속세의 정이라
一觴雖獨進	잔이 하나구나 홀로 마셔도
盃盡壺自傾	잔이 비는구나 술병이 절로 쓰러지네
日入羣動息	날 저무니 짐승들도 쉬고
歸鳥趨林鳴	돌아오는 새들은 숲따라 운다
嘯傲東軒下	동헌 아래에서 으쓱 휘파람 부니
聊復得此生	문득 삶의 생기를 다시 찾는다

한이 맺힌 복수

고금 독주 〈광릉산廣陵散〉

〈광릉산〉(吳文光 연주)은 한 마디로 대곡이다. 현존하는 고금곡 가운데 가장 오래된 것의 하나인데 이미 동한시대에 널리 노래로 불려졌던 곡이 점차 기악곡으로 발전해 왔다고 한다. 곡의 구성은 사뭇 방대하고 복잡하다. 그리고 금곡이 표현할 수 있는 여러 기법이 이 기다란 곡에 대부분 녹아 있는 것 같다.

곡은 모두 42개의 단으로 구성되어 있다는데, 단段이 구체적으로 무엇을 의미하는지, 또 어떻게 나누어지는지 모르지만, 전체 걸리는 연주시간은 무려 20분이 넘는다고 한다. 그러나 내가 들은 곡은 약 14분 정도 연주된다.

연주시간이 이렇게 차이가 나는 것도 동양음악의 특징이다. 정해진 악보가 있는 것도 아니고, 또 있다 해도 연주자들은 반드시 그에 따라 연주할 이유가 없다. 악보의 음표 한 개만 잘못 연주해도 예민한 귀가 놓치지 않고 연주자를 힐난하는 서양과는 본질적으로 차이가 있다. 우리나라의 가야금 산조만 해도 성금연이 연주하는 곡은 앞부분의 다스림을 포함하여 50분이 넘는다.

〈광릉산〉을 아주 주관적으로 판단해서, 그리고 알기 편하게 전체적으로 대략 네 개의 부분으로 나누어 본다. 첫 부분은 느리다. 아다지오 정도의 속도이다. 느껴지는 감정은 비장하다. 비분강개가 넘친다. 둘째 부분은 곡의 속도가 상대적으로 빠르다. 소리도 높고 가느다랗다. 첫째 부분의 긴장을 약간 풀어준다. 셋째 부분은 다시 느린 곡조로 돌아오는데 렌토 아사이

보다 더 느리니 아마 우리의 진양조라고나 할까. 다시 곡은 긴장되고 힘이 있다. 마지막 부분은 완결이다. 속도도 다시 빨라진다.

전체적으로 곡은 느림과 빠름이 교차된다. 긴장과 이완이 되풀이된다. 마치 사계절이 있는 것 같기도 하고 희로애락이 뒤섞여 나타나는 것 같기도 하다. 멀리 동해에서 잡혀온 애꿎은 생명인 명태가 대관령 고지의 그 혹한에서 마른 햇살에 얼었다 녹았다 하며, 단단하게 황태라는 주검으로 굳어져 가는 것같다. 사실 이 곡에서 곡의 빠르기는 중요하지가 않다. 복잡한 감정상태를 나타내기 위해 곡의 속도는 변화무쌍하게 바뀐다. 이는 어쩌면 당연한 것이다. 내용이 복잡하면 형식도 절로 간단치가 않다.

서양음악에 있어 하나의 곡은 대개 몇 개의 악장으로 나뉘어지고, 각 악장은 그 악장을 지배하는 한가지의 빠르기를 갖는다. 예를 들어 1악장은 알레그로, 2악장은 안단테, 그리고 3악장은 프레스토 등으로 구성한다. 물론 베토벤의 후기 작품들을 보면 전체적으로는 이런 구성을 따르되, 이미 이러한 제약을 벗어나고자 한 악장에도 여러 가지 빠르기를 도입한다. 그의 현악 사중주 op.131의 4악장을 보면 복잡하기 그지없는 빠르기로 구성되어 있다. 그가 나타내고자 하는 감정을 적나라하게 표현하기 위해 그는 기존의 양식과 틀을 깬다.

사람의 심정을 표현하려면 명료할 수가 없다. 날씨처럼 예측불허인 것이다. 서양에서도 근래 들어 카오스의 철학이랄까 과학이랄까 하는 것이 나타난다. 즉 뿜은 담배연기가 공중으로 퍼져 나갈 때 그것은 논리적이나 수리적으로 그 진로의 답을 구할 수가 없는 것이다. 인간의 감정이야말로 카오스 즉 혼돈의 대표적 사례가 아닐까.

중국의 고금곡들 특히 〈광릉산〉이나 송나라의 〈소상수운瀟湘水雲〉같은 곡들은 이런 사실을 잘 보여준다. 또 있다. 음 하나의 높이와 크기이다. 즉 결과적으로 음의 깊이다. 서양에서는 여러 개의 음을 동시에 쌓아 화음을 만든다. 피아노를 칠 때 열 손가락이 여러 개 동시에 겹쳐 건반을 누르고 그 서로 다른 음들이 모여 하나의 화음을 만든다. 각 음 하나하나는 간단

명료하기 때문에 여러 독립된 음을 섞거나 겹쳐서 배열하여야 복잡한 음색을 얻을 수 있는 것이다. 음의 길이도 음표로 정확히 나타낸다. 그리고 음의 강약도 뚜렷하다.

그러나 동양에서의 음 하나는 여러 모습을 동시에 지닌다. 그림자 음도 있다. 음 하나가 울리되 다른 음이 동시에 느껴지는 것이다. 돌멩이 하나를 조용하고 잔잔한 호수에 던지면 돌은 물 속으로 첨벙하고 사라지지만 물 위에는 수많은 동심원들이 처음에는 강하게, 그리고 점차 약하게 저 멀리까지 번져 나간다. 돌멩이 하나가 그리는 파문이 그렇게 크고 넓은 것이다. 그리고 이미 던져진 돌이 그리는 파문에 다른 돌들을 연이어 던져 보라. 그 복잡함이란. 금이 울리는 음이 이렇듯 간단하지가 않다.

또한 음의 길이는 온음표로 나타내도 부족할 만큼 길기도 하고, 그 긴 울림의 시간 동안 음은 제멋대로 돌아다니며 춤을 춘다. 우리 음악에서는 농현이 바로 이런 효과를 갖고 있다. 오른손가락으로 현을 퉁기고 동시에 왼손으로는 현을 밀거나 당기거나 한다. 이를 역안법力按法이라 한다.

중국의 금은 이보다 훨씬 다양하고 복잡한 기법이 있음이 틀림없다. 귀에 들리는 효과는 도저히 믿을 수 없을 정도로 다양하고 가지각색이다. 농현弄絃의 수법이 무려 33가지나 있다고 하니 경이로운 음의 효과다. 그러니 음 하나를 갖고도 이렇게 복잡한데 어찌 서양음악이 따라올 수 있겠는가. 이러한 음이 있기에 인간의 깊은 감정과 느낌을 멋지게 표현할 수가 있는 것이고, 우리가 이러한 음악들을 듣게 되면 서양음악에서 전혀 도달하지 못한 아주 높은 경계의 미감을 얻게 되는 것이다.

이런 음의 효과를 얻기 위해 아주 다양한 연주 기법이 발달되어 있음이 틀림없는데 황지윤의 금琴 해설 편역을 보면,

1. 오른손 연주법: 주요한 것으로 말抹, 도挑, 구勾, 척剔, 타打, 적摘이 있으며, 이밖에도 윤輪, 쇄鎖, 쌍탄雙彈, 여일如一, 첩연疊涓, 발撥, 자刺, 복伏, 촬撮, 타원打圓, 역曆, 곤滾, 불拂 등이 있다.

2. 왼손 연주법: 크게 안음按音과 활음滑音 두 종류로 나눈다. 안음으로는 궤,
   대기帶起, 권拳, 추출推出, 동성同聲, 조기爪起, 겹(起)가 있으며, 활음으로
   는 음吟, 노, 작綽, 주注, 당撞, 두逗, 환喚, 상上, 하下, 왕래往來, 진복進復,
   퇴복退復, 분개分開 등이 있다.

〈광릉산〉은 아무런 사전지식, 즉 역사적 이야기가 없더라도 우리 현대
인들에게 어떤 치열한 감정을 선사한다. 비통한 감정과 그 감정을 억제하
며 어루만지는 상대적 느낌들이 전편에 교차된다. 음악은 현존하는 그것
자체로 충분하기에, 곡을 들으며 비극적 긴장의 미를 흠뻑 체험하면 그것
으로 족하다. 그러나 이 곡을 곡 자체로만 해석해 아름다움을 즐기기에는,
이 곡에 담겨 이천 년 가까이 내려오는 이야기들이 너무 절절하다. 우리는
이를 도저히 간과할 수가 없다. 곡의 절대적 아름다움에 더해서 이런 역사
적 사실을 인식하고 이 곡을 음미하면 그 미적 강도가 더 강해지고 깊어지
니, 바로 중국 음악의 특색의 하나가 이런 역사 사회적 미감이 아닐까.

〈광릉산〉의 주제가 되는 동기는 기원전 4세기 전국시대의 한韓나라 왕
을 암살하는 섭정攝政의 이야기다. 이 이야기는 한漢나라 채옹蔡邕
(133~92)이 금곡의 이야기를 모아 지은 『금조琴操』에 보인다고 한다. 여
기 양인리우가 쓴 『중국고대음악사』의 관련 부분을 인용한다.

섭정의 아버지는 한왕韓王을 위하여 칼을 만들었으나 기한을 넘겨 살해당했
다. 섭정은 아버지의 원수를 갚고자 10년간 노력하여 탄금彈琴 예술을 익혀 한
왕의 주의를 끌었다. 왕이 섭정을 궁 안으로 불러 금을 타게 하였다. 섭정은 왕
이 고요히 금을 듣는 틈을 타 금의 소리통에 감춘 칼을 뽑아 단숨에 찔러 죽였
다.(이창숙 역, 솔 간)

해당 앨범의 해설에도 '원한에 사무친 처량한 정서'와 '방패와 창이 난
무하는' 전투적 분위기가 넘친다고 했다. 〈광릉산〉을 감상하면서 꼭 이런

분위기의 감정을 갖고 임할 이유는 없다. 그냥 곡이 그렇게 느낌을 주면 그만이다. 그러나 〈광릉산〉 하면 또 으시시하면서도 비장한 고사가 얽혀 있으니, 바로 혜강이 형장의 이슬로 사라지기 전에 이 곡을 연주하였다는 일화이다. 보통 사람이 아니었던 모양이다. 어떻게 목이 날아 갈 것을 알면서 태연히 금을 뜯으며 다가오는 죽음을 초연해 할 수 있을까.

혜강(223~63)은 완적과 동시대의 인물로 죽림칠현의 한 사람이다. 유명한 음악이론인 '성무애락론聲無哀樂論'을 주창하여 전통적인 유가의 미학에 맞서고, 또 「금부琴賦」를 쓴 미학자인 동시에 작곡가이며 연주가였다. 당대의 문단을 이끌었던 문인이며 철학자이기도 하다. 『세설신어』「아량雅量」에 "혜강은 동시東市에서 처형당할 때에도 안색조차 변하지 않은 채, 금을 가져오게 하여 〈광릉산〉을 연주했다. 곡이 끝나자 말하기를 '원효니가 일찍이 이 곡을 배우고자 청했으나 못내 아까워하여 전수해주지 않았는데 〈광릉산〉이 이제 끊어지게 되었구나'라고 했다. 태학생 3천 명이 상서하여 그를 스승으로 모시겠다고 청원했으나 윤허해 주지 않았다. 문왕도 나중에는 그를 처형한 것을 후회했다."(김장환 역)

우리는 혜강이 즐겨 탔다는 〈광릉산〉의 미적 내용이 혜강 자신의 운명과 흡사하다는 아이러니에 또 한 번 더 깊은 비극을 본다. 〈광릉산〉을 주의깊게 들어보면 정말로 오장육부에 서린 비장함이 철철 넘쳐흐름을 볼 수 있다. 음악이라는 예술작품이 얼마나 위대한가를 절감하게 만드는 경우다.

혜강은 음악을 사랑하는 사람이었다. 그의 정치적 동기나 음악이론이 어떻든간에, 그는 음악을 사랑하고 금을 즐겨 연주한 사람이었다. 그는 음악에 대한 이해도 상당히 자유로워 그때까지 금기시되었던 정鄭나라 음악을 아름답다고 극찬했으니 그의 음악에 대한 폭이 상당히 깊으면서도 따사로움을 알 수 있다. 그런 그가 금에 대해서 쓴 글이 있으니 바로 「금부」다. 금이라는 악기에 대한 이해를 높이기 위해 앞서의 『음악사』에 나오는 「금부」의 몇 가지를 다시 인용한다.

"비파琵琶, 쟁箏, 적笛은 간격이 좁아 음이 높으며 변화가 많고 절주가 잦다. 고음으로 잦은 절주를 제어하니 사람의 몸을 조급하게 만들고 마음을 들뜨게 만들기 쉽다. 방울이 귀를 놀래키고 종과 북이 마음을 놀래키는 것과 같다.… 금琴과 슬瑟의 얼개는 간격이 길어 음이 낮으며, 변화가 적고 소리는 맑다. 낮은 음으로 드문 변화를 제어하니… 이로써 고요히 들으며 마음은 한가해진다."

"소리통이 부드러우니 편안히 울리고, 현이 팽팽하여 소리 높으며, 현 사이가 넓어 음이 낮고, 현이 길어 휘徽로 연주한다." 휘는 금의 몸통에 자개를 박아 음의 영역을 표시한 것을 말한다. 금은 모두 13개의 휘가 표시되어 있다.

"그는 또 금의 소리가 때로는 강개한 감정을, 때로는 원망하는 감정을 전달하며, 때로는 온유함, 즐거움, 편안함, 자득함 등의 자태를 묘사하고, 때로는 숭산崇山같고 물결같아 출렁출렁 드넓고 우뚝우뚝 웅장하다고 느꼈다."

"멀리서 들으면 봉새 난새 구름 속에서 희롱하며 우는듯, 다가가 살펴보면 꽃송이 봄바람에 활짝 핀듯, 풍성한 여러 자태, 아름답게 시작하여 멋있게 끝낸다."

혜강은 「금부」에서 금의 탄법彈法과 표정 등도 기술하고 있다. 『음악사』를 다시 본다. 탄법의 예를 다음과 같이 묘사했다.

섬섬옥수를 날려 치달린다. ― 빠르게 뜯는다, 快彈
줄을 당기고 손을 뒤집어 치며 치고 누른다. ― 무겁게 뜯는다, 重彈
가벼이 손을 뻗어 살짝 뜯는다. ― 가볍게 뜯는다, 輕彈
많은 소리를 질펀히 흘린다. ― 촘촘하게 뜯는다, 彈得花簇
사잇소리를 섞는다. ― 한 줄을 사이에 두고 뜯는다, 間弦彈
두 미인이 나란히 나아가 빠르게 치닫는다. ― 두 현을 동시에 뜯는다, 兩弦同彈

표정의 예를 보자.

찬란히 빛나며 높이 흐른다. — 높고 멀리
높이 치달려 서로 뒤쫓다. — 급박하게
분분히 뛰어올라 서로 다툰다. — 분방하게
가느다란 소리 번다히 얽힌다. — 섬세하게
빙빙 돌아 흩어지지 않다. — 억눌러서
너울너울 퍼지다. — 펼쳐서
길을 따라 천천히 걷다. — 조용하게

금에 대해 이렇게 정통했던 혜강이니 복잡하기 그지없는 〈광릉산〉이라
는 곡을 즐겨 연주했음은 당연지사가 아닌가. 그리고 중국의 역사는 〈광릉
산〉이라는 음악작품에 혜강이라는 인물과 그 인물이 만들어 내는 비장한
이야기를 또 겹쳐 얹음으로써 〈광릉산〉을 예술작품인 동시에 전설로 만들
어 낸다. 우리가 중국의 미를 음미할 때 유의하면서 볼 대목이다.

끝으로 〈광릉산〉의 감정을 표현하는 시 두 수를 옮긴다. 먼저 위나라 왕
조모曹髦의 「유분시幽憤詩」이다. 깊게 잠겨 있는 분노라는 제목이다. (이
창숙 역)

大人含弘 藏垢懷恥	대인은 대도를 품어 치욕을 견디지만
民之多僻 政不由己	백성들 간사하여 나는 정치를 펼 수 없구나
惟此褊心 顯明臧否	오직 이 비뚤어진 마음이 선악을 밝히노라
感悟思愆 怛若創痏	깨달아 허물을 생각하니 아프기가 멍든 데를 찔린 듯

권력을 앗아간 신하 사마소(晉文王)에게 시달리며 쓴 울분의 시다. 조모
는 아비가 조비요, 할아버지가 바로 조조다. 삼대가 모두 이름난 시인으
로, 조조가 뛰어나지만 그의 둘째 아들 조식이 특히 콩깍지 시로 유명하

다. 『삼국지』에 나오는 간웅 조조가 시인이라니, 참으로 정사正史와 소설은 이렇게 다른가. 사마소에게 목숨을 잃은 혜강 자신의 시 한 수를 마지막으로 읽어본다. 「주회酒會」라는 시다.(이수웅 역)

淡淡流水, 淪胥而逝	담담히 흐르는 물, 잔 물결 흘러내리네
汎汎柏舟, 載浮載滯	넓은 물에 백주를 띄우니 떴다가 멈추었다 하네
微嘯淸風, 鼓楫容裔	솔솔 맑은 바람 불어 노를 저으며 한가로이 노니네
放櫂投竿, 優遊卒歲	노를 놓고 낚시를 던지면서 유유이 노닐며 생을 마치리

강물 위에 떠있는 백주는 혜강을 의미하며, 동시에 세류에 굽히지 않는 그의 절개를 상징한다. 그러면서도 보여지는 정경은 한가롭고 여유롭다. 모순이다. 〈광릉산〉이라는 곡은 이런 모순이 가득찬 곡이다. 21세기를 살면서도 삶의 모순에 시달리며 살고 있는 우리들에게 역사는 훌쩍 2천년을 건너와 〈광릉산〉을 선사한다. 그리고 그 곡의 아름다움에 취하며 우리의 모순을 금의 가락에 말끔히 씻어 내는 것이다.

조용한 이별

고금 독주 〈양관삼첩陽關三疊〉

공자의 '일이지관도一以之貫道'라는 말을 여기서 사용해도 될까. 하나로써 모든 것을 통한다하니 필경 우리가 지금 이야기하고자 하는 〈양관〉이라는 금곡이 바로 그 하나임이 분명하다. 〈양관〉이라는 5분 남짓한 길이의 금곡 하나에 문학·음악·미술·철학, 그리고 나아가서는 역사와 문화가 총체적으로 어우러져 있다고 하면 과장일까. 난 감히 이 곡에는 중국 문화의 정수가 흐르고 있다고 이야기하고 싶다.

중국의 일부 현대 철학자들은 중국 미학을 운위하면서 경계라는 개념을 도입하는데, 아름다움에는 여러 가지 계층의 경계가 있어, 새로운 아름다움을 얻기 위해서는 경계의 가장자리를 넘어 그 경계로 들어가야 한다고 했다. 하지만 경계라는 것이 서로 완전히 독립해 있는 것은 아니다. 꼬리를 물듯 연관성이 있는 것이고, 또 여러 경계가 겹쳐져 있을 수 있는 것이다.

〈양관〉은 음악이라는 경계에서도 대단히 아름다운 곡이다. 곡은 세 부분으로 구성되어 있다. 금곡으로 발전하기 전에 가곡으로 불리었으며 세 번 후렴을 되풀이한다 해서 삼첩이라 했다. 기악곡으로 다듬어지면서도 크게 세 부분으로 단락을 구분한 것 같다.

첫 부분의 도입부를 지나 곧바로 주제가 나온다. 곡은 진양조의 아주 느린 곡조이다. 잔잔한 주제가 전개되어 흐르면서도 언뜻 깊은 열정이 비치기도 한다. 물론 뜨거운 정이 아니라 잘 절제된 그리움이라 할까. 나지막한 뜨거움이다. 둘째와 셋째 부분은 일종의 첫 부분의 주제에 의한 변주와 전개라고 할 수 있겠다.

다른 금곡들과 달리 곡의 빠르기도 느린 속도로 일정하다. 자유로운 전환이 없이 처음부터 끝까지 한 가지 속도를 유지한다. 변화가 없으니 단조롭다고 생각할 수 있으나 전혀 그런 느낌의 빌미도 없이 듣는 사람을 편안하게, 그리고 부드럽게 깊은 정서의 세계로 인도한다.

곡이 주는 미감은 세 가지다.

첫째는 은유다. 곡은 처음부터 잔잔히 흐르지만 무엇인가 이야기하고 싶은 마음이 잔뜩 묻어 있다. 그러나 곡은 그 이야기를 말해주지 않는다. 곡은 흐르기만 하고 그저 듣는 이가 상상할 수 있는 정경만 보여준다. 나중에 이야기할 왕유의 시같은 정경 말이다. 그런 눈 앞의 정경이 아니더라도 사랑하는 사람이나 정이 듬뿍 든 사람과 떨어져야 할 때 할 말은 많지만 그저 눈빛으로만 흐르는 마음이 있다면, 우리는 귀에 들리는 말보다도 더 강하게 상대방의 가슴속 말을 이해할 것이다. 직접적으로 입으로 이야기한다 해도 어떻게 더 잘 표현할 수 있으리오. 우리는 말없이 흐르는 금의 선율 속에서 무엇인가 보이지 않는 모습을 뚜렷이 보고 아름다움을 느낀다.

두 번째로 느끼는 미감은 절제의 미다. 감정이 극도로 절제되어 있다. 이 곡을 가만히 듣고 있노라면 나도 모르게 한 번 정도는 큰 소리로 외치고 싶다. 뜨거우면 뜨거운대로, 슬프면 슬픈대로, 아쉬우면 아쉬운대로, 아니 화가 나면 화나는대로 소리를 지르고 싶다. 감정을 있는 그대로 격렬히 표현하고 싶다. 물동이를 마른 땅바닥에 내동이치듯 쏟아 붓고 싶다. 그러나 곡은 조용히 흐르면서 전혀 흔들리지 않는다. 얄미울 정도로 듣는 이의 감정에는 아랑곳하지 않고 잔잔히 흐른다. 곡이 끝날 때까지 한 번도 매무새를 흐트러뜨리지 않는다.

꽃은 활짝 핀 것도 아름답지만 피기 전에 맺혀 있는 조그만 봉오리가 더 아름다울 때가 있다. 나무도 풍성히 그림으로 나타내면 아름답지만 기하학적 추상화로 집약해도 아름다움을 느낀다. 기다란 산문으로 나열된 산문시도 아름답다고 하는 사람들이 있지만, 시는 어디까지나 절제된 운문으로 이루어져야 제맛이 나는 법이다. 〈양관〉이라는 곡은 잘 다듬어져 있기에 곡이 절제되어 있다는 사실도 듣는 이로 하여금 눈치채지 못하게 할 정도다.

세번째는 깊고 그윽함이다. 유현幽玄하다고 할까. 중국에서는 幽라는 단어가 특히나 많이 나타난다. 험준한 계곡을 표현할 때도 幽라 하고, 대나무 숲이나 깊은 산림의 어둠도 幽다. 중국의 무수한 시나 산수화에서 우리는 幽를 느낀다. 어찌 음악이라고 예외일 수 있을까. 〈양관〉에는 일종의 그윽한 기운이 전곡을 감싸며 흐른다. 범접하기 어려운 아주 고매한 품격이다. 깊은 산 외로운 절간의 선승이 쳐다보는 심산유곡이 이러할까. 동양 미학에서 이러한 깊고 그윽한 경지는 도달해야 할 목적이다. 해서 우리는 이러한 경지에 다다르기 위해 애를 쓰고, 예인들은 시로 그림으로 그런 마음을 표현하는 것이다.

상대적으로 서양에서는 이런 맛이 전혀 없다. 어둠은 그들에게 무섭고 신비스러운 세계이다. 빽빽이 들어찬 대나무로 인해 햇빛은 그저 방울방울 떨어지고 어두운 기운이 감도는 대나무 숲에 앉아 우리가 술과 금을 즐길 때, 서양인들은 그런 숲에서 마녀나 마왕을 본다. 아니면 숲의 정령을 상상한다. 괴테의 시에 붙인 슈베르트의 가곡 〈마왕〉은 바로 숲에서 일어나는 사건이다. 숲의 마왕에게 쫓기며 말을 달리는 아버지와 아들의 공포에 가득 찬 모습을 그린 것이다. 아름다운 낭만주의자 노발리스는 밤에 붙이는 찬가를 짓기도 했지만, 이는 어디까지나 기독교 신앙과 관련된 찬미이며 밤의 신비를 노래한 것에 불과하다.

결과적으로 〈양관〉이라는 금곡이 나타내주는 일종의 깊고 그윽한 경지의 심정을 서양음악에서는 전혀 찾을 수가 없다. 바로 문화의 차이이다. 해서 우리는 〈양관〉의 이 깊고 그윽한 아름다움을 귀로 조용히 들으면서 마음 속의 깊고 그윽한 경지에 한껏 빠져들 수 있게 된다.

어떻게 이런 음악이 탄생되었을까. 이 곡은 원래 당나라 시대의 가락이라고 한다. 당의 유명한 시인인 왕유王維(700~761)의 「송원이사안서送元二使安西」라는 싯구에 붙인 가곡이 널리 유행되고, 이 곡이 적笛(피리)으로도 연주되다가 금곡으로 발전하였다 한다. 처음에는 가사 중에 나오는 '양관陽關' '위성渭城'의 글자를 따와 〈양관곡〉 또는 〈위성곡〉이라 불리다가 송대에 이르러 〈양관삼첩〉이라는 이름으로 고정되었다.

이렇게 보면 문학은 참으로 위대한 것이다. 왕유의 싯귀가 얼마나 아름다우면 곡이 만들어졌을까. 아름다움은 또 다른 아름다움을 유발시킨다. 예술이 갖는 효용성의 하나다. 앞서 이야기한 여러 가지 아름다움의 경계가 여기서 여실히 나타난다. 음악과 문학이라는 두 가지 경계가 겹쳐지는 것이다.

왕유는 자가 마힐摩詰이다. 그가 말년에 상서우승尚書右丞이라는 관직을 역임하였다 해서 왕우승王右丞이라고도 한다. 그는 당나라 3대 시인 중의 하나로 꼽힌다. 이백은 시선詩仙이요, 두보(712~70)는 시성詩聖이고 왕유는 시불詩佛이라 한다. 그는 음악에도 조예가 깊었다고 하며, 그림에 있어서는 그 자신이 하나의 종조宗祖로 추앙받는다.

위진 남북조시대에 새롭게 대두된 산수화라는 양식이 당나라 때 발전하면서 북종화北宗畵와 남종화南宗畵로 대별되는데, 오도자吳道子로 시작해서 왕유가 바로 남종화의 길을 여는 것이다. 소위 의경을 중시하는 문인화의 전통을 왕유가 시작한 것이다.

송나라의 문호인 소동파는 "마힐의 시를 음미하노라면 마치 그림 속에 시가 있는 듯하고, 마힐의 그림을 감상하고 있노라면 마치 그림 속에 시가 있는 듯 하다"라고 했다. 소위 '시중유화詩中有畵 화중유시畵中有詩'다. 결국 음악과 문학이라는 아름다움의 경계에 한가지 경계가 더 겹치니 바로 회화의 경계인 것이다.

왕유는 이백이나 두보와 달리 벼슬길도 훌륭했다. 잠시 안록산의 난으로 감옥에 갇히는 어려움을 겪었으나 다른 두 시인의 극심한 고통과는 비교가 안될 정도의 고생이었고, 난리 이후에도 관운이 잘 풀리어 우승이라는 높은 직위에 이른다. 복을 받은 사람이다. 이래서 그런지 그의 시에는 이백같이 무슨 거창한 기개나 낭만도 없고, 또한 두보처럼 시국과 불우한 환경을 노래하는 비분강개의 시도 없다. 전체적으로 자연시라 할 수 있는, 고요하고 청신하며 깊고 그윽한, 그리고 소박한 자연과 심정을 노래한 작품들이 많다. 아마 독실한 불교신자인 어머니의 영향을 받아서 그런지도 모른다. 하여튼 그의 시를 읽으면 편안하다. 이러한 배경에서 양관이라는 금곡이 왜 그리 편한지 이해할 수가 있다.

〈양관〉의 아름다움을 깊게 음미하기 위해 음악과 겹쳐 있는 그의 문학, 그리고 미술의 경계에도 들어가 본다. 우선 〈양관〉의 주제가 되는 시 「송원이사안서」를 옮긴다.

渭城朝雨浥輕塵	위성의 아침비, 날리는 티끌을 적시고
客舍青青柳色新	객사에는 파릇파릇 버들색 새로운데
勸君更盡一杯酒	그대여 한 잔 술을 더 드시게나
西出陽關無故人	서쪽 양관을 나서면 친구는 더 없으리

친구를 떠나 보내는 석별의 정을 노래하는 시다. 이별을 한다고 그리 대단한 감정이 있는 것이 아니다. 슬픔이 있는 것도 아니다. 이별의 시임에도 불구하고 어떠한 감정의 기복을 느낄 수가 없다. 그저 담담하다. 보내는 사람과 떠나는 사람의 눈 앞에는 그저 파릇파릇 반짝이며 휘청거리는 수양버들 잎가지만 보일 뿐이다. 하지만 그것으로 충분하지 않은가. 마음이 만일 흔들리며 기울어질 것 같으면, 얼른 술 한 잔 그대여 드시게나 하면서 피해간다. 이러한 마음의 경지는 인격이 대단히 수련된 사람만이 가질 수 있는 높은 경계가 아닌가.

왕유는 이별의 시가 많다. 하지만 대부분 이렇게 담담하고 그윽하기만 하다. 그리운 님을 눈앞에 두고 행주치마 입에 물고 입만 벙긋 하는 경지보다도 훨씬 더 조용하고 깊은 것이다. 이러한 아름다움을 음미하기 위해 그의 이별시 하나를 더 읽어본다. 「송심자복강동送沈子福江東」이다.

楊柳渡頭行客稀	수양버들 우거진 나루터엔 먼길 떠나는 나그네 드문데
罟師盪槳向臨圻	뱃사공은 무심히 노저어 임기땅을 향해 떠나가나니
惟有相思似春色	오직 그리움만이 흡사 봄빛인 양 가슴 가득히 일어
江南江北送君歸	강남 강북 어디까지라도 그대를 배웅해 돌려보내리다

〈양관〉이라는 금곡이 담담히 흐르면서도 나지막한 뜨거움이 언뜻 엿보인다고 했는데, 바로 그러한 심사를 표현한 것이 '그리움이 봄빛인 양 가슴 가득히 일어' 라는 멋진 구절이 아닌가. 시와 음악이 이렇게 아름다우니 그의 시를 여기서 멈출 수는 없다. 내친 김에 몇 수 더 읽어본다. 그가 만년에 은퇴하여 칩거한 망천장輞川莊에서 지은 20수에서 세 수만 골라본다. 먼저 「녹채」라는 오언절구다. (박삼수 역, 이하 동) 녹채는 지명이다.

空山不見人	빈 산속에 사람은 보이지 아니하고
但聞人語響	단지 사람의 말소리만 들려 오는데
反景入深林	저녁 놀빛 깊은 숲속으로 들어와선
復照靑苔上	다시 또 푸르른 이끼 위를 비춘다.

「欹湖」라는 시도 읽어보자. 기호는 호수 이름이다.

吹簫凌極浦	퉁소 부는 소리 저 먼 개어귀까지 드날리며
日暮送夫君	해질 무렵 정다운 친구를 송별해 보내거니
湖上一迴首	그대 호수 위로 가다가 고개 한번 돌려보면
山靑券白雲	아득히 산 푸른 가운데 흰 구름만 자욱하리

음악과 풍경과 그림이 어우러져 있다. 무슨 산수화를 보는 느낌이다. 그

의 그림 〈강간설제도江干雪霽圖〉를 보는 느낌 바로 그대로다.

가로가 긴 그림인데, 그림의 양편에는 산과 나무가 있다. 산은 아득해서 눈에 잠겨 있는가, 겨울안개가 가로지르는가, 봉우리들이 연이어 뻗어 있고, 산기슭에는 외로운 집이 몇 채 있어 그 앞에 사람이 어른거린다. 그림의 가운데는 너른 호수가 얼어 막막하기만 한데, 그 위로 기러기떼들이 무수히 무리를 지어 하늘을 가르고 있다. 눈이 덮인 겨울 풍경을 절묘하게 묘사하고 있다. 호수의 가장자리 저 멀리 깊고 어두운 곳 바로 유현한 곳으로 기러기떼 깊숙이 날개를 지어가고, 눈앞의 호숫가와 나무들은 담담하면서도 허전하다.

그림이 주는 전체 느낌이 흐트러짐이 없으면서 잘 절제되어 있다. 위의 「기호」라는 시가 주는 정경이 똑같지 아니한가.

「죽리관竹里館」이라는 아름다운 시도 있다.

獨坐幽篁裡	그윽한 대숲 속에 홀로 앉아
彈琴復長嘯	거문고 타다 또 길게 휘파람 부는데
深林人不知	깊은 숲속이라 사람들 알지 못하고
明月來相照	밝은 달빛만 다가와 비추어 준다

금이 다시 나온다. 왕유는 금을 즐긴 것이 틀림없다. 얼마나 멋진 경계인가. 아름다움이 깊고 그윽하다. 이제는 〈양관〉이라는 금곡이 주는 아름다움의 이미지가 어떤 것인가 분명히 인식할 수 있을 것이다. 그의 유명한 산문 「산중에서 수재 배적에게 주는 글(山中與裴秀才迪書)」에서 몇 구절만 더 보자. 배적은 역시 시인으로 왕유의 절친한 친구다.

北涉玄灞	한가로이 북쪽으로 검푸른 파수를 건너노라니
淸月映郭	청명한 달빛이 성곽을 비추는구려
夜登華子江	그리고 밤에 화자강 언덕에 오르니

輞水淪漣	망천 잔물결이 달빛과 더불어
與月上下	오르락내리락 출렁이고
寒山遠火	한기어린 산기슭 저 먼곳의 등불은
明滅林外	나무 숲 밖에서 깜박이외다.
深巷寒犬	깊은 골목의 쓸쓸한 개는
吠聲如豹	그 짖는 소리가 마치 표범과도 같고
村墟夜舂	촌락의 밤중 방아 찧는 소리는
復與疎鐘相間	또 산사의 성긴 종소리와 서로 엇섞여 들려오오.
此時獨坐	이 즈음 홀로 앉아 있으려니
僮僕靜默	어린 종놈은 조용히 말이 없고

어떠신가. 1,300년 전 당나라 어느 시인의 절창이 당신의 가슴속 깊이, 아주 깊이 그윽하게 스며들지 아니한가. 믿을 수가 없는 노릇이다.

무려 천년도 넘은 시대에 살았던 사람의 싯귀가 나를 이렇게 깊은 아름다움의 심연으로 빠지게 하다니. 그리고 이와 같은 경계의 아름다움을 창조하여 부르고 연주한 당나라 사람들의 그 미적 감성이 나를 아연케 하고, 다시 〈양관〉을 듣는 나의 귀를 저 멀리 어둠 속에서 깜박거리는 숲속의 등불처럼 깊이 당기게 하고, 잔잔히 물결치는 달빛을 보는 내 마음의 눈을 담담히 적시게 한다. 천천히 젖어오는 부드러운 소리들이다.

끝으로 중국에서 '양관'이라는 단어는 이별을 상징한다. 일종의 고사성어가 된 것이다. 우리가 학교에서 무조건 암기만 하였던 고사성어들이 사실은 갖가지 이야기들이 서려 있음은 주지의 사실인데, 아름다운 예술 작품이 하나의 고정된 이미지가 되어 고사성어가 되고, 또 후세 사람들이 그들의 다른 작품에 즐겨 인용하니, 얼마나 그들의 예술적 토양이 풍부하겠는가. 해서 면면히 흘러 내려가는 일이지관도다.

세월을 탓하며

고금 독주 〈소상수운瀟湘水雲〉

곡(吳景略 연주)은 시작하자 다스름을 거쳐 주제로 넘어간다. 이 곡은
크게 세 부분으로 나눌 수가 있는데, 첫 부분은 비탄의 가락이다. 조그맣
게 입으로 자기도 모르게 나오는 그런 가녀린 탄식이 아니라 마음을 한창
가다듬었는데도 어쩔 수 없이 굵고 큰 소리로 터져 나오는 그런 한탄이다.
신세 타령은 전혀 아니다. 가락이 주는 웅혼함과 깊이는 그런 나약한 감정
을 결코 허락하지 않는다.

작가가 살았다는 형산衡山에서는 소수와 상수가 만나 산수가 험준하면
서도 수려했다니, 그런 경치를 쳐다보며 금을 뜯는다면 어찌 조용히 숨은
듯 여린 탄식을 머금겠는가. 탄식은 모순된 감정의 표현이다. 뜻한 바와
마음이 일치하지 않을 때 우러나오는 감정이다.

중국의 산수는 아름답다. 옷깃을 여미게 할 정도로 산세가 유려하고 그
속에 흐르는 강물은 장대하다. 작가는 그런 자연 속에 살며 곡을 짓는다.
경치가 좋은 곳에 사니 얼마나 멋진 삶이겠는가. 꿈꾸던 자연합일의 경지
가 아니겠는가.

그러나 그렇지 않은 것이다. 중국의 지식인들은 유가와 도가 사이를 방
황하는 사람들이다. 자연이 좋아 묻혀 살지만 내면 깊숙한 곳에는 불타는
경세제민經世濟民의 의지가 도사리고 있다. 유가에서 소위 지식인들이란
초야에 묻히는 것이 아니라 조정에 나아가 국가와 백성을 위해 봉헌해야
하는 것이다. 나아가고 물러섬을 잘 해야 하는데, 이 곡의 작가는 그렇지
를 못한 자신의 처지를 되돌아보고 있다. 아름다운 산천이지만 격랑처럼

흐르는 역사의 물결에 어쩔 수 없이 파묻혀 살아야 하는 그의 신세를 한탄하는 감정이 곡에 절절이 흐른다.

세월은 상수湘水처럼 마냥 흘러만 간다. 상수는 중국 호남성을 남쪽에서 북쪽으로 흐르며 양자강과 동정호에서 만난다. 절경이다. 이런 모순된 감정의 표현이 아름답게 곡을 흐른다. 아마 적벽의 장엄한 경치를 노래하며 인생무상을 읊조린 북송의 문호 소식蘇軾(1037~1101)이 〈염노교念奴橋〉에서 한탄(赤壁懷古)하는 심정과 비슷하리라. 소식을 읽어보자. 〈염노교〉는 사패詞牌의 이름이다.(이수웅 역)

大江東去	장강은 동으로 흐르는데
浪淘盡千古風流人物	물결과 더불어 천고의 풍류인물 다들 휩쓸어 가버렸는가.
故壘西邊	옛보루의 서쪽을
人道是三國周郎赤壁	사람들은 삼국시대의 주유의 적벽이라 하네
亂石崩雲	험한 산바위는 구름을 뚫고 솟아 있고
驚濤裂岸	놀란 파도 강언덕을 찢을 기세로
捲起千堆雪	드높은 무더기의 눈을 말아 올리는 듯 하네
江山如畵	강산은 지금도 그림처럼 아름다운데
一時多少豪傑	많은 호걸은 한때였어라
遙想公瑾當年	아득히 공근이 활약했던 옛날 생각을 해보니
小喬初家了	그에겐 미인 소교가 시집을 왔고
雄姿英發	영웅다운 모습에선 영기가 발했었지.
羽扇輪巾	새깃부채 들고 윤건을 쓰고
談笑間	얘기하며 웃었지
强虜灰飛煙滅	강한 적 위나라 수군을 불태워 사라지게 했지
故國神遊	고국에 신선되어 노니나니
多情應笑我	다정한 이들이 맞이하면서

무生華髮	벌써 내게 흰머리가 났다고 비웃겠지
人生如夢	인생은 한낱 꿈 같으니
一樽還酹江月	잔 들어 저 강속의 밝은 달에 술 따라 조상한다

〈소상수운〉의 첫 부분은 내용이 한탄조라 하더라도 소식의 시가 고금을 오가며 노래하는 것처럼 연주가 웅대하고 화려하다. 그리고 송나라 이전에는 보이지 않던 여러 가지 연주기법이 나타난다. 내가 보기에 〈소상수운〉은 금곡이 발전하는 과정에서 한 획을 긋는 중요한 작품이라 여겨진다. 〈소상수운〉을 기점으로 해서 연주기법이 고도로 발전하여 금곡의 내용은 한층 넓고 풍부해진다. 그리고 이어지는 명나라 때 금곡은 전성기를 이룩하며 화려한 청나라 시대로 넘어간다.

〈소상수운〉은 남송 절파浙派 금의 저명한 연주가인 곽면郭沔(1190 경~1260 경)의 대표작이다. 호는 초망楚望이다.

"절강 영가永嘉 사람으로 송대의 걸출한 고금 연주가이다. 그는 장암張 岩이 수집한 당시 민간에 흩어져 있던 수많은 금곡에 바탕하여 이를 정리하고 연주하였으며, 신곡을 작곡하였다. 명대 중엽 이전까지 각 곡보집에 전하는 금곡 가운데는 그가 정리 창작 전수한 것이 매우 많다. 그의 작품 가운데 〈소상수운瀟湘水雲〉, 〈추홍秋鴻〉, 〈범창랑泛滄浪〉 등은 후세의 고금가들이 매우 중시하고 좋아한다."(『중국고대음악사』, 573쪽)

그는 중앙정부에서 지정한 금곡을 무시하고 민간인들의 곡을 광범위하게 수용하여 새로운 곡들을 작곡하였고, 이로 인해 후세 사람들의 존경을 받을 수가 있었다.

과거의 유명한 금곡들은 해당 작품의 작가가 있었다해도 거의 전설적인 경우가 많았다. 그리고 작품들이 천년, 이천년을 내려오면서 거듭되는 수정과 덧붙임이 있었을 것이다. 물론 기본가락은 원래 모습을 지니고 있다해도 시대의 변천에 따른 많은 변화는 어쩔 수 없었을 것이다.

그러나 곽면에 이르러 우리는 위대한 작곡가를 만나게 된다. 그의 이름과 생애가 뚜렷이 기록으로 전해져 내려올 뿐만 아니라 그의 이름으로 된 불후의 걸작들이 오늘날까지 연주되고 있으니 중국음악 발전사상 가곡의 강기와 더불어 중요한 전기를 맞는 것이다.

금곡이라는 분야로 이야기한다면, 곽면은 아마 서양의 바하와 비견되지 않을까 생각되지만, 부족한 자료로는 더 이상 무엇이라고 깊이있게 언급할 수가 없어 아쉬울 따름이다. 한 가지 지적하고 싶은 것은 곽면이 살았던 시대 서양은 그저 중세의 암흑기에 해당된다고 할 수 있고, 바하는 곽면보다 무려 5백년이 지나서 활동한 사람이라는 점이다.

〈소상수운〉의 음에는 두 가지 특징이 느껴진다. 첫째는 반허실음半虛實音이다. 이상한 용어다. 금은 기본적으로 현을 탄주하는 악기다. 줄을 손가락으로 퉁기거나 뜯어 생기는 음들로 곡은 이루어진다. 그런데 〈소상수운〉을 들어보면 첫 부분부터 비비적거리는 듯한, 그리고 쉰 목소리 같은 소리가 울려 나온다. 탄주해서 나오는 음과 음 사이의 시간 간격은 아득히 먼 것 같은데, 듣는이로 하여금 이를 의식치 못하게 하며, 이러한 음과 음 사이에 바로 반허실음이 나타난다. 어떤 연주기법으로 이런 소리가 나는지는 모른다.

그러나 이러한 음의 효과는 마치 우리가 동양화의 산수화를 볼 때 산과 산 사이에 펼쳐지는 여백을 연상시킨다. 산수화에 있어 앞의 가까운 대상과 저 멀리 산 사이에 있는 여백은 안개일까 호수일까 아무래도 좋은 것이 아니라, 여백은 이미 그림의 구성 일부가 되어 하나의 구체적인 대상이 되어 있는 것이다. 반허실음이 그런 효과를 가지고 있다 하면 지나친 비유일까. 그러나 바로 이런 효과로 인해 연주는 복잡해지고 감정의 표현은 한층 풍부하고 오묘해지는 것이다.

둘째로는 탄주되는 음 하나하나의 모습이다. 금이라는 악기에서 탄주되는 음이 피아노와 달리 풍부하고 너른 음색을 갖고 있음은 과거에도 마찬가지였다. 그러나 곽면의 〈소상수운〉에 이르면 그런 음의 특징이 아주 뚜렷하게 그리고 새롭게 드러난다. 반허실음의 공간을 제시해 주는 산봉우리들과 같은 이런 음들은 높이도 높이려니와 산허리에는 깊은 계곡을 갖고 있다. 간단치가 않은 음들이다.

그림으로 따지면 일필휘지라고 할까. 그림에 있어 붓을 그어대는 한 획은 대단히 중요하다. 서양에서는 획이라고 해야 인상파의 점묘주의자들처럼 점을 찍듯 붓을 쓴다. 고호의 작품은 섬뜩할 정도로 붓자국이 크고 또 길고 선명해서 보는이로 하여금 감동을 주지만 바로 거기서 그냥 끝난다. 그러나 동양화의 붓은 그 유명한 청나라 화가 석도石濤가 주창한 것처럼 한 획이 우주를 품어 안고 그려진다. 팔대산인八大山人의 획을 보라. 꾸불렁거리는 획, 직립으로 서있는 획 등 획 하나마다 그의 모든 표현이 걸려 있다.

〈소상수운〉의 음 하나도 마치 팔대산인의 획처럼 모든 힘이 다 들어가 있다. 그냥 가볍게 띵 하고 울리는 그런 음이 아닌 것이다. 이는 우리 나라의 현악기 연주에도 나타나는데, 우리의 경우에는 조선 중기 선조·광해군년간에 이르러야 터득한 연주기법이라 한다. 과거에는 그저 거문고의 줄을 가볍게 누르며 탔으니 소위 경안법輕按法이다. 그러나 이때 줄을 밀고 당기며 오른손으로 줄을 퉁기는 연주법이 나타났으니 이를 역안법力按法이라 하고, 바로 이를 통해 소위 농현弄絃, 전성轉聲, 퇴성退聲이 이루어진다. 우리의 현악기 연주에 일대 전환이 온 것이다.

금이라는 악기에 익숙치 못하므로 황지윤의 고금해설 편역을 읽어보자.

음색과 음역: 고금에는 모두 세 가지 음색이 있다. 첫째, 산음散音, 즉 오른손으로 현을 퉁길 때 나는 소리로서 마치 동종을 울리는 듯한 웅장한 기운과 선명함이 있다. 둘째, 안음按音 혹은 실음實音이라고도 하며, 오른손으로 현을 퉁기며 동시에 왼손으로 누를 때 나는 소리를 가리킨다. 저음은 힘이 넘치고 중음은 당당하고 풍부하며, 고음에서는 섬세함이 느껴진다. 셋째, 범음泛音, 즉 왼손을 휘徽의 위치에 알맞게 놓은 상태에서 현에 살며시 갖다대며 오른손으로 이를 퉁길 때 나는 소리이다.

고음은 가볍고 깨끗하여 바람 소리가 나는 듯하며, 중음은 맑고 낭랑하여 마치 옥돌을 치는 것 같다. 탄현彈絃 악기 중에서도 고금은 비교적 독특한 종류에 속한다. 악기 앞면을 모조리 지판指板으로 쓰며 아교로 붙여놓는 안족雁足이나 이에 해당되는 물건이 없다. 연주할 때면 흔히 고금을 탁자 위에다 가로놓고 오른손으로 현을 퉁기며 왼손으로 이를 눌러 음을 취한다.

연주는 전적으로 휘의 표시에 의거하며(물론 연주되는 음이 13개의 휘의 위치에만 국한된다는 것은 아니다. 즉 대개의 음이 휘와 휘 사이에 위치하고 있다), 여기서 정확한 위치를 잡아 음을 취하는 방법이 극도로 엄격하다. 음역은 네 옥타브를 조금 넘으며 모두 7개의 산음, 91개의 범음(앞서의 휘가 매 현마다 각각 5개의 高八度, 4개의 五度, 4개의 三度 범음을 표시한다), 그리고 147개의 안음으로 구성된다.

연주기법에 대해서도 읽어보자.

고금을 연주할 때 왼쪽 손가락을 현에 갖다대듯이 말듯이 하는 연주법이 있는데, 그 음의 효과는 오른손으로 현을 퉁길 때처럼 깨끗하질 못하고, 그렇다고 왼손으로 현을 누를 때처럼 가라앉아 있지도 않다. 말하자면 거의 실음과 허음 사이에 위치하는데, 그렇다고 특별한 명칭은 갖고 있지 않으며 흔히 '반허실음'이라고 부르는 게 일반적 통례이다. 이러한 연주법으로는 엄음罨音, 도기滔起, 대기對起, 조기爪起, 대기帶起, 추출推出 등이 포함된다고 한다. 전문 교재에 따르면 대강의 연주법들에 관한 묘사가 있다.

첫째, 엄음은 왼손 둘째손가락으로 현을 누른 다음 그 손을 떼지 않은 상태에서 엄지에 가득 힘을 주고 그보다 하나 높은 휘의 위치에서 현을 툭툭 턴다. 이때 나무를 건드리는 소리가 나지 않도록 특별히 주의한다. 이어서 엄지손가락으로 현을 꽉 누르게 되면 소리가 나온다. 이 과정이 생략되었을 때, 즉 누르지 않고 현도 퉁기지 않을 때 얻는 음을 허엄虛罨이라고 한다.

둘째, 도기는 왼손의 엄지로 현을 지긋이 누르고 둘째 손가락으로 이를 이은 다음 엄지로 현을 뜯는다. 관건은 둘째 손가락과 엄지가 동시에 움직여야 한다는 것이며, 여기서 현을 누를 때에는 반드시 힘을 실어주어서 음이 뚜렷이 나타나게끔 한다. 그러나 음량이 오른손으로 현을 퉁길 때보다 반드시 약해야 하며 폭발하는 듯한 음이 나오지 않도록 주의한다. 대기라는 것은 실제로 이와 매우 비슷한데 즉 오른손으로 동시에 현을 퉁긴 상태를 말한다.

셋째, 조기는 엄지로 현을 누른 상태에서 살짝 뜯어 산음을 얻음을 가리킨다. 힘의 조절에 특별히 주의하며 이가 과도하면 마치 누르지 않은 상황에서 현을 퉁기는 듯한 폭발음이 생기고, 또 너무 약해도 금세 공중으로 사라지고 만다. 약간은 약하다 싶은 감으로 현을 뜯어야 그 소박하고 꽉 찬 듯한 미묘한 맛이 나온다. 이와 비슷하게 대기라는 것은 둘째손가락으로 현을 누른 상태에서 그 끝으로 현을 살짝 뜯음을 말한다.

끝으로 추출은 가운데 손가락으로 현을 누르면서 이를 바깥쪽으로 밀어내어 산음散音을 얻음을 말한다. 1현에만 쓰이는 특이한 기법으로서 조기나 대기보다 그 느낌이 비교적 무겁다.

이상의 연주법들은 모두가 왼손으로 현을 뜯거나 퉁겨서 소리를 얻는 기법으로서 오른손을 쓸 때보다 그 음량이 상당히 약하다. 따라서 곡을 연주할 적에 간혹 엄음이 정식 음으로 쓰이는 것을 제외하고는 대개가 음 뒤에 나타나는 소리가 되겠다. 참고로 조기, 대기, 추출의 세 가지 기법은 곡의 마지막이나 단락의 마무리에 많이 쓰임으로써 곡의 전후를 절묘하게 이어주는 역할도 한다.

이러한 고도의 연주기법 탓인지 〈소상수운〉의 앞부분을 들으면 언뜻 사람이 무어라고 강하게 호소하는 것같다. 하소연이랄까, 비탄이랄까 아주 강렬한 감정으로 당신의 소매를 끌어안고 이야기를 쏟아낸다. 음악의 선율이 사람이 이야기하는 듯 들리는 경우는 많지가 않다. 곡이 깊은 감정의 경지에 도달하여 겉으로 드러나는 소리가 분명 악기의 소리인데도 사람의 소리로 들리는 것이다. 양악에 있어서는 베토벤의 말년 작품들이 이 경지에 도달하였는데, 우리는 중국 음악인 〈소상수운〉에서 이를 경험한다.

곡은 첫째 부분을 지나 중간 부분으로 넘어간다. 이 부분은 곡의 빠르기가 중중모리 정도로 비교적 빨라진다. 그리고 음도 높아간다. 긴장이 높아지고 소리도 날카로와진다. 감정의 반전이다. 탄식이 아니라 비분강개이다. 억눌려 참았던 마음의 폭포가 거세고 거칠다.

작자는 왜 자신이 이런 지경까지 왔는지 울분을 터뜨린다. 곡의 연주는 극히 화려하지만 내용은 치열하고 감정은 클라이막스로 치닫는다. 곽면은 그래도 행복한 사람이다. 쓸쓸하고 비통한 감정에 시달리고 있었어도 그것을 형상화하여 승화시키는 음악이라는 수단을 갖고 있었으니 말이다.

〈소상수운〉의 내력을 보자.

"남송 후기 원나라 군대가 남하하자 문인들은 남쪽으로 내려갔다. 곽면은 호남 남부의 형산 부근에 자리를 잡고 살았다. 소수瀟水와 상수湘水가 합류하는 지방에서 그는 배 안에서 멀리 구의산九疑山을 바라 보았다. 물과 구름이 치솟고 휘날리는 경치는 그에게 조국 산하에 대한 열정, 영락한 시세에 대한 감개, 은둔생활에 대한 기대 등 복잡한 심정을 불러 일으켜 이 곡을 지은 것이다."(앞의 책, 574쪽)

북송이 멸망당하고 강남으로 쫓겨 내려와 백년이 넘도록 북방의 여진족이 세운 금나라와 전쟁과 화해를 반복하다가 마침내 몽고 초원의 새로운 거대한 힘에 다시 밀려 내려간다. 이런 혼란의 와중에서 지식인들은 목숨은 부지하였으되 그 심사가 오죽했겠는가.

곽면보다 한 세대 앞서 살다간 육유陸游(1125~1210)도 예외가 아니었으니 그의 시 한 수를 감상한다. 「관산월關山月」이다.(기세춘 역)

和戎詔下十五年	서쪽 오랑캐와 화의한 지 십오년
將軍不戰空臨邊	변경의 장군은 허송세월 보내며
朱門沉沉按歌舞	깊숙한 호화주택의 춤과 노랫소리
廐馬肥死弓斷弦	마굿간의 살찐 말은 늙어가고 활은 시위가 끊어졌다

戌樓刁斗催落月	수루에 군호소리 새벽달 지기를 재촉하고
三十從軍今白髮	나이 삼십에 종군한 이 몸 지금은 백발이네
笛裏誰知壯士心	저 호가소리! 장부의 마음을 어이 알리
沙頭空照征人骨	모래밭 병사의 백골들 달빛 아래 처량하다

中原干戈古亦聞	중원의 전란은 이미 들어 알고 있겠지만
豈有逆胡傳子孫	어찌 천도를 어긴 오랑캐를 자손에게 물려주랴
遺民忍死望恢復	모진 목숨 지탱하며 광복을 고대하는 중원의 유민들
幾處今宵垂淚痕	오늘밤도 곳곳에서 눈물을 흘리리라

곡은 매듭을 향하여 흐른다. 격앙된 감정도 한 때인가. 노도같이 흐르는 물도 잔잔해지는가. 곡의 속도가 느려진다. 그리고 마음을 달랜다. 커다란 감정의 흐름이어서 마무리가 쉽지 않다.

비분과 울분이 삭혀지지 않은 상황에서 곡은 끝난다. 안타깝다. 이런 감정을 노래한 송나라 때 사詞를 하나 더 읽는다. 신기질辛棄疾(1140~1207)의「보살만菩薩蠻」이다. 부제로 '서강서조구벽書江西造口壁'이라는 글귀가 붙어 있다.

鬱孤臺下淸江水	울고대 아래 맑은 강물
中間多少行人淚	그 사이 얼마나 많은 행인들 눈물 흘렸나
西北望長安	서북쪽으로 장안을 바라보지만
可憐無數山	수 많은 산들 가로놓여 애석하네
靑山遮不往	청산인들 막을 수 있으랴
畢竟東流去	강물은 마침내 동으로 흘러가네
江晚正愁餘	강의 황혼이 지고 홀로 근심에 찬데
山深聞鷓鴣	깊은 산 자고새 울음소리 들린다

여인의 일생

〈두아원竇娥怨〉과 관한경

타악기 소리가 불안하게 울리는 것이 몹시 요란하다. 중국의 경극에서 흔히 나오는 그런 타악기들의 불협화음이다. 이러한 음들은 무엇인가를 벌써 듣는이에게 강렬하게 암시한다. 그리고 터져 나오는 여인의 울부짖음, 아니 울부짖음이라기에는 음역이 너무 높은 소프라노다. 그것은 울부짖음이 아니고 피를 토하는 외침이다. 누군가 들으라고 한껏 소리를 지르듯, 온힘을 다하여 부르짖는 처절한 외침이다.

'하늘과 달아' 하며 부를 때, 단어의 말미를 아아의 모음으로 그리고 비통한 소리로 오래 지속한다. 비장하다. 두려울 정도이다. 이어지는 가사는 '아침저녁으로 걸려있고'이다. 그리고 '귀신은 사람의 삶과 죽음을 좌지우지하며'에서 목이 멜 정도로 울부짖음이 넘치며 비장한 가락이 흐른다. 가락이라는 단어를 쓰기가 송구스러울 정도이다.

나는 이 두 구절만으로도 긴장이 되다 못해 감격해 버린다. 이런 외침의 노래가 중국에 다 있다니. 아니 동양의 그 먼 옛날에 이런 피를 토하는 격정의 노래가 있었다니. 그것도 남자가 아닌 여인의 목소리로 불려졌다는 사실에 경악을 금치 못한다. 손을 절로 불끈 쥐도록 힘차고 강렬한, 그러나 비통한 외침이다.

듣고 있는 음악은 원나라 때 잡극雜劇으로 관한경關漢卿(생몰년대가 분명치 않으나 1210~1300 사이에 산 인물로 추정됨)이 지은 〈두아원〉의 제3막 '참아斬娥'에 나오는 곡이다. 참아는 문자 그대로 주인공 '두아의 목을 베다'라는 끔찍한 뜻이다. 요즈음 식으로 풀이한다면 형장이라는 뜻으로 해야 할 것이다.

　전체 4막으로 구성되어 있는 희곡이지만 4막은 권선징악의 장으로 크게 의미가 없고, 어디까지나 극을 긴장으로 이끄는 앞의 세 막이 중요한데, 그 중에서 이 3막은 극의 최대 클라이막스이다. 주인공이 결국 죽음을 맞이하는 것이다. 음악을 더 듣기 전에 우선 〈두아원〉의 이야기를 알아보자.

　두아는 어려서 어머니를 잃고 일곱 살 되던 해에 아버지가 빚을 져 고리대금업자 채노파에게 민며느리로 팔려간다. 그리고 아버지는 과거를 보러 서울로 떠난다. 두아가 열 입곱이 되어 노파의 아들 채랑蔡郎과 결혼하나 얼마 지나지 않아 과부가 된다. 이러한 운명을 두아는 받아들인다.

　한편 채노파에게 빚을 진 의사 새노의賽盧醫는 빚독촉을 받자 노파를 살해하려 한다. 이때 장려아張驢兒라는 건달 부자가 나타나 채노파를 구해주고, 이를 빙자로 채노파의 집에 들어와 살며 두 여인에게 각각 자기 부자들한테 재가하라고 강요한다. 이를 거절하자 장려아는 두아를 홀로 만들어 차지하려고 채노파를 죽일 생각을 한다. 노파를 죽이려 독약을 쓰는데 잘못되어 자기 아버지가 약을 마시고 죽는다.

　그러자 장려아는 두아에게 살인혐의를 뒤집어 씌우고 이를 빌미로 잠자리 시중을 들 것을 요구한다. 두아가 저항하자 그는 두아를 살인혐의로 관가에 고발한다. 두아는 그의 사악한 음모를 알고 투쟁할 것을 다짐한다. 관가에서 시비를 분명히 밝혀 주리라 믿었기 때문이다. 그러나 뇌물을 받은 태수는 오히려 두아를 다그치고 매질을 하며 결국 사형언도를 내린다. 그녀는 죽어도 이들에게 굴하지 않을 것을 맹세한다. 그리고 하늘을 원망하고 부르짖으면서 죽어간다.

　한마디로 비극이다. 마지막 4막에서 딸을 빚 때문에 팔고 과거를 보러 서울로 떠났던 아버지가 벼슬아치가 되어 지방의 관리로 부임하여 과거의 송사를 조사할 때, 두아의 원혼이 나타나 억울함을 호소하여 마침내 법의 심판을 내린다. 그러나 이 4막은 당시 억압과 불의에 시달리던 대중들의 심사를 달래주기 위한 방편으로 붙인 것으로 추측되고, 극의 긴장과 아름다움을 이끄는 것은 어디까지나 주인공 두아의 비극이다.

　이야기의 전개과정에서 여인의 사랑이나 낭만 등은 조금도 찾아 볼 수가 없다. 어느 한 개인이 시대적 상황을 맞이하여 처참할 정도로 괴멸되어 가는 운명이 적나라하게 그려져 있다. 한 평범한 여인이 그 당시 사회가 요구하는 일부종사 등의 윤리관에 충실하여 모범적인 가족 구성원으로 살려고 하지만, 탐욕스럽고 억압적인 사회는 그것을 허용치 않는다. 거대한 사회가 조여오는 억압과 그것으로부터 탈출하지 못하는 현대인의 비극 또한 이와 크게 다를 수가 없다.

　서양에서의 비극은 조금 다르다. 그리스의 소포클레스 이래로 이천년 가까이 흘러 영국에 셰익스피어가 나타난다. 그의 4대 비극인 〈햄릿〉, 〈리어왕〉, 〈맥베스〉, 〈오셀로〉는 지금도 세계적으로 널리 공연될 만큼 유명한데, 비극의 핵심은 주인공들의 심리적 갈등과 인간관계의 모순이다. 〈두아원〉의 냉혹하고 처절하기만 한 비극과는 대조적이다.

　〈두아원〉은 관한경의 대표적 작품이다. 동시에 관한경은 원 잡극의 대표적 작가이다. 원 잡극은 지금 우리가 접하고 있는 경극의 원조라고 할 수 있다. 하지만 그 내용에서는 오히려 지금보다 원나라 때가 더 충실하였다고 볼 수 있을 정도로 원나라 당시에는 극이 융성하게 발전하였다. 관한경이 살았던 시대는 역사의 격동기였다. 백년 이상을 대치해오던 북방의 금과 남방의 남송이 차례로 몽골 유목민들에게 멸망을 당하고, 중원의 문화와는 전혀 다른 세계에서 살던 몽골족과 서역의 푸른 눈의 사람들이 중국을 지배하기 시작한 것이다. 그들은 기존의 질서를 철저히 무시하였다.

　일례로 몽고인들은 사람들을 열 가지로 나누어 등급을 정했는데, 첫째가 통치하는 벼슬아치이고 마지막이 거지였다. 이중 거지 바로 앞의 등급이 유儒였으니 그들이 중국의 학자나 문인들을 얼마나 우습게 여겼는지 알 수가 있다. 한족들은 또 철저히 차별대우를 받았으니, 몽고인이 첫째요, 중앙아시아와 유럽인을 뜻하는 색목인色目人이 둘째요, 한인漢人은 세번째고, 마지막으로 남방의 민족들이 가장 낮은 대우를 받았다. 연이은 전란에 무수한 사람들이 쫓기며 유랑하고 또 죽어갔다. 이민족의 통치 아래 일반 백성들은 얼마나 착취에 시달리며 고생을 하였겠는가는 불문가지다. 이러한 상황에서 지식인들은 벼슬길에 나갈 수도 없었으니, 결국은 많은 사람들이 연예계로 흘러들어가게 되었고, 관한경이나 왕실보, 그리고 마치원같은 유명한 극작가들이 바로 이런 경우라 하겠다.

그러나 우리는 좀더 긍정적으로 역사 현실을 인식해 보자. 영국이 자랑하는 셰익스피어는 영국이 엘리자베스 여왕 1세의 통치 아래 세계 강대국을 향해 나래를 펴기 시작한 때이다. 영국의 국운은 융성하였으며 나라에는 부가 쌓였다. 셰익스피어라는 위대한 예술은 이러한 상황에서 탄생된 것이다. 무릇 한 나라가 정치적으로 안정되고 부강해지면 예술은 꽃을 피운다. 그리스 · 로마가 그랬고, 한나라 · 당나라의 전성기가 또한 그랬다. 우리의 경우는 신라가 그랬고, 가까이로는 세종대왕과 영 · 정조의 통치기간에 찬란한 문화를 이룩했다.

이렇게 보면 원나라는 어떤가. 원나라는 지금까지의 역사에도 나타나지 않은, 실로 당시의 전세계를 제패하고 지배하였던 전무후무한 대제국이다. 중동 유라시아 대륙에 걸친 원나라의 통치로 인해 비로소 동서교역로가 아무런 장애없이 번성하였으며, 대제국답게 그들의 수도 대도大都는 온갖 인종들이 들끓는 국제도시였다. 대도는 당시 유례를 찾아보기 어려울 만큼 번화했던 세계 중심의 도시였다. 통치계급들은 엄청난 힘과 부를 누리고 있었으며, 활발한 교역을 통해 부유한 상인들이 대거 등장하였다. 수많은 여행자와 외국인들이 모여들었고, 이들을 대상으로 각종 연희장이나 오락장이 나타나니, 무대에 상연될 수 있는 극들의 다양한 발전은 필연적인 것이었다.

이런 상황에서 시작된 것이 원나라 잡극인 것이다. 그렇다고 원의 잡극이 그냥 튀어나온 것은 아니어서 중국 전통의 일환으로 과거부터 내려온 사詞, 곡曲, 가歌, 무舞, 그리고 강창문학講唱文學이 종합되어 나타난 것이라 볼 수 있고, 특히 직접적인 발전은 송대의 강창예술인 제궁조諸宮調

에서 비롯되었다고 할 수 있다.

송나라 때의 제궁조는 이미 고도로 발달된 음악이며 극이다. 제궁조의 뜻은 하나의 음계가 아닌 여러 음계를 사용한 음악이라는 뜻이다. 제궁조는 일종의 설창說唱이다. 이 형식은 이야기를 풀어가되 노래와 가사, 동작 등을 섞어가며 진행하는 것이다. 이러한 설창은 오래 전 한나라 때부터 이어져 내려왔으나, 송대에 이르러 음악성이 높아지며 한층 성숙된 예술형식으로 발전한다. 송나라 때 장택단이 그린 그 유명한 〈청명상하도淸明上下圖〉에도 저자거리에서 설창하는 모습이 보인다. 우리 나라에도 이런 비슷한 양식이 있으니, 18세기 무렵에 태동하여 발전한 판소리가 바로 설창 형식이 아닌가 싶다.

송나라 때 제궁조가 발전하였으나 역사는 반전되어 송나라는 망하고 세상이 완전히 뒤바뀌었다. 세상의 흐름을 따라 과거의 형식은 완전히 탈바꿈을 하니 좀더 자유로운 양식의 노래가 발생되고, 가사도 격률을 고도로 따지는 송대의 전통에서 탈피하여 일반 대중들이 쓰는 구어체가 도입된다. 이는 어떤 의미에서 혁명적인 전환이었다.

그러나 우리가 짚고 넘어가야 할 중요한 사실이 있다. 서양사람들이 분류하는 장르 개념으로는 원 잡극은 단순한 극이 아니다. 잡극이라는 말도 중국 사람들이 고유명사로 옛날부터 써온 용어이지 그냥 잡극이라는 어휘 그대로 아무렇게나 써졌다는 뜻이 결코 아니다. 용어가 주는 선입감이 이렇게 무섭다. 원나라 잡극은 서양의 기준으로 보아 희곡이며, 오페라인 동시에 바그너가 주창한 악극이라 할 수도 있고, 현대의 뮤지컬 드라마라고도 할 수 있는 복합 예술 장르이다. 무엇보다 음악적인 요소가 강조되고 있으므로 오히려 오페라에 가깝다고 할 수 있다.

따라서 많은 사람들이 원 잡극을 그저 희곡으로 치부하고 문학적 서사에만 치중하는데, 실은 음악을 듣지 않는다면 아무런 의미가 없는 것이 원 잡극이다. 한 마디로 노래를 통해 극적 긴장을 조성하며 이야기를 진행하는 극인 것이다. 대사가 있고 몸 동작이 있으니 어떻게 보면 브로드웨이의 뮤지컬 드라마와 흡사하다고나 할까.

　지금 미국은 세계에 군림하는 유일한 초강대국이며 최대 부국이다. 미국의 중심도시가 바로 뉴욕이고, 그곳에서 쾌락을 찾는 사람들의 욕망에 부응하여 나타난 것이 뮤지컬이다. 이는 유럽의 복잡하고 형식적인 과거의 오페라에서 탈피하여 좀더 가볍고 대중적인 요소를 지니고 있다. 원 잡극은 바로 당시의 뉴욕인 북경에서 시대적 요청에 의해 탄생된 고도로 발전된 아름다운 예술형식이요, 음악인 것이다.

　다시 음악으로 들어가 〈두아원〉의 3막에 나오는 두아의 절창을 계속해서 들어본다. 우선 그 가사를 여기 기술한다.(기세춘 역)

　　有日月朝暮懸, 有鬼神掌生死權.

　　天地也只合把淸濁分辨, 可　生糊塗了盜跖顔淵.

　　爲善的受貧窮更命短, 造惡的享富貴又壽延.

　　天地也做得個怕硬欺軟, 却原來也這般順水推船.

　　地也, 你不分好歹何爲地?

　　天也, 你錯勘賢愚枉做天.

　　哎! 只落得兩淚漣漣.

　　해와 달은 아침저녁으로 걸려있고 귀신은 사람의 삶과 죽음을 좌우하고

　　하늘과 땅은 맑고 흐림을 가려내야 하련만

　　어찌 도척과 공자를 뒤섞어 날뛰게 한단 말인가.

　　착한 자는 가난하며 일찍 죽고

　　악한 자는 부귀를 누리며 오래 사는구나

　　하늘과 땅이 하는 일이

　　강한 놈에게는 약하면서 약한 놈은 깔보는 것인가

　　결국 배는 물결 따라 흘러 가는 것인가

　　땅이여! 네가 좋고 나쁜 것을 나누지 못한다면

무엇 때문에 땅이란 말인가
하늘이여! 네가 어질고 어리석은 것을 정하지 못한다면
거짓된 것이 하늘이구나
아! 하염없이 눈물만 흐른다.

첫 두 구절을 비통하게 부르짖는 듯 노래하던 두아는 하늘과 땅을 탓하기 시작한다. 하늘과 땅이 인간의 정의를 구현해주지 않는다고 탄식한다. 노래는 앞서의 높은 고음에서 내려와 조용히 불려진다. 가라앉은 목소리지만 노래의 마디마디에 무게가 실려 있다. 저음이지만 천근만근으로 무겁다. 무엇에 꽉 눌린 듯 답답한 듯 그러면서도 참으며 부르는 노래가 강렬하다. 어떻게 보면 힘이 숨어 있다. 힘이라 해도 무슨 열정적인 힘이 아니라 숱한 고생과 역경에도 불구하고 하늘과 땅의 올바름을 믿고 불의에 항거하려는 끈질긴 힘이다. 서릿발같은 기개라 할까. 아니면 독수리가 간을 쪼는 아픔에도 불구하고 오로지 신념 하나로 버티는 프로메테우스와 같은 강인한 정신일까.

그러다가 '하늘과 땅이 하는 일'이라는 부분에서 감정은 다시 격앙된다. 소리가 높아진다. 하늘과 땅은 우리말로 해석한 것이다. 중국어로는 단지 천지天地라는 두 음절에 불과하다. 노래는 천지라는 두 음절을 아주 느린 속도로, 그러나 높은 음으로 격렬하게 부른다. 하늘과 땅을 향한 원망인 동시에 강렬한 믿음이요 바램이다. 하늘과 땅을 하소연하며 부르는 것이다.

이 구절에서 우리는 한탄을 느끼기도 하고 주인공의 절망어린 감정도 인지한다. 그냥 인식하는 정도가 아니라 우리의 가슴도 아프게 젖어올 정도로 강하게 느낀다. 땅이여, 하늘이여! 하고 부를 때에는 가슴이 메어진다. 거짓된 것이 하늘이구나, 즉 왕고천이라는 세 음절을 부를 때는 절로 비장한 눈물이 쏟아질 것만 같다.

그러다가 아이(哎)하고 가녀린 소리가 흘러나올 때, 아! 여인의 몸부림임을 새삼스레 알게 되고, 그렇지! 남정네의 비극이 아니라 젊은 여인이 겪는 비극이 아니었던가. 여인이었던가. 어쩔 수 없는 여인이었던가. '아이' 라는 음은 왜 그리 여리고 애달픈가. 哎라는 한자는 애통할 애다. 아이라는 발음으로 두아가 노래하지만 애통해하는 마음이 절절 넘친다.

마지막으로 부르는 '하염없이 눈물만 흐른다'에 이르러 듣는이는 절로 눈물이 솟는다. 그 비장한 곡조라니. 나는 양악을 수십 년 들어왔지만 이렇게 비통하고 극적인 감정의 노래를 들은 바가 없다. 인간이 극한 상황에 이르러 하늘과 땅을 찾다가 원망하며 죽어 가는 이런 절절히 슬픈 노래가 또 어디 있단 말인가. 생각컨대 아마 당시 원나라의 청중들은 무대와 객석을 모두 울음바다로 만들었을 것이다. 800년이 흘렀어도 한 인간을 이렇게 감동시키는데 시대적으로 동일한 문화적 공감대를 갖고 있었던 청중들은 오죽했겠는가.

아리스토텔레스가 이야기하는 비극을 통한 카타르시스가 바로 이런 것이었을까. 고대 그리스의 비극들이 나타내는 인간과 신의 관계를 상기해본다면 〈두아원〉의 비극은 비슷하다고 볼 수 있다. 그러나 그리스 비극의 주인공들은 모두 왕이나 귀족들 그리고 영웅들이다. 웅대한 서사시적인 비극이다. 그러나 두아는 보잘것없는 평민 신분의 여인에 불과하다.

이런 면에서 〈두아원〉은 그리스 비극에 비해 더 현대적인 요소를 지닌다. 거대한 사회에서 무기력하게 당하는 한 인간의 궁극적, 그리고 비극적인 존재를 슬프게 노래한 비극인 것이다. 그래서 우리에게 전달되는 감동은 더 크다. 무엇보다 희곡의 대사와 스토리로만 전해오는 비극이 아니라 인간 심성을 가장 직접적으로 건드리는 음악이라는 더 순수한 예술양식을 통해 전달되어오는 비극의 감정이라 나도 모르게 눈물을 펑펑 쏟게 되는 것이다.

음악은 참으로 위대하다. 음악은 어느 메마른 인간의 감정을 비를 내린 듯 축축하게 젖게 하더니 결국은 빗물이 고여 넘쳐 어디론가 흐르게 만든다. 그러나 〈두아원〉을 들으면서 역시 문학은 한계가 있지 않나 감히 생각해본다. 특히 인간의 오묘한 감정을 표현하는 데는 음악이 단연 앞선다고 할 수 있다. 무슨 철학적이거나 종교적인 뜻을 표현하려면 아무래도 문자로 쓰인 문학의 효용성이 뛰어나다고 할 수 있겠지만, 그런 경우에는 또 아름다움이라는 면에서 떨어질테니 어차피 감성적 아름다움의 최고봉은 음악에서 나타난다고 볼 수 있다.

〈두아원〉은 가사가 나타내고자 하는 의미를 훨씬 넘어선다. 가사는 하나의 제시라고 볼 수 있을 뿐이고, 모든 극적 감정의 표현은 음악으로 이루어진다. 곰곰이 생각해보면 〈두아원〉이 만들어진 시기가 800년 전이고, 그 이전에도 송사나 제궁조 등의 가곡이나 창극이 중국에서 발달되었다는 사실을 감안하면 세계음악사는 다시 쓰여져야 한다. 그리고 우리가 지금까지 지니고 있던 그저 막연할 정도의 동양음악에 대한 편견도 버려야 한다.

양악의 오페라는 그 발생 시기가 16세기 말이고, 본격적으로 발전된 것이 19세기였다. 이에 비해 사패詞牌 등의 곡은 무려 1,300년 전의 당나라 때 시작되었으니 역사적인 전통과 깊이에서 비교가 안된다. 그냥 노래들이 아니라 고도로 양식화되고 발전된 예술가곡들이 독일 낭만주의 가곡들보다 더 폭이 넓게, 그리고 오래 융성하고 있었던 것이다. 이러한 예술적 전통과 토양에서 원 잡극이라는 위대한 악곡들이 등장하는 것은 당연한 것이다.

우리를 이렇게 감동시킨 〈두아원〉의 작가 관한경에 대해서도 더 알아보자. 그는 극작가이고 배우이며 시인이고 가수인 동시에 작곡가이다. 셰익스피어가 위대하다고 하지만 관한경처럼 작곡은 하지 못했다. 셰익스피어도 일생을 무대에서 보내면서 희곡을 집필했던 배우이며, 또한 극작가이고 유명한 소네트의 시인이지만, 관한경은 비할 수 없을 만큼 아름다운 잡극의 곡과 시로 구성된 산곡散曲의 대표적인 작가이며 작곡가이다. 산곡이란 문자 그대로 흩어진 곡이라는 뜻인데, 우리나라의 산조 가락이 전통가곡에 상대적으로 쓰여지는 것처럼 산곡도 과거 송나라 때의 엄격한 율에 맞추는 사詞에 대립되는 개념이다.

관한경은 의사 집안에서 태어났지만 송나라가 망하자 벼슬을 포기하고 예인의 길로 들어섰다. 일생을 떠돌이로 주로 연극 극장이나 기생들이 모인 기관妓館에서 보냈다. 가무와 시에 능했으나 일반 문인들과는 여러 가지 면에서 달랐다고 한다. 그의 친구들은 오로지 배우, 기녀, 아니면 같은 잡극의 작가들이었다. 그의 부인도 시를 짓고 노래를 불렀다니 그가 어떤 분위기에 살았는지 상상이 간다.

그는 모두 67편의 잡극을 지었다고 하는데, 그 가운데 18편이 현존하여 내려온다. 원나라 때의 잡극이 총 530여종이라 하니 가히 그의 비중을 알 수 있다. 주제도 다양하여 남녀관계를 비롯하여 역사적 사실을 그린 것에 이르기까지 광범위하다. 내용이 우수하여 모두 걸작이라고 하는데, 대표작으로는 특히 〈두아원〉과 〈구풍진救風塵〉을 꼽는다고 한다. 〈두아원〉은 비극이요, 〈구풍진〉은 일종의 골계극으로 희극이다.

중국문학사를 읽어보면 관한경은 동양의 셰익스피어로 칭송된다. 청나라 말기 왕국유王國維는 『송원희곡사宋元戲曲史』에서 관한경을 극히 추앙하여 "관한경은 전혀 모방하지 않고 스스로 위대한 글을 지었으며, 그 말은 인정을 펴는데 힘썼고, 글자마다 각기 특색이 있어 원대 제1인자임에 틀림없다"라 하였다. 그리고 사람들은 그의 작품이 갖는 예술적 가치를 몇 가지 면에서 높이 평가하는데, 먼저 등장인물들의 개성이 뚜렷하게 나타나 있고, 다음에는 극적 요소가 강하며, 마지막으로는 문어가 아닌 구어체를 사용했다는 점을 지적한다.

그러나 가장 중요한 요소가 빠졌다. 그의 음악이 위대할 정도로 아름답다는 사실이다. 중국이나 우리나라나 음악 관련 부분이 취약하여 예술사를 쓰면 문학적인 면만 강조되지 음악적 요소는 별로 중시되지 않는다. 이는 본말이 전도된 것이다. 고려가요, 조선의 가곡과 시조 등을 논해도 음악 이야기는 거의 언급을 안하는 것을 나는 도저히 이해가 안간다. 그 작품들은 본디 모두 노래이며 노래를 위해 지어진 것임에도 불구하고 음악을 빼고 문자로만 구성된 아름다움을 이야기하려니 작품의 감상이나 해석에 있어서도 많은 한계를 지니게 된다.

관한경은 잡극만 작곡한 것이 아니라 산곡도 많은 작품을 썼다. 소령小令 57수와 투수套數 14투套를 남겼으니, 소령과 투수는 모두 산곡의 악곡 형식을 말한다. 송나라 사詞처럼 형식을 지닌 시가이지만 더 자유로운 형식이다. 내가 갖고 있는 시디에 관한경의 산곡〈규원閨怨〉이라는 투套 다섯 곡중에서 첫 곡〈취군요翠裙腰〉라는 곡이 있는데, 여인의 가련하고 애절한 마음이 아름답게 표현되었다. 가사는 다음과 같다.

曉來雨過山橫秀	아침에 비가 지나더니 산이 뉘어 아름답네
野水漲汀州	들판에는 물이 모래언덕에 가득하구나
欄干倚遍空回首	난간에 기대어 허공을 향해 얼굴을 돌리니
下危樓	아래쪽은 가파른 누각이고
一天風霧暮傷秋	하늘바람이 서리로 내리고 저녁에 가을이 가득하네

그의 시 한 수를 더 읽는다. 역시 산곡〈사괴옥四塊玉〉이다. (이수웅 역) 음악으로 들어볼 수 없는 것이 무척이나 안타까울 뿐이다.

自送別	이별한 뒤로부터
心難舍	마음 둘 곳 몰라
一點相思幾時絕	그리움일랑 어느 때나 끊이려나
哎欄袖拂楊花雪	난간에 의지하니 소매가 날리고 버들꽃은 눈처럼 날리네
溪又斜	시내는 또 가로 놓이고
山又遮	산은 또 가리고
人去也	님은 가버렸네

관한경의〈두아원〉을 마치면서 곰곰이 생각해 본다. 안드류 베버의 뮤

지컬 드라마 〈캣츠〉는 널리 알려져 있는데 왜 관한경의 곡은 이제서야 들었을까. 안타까운 일이다. 바바라 스트레젼드가 부르는 〈미드나이트〉의 아름다운 노래은 여러 번 들었으면서 왜 〈두아원〉의 마지막 절창은 모르고 있었을까.

중국의 전통 가곡

　우리가 사용하고 있는 가곡이라는 어휘의 의미는 대단히 포괄적이다. 어떤 노래를 가곡이라고 부르는지 그 대상도 모호하다. 그래도 우리는 가곡을 일반 대중들이 즐겨 부르는 대중가요나 미국 등 서구에서 건너온 팝송과는 분명하게 구분짓는다.

　가곡 하면 우선 떠오르는 것은 요즈음 사람들이 점잖게 즐겨 부르는 한국 가곡이다. 일제 강점기에 일본에 유학하여 양악을 공부했던 홍난파 이래 현대의 한국 음악가들이 무수한 작품을 창작하였다. 일반인들에게 우리나라의 가곡이라는 것은 아마도 현대 가곡을 의미하는 것일테다. 하지만 조선시대에도 우리의 할아버지들이 격조높게 즐기던 아름다운 가곡들이 있었다.

　우리나라 가곡의 기원은 훨씬 더 오래 전으로 거슬러 올라간다. 고려시대에도 고려가요가 있었다. 어떤 의미에서 그 음악성과 자유로움에 있어 조선시대보다 더 앞서 있지 않았나 생각된다. 조선 초기 유교를 도입하면서 아악을 정리하였지만, 결국 고려악高麗樂을 대거 채택하지 않을 수 없었던 사실이 이를 입증한다. 신라시대의 향가鄕歌도 시가詩歌이니 문자 그대로 노래로 불리어진 시들이다. 신라 대구화상이 편집한『삼대목三代目』이 있었다 하나 안타깝게도 유실되어 전해지지 않는다.『삼국유사』와「균여전」등에 일부 전해 오는 것이 전부다.

　이웃 일본의『만엽집萬葉集』이 방대한 시가를 수록하여 지금까지 전해 내려오는 것에 비하면 아쉬움이 너무 크다. 더구나 전해오는 음악이 전혀 없어 그 가락을 접할 수 없으니 시가라 해도 오직 문자만이 남아 있을 뿐이다. 기록으로만 따진다면 고구려 때의 〈공후도하가 箜篌渡河歌〉도 있으니 아마 우리나라의 가장 오래된 가곡일 것이다.

서양에서도 가곡이라는 용어는 광범위하게 사용되었다. 어떻게 보면 가곡의 기원은 노래라 하여야 할 것이다. 결국 가곡이라 하면 모든 성악곡을 지칭하게 된다. 서양은 그들 문화의 기원을 언제나 고대 그리스로 거슬러 올라간다. 기원전 5세기에 아이스퀼로스, 소포클레스, 에우리피데스 같은 3대 극작가가 나타나 수많은 희곡 작품들이 극장에서 상연되었다. 당시에는 분명 서사시극을 노래한 음악이 있었을 것이다. 그러나 오늘날 작품의 텍스트만 전해질 뿐 음악은 남아 있는 것이 없다. 중세가 지나도록 그레고리안 성가 정도를 제외한다면 유럽에서는 변변한 음악이라는 것이 없었다.

12세기 경에야 전설적인 음악가들이 나타나는데 그들을 프랑스에서는 트루바두르, 독일에서는 미네징거라 한다. 그 대표적 인물이 독일의 발터 폰 데어 포겔바이데이다. 이후에도 오페라나 교회 성악은 발전했어도 이렇다할 가곡은 보이지 않는다. 유럽에서 가곡이라 할 만한 작품들이 등장하는 것은 겨우 근대에 들어서의 일이다.

이제 가곡이라는 단어를 좁은 의미로 엄격하게 정의내려보자. 가곡은 기본적으로 시에 붙인 곡을 뜻하며, 예술적인 격조를 갖는 작품을 말한다. 대표적인 예가 바로 조선의 가곡이다. 조선의 가곡은 노랫말이 시조라는 정형시로 이루어져 있다. 조선 가곡의 기원은 고려 중기를 지나 말기로 추정되며, 가곡의 편제로 만대엽慢大葉, 중대엽中大葉, 삭대엽數大葉이 있었다 한다. 조선 중기에 이르러 가곡이 발전되면서 늦은 가락인 만대엽, 중대엽 등의 노래는 모두 사라지고 삭대엽만 남는다. 지금 전해지는 삭대엽은 남창男唱의 경우 한 바탕이 24곡이고 여창女唱의 경우는 모두 15곡이다. 우리가 여기서 유의하여야 할 점은 시가 먼저 만들어진 다음에 곡이 창작되는 것이 아니라, 정해진 곡이 먼저 있고 그 곡에 맞추어 시를 붙였다는 사실이다. 즉 우조羽調 초삭대엽初數大葉은 이미 정해진 가락이며,

이 가락이 반주로 흘러나올 때 기존 노랫말을 부르든가, 아니면 새로운 시조를 준비해 부르는 것이다. 따라서 초삭대엽 한 곡에 무수한 바탕의 시조가 있었다.

그러나 우리나라 옛 가곡중 통틀어 악보로 전승되어 남아 있는 것은 유감스럽게도 모두 156수이고, 그나마 노래로 불리어 우리가 들을 수 있는 것은 수십 곡에 불과하니 그저 안타까울 따름이다. 더구나 조선의 가곡은 시대의 흐름에 맞춰 변형된 예술형식으로 발전하지 못하고 급격하게 전통의 단절을 겪는다. 결국 양악에서 비롯된 소위 한국 현대가곡에 자리를 내어주고, 무슨 박물관의 유품처럼 보존하기에 급급한 실정이니 참으로 통탄할 일이다.

서양에서의 가곡은 독일의 리드에서 본격적으로 비롯되었다고 볼 수 있다. 프랑스의 샹송이나 이태리의 칸소네도 있었지만, 오페라에 눌리어 크게 발전하지 못하고 오히려 통속적인 개념의 대중가요로 변질되었다. 독일에서는 가곡의 천재 슈베르트 이래 슈만, 브람스, 볼프, 슈트라우스에 이르기까지 훌륭한 예술가곡의 전통이 수립되었다.

슈베르트는 쉴러, 괴테, 그리고 뮐러 등 당대 유명시인들의 많은 작품에 아름다운 곡을 붙였고, 이러한 전통은 계승되었다. 그러나 20세기 들어 독일 가곡도 급격히 쇠퇴되었으니 그 전성은 겨우 백년 남짓하다 하겠다. 그러나 우리가 흔히 가곡이라 하면 독일 가곡, 그 중에서도 슈베르트의 가곡을 우선 연상하게 된다. 그의 가곡들이 아름다운 것이 이유이겠지만, 아마 우리의 음악교육이 양악 위주로 편향되게 이루어졌기 때문일 것이다.

중국에서의 가곡의 역사는 그들 문화의 역사만큼이나 오래되었다. 그들 음악의 기원은 구체적 기록에 의하면 순舜임금까지 거슬러 올라간다. 순임금은 기원전 2200년 전 경의 사람이다. 『논어』에는 공자가 제나라에 갔을 때 〈소韶〉라는 음악을 들으시고 석 달 동안 고기맛을 잊으셨다고 했다. 소가 바로 순임금 때의 음악이다. 공자는 〈소韶〉와 〈무武〉라는 음악을 높이 칭송하였는데, 〈무〉는 주나라의 음악이니 공자가 살던 당시보다 이미 수백 년이나 앞선 음악이다.

중국의 성악은 여러 갈래로 다양하게 발전하였으니 여기서 모두 언급할 수는 없다. 다만 큰 줄기로 두 갈래가 있으니, 첫 번째로 민가民歌에 기초를 두고 발전한 민요와 설창음악이 있다. 이 음악은 당나라를 거쳐 송나라에 이르러 크게 발흥하니 창잠唱賺, 고자사鼓子詞, 제궁조諸宮調, 남곡南曲 등의 높은 예술 형식에 도달한다. 원대에 이르러는 잡극으로 발전하고, 다시 명과 청나라의 곤곡崑曲 등으로 이어지고 마침내 오늘의 경극에 이른다.

두 번째는 바로 가곡이다. 공자가 편찬했다는 『시경』을 필두로 하여 전국시대 굴원屈原의 초사楚辭, 한나라의 부賦, 당나라의 시詩, 송나라의 사詞, 그리고 원나라의 산곡散曲에 이르기까지 세계 역사상 그 유례를 찾을 수 없는 빛나는 전통이 있다. 모두가 시이기 이전에 아름다운 노래들이다. 대부분의 음악들은 보존되지 못하고 사라졌지만 그래도 많은 가락들이 전승되어 내려오니 기적이라고 이야기할 수밖에 없다. 가곡의 텍스트는 아직도 남아있어 우리는 문학이라는 분야에서 이를 읽거나 공부하고 있다. 현대의 우리들이 마치 시문학이 전부인 것처럼 착각하고 있는 이유이다.

『시경』은 춘추시대에 불리어졌던 무수한 시가들 중에서 공자가 306수만 정선하여 편찬한 것이다. 『논어』 「태백」에 나오는 "악사 지가 연주를 시작할 때와 관저關雎의 끝은 귀에 가득차도다"라는 말과 『논어』 「팔일」에 "관저는 즐거우나 음란하지 않고 슬프나 아파하지 않는다"라는 구절의 관저는 『시경』의 「국풍國風」 '주남周南' 의 첫번째 시를 이름이다. 중국 시의 첫 머리인 관저를 상징적으로 읽어보고 넘어간다.(이창숙 역)

꾸악꾸악 물수리는 황하섬에서 우는구나.
아리따운 아가씨, 군자의 훌륭한 짝이로다.
올망졸망 마름풀을 이리저리 헤치며 찾노라.
아리따운 아가씨, 자나깨나 그리노라.

그리워도 얻지 못해 자나깨나 생각노라.

끝없는 그리움에 이리 뒤척 저리 뒤척

올망졸망 마름풀을 이리저리 따노라.

아리따운 아가씨, 금과 슬 뜯으며 벗하노라.

올망졸망 마름풀을 이리저리 고르노라.

아리따운 아가씨, 종과 북 울리며 즐기노라.

　노래의 내용이 단순하고 고박古朴하다. 악보가 전해지지 않아 노래를 들을 수 없는 것이 유감스럽다. 『시경』 이래 중국의 가곡은 민간인들이 부르는 노래와 귀족이나 사대부들이 부르는 노래들이 숨바꼭질하듯이 서로 영향을 주고받으며 하나의 음악 형식을 완성하고 다시 후대로 넘어가는데, 이 또한 중국 음악의 특징이라고 할 수 있다. 그만큼 중국의 가곡은 그 토양이 풍성하고 다양하다.

　송나라 때 최전성기를 맞이한 사詞도 실은 당나라 때 민간인들이 즐겨 부르던 곡의 음률에 맞추어 시인들이 시를 붙이기 시작한 것에 유래한다. 따라서 한가지 제명의 곡에 무수한 시들이 발생한다. 제명을 가진 사를 사패詞牌라 하는데, 예를 들어 〈보살만菩薩蠻〉이라는 사패에는 당나라의 이백이 시를 쓴 이래로 송대에 와서 위부인魏夫人, 주방언周邦彦, 진극陳克, 이청조李清照, 장원간張元幹, 주숙진朱淑眞, 신기질辛棄疾, 고관국高觀國 등 기라성같은 시인들이 시를 붙인다. 이들 시를 우리는 사라고 부르는데 바로 노래인 것이다.

　송나라의 사인詞人들중 유영柳永이나 주방언, 그리고 강기姜夔 등은 직접 새로운 사패를 만들어 작곡도 했으니 지금으로 친다면 싱어송라이터인 셈이다. 그러나 섭섭하게도 강기의 곡을 제외하고는 음악이 전해지지 않고 오직 시만 남아 있다.

　강기는 동양의 슈베르트다. 그가 자작으로 전하고 있는 곡은 모두 17수에 불과하다. 그러나 하나를 보면 전부를 알 수 있듯이 우리는 그가 남긴

곡과 시를 보면 그가 슈베르트를 넘어서는, 매우 품격이 높은 예술 가곡의 창조자임을 알 수가 있다. 위대한 작곡가인 것이다. 그것도 슈베르트보다 무려 6백년이나 앞서서 말이다.

중국의 역사는 위대하다. 수천 년 중국이라는 문화의 정체성을 잃지 않고 유지해 왔으니 말이다. 음악도 마찬가지이어서 양악과는 비교가 안될 정도로 아주 오래된 고대 음악과 전통이 풍성하게 현대까지 면면하게 흐른다. 인류의 자랑거리라 아니할 수 없다. 우리는 다행스럽게 그런 음악들을 아직도 들을 수 있다는 사실에 사람으로서 고마움과 긍지를 가지게 된다. 다만 현대 중국의 개방이 더디고 발전이 늦어 이런 고대 음악의 연구와 해석, 그리고 새로운 연주가 최근에야 이루어져, 이제서야 들을 수 있게 된 것이 안타까울 따름이다.

그러나 시작이 반이라든가. 그리고 중국은 모든 문화분야에 걸쳐 언제나 옛것을 해석하고 주석을 다는데는 선수가 아닌가. 그리고 온고이지신 溫故而知新하는 것 역시 그들의 전통이 아닌가. 중국 음악계의 고전음악의 더 많은 발굴과 정비, 그리고 연주는 물론 이를 바탕으로 새로운 시대에 걸맞는 현대음악의 융성과 발전을 기대해본다.

다음 글들에서는 1998년 중국 북경에서 발간된 시디전집 〈중국고전음악흔상中國古典音樂欣賞〉을 중심으로 그들의 가곡을 일부 소개한다. 강기의 사는 별도로 다루기로 하고, 여기서는 그 이외의 곡들만 감상한다.

오랑캐에게서 돌아온 여인

중국의 전통 가곡 · 〈胡笳十八拍〉

蔡文姬 원작 / 陣長齡이 〈琴適〉에 근거해 악보 정리

董宛華 노래 / 李祥霆(古琴) · 杜次文(簫) 반주

이 곡은 무려 1,700년이 넘은 가곡이다. 이 곡의 악보는 명나라 악보인 「신기비보神奇秘譜」(1429년 발간)에 보인다. 그러나 중국의 모든 문물이 그렇듯 이 곡 역시 후인들의 가감이 많이 곁들여졌을 것이 분명하다. 가사를 이루고 있는 시도 후대인의 작품이 아닌가 의심되기도 한다. 어쨌든 이 곡의 악곡과 시는 모두 채문희蔡文姬의 작으로 전해진다.

채문희는 이름이 염琰이다. 동한東漢 때의 시인 채옹蔡邕(133~192)의 딸로 박학다재하고 음률에 정통하였다. 한말 천하가 크게 어지러울 때 오랑캐에게 붙들려가서 흉노와 12년이나 같이 살면서 두 아이를 낳고 뒤에 조조(155~220)에게 속량함을 받고 돌아와서 동사董祀에게 개가하였다. 자신의 불우를 한탄하며 비분시悲憤詩 두 수를 지었는데, 그 하나는 오언시五言詩이고 나머지 하나가 초사체楚辭體인 〈호가십팔박〉이다. 호가胡笳는 악기의 이름인데 오랑캐들 사이에서 전해지던 입으로 부는 악기이다. 갈대잎을 말아서 만들었다고 생각했으나 지금 전해지는 것은 목관악기이다.

곡은 짧은 반주로 시작된다. 금琴과 소簫가 반주를 한다. 금은 피아노요 소는 첼로의 구실을 한다. 물론 금은 현악기 중에서도 발현악기이니 손으로 퉁긴다. 마치 피아노의 건반을 두드리는 것과 같다. 그러나 소는 관악기이다. 세로로 만들어진 관에 입을 대고 분다. 소는 중국이나 우리나라는 물론이고 인도에서도 쓰이는 대단히 중요한 악기다. 우리가 유념해야 할 것은 서양음악에서는 현악기가 선율을 이끌어 가고 있다는 점이다. 즉 바이올린, 비올라, 첼로 등이 중심이 되어 있다. 그러나 이들 악기는 우리의 거문고나 가야금처럼 손으로 뜯거나 퉁기는 발현악기가 아니라, 활대로 줄을 그어대어 음을 만드는 찰현악기들이다.

우리나라의 경우 선율을 주도하는 역할을 관악기들이 맡고 있다. 주로 피리들로서 향피리, 세피리 등이 있다. 그러나 이러한 피리들의 선율은 많은 한계를 지니고 있다. 음색이 곱다 하지만 소리가 너무 높고 빠른 박자나 기복이 심한 선율 등은 제대로 소화해내지 못한다. 느리고 장중한 느낌으로 표현하는 데에는 아주 제격이지만 격동적이거나 빠른 변화를 추구하기에는 어려움이 있다. 중국 음악에서는 이러한 역할을 이호二胡가 하는 것으로 여겨진다. 그러나 이호가 원나라, 명나라 이후에 본격적으로 사용된 악기라는 것을 고려한다면 고대 중국에서도 선율을 주도하는 악기는 역시 관악기가 아니었나 싶다. 그 중의 하나가 바로 소이다. 소의 음색은 대단히 부드러운 느낌을 준다. 저음이지만 깊고 그윽하다. 물론 높은 소리도 내지만 음색은 낮은 느낌을 준다.

〈호가십팔박〉의 노래에 이러한 소의 음이 반주로 깔리니 우리에게는 상당히 이국적인 느낌을 준다. 마치 아득히 먼 옛날 버리고 온 몽고 벌판의 깊숙이 걸린 지평선을 느끼게 한다. 친근하면서도 멀리 아득하다. 금과 소의 어우러지는 반주와 함께 여인이 천천히 노래를 한다. 느린 속도이다. 목소리는 차분하다. 깊고 낮은 소리다. 하지만 어떤 슬픔이 짙게 배어 있다. 초원의 막막하고 아득한 하늘처럼 흐린듯 파란듯 하지만 고개를 들어 보아도 막막하기만 한 지평선. 그런 어쩔 수 없는 슬픔이 감아든다.

그것은 한일까. 체념의 슬픔일까. 비탄일까. 곡과 노래가 천천히 세월처럼 흐르다가 굽이치며 고비를 만나듯 감정은 서서히 끓어오르고, 여인의 목소리는 어디엔가 하소연하듯 높아진다. 인상적이다. 곡 전체가 감정이 절제되어 있으면서도 속으로 내연하는 강렬한 감정이 조심스럽게 표현되고 있다. 절제된 미학으로 격조가 높음을 느낄 수가 있다. 예술가곡의 진수다.

여인이 부르는 가사는 다음과 같다.

제1박 가사

我生之初尚無爲	내 인생 처음에는 꿋꿋이 아무 일도 없더니
我生之後漢祚衰	내 인생 나중에는 나라가 기울었구나
天不仁兮降離亂	하늘이 무심하시어 서로 떨어져 어지럽고
地不仁兮使我逢此時.	땅도 무심하시어 내가 이런 시절을 겪게 하네.
干戈日尋兮道路危	창과 방패가 해에 번쩍이고 길은 위험하기만 한데
民卒流亡兮共哀悲.	백성들은 떠돌며 모두 슬퍼 비통해 한다.
煙塵蔽野兮胡虜盛	연기와 먼지가 들판에 쌓이고 오랑캐에 포로로 무수히 잡혀
志意乖兮節義虧.	굳센 마음은 사라지고 절의는 없어지는구나
對殊俗兮非我宜	이런 별난 일을 당해 내 떳떳치 못하고
遭惡辱兮當告誰?	이런 오욕을 만나니 누구에게 하소연하리오.

제2박 가사

戎羯逼我兮爲室家	오랑캐들의 강요로 가정을 꾸렸으나
將我行兮向天涯.	내 떠나려 해도 보이느니 막막한 하늘뿐
雲山萬重兮歸路遐	구름덮인 산은 첩첩이 쌓여 돌아갈 길은 멀기만 하고
疾風千里兮揚塵沙.	드센 바람은 멀리 불어 먼지모래를 일으키네
人多暴猛兮如虺蛇	사람들은 무척이나 포악하고 사나워 독사 같으니
控弦披甲兮爲驕奢.	억지로 거문고를 끌어 갑을 벗고 교태를 지어 보이네

兩拍張弦兮弦欲絕　　두 번 퉁기고 현을 당기지만 줄은 끊어질 듯

志摧心折兮自悲嗟.　　뜻은 흐리고 마음은 꺾이어 절로 비탄만 터져 나오네

제12박 가사

東風應律兮暖氣多　　동풍이 불어 따스한 기운이 넘치더니

知是漢家天子兮布陽和.　고국의 임금님이 밝고 화평함을 알려왔네

羌胡蹈舞兮共謳歌　　오랑캐들이 춤을 추고 노래를 함께 부르니

兩國交歡兮罷兵戈.　　두 나라가 기뻐하고 군사와 무기를 거두네

忽遇漢使兮稱近詔　　문득 고국의 사신을 만나 가까이 불러보니

遺千金兮贖妾身.　　천금을 보내어 이 몸을 풀어준다 하더라

喜得生還兮逢聖君　　돌아가 성군을 만나게 되었으니 기쁘고

嗟別稚子兮會無因.　　어린 자식과 이별하고 다시 만날 일 없으니 슬프네

十有二拍兮哀樂均　　12박 노래는 슬프기도 하고 기쁘기도 하니

去住兩情兮難具陳.　　왔다 갔다하는 이 두 마음을 함께 하기 어렵구나

　한 여인의 슬픔을 노래했다고 하지만 위에 보이는 시의 스케일은 크다. 시대의 아픔이 배어 있다. 방구석에 박혀 그저 무기력한 자신의 처지만을 한탄하는 그런 상투적인 슬픔이 아니다. 격동하는 시대의 희생자로서 그것을 인식하며 느껴지는 아픔이다. 동시에 역사의 뒷편에서 겪어야 하는 한 여인의 소박한 슬픔도 잘 표현되어 있다. 노래는 1박, 2박, 그리고 12박으로 넘어가면서 이런 감정이 소박하지만 약간은 처량한 듯 그리고 한많은 서러움으로 넘쳐난다. 1,700년이나 된 노래라고는 거의 믿어지지 않을 정도로 감정의 표현이 우수하다.

　현대인이 느끼기에도 전혀 낯설지 않은 이러한 미감은 어째서 가능한 것일까. 인간의 감정이라는 것이, 특히 서러움, 슬픔, 한같은 것은 예나 지금이나 인간이 극복치 못한 어떤 특별한 감정일까. 아니면 인간 유전자에

이미 장치되어 있는 필연적 요소인가. 중국 고전음악은 이러한 잡다한 생각을 불러일으키기에 신비할 정도로 그 오랜 세월을 훌쩍 뛰어 넘어 우리 앞에 우뚝 선다. 그리하여 우리도 채여인이 부르는 노래에 감동하며 그 여인이 시달린 시대와 개인의 아픔을 같이 체현하며 뭉클거리는 이 가슴을 달래고 있는 것이다.

한 가지 의문이 생긴다. 극히 일반적인 의문이다. 슬프면 왜 노래를 부르는가. 자기 혼자 슬프면 됐지 왜 노래를 불러 듣는이를 함께 슬프게 하는가. 노래라는 것은 울음을 대신할 수 있는 것인가. 답을 구하려 의문을 제기하는 것은 아니다. 탄식이야 어디 꾸며서 나오는 소리이겠는가. 노래도 어디 부르고 싶어 부르겠는가. 슬픔과 서러움이 쌓여 고이면 절로 넘쳐나고, 넘친 물은 흐르는 물이 되어 강물처럼 흐르는 것을. 강물이야 소리 없이 흐르기도 하겠지만 여울을 만나면 절로 거세게 흐르고 소리도 크게 나는 것을.

노래는 흐른다. 마냥 흘러라. 유감스럽게도 전곡 18박을 듣지 못하는 것이 안타깝다. 그러나 강을 타고 내려가지 않는다고 해도 우리는 강기슭에서 강을 쳐다 보기만 해도 그 흐름을 느끼지 않겠는가. 우리의 감정은 강물의 흐름을 따라 마냥 흘러간다. 채문희보다 5백년이나 지나 당나라 이기李頎가 바로 그녀를 회상하며 칠언고시 한 수를 지었으니, 슬픔은 오백년을 타고 내려와 시인의 가슴에 적셔든다. (이기, 「동대董大의 호가소리를 듣고 아울러 말로 방급사를 희롱함」)

옛날에 채녀는 호가성을 지었더니
한 번 타는데 십팔박자 있었다네.
오랑캐는 눈물 흘려 변방 풀을 적시우고
한나라 사신은 애태우며 돌아갈 채녀를 바라본다.
옛날 수자리 푸르러 봉화대는 차갑고
넓은 사막 컴컴하여 나는 눈발 하얗더라.

앞에는 상현商絃을 치고 뒤에는 각우角羽를 타는데
사방의 가을잎도 놀라서 떨어진다.
동부자董夫子 그대는 신명神明을 통했거니
깊은 산골 요정들 몰래 와서 듣는다.
느렸다가 다시 빨라 마음 따라 손이 모두 응수하고
가려다 다시 돌아오니 차마 무슨 깊은 정이 있는 듯
먼산의 온갖 새들 흩어졌다 다시 오고
만리의 뜬 구름 흐렸다 다시 갠다.
떼를 잃은 기러기 새끼, 밤이 되어 처량히 우는 소리
버림받은 오랑캐 아이 엄마가 그리워 울어대는 소릴레라
시내는 그 물결을 조용히 하고 새들은 울음을 멈추었더라.
오손烏孫으로 끌려간 공주 먼 고향 그리워서 우는 듯
나사의 모래벌에 슬픈 원망 생겨나듯
그윽한 그 소리 가락이 바뀌더니 갑자기 바람소리 비오는 소리
긴 바람 수풀에 불고 비는 기와에 떨어진다.
솟아나는 샘물은 촐촐 나무 끝에 나르고
들판의 사슴은 우우 집 아래로 달린다.
장안성은 동액의 담에 이어지고
봉황지는 청쇄문에 대하였다.
그대 높은 재주 명리에 벗어났거니
밤낮으로 바라건대 거문고 안고 찾아 오너라.

아름다운 가인

중국의 전통 가곡 · 〈玉樹後庭花〉

葉棟 악보 해석 / 顧冠仁 정리 · 지휘 / 沈德皓 노래

여러 악기들이 어우러져 연주되는 도입부가 시작되자마자 여인의 꾀꼬리같은 목소리가 흘러 나온다. 아름답다고 하기보다는 매혹적이고 고혹적이다. 아니 뇌쇄적이라는 단어가 적절할지 모른다. 음역도 상당히 높다. 소프라노다. 소프라노 중에서도 리리컬 보이스라고 해야 할까. 매우 서정적이고 고운 목소리다. 심덕호라는 가수가 어떻게 생겼을까, 노래처럼 미인일까 팬스레 궁금증이 일어날 정도다.

우리는 이 노래를 듣자마자 곧바로 당혹감에 휩싸인다. 이것이 바로 1,300여 년 전의 당나라 노래란 말인가. 전혀 그렇지 않을 것 같은데 분명 당나라의 노래다. 아니 그 기원은 호히려 더 거슬러 올라간다.

우리에게는 음악에 대한 선입감이 있다. 양악의 클래식은 그들 음악의 고전주의 양식을 의미하는 것이다. 그러나 우리는 보통 서양음악을 지칭하여 통틀어 클래식이라 부르기도 한다. 예를 들어 우리는 상대방에게 클래식을 좋아하느냐고 묻는다. 그리고 엄격히 따져서 서양 고전음악이 수백 년 되었다는 사실도 크게 의식하지 않는다. 우리가 일상에서 접하는 바하, 하이든, 모차르트, 베토벤 등등은 너무나 가까이 친숙해져 있어서 그러한 사실을 쉽사리 망각한다.

보통 우리가 옛 음악이라 하면 국악을 일컫는다. 국악에도 분명히 현대국악이 있음에도 이는 무시되고 오로지 옛 음악만을 의미하는 것이 되었

다. 그러나 우리 옛 음악이라 해도 아악을 제외하고는 대부분 수백 년이 안된 곡들이다. 조선 가곡의 발전은 영정조년간에 이루어졌고, 판소리는 그 이후에 발달된 것이다. 산조 가락 역시 2백 년의 역사가 안된다. 우리가 즐겨 듣는 슈베르트나 슈만의 가곡보다도 더 늦게 완성된 가락인 것이다. 시간의 상대적 차이가 이렇게 크다.

또 하나의 선입감은 바로 목소리다. 우리에게도 청아한 목소리가 있고 고운 소리로 부르는 곡들이 있다. 바로 조선 가곡이다. 1920년 경에 녹음된 김수정金水晶의 여창 가곡은 바로 꾀꼬리 목소리다. 그러나 이런 경우는 거의 소개되지 않고, 우리가 그나마 접하는 것은 판소리에서 들리는 목소리나 〈수심가〉나 〈육자배기〉 등에서 보이는 소리들이다. 그 소리들은 대개 탁하고 저음이다. 여창이라 해도 맑은 목소리라고 하기보다는 무엇인가 여러 음색이 섞여 있는 듯한 복잡한 소리이다. 물론 판소리라는 분야에서 그 목소리는 제격이다. 그러나 문제는 마치 동양의 옛 가락이나 노래하면 바로 그런 탁한 소리를 연상한다는 점이다.

이러한 선입감을 가진 우리에게 당나라 노래 〈옥수후정화〉는 무서울 정도로 강렬한 충격을 선사한다. 고정된 편견이 순식간에 무너진다. 1,300년이나 되었으니, 하고 막연하게 상상하던 그런 어둡고 조용하고 저음의 흐린 목소리가 아니라 푸른 하늘을 향해 목청껏 뽑아대는 그런 아름다운 목소리를 접하게 되는 것이다. 노래가 깨끗하고 맑고, 그리고 곱기만한 여인의 목소리로 불려지고 있는 것이다.

노래의 가사는 칠언율시로 되어 있다.

麗宇芳林對高閣	주위는 아름답고 싱그러운 숲에 누각이 높구나
新妝艶質本傾城.	새로 단장한 여인네들 나라를 기울게 하네
映戶凝嬌乍不進	불빛 훤하니 집마다 아리따움이라 나다니지도 않지만
出帷含態笑相迎.	휘장을 나서면 애교 듬뿍 서로 웃음으로 맞이하네
妖姬流似花含露	요염한 여인의 볼은 꽃이 이슬을 머금은 듯

玉樹流光照後庭.　　　　옥같은 나무 위로 흐르는 빛이 뒤란을 비추네

　이 노래는 남북조 시대 남조의 진陣나라 마지막 왕인 진숙보陣叔寶 (553~604)가 가사를 써넣었던 청악淸樂으로 당시에는 춤곡이었다. 청악 은 동진東晉과 남북조 시기에 유행하던 민간음악이 발전한 것이다. 『수사 隋史』에 기록하길 "남녀가 함께 부르며 그 음이 퍽 애절하다"라고 하였다. 훗날수 양제가 다시 가사를 써넣었다고 한다. 이 곡은 일찍이 당나라 때 가무 대곡으로 다듬어졌던 곡이다. 원래 가사 중에 '玉樹後庭花 花開不復 久'라는 구절이 있고, 또 곡이 연주되고 얼마 지나지 않아서 진이 수나라 에게 망하고, 왕이었던 진숙보는 객지에서 병사했던 까닭에 후세 사람들 은 이 곡을 종종 망국의 음(亡國之音)이라 불렀다.

　당나라 때 전성시기를 맞이했던 가무 대곡 중의 하나라고 하지만 막상 우리가 지금 듣고 있는 곡은 2분이 약간 안되는 아주 짧은 곡이다. 그러나 이 짧은 곡으로도 많은 느낌과 감동을 얻는다. 노래를 하는 여인과 눈길이 마주칠 때 우리는 그 순간으로 족하다. 그 눈길이 매혹적일 때 찌르르 가 슴을 타고 내리는 관능미는 순간적이고 찰나적인 것이다. 그런 눈길과 아 름다운 소리들이 2분간 지속된다고 하면 오히려 그 시간은 얼마나 길고 달콤한 것이겠는가.

　여인의 노래는 그 가락과 잘 어울리며 흘러간다. 여인의 목소리가 뇌쇄 적이라고 하지만 높은 음으로 울리는 가락은 무척이나 애절하다. 모순이 다. 우리는 아름다움의 극치를 모순에서 발견하는 경우가 많다. 〈옥수후정 화〉도 바로 그런 경우다. 이 노래는 본디 춤곡이라니 아마 춤을 추며 노래 를 불렀든가, 아니면 노래에 맞추어 춤사위가 이루어졌을 것이다. 나는 노 래를 부르며 춤을 추는 여인을 연상한다. 노래와 춤을 떼어내 서로 다른 사람들이 불렀다면 흥이 반감될 것이다. 옛 중국 여인들이 긴 활웃을 걸치 고 우아한 소매를 날리며 조용히 춤사위를 몸짓하며 부르는 노래라 하면 그것만으로도 아름다움을 연상할 수 있지 않겠는가.

더구나 한 여인이, 그것도 곱게 화장한 아름다운 여인이 듣는 사람의 가슴을 울렁거리게 할만큼 고운 목소리로, 아니 현대적 의미의 섹시한 소리로, 하지만 가락은 아주 애잔하고 슬픈 노래를 부른다면 그 어느 누가 감동하지 않으리오. 화려한 옷을 걸치고 눈물을 흘리며 부르는 여인네의 모습에서 우리는 무엇을 읽고 또 느낄까.

음악은 어느 감정을 형상화시킨 것이다. 우리는 경험한다. 흐느끼는 여인의 어깨 곡선을 뒤에서 바라보고 있노라면 강한 욕망이 치밀어 오르는 것을 말이다. 쾌락과 본능과 아름다움은 서로 선을 대고 있음이 틀림없다. 〈후정화〉라는 노래는 그런 감정을 일으키되 음악이라는 예술 형식으로 한 차원 높게 형상화하여 승화시키고 있다.

이런 의미에서 이 노래를 두고 망국지음이라는 것은 일리가 있다. 고대 중국의 『예기』 「악기樂記」에서 음악의 사회적·정치적 요소를 강조한 이래 음악은 도덕적으로도 의미가 있어야 했다. 공자도 춘추시대의 정鄭나라, 위衛나라의 음악은 옛 성현의 음악인 소와 달리 타락하고 음탕한 음악이라 멀리할 것을 주장하였다. 한비자나 묵자에 이르러는 음악의 폐해만을 강조하고 있으니 더 말할 나위가 없겠다. 그러나 지금 우리는 음악에 대해 폭넓은 수용능력을 갖고 있다. 고대 중국에서 경원시되었던 정나라 음악이 만일 지금까지 보존되어 들을 수 있다면 아마 대단히 감각적이고 아름다운 음악일 것이 틀림없다.

공자를 비롯한 유가들은 중국의 지배계급들이다. 지배계급과 달리 민간에서 생성되어 불려지는 노래들은 상대적으로 좀더 인간적 본능에 가까운 노래들이었을 것이다. 궁중이나 귀족들이 즐기는 노래와 달리 민간에서 이런 아름다운 음악들이 면면히 발전하여 결국 귀족들도 이에 동참하여 새로운 음악형식을 이루는 경우가 중국에는 많다. 〈후정화〉도 이에 속한다고 하겠다.

일찍이 위나라 혜강嵇康은 공자 이래의 악론에 이의를 달고 '성무애락론聲無哀樂論'을 주장하였다. 음은 음 자체이므로 도덕적인 면을 배제하려는 것이 그의 이론이었다. 그는 당시에 금기시되었던 정악鄭樂도 긍정적으로 평가하였다.

"정나라의 노래같다면 음성의 극치이다."(若夫鄭聲 是音聲之至妙).

정나라 음악에 최고의 찬사를 보내고 있는 것이다. 아름다움은 아름다워야 하는 것이다. 아름다움은 우선 감각적으로 느낌이 아름다워야 한다. 이성이 작용하여 어떤 이지적인 판단이 지나치게 개입된다면 아름다움은 그 색을 잃어버리게 된다.

중국 산서성 태원의 쌍탑사를 4월 중순에 관광한 적이 있다. 쌍탑사라고 해야 청나라 때 건축물이니 중국의 기준으로는 그리 대단할 것이 없다. 그러나 쌍탑사가 위치한 곳으로 올라가기 전에 너른 정원이 나오는데 그곳이 온통 모란밭이다. 모란과 작약이 탐스럽게 공간을 가득 채우고 있었다. 꽃의 종류도 한 가지가 아니어서 상당히 다양하였고 각기 특이한 이름들이 붙어 있었다. 모란은 화려하다. 풍만하다. 잎 하나하나는 설레임을 줄 정도로 얇고 가녀리고 아름답다. 그러면서 꽃 전체는 무르익은 농염이 넘쳐난다.

하남성의 낙양은 모란의 중심지이다. 그러나 우리가 도착했을 때는 4월 말 경인데도 모란이 이미 다 지고 없었다. 중국 내륙지방의 봄은 우리보다 약 한달 정도 빠른 것같다. 모란을 볼 수 없어 아쉽기도 하였지만 정작 우리를 썰렁하게 하고 아련하게 만들었던 것은 낙양이라는 도시였다. 낙양이라 하면 고대 중국의 수많은 나라들이 도읍으로 정했던 곳이 아닌가. 영고성쇠가 이다지도 심하단 말인가. 낙양은 볼 것이 별로 없는 그저 낙후한 지방도시에 불과했다. 모란이 아무리 풍성하면 뭘하나. 나라가 망하면 아무짝에도 소용없는 것을. 여인이 아름다우면 무엇하나. 나라가 망해 지아비와 헤어져 유랑을 하면 다 무슨 소용이 있으리.

중국에서 상녀商女하면 가녀歌女, 즉 노래하는 여인이나 창녀를 뜻한다. 이 단어는 옛날 동쪽의 은나라가 서쪽의 주나라에 패해 그 백성들이 팔려가며 유랑을 하였고, 삶을 부지하기 위해 여인들이 몸을 팔거나 주막에서 노래를 부르고 술을 판데서 연유한다. 은나라의 별칭이 바로 상商나라다. 〈후정화〉의 노래는 아름답기에 당나라 사람들에게 인기가 있었을 것이다. 당나라 후기 시인인 두목은 어느날 여행을 하다가 〈후정화〉를 들으며 그 애잔한 소리에 감흥이 일어 시를 짓는다. 물론 노래의 아름다움과 망국지음, 그리고 상나라 여인 등의 이미지를 어두운 밤, 달이 비추는 강가에서 함께 떠올렸을 것이다. 두목杜牧(803~52)의 시 「박진회泊秦淮」를 읽는다.

煙籠寒水月籠沙	차디찬 강에 안개가 드리우고 달빛은 모래밭에 쏟아진다.
夜泊秦淮近酒家.	야밤에 나루터에 배를 대니 술집이 가깝구나
商女不知亡國恨	술집 여인들은 나라 잃은 서러움을 몰라
隔江猶唱後庭花.	강 너머로 아직도 후정화를 부르고 있구나.

글을 마무리하면서 딸아이에게 보냈던 글이 생각나 여기 인용한다. 지극히 감상적인 글이지만 바로 〈후정화〉 그 노래가 그렇게도 감상적이지 아니한가.

　흐드러지게 핀 꽃잎들도 때아닌 더위에 고개를 숙이고 그늘을 찾았다. 오늘은 황금연휴의 둘째 날이다. 꽃들이 봄을 저버리고 후드득 떨어지는 그런 날, 세월이 흘러감을 어디 보고만 있을런가. 마당에 피인 라이락 아니 옥수수다리꽃 그 짙은 향기가 나를 휘감을 제 흰 겹매화는 바람도 없는데 하얀 눈을 마당에 흩뿌리고 나무 아래 그늘에는 은방울꽃이 눈물방울처럼 청초한 꽃방울을 아름다운 잎줄기에 부끄러운 듯 달았다. 철쭉과 영산홍은 그 붉음을 한껏 허공에 매달다가 지쳐 뚝뚝 떨어지고, 금낭화는 빨간 초롱꽃을 기다랗게 님을 찾듯 손을 내민다. 활련화는 넓적한 얼굴을 마치 거리의 여인처럼 누구엔가 보일려고 애를 쓰고 튤립은 이미 시든 꽃잎을 숨기듯 부끄럽기만 하다.

이런 봄날 어찌 혼자 지낼 수 있을 것인가. 젊은 부부 세 쌍을 초대해 흐느적 술판을 벌리고 포도주와 칵테일을 마구 비었네. 선선한 저녁바람이 불 무렵, 이 아름다운 시간에 그대들은 떠났네. 봄도 저물어가고 있는 이 아름다운 저녁에 당신들은 모두 떠났네.

내 이 비어가는 봄날에 마음을 채우려 당나라 음악을 틀었다. 〈옥수후정화〉, 그래! 제목이 〈옥수후정화〉다. 술이 취해 거울은 안 보았지만 보나마나 낮에 본 그 붉은 꽃들이 밤이 오자 몰래 내 얼굴로 옮아와 얹혀져 있겠지. 붉은 얼굴과 붉은 마음으로 〈후정화〉를 들으니 마음이 참으로 애절하도다. 1,300년 전 이 노래를 들은 그 사람들은 다 어디 갔을까. 그토록 애절하고 아름답기 그지없는 노래를 두고 어디를 갔을까. 여인의 노래는 너무나 이쁘고 화사하여 우리의 눈을 뗄 수 없게 만든다. 아! 어찌 이런 꾀꼬리같은 목소리로 영산홍보다 더 아리따운 노래를 부를 수 있을까. 그런 아름다운 여인의 노래가 느낌은 왜 이리 애절할까. 당나라 두목이 읊은 「박진회」의 싯구처럼 저 여인들은 세상 모르고 저 아름다운 노래만 불렀을까.

몰라라. 세월은 그때나 지금이나 마찬가지인 것을. 아무리 허무에 시달린다 한들 봄은 아름다운 것을. 그리고 들리는 〈후정화〉는 이렇게 아름답고 애절한 것을. 밤이 우리의 마음을 덮어주고 있다. 그리고 시간은 다시 흐른다. 아마 내일이 있으리. 그리고 봄은 다시 되풀이되리. 술 한 잔 마시고 흥에 겨워, 아니 서러움에 겨워 〈후정화〉 가락에 마음을 얹어, 떠나가는 당신, 봄이여 그대를 노래하며 기리니, 아름다움이여 영원하라.

봄날의 슬픔

중국의 전통 가곡 · 琴歌 〈烏夜啼(石榴)〉

元劉鉉 詞 / 傳雪漪 편곡 / 朱立群 노래

금과 비파의 연주로 시작되는 반주가 심상치 않더니 나오는 노래는 가벼운 가락에 꽃잎과 나비가 흐느적거리는 것같다. 경쾌하면서도 애잔하다. 마치 우리 시대의 트롯트 노래를 듣는 것같은 느낌이다. 하춘화나 주현미의 노래를 들으면 언제 들어도 그 고운 목소리에 애틋한 정이 넘쳐 흐른다. 그들의 노래를 들으면 언제나 편안하고 기분이 산뜻해진다. 그렇다고 그들의 노래가 명랑하기만 하다고는 말할 수 없는 것이 곡조는 무겁지 않아도 은연중에 아련할 정도로 애상을 느끼게 한다. 묘미다. 그래서 우리 대중들이 사랑하는 모양이다.

지금으로부터 700년 전, 원나라 때 벌써 이런 감정을 지닌 노래가 불려졌다니 믿겨지지가 않는다. 며칠전 여든이 되신 집안 어르신을 모시고 나들이를 하다가 우연히 이 곡을 들려드렸더니 좋아하신다. 음악을 별로 가까이하지 않으시는 분인데도 첫 귀에 마음에 들어하신다. 그렇다면 역시 이 곡의 아름다움은 대단하다고 인정해야 할 것이다. 마치 현대의 추상화 같아서 해설을 읽어보고 또 궁리하면서 여러 번 들어도 알쏭달쏭한 서양의 현대음악과는 거리가 멀다. 음악은 귀에 아름다워야 한다. 음악에 절대적으로 요구되는 사항이다.

〈오야제〉는 원래 남북조 시대에 민가로 널리 불려졌던 곡의 제목이다. 훗날 당대의 연악잡곡燕樂雜曲과 아악금곡雅樂琴曲, 송대의 사패詞牌와

원대의 곡패曲牌 가운데 이 제목을 모두 찾아볼 수 있다. 참고로 당대의 음악을 연악, 남북조 시대의 음악을 청악淸樂, 그 이전의 음악을 아악이라고 한다. 오늘날 전해지는 금보琴譜 〈오야제〉는 「신기비보神奇秘譜」에서 최초로 보인다. 가사는 다음과 같다.

垂楊影里殘紅, 甚恩恩
只有榴花全不怨東風.
暮雨急, 曉露濕, 綠玲瓏.
此似茜裙初染一般同.

높다란 버들가지 그림자 아래
붉은 꽃잎 남아 서둘러 떨어진다
석류꽃만 제 모습인가 동풍을 탓하지 않네
저녁 비 몰아치고
아침이슬이 젖어들어
나뭇잎들이 푸르게 반짝이는데
마치 붉은 치마 물들이니 모두가 붉은 듯 하네

가사가 마치 한 폭의 그림을 보는 것같이 아름답다. 서양의 인상파 화가들 중에서 점묘파인 수라의 그림이 바로 이런 느낌이 아닐까. 햇빛을 점으로 분해하여 사물을 점점이 찍어 구성된 풍경화들은 얼마나 산뜻하고 밝기만 한가. 아침에 일어나 보니 비는 개이고 환한 햇살에 나뭇잎들은 아름답게 반짝이며 푸르름을 자랑하고 있지만, 눈길을 돌려 땅을 바라보니 그렇게 아름다운 분홍꽃잎들이 비바람에 떨어져 바닥이 붉게 흥건하지 않은가. 그러나 보이는 정경은 이렇게 아름답지만, 보는 사람의 눈길과 심정은 꼭 그렇지마는 않을 터이다.

남당南唐의 후주後主 이욱李煜(937~78)이 쓴 〈오야제〉의 느낌이 바로 그렇다. 제목이 똑같은 「오야제」다. 사패는 동일 제명으로 여러 사인詞人들이 무수한 시를 써 붙이니 〈오야제〉 역시 마찬가지다. 당나라의 이백이 쓴 「오야제」도 있으나 시적 이미지가 전혀 다르다. 역사가 오랜 중국이니만큼 한 가지 시제가 발전하는 양상도 다양하다. 그만큼 시적 유산이 풍부하다는 반증이다. 이욱은 이경李璟(916~61)의 아들로 남당의 마지막 왕이다. 나라를 송나라의 조광윤에게 잃고 불행하게 만년을 살다가 결국은 사약을 받아 세상에서 사라진다. 「오야제」는 그가 만년에 지은 것이라 역시 애상이 넘친다.

林花謝了春紅, 太怱怱
無奈朝來寒雨晚來風, 臙脂淚, 留人醉, 幾時重!
自是人生恨水長東

숲 사이 꽃들은 봄의 붉은 꽃잎 시들기를 너무 서둘레라
아침에는 찬비 내리더니 저녁에는 바람이라 어쩔레라
연지 위로 흐르는 눈물이여
아직 술이 취해 있구나
언제 세월이 다시 찾아올까
삶의 슬픔이 강물처럼 길게 동으로 흐르나니

우리가 듣고 이야기하고 있는 가사의 정경과 거의 똑같은 대상들을 노래하고 있음에도 내용이 훨씬 감상적이며 허무한 감정이 배어 있다. 비운의 작가가 자기 처지를 생각하고 노래하고 있으니 당연한 일이다. 왕으로서 부귀영화를 누리던 몸이 봄의 화려한 꽃들이 시들어 가는 것을 보고 인생무상을 처절하게 느낌은 필연이다.

아이러니한 것은 그의 부왕인 이경 또한 유명한 사인이었다는 점이다. 역시 예술에 조예가 깊고 음풍농월을 일삼으면 나라가 기우는 것인가. 예

술이라는 것은 한 나라가 성할 때 융성해지는 법인데 때를 알지 못하고 아름다움만 읊는 예술은 문제가 있는 것인가. 모를 일이로다.

〈오야제〉의 노래는 감미롭다. 애잔하면서도 가볍고 부담이 없다. 곡은 가사를 되풀이하며 끝난다. 노래가 짧으므로 아쉬움이 남는다. 〈오야제〉라는 제목을 문자 그대로 풀이하면 까마귀가 밤에 운다는 뜻이다. 우리 문화의식에서 까마귀가 뜻하는 어떤 상징성에 연연할 필요는 없다. 새가 밤새도록 우는 어느 봄날에 붉은 꽃까지 뚝뚝 떨어지니 바라보는 사람이 오죽 심란할까. 그런 마음으로 노래를 들으면 된다. 새와 어둠, 그리고 봄과 꽃은 예나 지금이나 시인들이 즐겨 노래하는 대상들이다. 우리나라 여류 시인 이경의 「두견아, 그만 네 봄을 놓아주어라」라는 시는 이러한 이미지를 새롭게, 그리고 아름답게 표현한다. 음악이 느껴진다.

꽃이 지고서도 한참 더
새는 목을 풀어 울었다
저 산에 피던 느릅나무 속잎 단풍 들도록
이 산에 떡갈나무 찬비 오도록
홑. 적. 삼 ── 홑. 적. 삼
돌이키지 못할 봄밤을 홀로 울었다

그대 산모퉁이 돌아가고 있을 때
맨발로 따라가며 목이 터지게 불렀노라
오는 봄은 눈부시어 바라 볼 수조차 없더니
돌아서 가는 사랑이 몸서리치게 아름답더라

봄이 가고 나서도 한참 더
새는 목이 쉬어 울었다
그러나 봄은 가는귀가 먹어 듣지 못하였노라

듣지 못하였노라
다시 한 백 번을 더 봄이 온다 해도
꽃이 지기 전에는
꽃이 아주 말라 떨어지기 전에는
봄을 보았다고 말하지 말라
아름답다고 말하지 말라

아름다운 시만을 읽다보니 갑자기 시선을 엉뚱한 곳으로 돌리고 싶다. 현대인의 변덕스러운 기분이요, 모순이다. 그만큼 우리 시대는 복잡하고 괴상하지 아니한가. 봄과 꽃, 그리고 밤과 새에 대해 언제인가 나는 기존의 이미지를 부정하는 시 「소쩍새-1」을 쓴적이 있다. 가끔은 거꾸로 볼 여유와 냉정한 시선도 필요하지 않은가.

울음도 아니고 노래도 아니다
겨울을 지나 봄이 오면
한세상 있었다는 흔적을 남기려
짝을 찾아 또 하나의 반복을 만든다
줄기차게 밤낮으로
피를 토하며 소리를 낸다

슬픔도 아니요 기쁨도 아니다
살기 위해
어두운 밤에 눈을 홉뜨고
쥐새끼 같은 또 하나의 생명을
절대로 놓칠 수 없는 힘으로
발톱에 움켜 갈기갈기 찢는다
부리가 빨갛도록 살점을 물어뜯어

새끼의 허기진 배를 채운다

불두화의 흰 꽃잎이 비바람에 흩날리는 밤
그리움에 젖은 사람들이
소쩍소쩍하며 밤새도록 서성일 때
털깃에 맺힌 빗방울을
소리없이 떨구며
오로지 살아 있는
살내나는 살덩이만 찾아
뚫어지게 응시하고
그리움은 빗소리로 산산이 부순다

마지막으로 같은 이미지를 노래한 당나라 맹호연孟浩然(689~740)의
시를 하나 더 읽는다. 역시 아름다움은 부수기보다 그 아름다움을 그대로
느끼고 노래하는 것이 좋다. 그 유명한 「춘효春曉」다. 짧으면서도 절제와
함축의 미학이 돋보이는 명작이다.

春眠不覺曉　　봄잠에 깨어나지를 못하더니 새벽이라
處處聞啼鳥　　여기저기 들리느니 새 울음소리
夜來風雨聲　　밤새 비바람 소리 울리더니
花落知多少　　꽃잎은 얼마나 떨어졌을까

님을 그리워하며

중국의 전통 가곡 · 琴歌 〈鳳凰臺上憶吹簫〉

李清照 詞 / 王迪定 譜 / 傳慧琴 노래

음악을 사랑하는 어느 한 사람에게 아무런 사전 설명없이 특정한 곡을 하나 들려 준다고 생각해 보자. 그 노래의 가사는 외국어로 불려지고 있어 노래 말의 의미도 전혀 알 수 없고, 반주되는 악기의 음색도 처음 들어 보는 생소한 것들이라고 상상해 본다. 아마 누구든 이런 경험이 있을 것이다.

우리가 느끼는 것은 무엇일까. 그 음악이 만들어진 문화권에 살고 있어 그 대상이 되는 음악을 이미 익히 알고 있는 사람들과 어떤 느낌의 차이가 있을까. 우리들 외국인이 그 음악에서 접하는 것은 악기의 소리와 사람의 목소리, 그리고 그 소리들이 구성하고 있는 음들의 배열과 위치 또는 조합일 것이다.

우리는 분명 느낄 것이다. 아름답다는 것을 즉각 느낄 것이다. 무엇인지 모르지만, 그리고 무엇을 노래하고 있는지는 모르지만 우리가 듣는 음악이 주는 일차적 감정의 효과는 문화적 차이에 상관없이 틀림없이 동일할 것이다. 리듬이 강렬하면 강렬한 대로 춤을 추고 싶은 충동이 일어날 것이고, 여행 중에 슬프고 잔잔하기만 한 이국적인 가락을 들으면 우리는 애수에 잠길 것이다.

나는 청나라 시대에 작곡되었다는 가곡 〈봉황대상억취소〉(이하 봉황대)를 처음으로 접했을 때 그렇게 들었다. 내가 알고 있었던 사전 지식은 중국음악이라는 것, 그리고 청나라 시대의 음악이라는 것이 전부였다. 그러나 음악의 위대한 점인 직관적 미감은 어김없이 나의 귀에 전달되었고, 그 아름다움이 너무나 매혹적이기에 무엇인가 더 알고 싶은 욕심으로 이것저것 알아보고 또 생각을 다듬게 되었다.

어느 모임에서 처음으로 만난 여인에게 첫눈에 홀딱 반하여, 이것저것 알아보고 또 다음에 서로 만남을 이루었더니, 그 여인과의 대화와 감정 나누기, 그리고 그 여인의 살아온 길을 알고 나서는 더 이해를 하고, 그 여인을 더 사랑하게 되는 경우와 같은 것일까.

〈봉황대〉는 금과 소의 반주로 시작된다. 언제나 그렇듯이 궁합이 잘 맞는 두 악기의 소리가 울려나오면 곧바로 여인의 노래가 시작된다. 소프라노라는 단어를 쓰면 금방 차가워지니 역시 여인의 노래라고 함이 어떨까. 아마 여인은 미인일 것이다. 목소리도 아름답지만 아름다운 얼굴과 늘씬한 몸매의 여인일 것이다. 듣는이는 이런 상상을 마음껏 할 자유가 있다. 아름다운 여인이 부르는 노래는 가락이 잔잔하기만 하다. 목소리도 착 가라앉아 있다. 쓸쓸하고 조용하다고나 할까. 어찌 보면 간결하고 전아하다. 깊도록 청아하고 외롭지만 흐트러짐이 없다. 돌조각처럼 무거우면서도 아름답고, 또 정결하며 단순한 미적 상태에 도달해 있다.

음악은 대개 흥이 넘치는 경우가 많은데, 이 곡에서는 최대한의 감정 절제가 이루어지고 있다. 그러다가 중간 부분이 서서히 내연이 되며 음에 약간의 긴장이 도입된다. 그리고 휴휴 하는 탄식이 터져 나온다. 그냥 탄식이다. 이어서 다시 전아하고 쓸쓸하기만 한 노래가 이어진다. 그리고 마지막 부분으로 넘어간다.

이 곡의 백미는 종결 부분이다. 클라이맥스가 뒷부분에 위치한다. 높은 음성으로 애타게, 그리고 한결 처량하게 북받쳐 오르는 심정을, 속에서 참고 참았던 슬픔과 그리움을, 크게 목청껏 부르다가 급격히 목소리를 꺾어 내리며 마지막 단어 하나를 길게 늘이며 끝낸다. 해가 질 때 그림자 하나 길게 드리우듯, 종결 단어가 기다랗게 우리의 마음에 그늘을 만들며 끝난다.

이러한 매듭짓기는 서양음악에서는 볼 수가 없는 기법이다. 연극이나 영화에서 비극적인 스토리가 해피엔딩으로 끝나지 않고 극의 막판에서 총체적인 비극으로 급박하게 끝나 관객으로 하여금 짙은 비감과 아쉬움을 느끼게 하는 것과 마찬가지의 효과이다.

우리는 이 곡을 처음 들어도 상당히 격조가 높은 가곡임을 인지할 것이다. 슬프고 처량하되 무서울 정도로 절제되어, 다듬고 다듬어진 미적 감정에 다다른다. 품격이 있다고나 할까. 아니면 유협劉勰(466~559?)의 『문심조룡文心雕龍』에 언급된 풍골이 음악에도 있는 것일까. 한마디로 이 가곡은 우리가 들을 수 있는 최고봉의 예술가곡이라 할 수 있을 것이다.

앞서 이야기한대로 아무런 지식이 없이 그저 음악에 대해 느꼈던 극히 주관적인 감정을 기술하였다. 그러나 음악이 아름다워 그냥 지나칠 수가 없지 않은가. 무엇인가 알면 그 아름다움이 더 크지 않겠는가. 이제 그 음악의 구체적인 환경을 건드려 본다.

이 곡은 청나라 「동고금보東皐琴譜」에 보인다고 한다. 작곡자는 왕적정이라고 하지만 이 사람에 대해 아는 바가 없다. 아마 청나라 최전성기인 강희 · 옹정 · 건륭년간에 작곡되었으리라 믿는다. 청나라 전성기의 문화는 문자 그대로 최고 수준의 문화가 아니었던가. 조설근의 『홍루몽』을 보라. 얼마나 아름다운가. 가賈씨 집안의 대관원을 중심으로 이루어지는 주인공 가보옥과 열명의 금릉 여인들에 관한 이야기들은 그 자체로도 흥미진진하지만 무엇보다 그 당시의 문화적 환경이 얼마나 아름다운가를 실감하게 된다. 이런 시대적 환경에서 〈봉황대〉라는 아름다운 가곡이 작곡되었음은 결코 우연이 아니다. 단지 아쉬운 것은 이 음악 말고 당대의 다른 가곡들을 많이 접하지 못하고 있다는 점이다.

우리가 유의해야 할 사항은 곡의 가사가 바로 송나라 여류시인 이청조 李淸照(1084~1155?)의 사詞라는 사실이다. 역시 그랬구나. 우리는 깨달게 된다. 청나라 때를 기준으로 무려 5백 년이나 거슬러 올라간 옛날의 시에 곡을 붙이다니. 언제나 느끼는 것이지만 그들은 우리처럼 옛날을 옛것으로 치부하지 않고 현재에 용해되어 살아있는 것으로 본다. 그래서 예술의 주제는 언제나 되풀이되거나 과거를 딛고 새로운 모습으로 더욱 더 풍성해 지는 것이다. 이렇게 면면히 내려오는 전통으로 인해 그들은 미적 대상과 미적 감각을 과거의 그것들과 크게 다름이 없이 공통되게 느끼며 살아가는 것이다.

이런 연유일까. 곡에서 들었던 아름다움이 이청조의 가사를 읽으니 더욱 새롭고, 또 구체적으로 미적 감성이 발현되어 인식된다. 음악과 문학의 위대한 일치이다. 가사를 읽어본다.(황지윤 역)

香冷金猊, 被飜紅浪, 起來慵自梳頭
任寶匳塵滿, 日上簾鉤
生怕離懷別苦, 多少事, 欲說還休
新來瘦, 非干病酒, 不是悲愁
休休! 這回去也, 千萬遍陽關, 也則難留
念武陵人遠, 煙鎖秦樓
惟有樓前流水, 應念我, 終日凝眸
應眸處, 從今又添, 一段新愁

향로의 향은 식어가고 침대에 나뒹구는 이불
일어나 앉아 맥없이 머리를 빗어본다
화장대엔 먼지만 수북
해는 발 너머로 걸려 있네
삶은 두렵고 헤어짐은 쓸쓸해 무척이나 괴로워
지나간 일들을 떠올리다 그만 멈추네
부쩍 여윈 것이 병이나 술탓이 아니어라

슬프거나 근심도 아닌 것을

그래 됐구나 됐어 양관을 수없이 불러도

님을 붙잡기가 어려웠던 것을

먼곳으로 가버린 님을 생각하니

진루에는 안개만 자욱하고

오로지 누각 앞에 흐르는 물만이 내 마음을 알아

종일 그곳을 멍하니 바라보네

바라보는 그곳에서 한 줄기 상념이 다시 도져 나오네

여인의 슬픔이 짙게 배어 있다. 무슨 영화의 한 장면을 보는 것같다. 영화 〈애수〉에서 로버트 테일러를 기다리는 비비안 리가 런던의 다리 위에서 어둠에 쌓여 흘러가는 테임즈강의 강물을 멍하니 쳐다보고 있었던 것이 연상되지 않는가.

그녀는 산동의 제남 사람이다. 명문가에 태어나 역시 명문가의 자제인 조명성趙明誠에게로 시집을 가서 아주 유복한 생활을 하였다고 전해진다. 그러나 그녀의 나이 마흔이 넘어 정강靖康의 난難(1127)에 시달리니 당시 북송은 금나라의 공격에 허망하게 무너지고, 휘종과 흠종은 북으로 끌려가는 치욕을 당한다. 남쪽 양자강 이남으로 도망친 지배계급들은 건안建安에 남송을 수립하고 금과 끝없는 전쟁을 치루게 된다. 당시 이러한 역사의 격동기에 휘말리며 남편까지 사별하게 되었으니, 그녀의 인생살이가 무척이나 고단하고 어려웠으리라는 것은 상상이 되고도 남는다.

위에 보이는 시가 쓸쓸하면서도 기품이 보이는 것은 이러한 사정 탓일 것이다. 가사 중에 나오는 '양관陽關'은 당나라 때의 노래요 시다. 바로 왕유의 이별에 관한 시다. 이안거사易安居士로 불리우는 이청조보다 무려 5백 년이나 앞선 사람의 작품이다. 이청조 역시 중국의 전통을 이어가는 사람이었던 것이다.

이청조의 아름다운 글들을 더 읽어보자. 역시 말년의 작품으로 슬픔과 비애가 깃들어 있다. 대표작인 「성성만聲聲慢」이다.

尋尋覓覓, 冷冷淸淸, 悽悽慘慘戚戚

乍暖還寒時候,最難將息

三杯兩盞淡酒, 怕敵他, 晚來風急

雁過也, 正傷心, 却是舊時相識

滿地黃花堆積, 憔悴損, 如今有誰堪摘?

守着窓兒, 獨自怕生得黑?

梧桐更兼細雨, 到黃昏, 點點滴滴

這次第, 怕一個, 愁字了得?

찾고 찾노라, 헤매고 헤매네

차갑고 차갑구나, 맑고 맑구나

처량하고 처량하여라 참담하고 쓸쓸하여라

슬프고 슬프네

잠시 따스하더니 다시 추운 날씨가 되네

쉬기가 아주 어렵구나

두 세잔 맑은 술을 하였다 한들

어찌 저 저녁의 거센 바람을 막을 수 있을까

기러기 날아가네

정말 슬프다, 옛날 서로 아는 사이였는데

땅바닥에 온통 국화가 쌓여있네

초췌하고 마르니 누가 그것을 꺾을까

창가에 붙어 홀로 어떻게 어둠을 맞이하나

오동나무에 다시 가랑비라

저녁 어스름 다가와

뚝뚝 낙숫물 소리

이 심정 어찌 한마디 근심이라는 말로 풀리오

사는 엄격한 음률로 구성되어 있다. 각운은 말할 것도 없고 내재율도 있
으니 이를 알고 읽어야 사의 제맛을 느낀다고 한다. 노래에 붙였던 가사들
이 바로 사이니 노래처럼 아름다운 운율이 있었음이 틀림없지만 우리네에
게는 그저 그러려니 할뿐 이런 음률을 깨닫기에는 능력이 안된다. 그래도
언뜻 보아서 이 시는 다른 사들과 달리 단어의 중첩이 많이 나타난다.

시에서 단어가 되풀이되면 강조가 이루어지고 느낌은 더 강해진다. 김
소월의 시에서 자주 보이는 대로, 되풀이되는 언어는 듣는이와 읽는이의
감정을 강하게 흔든다. 하지만 반복되는 한자는 표의문자로서 시각적으로
그 의미를 알고 있기에 우리가 뜻을 감상하는데 본질적으로 큰 문제가 없
지만, 막상 한글로 번역을 할 경우는 난감하다. 번역이래야 한글 단어를
그대로 중첩하여 나열하니 모양새가 약간은 이상하다. 번역의 어려움이
다. 그렇다고 의역을 해서 최소한의 의미만을 전달하고 넘어가기에는 반
복되는 언어들이 너무 아깝다.

「성성만」에 나오는 단어, 즉 한자 하나하나가 상형문자로서 주는 이미지
는 뚜렷하다. 심尋(찾는다), 멱覓(찾는다), 냉冷(차갑다), 청淸(맑다), 처悽
(처량하다), 참慘(참담하다), 척戚(슬프다), 한寒(춥다), 풍風(바람), 황화黃
花(국화), 창窓, 초췌憔悴. 오동梧桐, 세우細雨(가랑비), 적적滴滴(낙숫물
소리), 수愁(근심) 등의 단어들은 단순하게 나열되기만 해도 그 느낌을 우
리에게 전달한다. 이청조의 막막하고 슬픈 삶의 모습이 잘 그려져 있다.
아무리 재인이라 하더라도, 그리고 당대 송사의 맥을 이어받은 대가라 해
도 스스로의 삶이 처량함은 어쩔 수 없었던 말인가. 그녀를 추모하여 후인
들이 그려놓은 수많은 초상화나 그림들을 보면 그녀는 한결같이 키가 늘
씬하고 이마가 훤출한 북방미인으로 묘사되고 있다. 이런 여인이 불우한
삶을 살며 읊는 시니 얼마나 우리의 심금을 울리겠는가.

갖고 있는 앨범 중에 중국에서 발간한 당나라, 송나라 시들을 낭송한 것이 있다. 「성성만」의 낭송도 녹음되어 있는데 나는 시낭송이 이렇듯 처절할 정도로 아름다운 줄을 미처 몰랐다. 여인의 낭송은 읽는 것이 아니라 노래였다. 노래였으되 그것은 처절한 탄식이요, 흐느끼는 눈물이 가득한 울음소리였다. 낭송을 하며 아마 눈물까지 흘렸는지는 모르겠지만, 듣는 사람에게는 마치 낭송하는 여인이 울며 시를 읽는 것같았다. 또 다른 체험이요, 감동이었다.

이런 이미지를 가슴에 얹어두고 노래 〈봉황대〉를 다시 한번 들어본다. 느낌이 훨씬 고양된다. 음악이 음악의 구성요소로만 이해될 수 없다는 사실을 다시 한번 확인하게 된다. 중간 부분의 한탄은 가사를 보니 '휴휴 그래 됐어' 하는 부분이다. 한탄과 체념이 터져 나오는 부분이다. 탄식이라고 해야 할까. 마지막 부분의 높은 목소리에 이르러 가사를 읽어보며 들으면 여인의 노래소리는 절창이다. 정말로 심금을 울리는 절창이다.

'흐르는 물만이 내 마음을 알아 종일 그곳을 멍하니 바라보네. 바라보는 그곳에서 한 줄기 상념이 다시 도져 나오네' 라는 구절은 감정을 높이 분출시키며 매듭을 짓는 아름다움의 극치이다. 음악을 듣는 이유다. 특히 '바라보네. 바라보는' 구절은 애절하다 못해 기절할 정도다. 그리고 다시 급히 꺾어 내리며 끝을 맺는 수愁라는 단어는 그 뜻도 수심이니 깊은 그림자이지만, 노래음으로 표현되는 음이 그림자처럼 어둡게 길기만 하다.

끝으로 그녀가 행복했던 시절에 멀리 여행을 간 남편에게 보내는 〈취화음醉花吟〉을 읽으며 글을 맺는다.

마지막 '발을 걷으니 서풍이라 사람은 국화처럼 시들어간다' 라는 구절이 명구다. 조선시대 황진이의 시조가 연상되는 글이지만, 그리움에 시달리는 내면의 애수가 더 엿보인다.

薄霧濃雲愁永晝, 瑞腦銷金獸

佳節又重陽, 玉枕紗幮, 半夜涼初透

東籬把酒黃昏後, 有暗香盈袖
莫道不消魂, 簾捲西風, 人比黃花瘦

옅은 안개 짙은 구름 시름이 긴 하루
향내는 향로에서 스러진다
좋은 계절에 다시 중양절
옥침과 비단 휘장에
밤은 깊어 찬 기운 스며든다
동쪽 울타리에서 술잔을 드니 어스름 찾아오고
그윽한 향기가 옷소매에 깃든다
지워지지 않는 그리움 어찌하랴
발을 걷으니 서풍이라
사람은 국화처럼 시들어간다

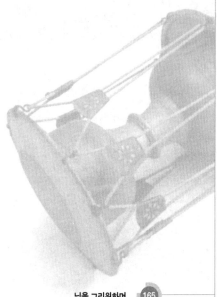

강기와 슈베르트

 강기(姜夔, 1155~1221)와 슈베르트에 대해서 글을 쓰게 되었다는 사실에 나는 기쁨을 느낀다. 그리고 내가 인간이라는 사실에 감사를 드린다. 무려 800년 전의 강기와 200년 전의 슈베르트라는 두 위대한 예술가들이 남겨놓은 음악을 지금도 들을 수 있다는 사실에 감사를 드리며, 또한 나의 일상생활에서 그들의 작품들을 가까이 하며 삶의 아름다움을 다시 한 번 확인할 수 있음에 기쁨을 느낀다.

 슈베르트는 한마디로 천재다. 천재는 만들어지는 것이 아니라 천부적으로 타고난 것이다. 물론 시대의 영향을 벗어 날 수는 없겠지만 천재들의 작품은 시대를 훌쩍 뛰어 넘는다. 우리는 슈베르트의 작품들에서 시공을 초월하는 음악의 아름다움을 만끽한다. 그가 죽은지 벌써 2백 년이 가까워 오지만 그의 작품들은 아직도 빛을 잃지 않고 우리의 마음에 반짝이는 깊은 서정을 안겨준다. 하늘이 우리 사람들에게 내려준 선물이다.

 그는 1797년에 태어나 1828년에 31세로 요절한 사람이다. 베버가 죽은 지 2년 후에, 그리고 베토벤이 떠난 지 1년만에 그도 세상을 하직했다. 안타까운 일이다. 모차르트의 경우처럼 더 살았다면 어떠했을까 하는 생각이 간절하다. 하지만 짧은 생애에도 불구하고 풍성한 걸작들을 남겼으니 무엇을 더 바랄 것인가. 그는 이미 1814년 17살이 되던 해에 괴테의 『파우스트』에 나오는 시 「실을 잣는 그레첸」에 곡을 붙였다. 그리고 18살에는 같은 시인의 작품 「마왕」에 곡을 쓴다. 들어 보라. 믿을 수 없을 정도로 아름다운 멜로디를! 그리고 문호라는 괴테의 시를 완전 용해하여 음악언어로 풀어내는 그의 뛰어난 재주를! 천재라고 이야기할 수밖에 없다.

그는 1815년 한 해에 145개의 가곡, 두 개의 교향곡, 4개의 오페라, 현악사중주 한 곡, 두 개의 피아노 소나타, 그리고 무수한 피아노 소품들, 미사곡 두 개를 작곡하였다. 이듬해에는 132개의 가곡, 대곡인 C장조 교향곡을 포함한 교향곡 3개 등이 작곡되었고, 연이어 그 유명한 〈죽음과 소녀〉 그리고 〈송어〉 등의 가곡들이 창작되었다. 악보를 베끼기만 한다 하더라도 벅찰 그런 엄청난 양의 작품들이다. 이 정도의 창작 열의와 속도는 아마 슈베르트 말고는 모차르트가 유일할 것이다.

이후에도 그는 죽을 때까지 십년 남짓한 짧은 기간 동안에 우리의 귀에 익숙한 많은 작품들을 남겼다. 〈로자문데 서곡〉(1823), 〈즉흥곡〉 op.90과 142(1827), 피아노삼중주 op.100(1827), 피아노오중주 〈송어〉(1819), 현악사중주 〈죽음과 소녀〉(1824), 미완성교향곡(1822) 등등. 그리고 연가곡집 〈아름다운 물방앗간의 아가씨〉(1823)와 〈겨울나그네〉(1827)도 있다.

수많은 작품들을 단기간에 양산하였다는 것이 천재의 결코 요건은 아니다. 천재를 운위하려면 우리가 접하는 작품들에서 객관적으로 그 이유를 찾아야 한다. 나는 슈베르트에게서 세 가지 이유를 발견한다.

첫째는 아름다움이다. 작품들이 무엇보다 우선하여 듣는이에게 아름다움을 선사해야 한다. 미감이 느껴져야 한다. 미학적 아름다움이어야 하는 것이다. 둘째로는 개성이다. 창작자의 개성이 살아 있어야 한다. 개성이 숨쉬고 있어 듣는이도 함께 그 독특한 개성을 향유할 수 있어야 한다. 셋째로는 오리지날리티다. 원천성이라 해야 할까. 아니면 독창성이라 해야 할까. 모방이 아닌 그만의 새로운 형식과 표현 방식이 있어야 한다. 과거와 단절된다는 의미가 아니다. 과거를 흡수하되 새로운 발전이 있어야 한다는 말이다.

슈베르트의 아름다움은 그의 가곡들에 잘 나타난다. 그가 젊은 나이에, 아니 어린 나이에 쓴 〈실을 잣는 그레첸〉과 〈마왕〉에서 이미 그의 특징들이 잘 드러나 있다. (강두식 역)

Meine Ruh ist hin, mein Herz ist schwer;

Ich finde sie nimmer und nimmermehr.

Wo ich ihn nicht hab,

Ist mir das Grab,

Die ganzen Welt

Ist mir vergällt.

Mein armer Kopf ist mir verrückt,

Mein armer Sinn ist mir zerstückt.

Meine Ruh ist hin, mein Herz ist schwer;

Ich finde sie nimmer und nimmermehr.

Nach ihm nur schau ich zum Fenster hinaus,

Nach inm nur geh ich aus dem Haus.

Sein hoher Gang, sein edle Gestalt,

Seines Mundes Lächeln, seiner Augen Gewalt,

Und seiner Rede ZauberfluB,

Sein Handedruck, und ach, sein KuB!

Meine Ruh ist hin, mein Herz ist schwer;

Ich finde sie nimmer und nimmermehr.

Mein Busen drängt sich nach ihm hin.

Ach, durft ich fassen und halten ihn!

Und küssen ihn, so wie ich wollt,

An seinen Küssen vergehen sollt!

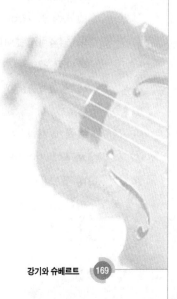

마음의 평화 사라지고, 내 가슴 무거워요.

그 평화 이제 못 찾으리, 영원히 못 찾으리.

님 안 계신 고을,
무덤이나 진배 없네,
이 세상 넓다 해도
내게는 쓰디 쓸 뿐,
가련한 내 머리 어지럽게 미쳤으니,
가엾은 내 마음 산산이 조각났네.

마음의 평화 사라지고, 내 가슴 무거워요.
그 평화 이제 못 찾으리, 영원히 못 찾으리.
행여나 님 오실까 영창으로 내다보고,
혹시나 님 뵈올까 집에서 나가 보아요.
그 님의 씩씩한 걸음, 그 님의 귀한 모습,
그 님의 입에 담은 웃음, 그 님의 눈에 담긴 정기,
그리고 그 님의 말씀, 흐르는 이상한 물결,
그 님이 덥썩 쥔 손, 아아, 그 님의 입맞춤아!

마음의 평화 사라지고, 내 가슴 무거워요.
그 평화 이제 못 찾으리, 영원히 못 찾으리.
내 가슴 한결같이 님 향하여 사무치니,
아, 님을 붙잡고 매달려 내 곁에 모실 수 있을까.
내 마음 찰 때까지 님을 안고 입맞추고파,
내 몸 그 입맞춤에 넋과 몸이 사라져도.

괴테의 시다. 시는 얼마나 아름다울까. 그러나 독일어를 모르는 사람들
에게 시의 의미만으로는 그 아름다움이 충분히 전달될 수가 없다. 문장의
말미가 각운(rhyme)으로 맞추어져 있고, 문장 안에도 내재율이 있다 하나
우리는 그 맛을 느낄 수가 없다. 그러고 보면 의미만으로 보는 괴테의 시

는 평범하기까지 하다. 『파우스트』에 나오는 시로, 파우스트가 메피스토 펠레스의 사주를 받아 어린 나이의 순진한 처녀 그레첸을 유혹한다. 그리고 사랑에 빠진 처녀 그레첸이 사무치는 그리움에 시달리며 노래를 부른다. 사랑의 감미로움과 고통을 그린 내용으로 어찌 보면 통상적이다.

그러나 슈베르트의 손길은 완연히 다르다. 우리는 피아노 반주부터 무엇인가 느끼기 시작한다. 피아노 반주에 이어 나오는 아름다운 여인, 아니 처녀의 떨리는 듯한 노랫소리가 벌써 우리를 아연케 한다. 마음의 평정을 잃고 천근만근 그리움으로 무겁기만 한 마음을 달래며, 사랑하는 그대가 없다면 세상은 무덤과 같다고 하소연하는 첫 구절부터 우리는 아가씨가 울렁거리며 불안해하는 마음의 파도를 읽을 수가 있다. 사람의 목소리와 피아노 소리가 어우러지며 감정의 파도를 그려내고 있다. 독일어를 모른다 해도 우리는 그 감정의 파도를 미세하게 느낄 수가 있다. 그리움은 기쁨인 동시에 생각만 해도 얼굴을 화끈거리게 하는 가변적 요소다. 사랑은 불안과 초조도 포함하고 있다. 인간의 감정은 모순이다.

〈실을 잣는 그레첸〉이 출렁거리며 소리를 내며 흘러가고 있을 때 우리의 마음도 마찬가지로 불안한 듯, 그리고 안타까운 듯 똑같이 파도를 그리며 흘러가고 있다. 우리의 귀 밖에서 울려지는 음악과 우리의 마음 한 구석에 물결치는 감정이 동일선상에 놓여 아름다움을 한껏 느끼게 된다. 음악의 위대한 점인 동시에 슈베르트의 천재성이 유감없이 발휘되고 있는 것이다.

슈베르트의 가곡들은 반주음악이 독립적이다. 노래의 선율과 반주의 선율이 일치하기도 하고 다르기도 하다. 한마디로 반주가 독립적으로 살아 있다. 아마 노래를 빼고 피아노로만 연주해도 아름다움을 충분히 느낄 것이다. 이런 점에서 슈베르트 가곡의 독창성을 인지할 수 있다.

물론 슈베르트가 과거에 없던 형식을 처음으로 만들어낸 것은 아닐 것이다. 슈베르트에 앞서 베토벤의 가곡 〈먼곳의 연인에게〉(An die ferne Geliebte)와 〈아델라이데〉에서 이미 이런 요소가 엿보인다. 감정을 충실히 표현하기 위해 과거의 형식은 무시되고 새로운 기법이 선보인다. 우선 열려 있는 감정이 숨김없이 적나라하게 드러나고, 이러한 표현을 이루기 위해 반주와 노래가 모두 생명력을 갖고 움직인다. 이런 면에서 니체가 "베토벤은 고전주의와 낭만주의를 잇는 가교이다"라고 한 말에 수긍이 간다.

그러나 베토벤은 단초에 불과하다. 슈베르트는 누구에게 배웠다고 할 수 없을 정도의 선험적인 감각으로 그의 가곡 형식을 창조한다. 그가 잠시 그 유명한 살리에리에게 교습을 받았고, 또 평소 베토벤을 신처럼 존경하고 있었다 하더라도 그의 가곡 양식은 독일 음악사에 있어 독보적이다. 슈베르트에게 있어 반주는 연극의 무대장치이자 배경이다. 배우들의 대사와 몸짓, 그리고 표정이 중요하겠지만, 그들이 움직이는 공간인 무대의 장치와 배경은 이미 극의 방향을 지시한다. 배우가 표현할 수 없는 것도 무대의 장치가 대신해서 이야기할 수가 있지 않은가.

괴테의 다른 시「마왕」(op.1)에 붙인 곡 역시 걸작이다. 곡은 시작하자마자 피아노가 요란하게 울린다. 빠른 갤럽풍의 리듬이다. 불안하다. 불길한 내음이 풍긴다. 어둡다. 소리들이 막혀 있으면서도 빠른 박자로 울리기에 어둡고 초조하고 불안하다. 시의 내용 역시 불안하며 어두운 것이다. 늦은 저녁 숲을 달리는 아버지와 어린 아들, 그리고 이들을 유혹하는 마왕이 시의 이야기이다. 불안해 하는 어린아이. 그리고 달콤한 목소리로 아들을 부르는 마왕이 교차된다. 음악도 마찬가지로 공포와 감미로움이 교차된다. 시는 하나의 스토리를 전개하며 이루어진다. 시를 읽는 우리는 언어가 지시하는 대로 머릿속에 그림을 그리게 된다. 스토리에 따른 어떤 장면을 연상하게 되고, 또 작자가 원하는 대로 아버지와 아들이 얼마나 불안해 할 수 있을까 하고 상상한다.

그러나 그것이 전부다. 불안과 어두운 공포 등은 언어 이전에 감정이다. 감정의 형상화는 활자로 이루어진 문자로는 한계가 있다. 직관적이지를 못하다. 간접적인 경험에 불과하다. 그러나 슈베르트는 문자가 표현하려는 감정이라는 대상 속으로 직접 걸어 들어간다. 무슨 의도적 인식이 있거나 비판적인 안목이 있는 것이 아니다. 아무 것도 필요가 없다. 그냥 감정을 느끼고 그 속에 폭 잠겨든다. 그리고 그것이 그대로 음악으로 흘러나온다.

나는 이 곡을 오래 전에 우리 아이들이 어렸을 때 여러 번 들려주었다. 그 아이들은 이제 다 성장하였지만 곡을 들었을 당시의 감정을 아직도 생생하게 기억하고 있다. 괴테의 시를 읽어서 들려주었다면 그것이 가능했을까. 불가능한 일이다. 인간이 가지고 있는 감정이 있는 그대로 전달될 때만이 가능한 것이다.

예를 들어 어릴 적 개에 쫓기다 물렸을 때 느꼈던 그 끔찍한 공포의 감정은 아마 죽을 때까지 존속될 것이다. 나는 슈베르트의 음악이 이런 점에 있어 타의 추종을 불허한다고 생각한다.

어제 저녁에 나는 〈마왕〉을 오래간만에 들었다. 정말로 언제 들었는지 기억이 안 날 만큼 긴 세월이 흘러 새삼스레 이 음악을 틀었다. 곡은 좋았다. 이름만 들어도 가슴이 설레는 유명한 바리톤 디트리히 피셔 디스카우의 감미로운 목소리와 제랄드 무어의 멋진 피아노 반주 때문이었을까. 아니다. 슈베르트가 나타내고자 하는 감정이 아직도 내 마음에 살아 있기 때문이다. 학창시절에 광교의 음악감상실에서 들었던 슈베르트의 가곡에 대한 느낌과, 지금 오십이 훌쩍 넘은 남정네의 가슴은 별 차이가 없었다. 마음이 젊어서일까. 아니다. 순수한 감정은 변질되지 않는다. 장미와 백합은 어린아이나 나이든 늙은이에게나 똑같은 아름다움을 선사한다. 가공되지 않은 순수한 아름다움은 영원불변한 것이다.

어느 대상에 대한 미적 체험은 훈련이라는 과정을 통해 이루어질 수가 있다. 일종의 가공된 의식이다. 부단한 노력을 통하여 얻어지는 미적 깨달음은 또 다른 경계를 만들어 낸다. 아름다움에는 여러 가지 경계가 존재한다. 슈베르트처럼 선험적일 정도의 아름다움이 있는 반면에, 인간이기에 겪어야 하는 무수한 인생살이와 체험, 그리고 학습을 통해 도달되는 그런 미적 경계도 분명 있다. 백합은 활짝 피어 있을 때 아름답다. 하지만 그것이 전부가 아니다. 같은 백합이라도 그늘에서 태양을 찾으며 키는 자그마

해서 조그만 꽃봉오리를 피운 백합도 있고, 다 시들어 추할 정도로 누렇게 바래 쓸쓸히 서있는 백합도 있다.

그러나 우리는 이런 모든 것에 서로 다른 아름다움을 느낀다. 우리의 삶이 투영되어 있기 때문이다. 투영은 결국 우리의 눈이 쳐다보는 것이다. 관조다. 시의 기본은 공자가 이야기하듯 관觀으로 시작하는 것이 아닌가. 우리는 슈베르트에게서 이러한 관을 읽기가 힘이 든다. 베토벤처럼 치열한 눈길을 가지고 대상에 도전해 그 아름다움을 쟁취하는 면도 없다.

우리는 슈베르트와 색다른 미적 체험을 강기에게서 발견한다. 슈베르트나 서양의 미적 개념에 비해 색다르다고 말했을 뿐이지, 동양에서는 이런 아름다움이 고대로부터 전통으로 내려온다. 주자가 『대학大學』에서 강조하는 '격물치지格物致知'가 바로 그런 것이 아닌가. 격물치지를 어렵게 해석할 필요는 없다. 사물을 대하여 이치를 깨닫는다는 말이다.

아름다움도 마찬가지가 아닌가. 대상에 임하여 그 대상이 나타내는 아름다움을 취하는 것이다. 물론 대상에 상응하는 마음의 작용이 있지만 그런 마음의 작용이란 바로 관이나 격물을 통하여 이루어지는 것이다. 그리고 이런 깨달음은 끊임없는 훈련과 노력이 수반되어야 한다.

앞서 인용하였던 당나라의 시인 왕유王維의 글을 다시 읽어 본다.

北涉玄灞	한가로이 북쪽으로 검푸른 파수를 건너노라니
淸月映郭	청명한 달빛이 성곽을 비추는구려
夜登華子江	그리고 밤에 화자강 언덕에 오르니
輞水淪漣	망천 잔물결이 달빛과 더불어
與月上下	오르락내리락 출렁이고
寒山遠火	한기어린 산기슭 저 먼곳의 등불은
明滅林外	나무 숲 밖에서 깜박이외다.
深巷寒犬	깊은 골목의 쓸쓸한 개는

吠聲如豹	그 짖는 소리가 마치 표범과도 같고
村墟夜春	촌락의 밤중 방아 찧는 소리는
復與疎鐘相間	또 산사의 성긴 종소리와 서로 엇섞여 들려오오.
此時獨坐	이즈음 홀로 앉아 있으려니
僮僕靜默	어린 종놈은 조용히 말이 없고

귀와 눈이 모두 열려져 있다. 조용하게 듣고 담담하게 쳐다보고 있다. 슈베르트처럼 보이는 풍경과 들리는 느낌 속으로 들어가지를 않는다. 거리를 두고 있는 것이다. 마치 아름다운 산수화를 멀찌감치 떨어져 음미하고 있는 것같다. 이러한 경지는 아무에게나 이루어지는 것이 아니다.

강기의 사詞 〈경춘궁慶春宮〉 서序에서 보이는 경지도 마찬가지다.

산은 쓸쓸하고 하늘은 아득하며 구름이 사방에서 합쳐져, 한밤중에 서로를 부르면서 수홍정으로 가는데, 별빛이 아래로 드리워져 고기잡이 불빛과 어우러졌다. 북풍은 싸늘하게 불어 한잔 술로는 버틸 수가 없었다.
山寒天回, 雲浪四合, 中夕相呼步垂紅, 星斗下垂, 錯雜漁火, 朔吹凜凜, 卮酒不能支.

귀와 눈뿐만 아니라 가슴까지 열려 있다. 한잔 술로는 버틸 수 없었다는 것이 바로 가슴이 열려져 있다는 뜻 아닌가. 대상 속으로 들어가는 것이 아니라 열린 감각으로 쳐다보며, 쳐다보이는 경물들을 가슴 안으로 쓸어담는 것이다.

1196년 나이 42세에 작곡한 〈양주만〉에도 그런 경지가 흠뻑 배어 있다. 곡을 들어보면 처음에 북소리가 울리고 관악기들이 따른다. 변방의 처량한 풍경을 그대로 묘사하고 있다. 그리고 단아할 정도의 우아한 노래가 흐른다. 유의해야 할 점이 있다. 우리가 듣고 있는 노래의 반주는 어디까지나 현대 음악가인 유전복이 지금 사람들의 구미에 맞도록 편곡하였다는 거이다. 일면 아쉬운 일이다. 강기가 살았던 송나라 당시에는 피리나 고금으로 반주를 했을 것이다. 그런 악기로 원본 그대로 연주했다면 더 강기의 아름다움에 접근할 수 있었을 텐데 왜 굳이 편곡을 했는지 이유를 모르겠다.

그러나 노래 자체의 선율은 어디까지나 강기의 오리지널 곡 그대로다. 우리는 노래만으로도 강기의 미적 세계를 충분히 체험할 수 있다. 노래는 우아하게 들려온다. 잔잔하다. 착 가라앉아 있다. 무서울 정도로 조용하다. 기분이 침잠되어 있다. 감정이 짙게 드리워져 있지만 흔들림이 없다. 풍부한 감정이 여기저기 보이지만 어디까지나 얼음 밑에 있는 불꽃이다. 돌은 날이 선 채로 있는 것이 아니라 많이 다듬어져 있다. 간결하면서도 깊이가 있다.

소식蘇軾이 이야기하는 '소산간원蕭散簡遠'의 경지일까. 요란하거나 부산한 것이라고는 전혀 없다. 가지런하다. 간단하고 멀다. 중국의 산수화 등에서 말하는 먼 의경意境의 경지라 할까. 한마디로 높은 품격이 느껴진다.

음악에서 품격이라니, 무슨 품격이 있단 말인가. 그러나 들어보라. 무어라 말할 수 없는 고고한 기품이 우러나오는 것을 필히 느낄 것이다. 중국은 한가지도 예외가 없다. 문학이나 그림이나 음악, 그 모든 것에 그들의 철학과 문화가 깃들어 있다. 우리는 강기의 음악에서도 이러한 위대한 전통과 그 전통이 만들어내는 아름다움을 인지하게 된다. 우리가 통상적으로 익숙해 있는 서양음악과는 전혀 별개 차원의 아름다운 경계이다.

그는 〈양주만〉에 다음과 같이 서를 붙이고 사를 지었다. (김덕환 역)

순희淳熙 병신년(1196) 동짓날, 나는 회양을 지나갔다. 간밤에 내린 눈이 그치기 시작하자 멀리서 냉이와 보리가 눈에 가득 들어왔다. 그 성안에 들어가니 사방이 황량하고 차가운 물은 푸르렀으며, 저녁노을이 점점 짙게 물들자 변방의 뿔피리 소리가 슬프게 울려 퍼졌다. 나는 처량한 마음에 감개가 일어나 옛날을 생각하면서 이 곡을 지었다. 천암노인은 이 작품에 흥망성쇠의 슬픔이 깃들여 있다고 평하였다. (천암노인은 소덕조蕭德藻의 자이다. 소덕조는 만년에 호주湖州, 지금의 절강시에 은거하여 자호를 천암노인이라 했다. 강기는 일찍 이 그와 함께 시를 배웠다. 강기는 소덕조의 조카사위이기도 하다)

淮左名都	회수 왼쪽의 이름난 도시
竹西佳處	대숲 서쪽의 아름다운 고장
解鞍少駐初程	안장을 풀고서 떠날 길 조금 늦추네
過春風十里	봄바람 지나간 십리 들판에
盡薺麥靑靑	냉이와 보리는 파릇파릇
自胡馬窺江去後	오랑캐 말이 강남을 엿보고 간 뒤로
廢池喬木	버려진 연못도 우뚝한 나무도
猶厭言兵	오히려 전쟁 이야기조차 지겹다네
漸黃昏	황혼이 질 무렵
淸角吹寒	맑은 뿔피리 소리가 싸늘하게 들려오네
都在空城	텅빈 성안으로

杜郞俊賞	아무리 두목이 뛰어난 곳이라 칭송했어도
算而今重到須	지금 그가 다시 온다면 틀림없이 놀라리
縱豆蔲詞工	설령 두구의 시와
靑樓夢好	청루몽의 시를 지을 뛰어난 재능이 있다해도
難賦深情	지금의 슬픈 감정을 표현하기 어려우리
二十四橋仍在	그 날의 이십사교는 그냥 있건만
波心蕩, 冷月無聲	물결만 소리없이 싸늘한 달을 일렁이네
念橋邊紅藥	생각하면 다리가의 빨간 작약은
年年知爲誰生	해마다 누굴 위해 꽃을 피우는지!

전쟁으로 폐허가 된 양주의 거리를 지나며 지은 시다. 눈에 보이는 봄의

풍경은 무심한 풀과 나무, 그리고 연못들이다. 그러나 동시에 전쟁의 자취를 느끼게 한다. 모순이다. 시인은 이런 모순을 생각하며 과거 양주가 번화했을 당시의 두목杜牧의 시를 떠올린다. 두목은 당나라 때 시인이다.

영고성쇠는 정말 허망한 것인가. 그러다가 시인은 눈앞의 모든 풍경과 과거에 대한 추억을 한꺼번에 녹여 가슴에 담고, 그 가슴이 느끼는 심정을 토로한다. 물결은 소리없이 싸늘한 달을 일렁이게 하고, 길가의 빨간 작약은 화려하지만 무심하게 피어있구나 하고 영탄하는 것이다.

강기는 시인인 동시에 작곡가이다. 또한 서예에도 일가를 이루었고, 일종의 문학담론인 시론도 썼다. 소위 말하는 지식인이었다. 눈길이 다른 것이다. 그는 사를 지으면서 그 사에 곡도 썼고, 또 스스로 악기로 연주하거나 불렀다. 요즈음 식으로 말하면 싱어송라이터인 셈이다. 그런 그가 자기시에 곡을 붙였으니, 그 음악은 필경 자기의 뜻하는 바를 완전히 표현하였을 것이다. 문학언어와 음악언어는 다를지언정 그 동기가 마찬가지이니, 그의 음악에서 느껴지는 심원한 의경은 당연하리라.

강기는 1155년에 태어나 1221년에 죽은 사람이다. 위의 〈양주만〉에서 보다시피 그가 산 시대는 북방의 금나라와의 전쟁에 시달리다가 일시적으로 화의를 맺고, 불안하지만 정치적 안정을 이룩하고 있었다. 1127년 북송이 개봉을 여진족의 나라인 금에게 빼앗기고 망한 이래 남쪽으로 쫓겨내려와 양자강 하류 건안에 도읍을 정하고 새 나라를 일으키니 바로 남송이다.

강기의 자는 요장堯章이며 호는 백석도인白石道人이다. 강서성 파양鄱陽 사람이다. 관리를 지내던 아버지를 일찍이 여의고 한양의 누이집에 20년 가까이 얹혀 살았다. 과거에 실패한 후 벼슬한 적이 없으며, 수십 년간 강서·호북·호남·절강 일대의 명승지들을 유람하며 지냈다.

시와 음악에 뛰어났던 그는 당대의 문인 명사들인 소덕조蘇德藻, 양만리楊萬里(1126~1206), 범성대范成大(1126~93), 신기질辛棄疾(1140~1207) 등과 어울려 지냈으며, 위대한 성리학자인 주희朱熹

(1130~1200)와도 교유하였다.

그는 시사詩詞에 뛰어났지만 서예에서도 일가를 이루었고, 특히 음악에 정통하여 일세를 풍미한 위대한 예술가였다. 그러나 평생을 떠도니며 불우한 생활을 하였고, 죽은 뒤에는 장례를 치를 비용도 없어 친구들이 주선하여 전당강錢塘江 근처에 안장하였다. 전당강은 아름다운 도시 항주를 끼고 돌며 양자강 하류로 흘러드는 강이다. 현존하는 그의 사는 80여 수가 있으며, 그의 자작곡 17수가 「백석도인가곡집」에 전해 내려온다. 악보가 완전한 상태로 내려오는 까닭에 중국음악사상 대단히 중요한 자료다.

강기는 슈베르트처럼 천재일까. 시인이며 시론을 썼고, 서예가이며 서예에 대해 일가견을 피력하고, 또 음악가이면서 「악의樂議」를 짓기도 했으니 그의 재능은 슈베르트를 넘어서지 않는가. 그러나 그는 천재(genius)가 아니다. 동양에서 천재라는 용어는 낯이 설다. 천재라는 말은 어디까지나 서구인들이 즐겨 쓰는 단어일 뿐이며, 단지 20세기 들어 우리도 그 용어를 배워 그냥 답습하며 사용하고 있을 뿐이다.

서양인들이 말하는 소위 천재라는 개념을 사용한다면 동양의 문학사나 예술사는 아마 수십 수백 명의 천재들로 가득 찰 것이다. 동양에서는 천재가 아니라 한 인간의 부단한 수양을 통한 완성의 길만이 있을 뿐이다. 이는 공자가 말한 '흥어시興於詩 입어예立於禮 성어악成於樂'에 이르는 기나긴 과정이다. 인류의 위대한 스승인 공자 자신도 스스로를 모자라는 사람으로 인식하고 끊임없이 배우고 노력하지 않았던가. 우리는 이러한 개념의 근본적인 차이로 인해 당혹감을 느끼게 되지만, 이는 문화의 경계가 다르기에 나타나는 현상이다. 경계의 차원이 다르다. 아름다움의 차원이 틀리고 아름다움의 경계가 다르기 때문이다.

강기의 삶은 고독하고 불우하였기 때문에 그의 시에는 쓸쓸함이 배어 있다. 우리는 이런 점에서 슈베르트와 강기의 공통점을 발견한다. 슈베르트는 당시 비엔나 문화계에서 친구들의 도움으로 약간의 인정을 받고 있었다. 천재임에도 베토벤이나 롯시니 등의 그늘에 가려 빛을 크게 보지 못하였다. 극도로 내향적인 성격 탓도 있었다. 결국 젊은 나이에 세상을 떠난 슈베르트에게 쓸쓸함이란 숙명이었다.

그의 대부분의 작품에는 이런 쓸쓸함이 깊숙이 묻어 있다. 하지만 이를 소화하는 과정에서 겉으로 나타나는 현상이 강기와는 다르다. 슈베르트는 가감없이 그 쓸쓸한 감정을 토로한다. 그러나 강기는 삭힌다. 그의 노래는 청아하고 차갑고 깨끗하다. 감정의 군더더기는 생략된다.

먼저 슈베르트의 〈봄을 꿈꾸다〉라는 곡을 들어본다. 연가곡집 〈겨울나그네〉의 열한번째 곡이다. 〈겨울나그네〉는 본래 빌헬름 뮐러(1794~1827)의 연작시인데, 슈베르트는 1827년 친구의 집에 놀러 갔다가 우연히 그 시집을 발견하고 감동하여 곡을 붙인다. 죽기 한 해 전의 일이다. 뮐러의 시는 방랑자의 사랑과 슬픔, 그리고 고독을 노래하고 있다. 소박하면서도 민요적이고 단순한 내용이다. 영국 초기 낭만주의 시인인 윌리엄 워즈워스(1770~1850)가 "시골 가난한 사람들이 스스로 감정을 표현한 것만이 진실된 것이며, 그들이 사용하는 소박하고 친근한 언어들이야말로 시에 알맞은 언어"라고 이야기한 그대로다.

하지만 슈베르트는 무슨 주관이 있어 이러한 시를 택한 것은 아닐 것이다. 소년시절 〈마왕〉이나 〈들장미〉를 작곡했을 때와는 달리 이미 서른의 나이가 되어 세상의 쓴맛 단맛을 어느 정도 겪었을 터이다. 슈베르트는 뮐러의 시에서 아마도 자신의 처지와 비슷함을 느끼고 감동하였으리라. 순수하고 소박하지만 어둡고 쓸쓸한 심정이었던 것이다. 자신의 처지를 되돌아보고 있는 것이다.

FRÜHLINGSTRAUM

Ich träumte von bunten Blumen,	나는 어여쁜 꽃들을 꿈꾸었네,
So wie sie wohl blühen im Mai;	오월에 피는 꽃들을:
Ich träumte von grünen Wiesen,	나는 꿈꾸었네, 푸른 초원과

Von lustigem Vogelgeschrei.	새들의 흥겨운 노랫소리를.
Und als die Hähne krähten,	수탉들의 울음소리에
Da ward mein Auge wach;	나는 눈을 떴네;
Da war es kalt und finster,	날은 춥고 어두웠고,
Es schrien die Raben vom dach.	지붕에서는 까마귀떼가 울었네.
Doch an den Fensterscheiben,	그런데 저기 유리창에
Wer malte die Blätter da?	누가 잎새들을 그려 놓았지?
Ihr lacht wohl über den Träumer,	너희는 한겨울에 꽃들을 꿈꾼
Der Blumen im Winter sah?	이 몽상가를 비웃는 거니?
Ich träumte von Lieb' um Liebe,	나는 꿈꾸었네, 진한 사랑을,
Von einer schönen Maid,	아리따운 아가씨와,
Von Herzen und von Küssen,	포옹과 달콤한 키스와,
Von Wonne und Seligkeit.	환희와 행복을 꿈꾸었네.
Und als die Hähne krähten,	수탉들이 울었을 때,
Da ward mein Herze wach;	나의 가슴도 깨어났네;
Nun sitz' ich hier alleine	이제 나는 여기 홀로 앉아서
Und denke dem Traume nach.	곰곰이 그 꿈을 생각해 보네.
Die Augen schließ' ich wieder,	나는 두 눈을 다시 감네.
Noch schlägt das Herz so warm.	가슴이 아직도 따뜻하게 고동치네.
Wann grünt ihr Blätter am Fenster?	창가의 잎들은 언제 다시 피려나?
Wann halt ich mein Liebchen im Arm?	언제 다시 그대를 품에 안아볼까?

제목과는 달리 허무한 사랑을 노래하고 있다. 흘러가 버린 과거의 달콤하고 행복했던 사랑을 되새기며 눈앞에 보이는 수탉과 까마귀떼, 그리고 창가에 붙어있는 나뭇잎들을 노래하고 있다. 1, 4, 6연은 사랑의 달콤함을 표현하고 있고, 나머지 연은 환각에서 깨어난 슬픔을 다루고 있다.

슈베르트의 손길은 여기서도 마법을 발휘하여 두 가지 감정이 음악으로 교묘히 교차하고 있다. 봄과 사랑을 노래할 때에는 음들의 아름다움들이란 무어라 이야기할 수 없을 정도로 우리를 아련하게 떨리게 만든다. 그러다가 강한 톤의 노래가 튀어나오면 우리는 몽상에서 깨어나게 되고, 쓰디쓴 슬픔을 맛보게 된다. 상반되고 대립되는 감정이 베틀에 걸려 아름다운 비단으로 직조되고 있는 것이다.

슈베르트는 이러한 감정을 노래로 전달하기 위해 싯구를 몇 번 반복하여 강조한다. 시에서 표현되고 있는 것만으로는 충족되지 않아 임의로 마음에 드는 구절을 골라 반복한다. 그리고 마지막 연의 달콤하면서도 아련한 감정은 통째로 되풀이한다.

음악은 시간과 파동이다. 음이라는 요소가 시간과 연결되어 흘러갈 때 음악으로 구성된다. 이러한 음들은 동시에 높낮이와 장단의 길이에 의해 파동이 된다. 파동은 1회로 끝나는 것이 아니라 반복되는 것이다. 반복이 되어야 제대로 된 파동이 일어나고, 우리는 그러한 파동을 들으며 우리의 마음에도 출렁거리는 파동을 만든다. 서정시인 김소월의 시에서 음악성을 느끼게 되는 요인 중의 하나가 시어를 반복하는 것이다.

이러한 감정의 파고와는 달리 강기는 조용하기만 하다. 명경지수明鏡止水의 경지다. 거울처럼 맑아 잔잔하기만 한 호수이다. 강기는 어둡고 불행한 삶을 살았다. 수십 년간 강호의 명승지를 유람하였다고 하지만, 뮐러의 연작시「겨울나그네」의 주인공처럼 강기 역시 영원한 방랑자라 할 수 있다. 그렇기에 강기라고 감정의 거친 격랑이 왜 없었을까. 맑은 호수라고 언제나 그랬던 것일까. 그러나 모든 출렁거림은 은밀히 안으로 숨어서 쌓일 뿐이다. 겉으로 드러나지 않는 것이다. 이는 중국의 전통이다.

인적이 조용해져 주렴을 내리고 등불은 어둑하고 향은 곧게 타오르는데, 창 밖에 연꽃의 시든 잎은 소슬하게 바람에 흔들리며 추성秋聲을 만들어 섬돌 위의 벌레들과 서로 화답을 한다. 오동나무에 기대어 조용히 앉아 생각에 잠겨 휴식을 취한다.----- 온갖 인연이 모두 적막한데 내 마음은 갑자기 밝게 빛나 보름달처럼 환하고 육신이 맑고 시원하여 이 세상이 어떤 세상인지 모르겠다. 이때에 만약 무한한 슬픔과 원망이 있어 만부득이함에 감동된다면,----- 이것이 사경詞境이다. (김덕환 역, 『백석사의 예술세계』, 문영사)

황주이況周頤 의 「혜풍사화蕙風詞話」에 나오는 말이다. 무한한 슬픔과 원망으로 인한 감정이 있어도 온갖 인연이 적막하고 겉으로 보는 눈은 조용하기만 하다. 흔들림이 없다. 강기의 노래 〈행화천영杏花天影〉(유전복 편곡, 단수영 노래)도 이런 상태를 잘 나타내고 있다.

綠絲低拂鴛鴦浦
想桃葉當時喚渡.
又將愁眼與春風待去, 倚蘭橈, 更少駐.
金陵路, 鶯吟燕舞, 算潮水知人最苦!
滿汀芳草不成歸, 日暮, 更移舟, 向甚處?

푸른 가지 낮게 흔들리고 원앙이 강어귀에 노닐고
언젠가 복사꽃잎이 울며 물 위로 흘렀지
문득 슬픈 눈에 봄바람 머무는 듯 사라지고
흔들리는 난초 잡으려 잠깐 멈추네
남경 길거리에 꾀꼬리 울며 제비가 나는데
흐르는 물은 이렇게 괴로운 줄을 아는구나
물가 무성하던 풀들은 아직 돌아오지 않고
날은 저물어 배는 다시 움직이니 어디로 가야할고?

시가 속에 숨긴 의미와 감정은 앞서 뮐러의 〈봄을 꿈꾸다〉와 크게 다를 바가 없다. 그러나 뮐러의 시는 감정을 숨김없이 그대로 드러내고 있는 반면에 강기의 사는 짐짓 딴청을 부리며 간접적으로 보이는 경물을 읊고만 있다. 숨겨져 있는 것이다.

이 곡은 그의 나이 31세에 작곡한 것이다. 슈베르트가 세상을 떠나는 나이에 만들어진 것이다. 그러나 강기는 이미 어떤 관조의 경지에 깊숙이 침잠해 있다. 곡은 청아하다. 서양식으로 말하면 소프라노가 아니라 알토의 노래다. 얕은 목소리로 단아하고 우아하게 노래를 부른다. 지극히 담담하면서도 무엇인가 암시하는 듯한 곡이 계속된다.

나는 이렇게 격조가 느껴지는 노래를 서양음악에서 찾지 못하겠다. 아마 바하 정도의 경지가 아닐까. 강기의 노래를 가만히 들어보면 그의 시보다도 음악에서 그가 뜻하는 바를 더 실감나게 느낄 수가 있다. 음악이라는 감각적 요소가 시가 표현하려는 시인의 마음을 직접적으로 전달하고 있기 때문이기도 하지만, 이보다도 강기가 음률에 더 뛰어난 재능이 있다는 사실을 반증하고 있다.

강기가 이 노래에서 보여주는 청아하고 깨끗한 경지에 대해 남송의 후배 사인이며 음악가인 장염張炎은 강기를 논하면서 "사는 청공淸空해야 하고 질실해서는 안된다. 청공은 옛스러우면서 우아하고, 질실은 난해하여 뜻이 통하지 않는 것이다. 강기는 들판 위의 구름이 외롭게 날아가는 것처럼 떠나고 머무름에 흔적이 없다"(앞의 『백석사의 예술세계』)라고 했다.

후인들은 청공의 풍격을 논하면서 다음과 같이 지적하였다.

"청공은 주로 일종의 예술적 단련을 거쳐 제재에서 앙금을 모두 걸러내고, 이로부터 맑고 순수하게 표현하여 의경意境을 창조하며 시인의 깨끗한 생각을 두드러지게 나타냄으로써 소박하고 자연스러운 예술 특색을 표현하였다."(위의 책)

우리가 읽는 강기의 사와 우리가 듣는 강기의 노래만이 이토록 청아하고 청공하였을까. 예술가의 작품은 예술가 그 사람의 투영이다. 그렇다면 강기 자신의 모습은 어떠했을까. 명나라 때 장우張羽는 강기에 대해서 다음과 같은 글을 남겼다.

자태와 용모가 맑고 깨끗하여 그를 바라보면 마치 신선 속의 사람 같다. 성품은 다른 사람하고 어울리지 못하고, 일찍이 계곡과 산의 맑고 아름다운 곳을 만나면 감정을 마음껏 표현하여 깊은 경지에 이르렀는데, 사람들은 그의 경지를 알지 못하였다. 간혹 밤이 깊어 별과 달이 가득 비치면 낭랑하게 시를 읊으며 홀로 걸어가고, 차가운 물결과 북풍이 싸늘하게 다가오면 태연자약하였다. (위의 책)

강기의 이러한 품성과, 그것이 만들어내는 사와 노래의 분위기는 그의 작품 도처에서 나타난다. 강기는 그의 사 〈처량범凄凉犯〉의 서序에서 다음과 같이 썼다.

합비의 거리에는 모두 버드나무를 심었는데, 가을 바람이 저녁에 쌩쌩 불어왔다. 나는 문을 닫고 객사에 머물고 있었다. 이때에 말울음 소리를 듣고 성 밖을 나가 사방을 돌아보니 황량한 안개가 들판의 초목에 가득하여 처량함을 이기지 못하고 이 악곡을 지었다.

그의 또 다른 노래 〈각초角招〉를 들어보면 가락이 조용하고 애잔하다. 감미로우면서도 한없이 쓸쓸하다. 우아하고 기품이 있지만 속내에는 어둠과 그리움이 엿보인다. 그는 스스로 이 곡의 서에서 말했다.

갑인년(남송 紹熙 5년, 1194) 봄에 나는 상경과 함께 서호에서 연회를 베풀며 놀다가 고산의 서촌에서 매화를 보았는데, 흰눈처럼 하얗게 비치고 향기가 사람 가까이 불어왔다. 이미 상경은 오흥에 돌아가고 나 혼자 오는데, 산은 봄 안개를 가로질러 있고, 새로 피어난 버드나무에는 물이 차올랐으며, 유람객들은 나부끼는 꽃 속에 융화되었다. 이에 아쉬워하는 마음으로 이것을 지어 거기에 기탁하였다. 상경은 노래를 잘하였는데 유교의 바른 도리로써 점차 외관을 꾸몄다. 나는 매번 스스로 곡을 지어 퉁소를 불고, 상경은 그때마다 노래불러 그것에 화답하였는데, 산림의 아득한 그리움이 매우 풍부하였다. 지금 나는 근심을 만났고, 상경은 혼자 관리가 되어 가버렸으니, 아마도 다시는 이러한 즐거움이 없을 것이다.(위의 책)

친하게 어울리던 친구와 떨어져 쓸쓸한 심정이었지만 향기를 풍기는 매화와 물오른 푸르른 버드나무 등을 바라보며 담담하게 노래를 짓는다. 슬프도록 아름다운 경지인 것이다.

강기의 아름다운 경지는 그가 범성대를 만나 지은 〈암향暗香〉과 〈소영疏影〉에서 한껏 느껴진다. 범성대는 당대의 정치가이며 유명한 시인이었다. 우리는 강기의 사에 붙여진 제목에서 이미 무엇인가를 느낄 수가 있다. 제목이 의미하는 '깊고 그윽하여 보이지 않는 향기'와 '성긴 그림자'라는 말에 벌써 아득한 미적 감각이 녹아 있다.

암향은 추운 겨울날 얼어붙은 눈속에서 숨은 듯 은은하게 피어나는 매화의 향기를 이름이요, 소영은 차가운 달빛 아래 보일듯 말듯한 옅은 그림자를 뜻함이니 그 얼마나 아름다운 시적형상인가.

나는 이 두 노래를 연이어 들으면서 슬픔을 가누지 못했다. 곡은 슬픔을 직접적으로 묘사하거나 표현한 것이 전혀 없다. 울렁거리거나 북받치는 서러움을 나타내는 한숨이나 외침도 없다. 그저 담담하기만 한 가락이 한없이 청아하게 울리기만 한다.

우리 가락 중에 대금이 불어대는 '청성잦은한잎'에서 느껴지는 그런 청아한 분위기다. '청성잦은한잎'의 뜻은 높고 빠른 가락이라는 뜻이다. 그러나 우리의 청성잦은한잎은 이미 초연의 경지를 표현하고 있다. 초탈하면서도 지나칠 정도로 담백하다. 내가 보기에 강기는 아직 초연지는 못하다. 사람 내음이 아직도 남아 있다. 잘 절제되었지만 속에 깊숙이 어두

운 그늘을 그리고 있는 그런 슬픔이 강기의 암향에는 깃들어 있다. 〈암향〉
이 지어진 배경에 대해 강기의 전기를 쓴 장우는 이렇게 말했다.

당시에 범성대는 정사를 그만두고 오중吳中에 거처하였다. 강기는 눈 속을 달
려 그곳에 이르러 한달 남짓 석호石湖에 묵으면서 신성新聲을 모았다. 강기는
〈암향〉과 〈소영〉을 지었는데 음절이 맑고 아름다웠다. 범성대에게는 소홍小紅이
라는 기생이 있었는데, 특히 그 소리를 좋아하였다. 귀소歸笤에 이르러 범성대
는 잔을 들어 강기에게 권하였다. 수홍정垂紅亭을 지나는데 대설이 내려 소홍이
그 사詞를 노래하자, 강기는 통소를 불면서 거기에 화답하였다. (앞의 책)

舊時月色	옛날의 달빛은
算幾番照我	몇번이나 비춘 셈일까
梅邊吹笛	매화 옆에서 피리 불던 나를
喚起玉人	옥인을 불러 일으켜
不管淸寒與攀摘	쌀쌀한 추위도 상관없이 함께 당기어 꺾었었지
何遜而今漸老	하손은 이제 점점 늙어
都忘却. 春風詞筆.	모두 잊었구나 봄바람 일던 시의 붓을
但怪得. 竹外疏花	그러나 괴이하게도 대나무 밖의 성긴 꽃
香冷入瑤席	차가운 향은 고운 방석에 밀려든다

江國	강나라는
正寂寂	마침 적적하다
歎寄與路遙	부쳐 보내려도 길이 멀어 탄식하는데
夜雪初積	간밤부터 눈이 쌓이기 시작한다
翠尊易泣	초록빛 술단지는 쉬이 눈물짓건만
紅萼無言耿相憶	다홍색 꽃받침은 말없이 경경히 생각한다
長記曾携手處	손을 끌어 잡았던 곳 영원히 잊지 못하리니

千樹壓. 西湖寒碧	천그루에 눌린 서호는 추워서 파랬었지
又片片. 吹盡也	또 조각조각 다 불려 갔으니
幾時見得?	어느 때에나 다시 볼까?

절창이다. 노래의 가사인 사도 절창이지만 노래 가락은 더할 나위 없이 사람의 심금을 파고든다. 한 겨울날 정을 나누며 시를 함께 짓는 친구, 아니 시와 노래를 들어줄 줄 아는 지음 知音의 친구와 펑펑 쏟아지는 눈과 호숫가의 정자. 그 속에서 피어난 매화. 그리고 아리따운 여인. 상상이 가지 않는가.

시흥詩興이 일어 사를 짓고, 악흥樂興이 일어 곡을 붙인다. 그리고 여인이 노래를 부른다. 곡을 지은 사람은 흥에 겨워 퉁소를 분다. 친구는 조용히 눈을 바라보며 노래를 듣다가 살며시 술을 권한다. 이것이 풍류일까. 풍류라 하기에는 너무 맑고 조용하다. 그리고 그의 사는 얼마나 처량하고 고독한가. 그리고 바탕에는 짙은 허무마저 깔려 있다.

그렇다면 흥은 즐거울 때만 일어나는 것인가. 즐거움이라는 말을 미학적 개념으로 원용하여 사용한다면, 우리는 슬픔에서도 즐거움을 느낄 수가 있다. 아름다움의 의미가 이르는 바는 광범위한 것이 아닌가. 우리는 이 점에서 강기가 이룩한 위대한 예술의 경지에 도달한다. 쓸쓸하고 외롭고 처량하고 슬프지만 예술가는 이를 승화시킨다. 대립이 아니다. 감정과의 대립도 없다. 그리고 눈에 보이는 경물들과의 대립이나 모순도 사라진다. 인간으로서의 완성을 위해 그 동안 부단히 노력하여 자연스럽게 이런 높은 경지에 다다르는 것이다.

이러한 경지는 사실 서양에서는 이해되기가 힘들다. 그들은 끊임없이 대립한다. 그리고 질문을 한다. 삶과 죽음을 대립시키고 답을 구하려 애쓰며, 결국은 신을 찾는다. 자연도 하나의 대립된 세계이다. 시로 자연의 아름다움을 노래하기도 하지만 합일의 경지에는 도달하지 못한다. 소멸이 없는 것이다. 자연은 아름답다하더라도 어디까지나 자아 밖에서 현존하는 대상물에 불과하다. 슈베르트의 〈겨울나그네〉 중에서 〈고독〉과 〈우편마차〉 두 편을 들어보자. 우선 고독의 가사를 읽는다.(김재혁 역)

전나무 우듬지에
살랑 바람이 스치면,
맑은 하늘에
검은 구름이 흐르듯,

나도 무거운 걸음걸이로
터벅터벅 나의 길을 따라가네,
밝고 즐거운 모습들 사이로,
쓸쓸하게, 다정한 벗도 없이.

아, 바람은 고요하구나!
아, 세상은 참으로 밝구나!
폭풍우가 휘몰아칠 때도,
나 이처럼 비참하지는 않았는데.

우리는 쉽게 대립을 발견할 수가 있다. 바람은 고요하고 세상은 밝은데도, 시인의 발걸음은 무겁기만 하고 마음은 비참하다. 쓸쓸하고 고독한 것은 강기와 마찬가지이지만, 승화된 면이 없이 대립과 모순으로 점철되어 있다. 〈우편마차〉를 들어보자.

Von der Straße her ein Posthorn klingt.
Was hat es, daß es so hoch aufspringt,
Mein Herz?

Die Post bringt keinen Brief für dich.
Was drängst du denn so wunderlich,
Mein Herz?
Nun ja, die Post kommt aus der Stadt,
Wo ich ein liebes Liebchen hatt',
Mein Herz!

Willst wohl einmal hinübersehn
Und fragen, wie es dort mag gehn,
Mein Herz?

길에서 우편마차 나팔소리가 들려오네.
왜 이리도 길길이 날뛰는 거니,
나의 마음아?

네게 오는 편지는 없단다:
그런데 왜 그렇게 서두르는 거니,
나의 마음아?

아 그래, 우편마차가 그 마을에서 오는군,
내 사랑하던 아가씨가 살던 그 마을에서,
나의 마음아?

너는 어쩌면 그쪽을 한번 건너다보고
그곳 사정이 어떤지 묻고 싶은 거니,
나의 마음아?

각 연마다 마지막 후렴으로 '나의 마음아'가 되풀이된다. 그러나 그 마음들은 같지를 않다. 우편마차 소리를 듣고 기대에 들뜨는 기쁜 마음과 편지가 없음을 알고 실망하는 마음이 대립적으로 교차한다. 슈베르트는 예의 숙달된 솜씨로 이러한 모순을 뛰어나게 표현한다. 마차가 달려오는 소리를 묘사하는 피아노 소리는 얼마나 리드미컬하고 경쾌한가. 그러다가 실망하는 마음이라니. 이럴 때 슈베르트는 어김없이 '나의 마음아'를 시처럼 한 번만 읊조리지 않고 반복적으로 노래한다. 감정이 고조되는 것이다.

이렇듯 서양인들은 감정에 충실하다. 슈베르트의 노래에는 감정이 충일하다. 아니 너무 넘쳐 흘러 허우적거린다. 우리가 슈베르트에게 감탄하는 것은 그 넘치는 감정을 누구보다도 잘 표현했다는 사실이다. 슬픔에 허우적거리고 허무에 깊이 빠져 있는 심정을 음으로 형상화한 것이다. 이들에게서 허무는 잊고 싶은 것이다. 해결해야 할 숙제나 마찬가지이다. 슈베르트보다 개성적이고 이지적이라고 할 수 있는 베토벤은 이러한 명제에 대해 끊임없이 질문을 던지거나 도전한다. 우리는 베토벤의 이러한 도전과정에서 빚어지는 인간의 온갖 애환과 감정, 그리고 깨달음으로 인해 그의 음악을 깊이 사랑하게 된다.

그러나 동양에서는 허무는 어찌 보면 오히려 도달해야 하는 경지이다. 허무에 이르러 깨달음을 얻고 번뇌를 버리는 것이다. 도연명이 속세를 떠나 철리적으로 깨달은 경지는 허무에 이르러 세상만사를 초연하는 것이다. 이는 노자와 장자 이래 면면히 이어 내려오는 전통이다.

강기도 그의 사와 음악에 있어 심각한 질문을 한 번도 안한다. 질문은 괴로운 것이다. 그리고 대립도 지양한다. 슈베르트의 겨울나그네처럼 비참한 경지에 빠져들지는 않는다. 조용히 순응하고 합일한다. 동양에서는 질문을 유보한다. 명쾌하지 않으니 회피나 도피라고도 할 수 있다. 공자는 이야기했다. "살아있는 삶도 모르는데 어찌 귀신을 논하겠는가". 동양문화에서는 신의 존재라는 화두가 없다. 다행스런 일이다.

이런 관점의 차이는 회화에서도 잘 나타난다. 서양에서 풍경화는 캔버스에 물감을 가득 칠한다. 캔버스는 처음에 백지 상태지만 그들은 온갖 형형색색의 물감으로 공간을 메꾸어 나간다. 울긋불긋 그려진 대상들은 나름대로 아름다움을 구가한다. 하지만 조급하다. 여유가 없다. 눈에 보이는 풍경은 사물로 가득 차 있으니 여백을 둘 이유가 없다. 하늘이라는 텅 빈 공간도 그들은 굳이 푸른색으로 칠해야 한다.

그러나 동양화의 산수화를 보면 상황은 일변한다. 채색화도 있지만 검은 수묵이 주종이다. 그저 수묵의 짙고 옅음으로 공간을 채울 뿐이다. 그리고 굳이 그림의 공간을 다 채우려 하지 않는다. 곳곳에 여백이다. 사물의 주위에도 온통 여백이다. 심지어는 산과 강 사이에도 여백이 질펀하게 깔리기도 한다. 우리는 여기서 동양미학이 도달한 남김의 의미를 되새긴다. 질문은 필요없고 유보된다. 유보된 공간에서 우리는 여유를 찾고 그런 여유의 깊은 상태에서 우리는 무엇인가 깨달음에 도달한다. 그리고 편안한 것이다. 채우지 않아도 그냥 아늑하고 편안하다.

우리는 음악에서도 이런 차이를 강하게 느낀다. 어떤 것이 더 아름다우냐 하는 질문은 그냥 놔두기로 한다. 굳이 질문을 해서 답할 필요는 없다. 슈베르트는 나름대로 아름답고, 강기는 강기대로 아름답다. 그것이 전부다.

마지막으로 강기의 〈취루음翠樓吟〉을 듣는다. 나는 이 곡이 음악적인 면에서 강기의 최고 걸작이라고 생각한다. 쓸쓸하면서도 청아한 기품이 잔잔히 울려 나오는 곡에 물씬 묻어 있다. 복잡하지만 간단하고, 소박하지만 세련되고, 슬프지만 흔들림이 없이 고고하고, 감미롭지만 속되지 아니하고, 풍성하지만 뼈는 잘 간추려지고, 잔잔하지만 깊이가 있고, 아름다우면서도 격조가 높은 그런 음악을 찾고 있다면 강기의 〈취루음〉을 들으시라.

月冷龍沙	달빛은 싸늘한 변방을 비추고
塵淸虎落	성곽의 울타리는 전쟁 없이 조용한데
今年漢酺初賜	올해는 태상황의 희수연이라 상을 하사한다
新酺胡部曲	새로 만든 호부곡을

聽氈幕元戎歌吹	사령관이 막사에서 연주한다.
層樓高峙	새로 지은 누각은 우뚝 솟아 있는데
看欄檻縈紅	굽이굽이 두르고 있는 붉은 난간과
檐牙飛翠	아치형으로 들린 푸른 처마를 보라
人姝麗	누각 위의 아름다운 여인들
粉香吹下	그 분향기가 날려오네
夜寒風細	싸늘한 밤에 미풍을 타고서.
此地	여기에는
宜有詞仙	본래 사선이 있어
擁素雲黃鶴	흰 구름을 부리고 황학을 타고서
與君遊戲	그 대들과 함께 유희를 즐겼노라
玉梯凝望久	흰 돌계단에 서서 오랫동안 먼 곳을 바라보니
歎芳草萋萋千里	무성한 향초만 천리까지 이어졌네
天涯情味	하늘가에 떠도는 나그네의 심정
仗酒祓淸愁	한 잔 술에 근심을 깨끗이 씻고
花銷英氣	여인들에 묻혀 뛰어난 재능을 없앤다
西山外	지금 고향 서산에서는
晚來還捲	저녁 무렵 주렴을 올리고
一簾秋霽	가을비 개인 풍경을 볼 수 있겠지.

강물 - 그 허무의 변증법

삶은 강물처럼 흐른다. 깊은 산, 깊은 계곡에서 맑게 졸졸 흐르던 시내는 어느덧 바위 투성이의 험한 계곡을 헤치며 평지의 큰 개울로 흘러 들어간다. 개울은 다시 강물이 되어 거대한 흐름이 된다. 물길은 너르게 퍼져 유장하게 흐르기도 하고, 여울목에서는 급한 물살이 되어 무서운 모습을 보이기도 한다. 강물이 비바람을 만나면 거칠게 물결이 일고 흙탕물로 얼굴을 바꾼다. 강물은 한없이 흐른다. 흐르는 물은 분명 어디인가로 향하고 있지만 목적지를 알면서 흐르지는 않는다.

강물의 어느 한 순간의 모습은 그냥 그 순간의 모습일 뿐이다. 세월처럼 멈추지 않고 흐른다. 가고 있을 뿐이다. 모든 것이 한 순간일 뿐이다. 희로애락이 어우러져 살아가는 우리의 삶도 그래서 한 순간이요, 지나면 아무 것도 아닌 것을. 그래서 허무를 느낀다. 흐르는 강물처럼 삶이 도도하게 흘러간들 결국은 아무 것도 아닌 것을. 그래서 허무를 노래한다. 우리는 강물이 궁극적으로는 바다로 흘러 들어간다는 사실을 알고 있다. 하지만 강물의 눈앞에는 당장 바다가 보이지 않는다. 삶이 죽음이라는 종착역을 향하여 흐르고 있지만, 우리는 살아 있는 어느 순간에 죽음의 존재를 그렇게 크게 의식하지는 않는다.

수많은 시인들은 이러한 강물을 보며 노래를 읊었다. 그러나 삶이 복잡하게 수시로 변하는 것처럼 강물도 여러 얼굴을 지니고 있기에 시인들의 노래들은 강물의 어느 한 순간을 보여 줄 뿐이다.

박남철의 시 「겨울강」에서 강은 적대적이다. 긍정적이지 못하다. 강은 인간들이 살아가는 사회일 수도 있고, 아니면 어느 시대적 상황이라고도

할 수 있다. 시인은 강물과 떨어져 괴리되어 있지만 실제로는 강물에 함께
섞여 있다. 그가 몸을 담고 있는 거대한 강물은 그러나 그에게 온정적이지
를 못하고 또 그를 이해하고 있지도 못하다. 그는 강물로부터 내쳐져서,
아니면 스스로 강물에서 이탈하여 강을 바라보고 있다.

겨울강에 나가
허옇게 얼어붙은 강물 위에
돌 하나를 던져본다
쩡 쩡 쩡 쩡 쩡

강물은
쩡, 쩡, 쩡,
돌을 튕기며, 쩡,
지가 무슨 바닥이나 된다는 듯이
쩡, 쩡, 쩡, 쩡, 쩡,

강물은, 쩡,

언젠가는 녹아 흐를 것들이, 쩡
봄이 오면 녹아 흐를 것들이, 쩡, 쩡
아예 되기도 전에 녹아 흘러버릴 것들이
쩡, 쩡, 쩡, 쩡, 쩡,

겨울 강가에 나가
허옇게 얼어붙은 강물 위에
얼어 붙은 눈물을 핥으며
수도 없이 돌들을 던져본다

이 추운 계절 다 지나서야 비로소 제
바닥에 닿을 돌들을.
쩡 쩡 쩡 쩡 쩡 쩡 쩡

　강물은 강물처럼 부드럽게 흘러가야만 하거늘 강물은 싸늘하게 얼어붙어 있다. 그러한 얼음강에 돌을 던져본들, 바램을 한번도 아니고 한껏, 수없이 던져본들 강물은 말이 없이 그저 쩡하는 짤막한 금속성만 들려준다. 희망과 소원의 돌들을 무수히 던져보지만 무심한 강은 그저 쩡하는 소리만 계속해서 들려 줄 뿐이다. 어느덧 눈물까지 얼어붙어 비애와 분노도 느끼지만 강은 그저 답이 없이 쩡하는 소리만을 되돌려 줄 뿐이다.
　박남철의 강은 이렇게 얼어붙어 있는 강이다. 그렇다고 절망은 아니다. 시인도 언제인가는 겨울강이 봄이 되면 녹아 흘러갈 것임을 알고 있다. 그러나 지금 이 순간에 강물은 얼어붙어 있고 그의 바램도 단단하게 얼어 있다.
　얼마전 나는 스스로의 삶을 강바닥 자갈에 비유하여 시를 지은 적이 있다. 여기서 삶은 평범하기만 한 조그만 차돌멩이에 불과하다. 삶은 다른 삶들과 더불어 살아가야 하는 존재다. 수많은 삶들이 모여서 거대한 강물을 이루고 있다. 하나하나의 삶은 흘러가는 강물에 함께 휩쓸려 떠내려가고 있지만, 삶은 각기의 존재를 확인하고 싶어하고, 또 동일성을 간직하려 발버둥치고 있다. 그게 어디 쉬운 일인가. 무심한 달빛은 도도하기만 하고, 강물은 아는지 모르는지 돌멩이를 깎으며 흘러간다.(「강바닥 자갈」)

강물 위에
푸른 달빛이 도도하게
날을 벼린다

날이 서는 물결에

버혀질까 모래톱에 숨어도
모서리는 깡그리 깎이어
둥글어져야만 하는 차돌멩이

수백년 싸움에
입술을 깨물며
날카로운 강물을 모두 삼키느라
돌멩이는 언제나 속까지
피로 젖어 있다

안도현의 강은 같은 겨울강이면서도 따스하다. 주위가 다 얼어있다 하
더라도 체온이 느껴질 정도로 따스하게 흐르는 강물이다. 여유도 있다. 세
상만사 다 어렵고 괴롭다 하더라도 강물은 한껏 마음의 여유를 갖고 하늘
에서 착하게 떨어지는 눈까지도 다 받아들인다. 삶이란 본디 눈처럼 순수
하게 하늘로부터 받았거늘, 그 아름다운 삶이 무심코 강물에 녹는 것을 참
을 수가 없어 그 삶이 온전하도록 곱게 받아 내린다.(「겨울 강가에서」)

어린 눈발들이, 다른 데도 아니고
강물 속으로 뛰어내리는 것이
그리하여 형체도 없이 녹아 사라지는 것이
강은,
안타까웠던 것이다
그래서 눈발이 물위에 닿기 전에
몸을 바꿔 흐르려고
이리저리 자꾸 뒤척였는데
그때마다 세찬 강물소리가 났던 것이다
그런 줄도 모르고

계속 철없이 눈은 내려,

강은,

어젯밤부터

눈을 제 몸으로 받으려고

강의 가장자리부터 살얼음을 깔기 시작한 것이었다.

┃ 正 / 모차르트 클라리넷 오중주 K.581

모차르트는 시작이다. 시작은 언제나 그렇듯이 때가 묻어 있지를 않고 순수하다. 삶의 태어남도 마찬가지다. 어린아이의 얼굴은 얼마나 순진무구한가. 살결도 부드럽고 곱기만 하다. 기미나 죽은깨, 그리고 검버섯이 더덕더덕하고, 이마에는 깊은 주름살이 패어있는 어른들과는 판이하게 다르다. 강물도 본디 하늘에서 빗방울로 내려 나뭇잎에 걸렸다가 땅으로 떨어지고, 다시 땅속으로 스며들어 숨었다가 어느 한 순간 돌틈에서 흘러나온 물이었다. 그때는 맑고 순수한 물이었다. 우리의 무수한 삶도 그렇게 시작하였으리라.

모차르트의 클라리넷 오중주의 1악장 알레그로는 그렇게 시작한다. 첫머리에 현악기들의 주제가 나오고 곧바로 아름답고 부드러운 음색의 클라리넷이 되풀이하며 이어 받는다. 그리고 나타나는 바이올린의 제2주제는 얼마나 고운가. 마치 하늘의 무지개처럼 곱기만 하다. 첼로는 선율 없이 퉁퉁 튕기며 바이올린의 아름다운 선율을 뒷받침한다. 곡은 발전부를 거쳐 다시 주제를 반복하는 재현부를 지나며 끝난다.

오중주 전체의 느낌도 그러하지만 1악장의 느낌은 경쾌하고 단순하고 밝다. 물론 조용히 들어보면 어딘가 어두운 구석이 전혀 없는 것은 아니지만, 역시 모차르트의 티없이 맑은 선율이 전 악장을 지배한다. 김영랑의 시 「끝없는 강물이 흐르네」에서 나타나는 느낌이라고나 할까.

내 마음의 어딘 듯 한 편에 끝없는 강물이 흐르네

돋쳐 오르는 아침 날빛이 뻔질한 은결을 도도네

가슴엔 듯 눈엔 듯 또 핏줄엔 듯

마음이 도른도른 숨어있는 곳

내 마음의 어딘 듯 한 편에 끝없는

강물이 흐르네

이 곡은 그의 나이 33세(1789)에 작곡한 것이다. 클라리넷이라는 목관 악기로 오중주를 만들기 전에 모차르트는 관악기를 이용한 여러 실내악을 작곡하였다. 모두가 아름답기 그지없는 곡들이다. K.285의 플루트 사중 주에서 첫 악장 알레그로의 선율은 얼마나 아름다운가. 플루트가 불어대 는 소리는 마치 천상의 어린 천사들이 까르르대며 노래하고 있는 것 같지 않은가. 사람들이 섞여 우글거리며 살아가는 이 세상의 멜로디라고는 생 각되지 않을 정도로 티없이 맑고 순수하지 않은가.

그의 호른 오중주는 K.407이다. 특이하게 바이올린 하나, 비올라 둘 그 리고 첼로 하나로 구성된 곡이다. 이 곡에서의 둘째 악장 안단테의 선율 은 문자 그대로 느린 속도의 노래다. 호른이 끌고 가는 부드럽고 서정적 인 선율은 우리가 평소 갖고 있는 굵고 큰 소리의 호른을 다시 보게 만든 다. 역시 모차르트가 손을 대면 모두 이렇게 부드러워지나 의아해질 정도 다. K.452는 오중주이지만 편성이 매우 독특하다. 피아노, 오보에, 클라 리넷, 호른, 바순(파곳)으로 이루어진 곡이다. 현악기의 뒷받침이 없어도 관악기들이 훌륭하게 선율을 이끌어 간다. 마치 우리 음악에서 관악기들 이 선율을 리드하고 있는 것같다. 현악기가 없어도 선율은 마냥 부드럽게 흘러간다.

모차르트의 클라리넷 오중주는 앞서의 관악기들을 위한 실내악 작품들 을 거쳐 그가 말년에 작곡한 불후의 걸작이다. 그는 뒤늦게 안톤 스타들러 라는 클라리넷 연주자를 알게 되었는데, 이 작품은 그의 훌륭한 연주 솜씨에 자극을 받아 작곡한 것이다. 클라리넷이라는 악기는 플루트나 오보에 등의 금관악기에 비해 발명이 늦게 이루어진 목관악기이다.

서양의 관악기들의 음색은 언뜻 들으면 곱고 아름답지만 이는 상대적인 느낌에 불과할 따름이고, 우리나라나 중국의 관악기들에 비하면 오히려 차가우면서도 날카롭고 거칠다. 그나마 클라리넷이 따스한 음색을 표현할 수 있는 악기였다. 굳이 동양의 악기와 비교한다면 우리의 젓대(대금)나 중국의 소簫라고나 할까. 모차르트는 이런 클라리넷에 크게 익숙하지는 않았지만, 당시 비엔나 왕실교향악단에 속해 있던 안톤 스타들러라는 거장을 만나 클라리넷의 음색과 음역을 최대한 살린 멋진 곡을 작곡한 것이다.

이어지는 둘째 악장은 라르겟토이다. 라르고보다 약간은 빠르지만 아다지오에 비해서는 느리다. 이 악장은 시작부터 클라리넷이 선율을 주도한다. 선율은 대단히 매혹적이다. 서양의 고전음악을 처음으로 감상하기 시작할 때, 서양의 고전음악은 참으로 아름다운 것이구나 하는 생각을 갖게 해주는 몇 안되는 선율중의 하나이다. 처음 듣자마자 무조건적으로 들려오는 아름다움, 직관적인 아름다움, 음악이란 무엇인가 새삼스럽게 생각을 하게 만드는 그런 선율이다.

클라리넷을 연주하는 사람들은 아마도 모차르트의 이 곡을 듣고 클라리넷이라는 악기를 배우게 되었을지도 모른다. 부드럽고 깊게 울려나오는 클라리넷의 선율과 이를 뒷받침하며 들릴듯 말듯 울리는 바이올린의 선율은 듣는 사람들을 사로잡다 못해 깊은 강물로 끌고 들어간다.

선율은 유장하고 맑다. 우리의 대금이 만들어내는 그런 풍경이 연상된다. 저녁 노을이 뉘엇뉘엇 넘어가는 둥글고 붉은 해를 서편으로 잠재우려고 할 때, 어디선가 누런 황소 등에 올라탄 동자 하나가 대금을 불고 있다. 아마 천상에서 내려온 아이일 것이다. 학창 시절에 이 곡을 들었던 나는 수십 년이 지난 지금껏 콧노래로 흥얼거릴 만큼 이 멜로디의 이미지는 분홍빛 작약처럼 선연하다. 또 어느 때는 나도 모르게 어렸을 적 불렀던 반달이라는 동요의 노랫가락을 연이어 부르기도 한다.

낮에 나온 반달은 하얀 반달은
햇님이 쓰다버린 쪽박인가요
꼬부랑 할머니가 물길러 갈 제
치마 끝에 달랑달랑 매어 줬으면

나에게도 이런 노래를 불렀던 어린 시절이 있었던가. 세파에 시달리어 이제 능구렁이가 다 되었고, 몸과 마음은 그저 밋밋하기만 한 중년의 사나이도 옛날에는 이렇게 무구무애한 경지에 살고 있었을까. 명나라 말기의 불우한 철학자 이지李贄가 그렇게도 강조했던 어린이의 경지가 바로 이런 것이었을까.

하지만 노래는 인간이 부르는 것이다. 모차르트가 만드는 선율이 아무리 하늘에서 내린 천사의 노래라 한들 모차르트도 역시 사람이 아니었을까. 나는 이 아름다운 선율에서 그림자를 읽는다. 어둡지는 않더라도 언뜻 비치는 그림자는 사람이기에 느끼는 일종의 우수를 짙게 담고 있다. 이 곡이 모차르트 말년의 작품이라서 그럴까. 아니면 이 곡을 작곡할 무렵의 모차르트가 경제적 곤궁에 시달리고 있었기 때문일까. 또는 듣는 내가 처한 시대적 상황이 변해서일까.

동요도 역시 과거의 추억에 불과하다. 하얀 반달은 이제 스모그가 가득 찬 도시의 하늘에서 보일듯 말듯 떠있고, 설사 눈에 보인다 하더라도 희미한 그 모습에 관심을 갖는 사람도 없다. 쪽박은 이미 사라진지 오래요, 보이느니 모두 플라스틱 바가지다. 물을 길러 가는 우물도 이제는 찾을 길이 없다. 땅에 끌리도록 기다랗게 늘어진 한복 치마는 명절에나 보일 뿐이다. 모두가 사라졌다. 그래서 아름다운 노래이지만 약간의 비감을 느끼는 것일까.

35세라는 젊은 나이에 요절한 모차르트이지만, 그가 죽을 때까지 매달리고 있었던 불후의 대작 〈레쿠비엠〉을 들어보면 과연 나이는 인간의 완성도와 무슨 상관이 있나 의문이 간다.

클라리넷 오중주의 이 악장도 그런 느낌을 갖게 한다. 그는 무엇인가 분명 느끼고 있었음이 틀림없다. 하늘에서 내려온 천사가 아마 날개를 다치고 하늘로 돌아가지 못하는 그런 심정이었을 것이다. 하지만 날개가 온전하지 않더라도 천사는 역시 천사가 아닌가. 그래서 모차르트는 그림자를 드리운 채 천상의 노래를 하는 것이다.

이 곡을 들으면서 그의 또 다른 클라리넷을 위한 명작인 클라리넷 협주곡 K.622를 언급 안할 수가 없다.

이 작품의 둘째 악장 아다지오는 얼마나 아름다운가. 이 곡은 그가 죽기 전 두 달 전(1791년 10월)에 완성하였다하니 바로 죽음의 진혼곡인 〈레쿠비엠〉을 작곡하고 있던 시기가 아닌가. 아다지오의 선율은 클라리넷 오중주의 라르겟토와 흡사한 선율이지만 어두운 그림자가 눈에 확연히 보인다. 역시 죽음의 그림자를 느꼈기 때문일까. 인생은 허무하다는 것을 느꼈을까. 천사도 허무를 운위하는가. 삶이라는 강물에서 모차르트는 날개를 접어둔 채 마지막 백조의 노래를 부르고 있다. 백조의 노래이기에 투명하고 맑다. 하지만 하얀 날개 뒤에는 무거운 허무의 그림자가 깃들어 있다.

모차르트의 클라리넷 오중주를 듣고 있노라면 박재삼의 「울음이 타는 강」이라는 시의 맑고도 슬픈 가락을 떠올리게 된다.

마음도 한자리 못 앉아 있는 마음일 때,
친구의 서러운 사랑 이야기를
가을햇볕으로나 동무삼아 따라가면,
어느새 등성이에 이르러 눈물나고나.

제삿날 큰집에 모이는 불빛도 불빛이지만,
해질녘 울음이 타는 가을江을 보겠네.

저것 봐, 저것 봐,

너보다도 니보다도

그 기쁜 첫사랑 산골물 소리가 사라지고

그 다음 사랑 끝에 생긴 울음까지 녹아나고

이제는 미칠 일 하나로 바다에 다와 가는

소리죽은 가을江을 처음 보겠네.

3악장은 미뉴에트로 전체 곡의 분위기를 반전시킨다. 처음에는 전 악기가 연주하다가 트리오가 나온다. 첫 트리오는 클라리넷 없이 현으로만 연주되고 다음의 트리오에서 다시 클라리넷이 가세한다. 아하, 모차르트여! 당신은 어쩔 수 없는 천사였던가. 하늘에서 빛나는 가락을 무궁무진하게 훔쳐다가 인간 세상에 펼쳐 놓는 그런 천사였던가.

마지막 악장은 알레그렛토이다. 곡은 주제와 여러 개의 변주로 이루어져 있다. 아름답고 능숙한 변주는 모차르트 역시 변주의 대가임을 느끼게 한다. 모차르트는 마지막 악장이라고 해서 결코 소홀함이 없다. 끝부분의 비올라로 시작되는 변주는 어떻게 이런 선율이 마지막에도 나올 수 있을까 도저히 믿을 수 없을 정도로 감탄을 자아내게 한다. 꺾인 날개의 천사라 하지만 노래는 언제까지나 천사의 품위를 지키는 하늘의 노래이었음이리라.

反 / 브람스 클라리넷 오중주 op.115

브람스는 사람이었다. 천사가 되기에는 거리가 먼 사람이었다. 시냇물은 흘러 어느덧 강물이 되었고, 강물은 맑기도 하지만 때로는 거친 흙탕물이 되기도 한다. 부드럽게 조용히 흐르다가도 물살이 세어져 노도처럼 흐르기도 한다. 산전수전 모두를 겪은 강물이 마침내 너른 물길이 되어 잔잔히 흐르는 것처럼 브람스의 말년 작품들에는 깊이를 알 수 없을 정도의 강물이 가득 흐른다. 사람이길래 살아야 했던 삶들이 나이 들어 되새겨지고, 쓸쓸한 가을날 찬 바람에 쓸려가는 가랑잎처럼 여름을 떠나 겨울로 다가가는 깊은 고뇌의 모습이 곳곳에 묻어나고 있다.

모차르트의 클라리넷 오중주가 작곡되고 꼭 백년이 흐른 1891년, 브람스가 작곡한 클라리넷 오중주는 베토벤의 현악 사중주 이후 우리 인류에게 선사된 또 하나의 기념비적인 작품이다.

이 곡 역시 브람스가 당시 마이닝겐의 유명한 클라리넷 연주가인 뮐휄트를 만나 작곡한 것이다. 이때 그의 나이 58세였다. 이 곡을 작곡한 이후부터 1년 전 먼저 세상을 타계한 클라라 슈만을 따라 1897년 세상을 떠날 때까지 브람스가 작곡한 것들은 모두 소품들에 불과하다. 대작으로서는 이 작품이 마지막이라 할 수 있다.

1악장 알레그로는 현으로 시작된다. 현이 주제를 연주하고 곧이어 클라리넷이 되풀이한다. 우리는 주제가 나오자마자 벌써 아득한 우수 속으로 초대받는다. 멀리서 아련히 솟아오르는 우수. 안개 속에 갇혀 있지만 어디선가 들려오는 비애와 회한의 소리들. 곡은 소나타 형식으로 바이올린의 두 번째 주제도 흐르고 발전부와 재현부로 이어진다. 1악장의 주제는 전체 오중주를 지배하는 기준 선율이다. 마지막 악장도 1악장의 주제를 되풀이하며 끝이 난다.

1악장에서 나머지 악장들은 안 들어도 될 만큼 깊은 감정에 젖어든다. 한없이 젖어드는 감정이다. 어떻게 하면 이런 감정을 음악으로 표현할 수 있을까. 나는 베토벤의 후기 현악 사중주들에게서 각 악기의 소리들을 사람들의 소리로 들은 적이 있다. 브람스의 클라리넷 오중주 역시 전편에 걸쳐 사람들의 목소리가 강하게 느껴진다. 실제로 악기 소리가 그런 것이 아니라 내 느낌이 그만큼 강렬하기 때문이리라. 브람스는 어찌해서 이런 회한에 한없이 빠져 들을까.

江물이 풀리다니
江물은 무엇하러 또 풀리는가
우리들의 무슨 서름 무슨 기쁨 때문에
江물은 또 풀리는가

기럭이같이
서리 묻은 섯달의 기럭이같이
하늘의 어름짱 가슴으로 깨치며
내 한평생을 울고 가려 했더니

무어라 江물은 다시 풀리어
이 햇빛 이 물결을 내게 주는가

저 밈둘레나 쑥니풀 같은 것들
또 한번 고개숙여 더 보라 함인가

黃土 언덕
꽃喪輿
떼寡婦의 무리들
여기 서서 또 한번 더 바래보라 함인가

江물이 풀리다니
江물은 무엇하러 또 풀리는가
우리들의 무슨 서름 무슨 기쁨 때문에
江물은 또 풀리는가

미당 서정주의 시 「풀리는 한강가에서」이다. 인생을 관조하고 있는 모습이 곳곳에 나타난다. 회한도 느껴진다. 동지 섣달 추운 하늘을 날아가는 서리묻은 기러기같이, 무심하기만 한 하늘의 얼음짱을 모두 깨고 가려 했을 만큼 서러움이 맺힌 그런 회한이다. 그러나 미당의 시에는 그래도 햇빛 비추는 아름다운 물결이 보인다. 얼어 있던 강물이었지만 어느 날 봄이 와서 얼음이 풀려 흘러가는 강이 있다.

물론 바라보는 시인의 마음은 꼭 그런 것이 아니지만 분명한 것은 가슴 한구석에 아름다운 강물, 아름다운 삶을 인식하고 있다. 허무하고 한스런 삶이지만 민들레나 쑥닢을 한번 바라보는 것이다. 그것도 고개 숙여 바라본다. 그러나 브람스에게는 이런 탈출구가 없다. 그는 인생의 어느 지점에 서서 뒤를 돌아보며 그냥 비애에 빠지고 있다.

둘째 악장은 브람스의 이런 심정을 극대화하고 있다. 2악장은 아다지오다. 곡은 느리고 아주 조용하게 시작한다. 클라리넷이 주제를 열어 놓으면 다시 현들이 조용히 다가선다. 곡은 소리가 나지 않을 정도로 고요하기에, 우리는 절로 귀를 쫑긋 세우며 선율에 다가선다. 아니 선율은 우리를 나꿔채서 깊은 어둠의 심연으로 끌고 간다. 1악장의 회한이 여기서는 깊이를 알 수가 없는 어떤 먼 나락의 경지로 바뀌어 간다. 그리고 그 깜깜한 심연에서 밝은 빛도 만들지 못하고 조용히 타오르는 불꽃들. 삶의 불꽃일까. 가이없는 허무의 바다에서도 삶의 불꽃은 남아 있었던 것일까.

클라리넷은 계속해서 아름다운 선율을 선사한다. 아름답다니. 이런 허무와 비애와 회한의 노래가 아름답다니. 음악적 아름다움이란 철학이나 논리학처럼 질서정연한 완성을 요구하지는 않는다. 그런 완성미가 아니라 바로 인간이 서럽다 못해 울음을 죽이고 조용히 눈물을 흘리기에, 음악에서 우리와 같은 모습을 읽고 아름다움을 공감하는 것이다.

나는 브람스의 클라리넷 오중주의 아다지오가 브람스의 특징을 종합하는 마지막 걸작이라고 생각한다. 브람스의 대부분 작품들에는 우수와 비애가 깃들어 있다. 그의 이런 내면적 성향 때문에 그를 좋아하는 사람들이 많다. 그렇다면 브람스의 작품들 중에서 가장 듣고 싶은 곡들은 무엇이 있을까. 네 개의 교향곡과 바이올린과 첼로를 위한 이중협주곡일까. 그 유명한 바이올린 협주곡이나 피아노 협주곡 2번일까. 또 있다. 그는 실내악에서도 많은 작품들을 남겼기에, 우리는 그의 피아노 오중주 op.44도 기억하고, 호른 삼중주 op.40도 좋아하며, 세 개의 바이올린 소나타도 즐겨 듣는다.

단언하건대, 나는 교향곡 4번 op.98과 클라리넷 오중주가 그의 최고의 걸작이라고 생각한다. 이 작품들은 순수 절대음악의 진수라 여겨진다. 브람스의 다른 명곡들처럼 화려한 주제나 선율도 없다. 하지만 한없이 울려 나오는 우수에 허우적거리며 손을 내저으면서도 어쩔 도리없이 그가 표현하고자 하는 두꺼운 안개 속으로 잠겨 들어간다. 클라리넷 오중주의 둘째 악장 아다지오를 들으면서 이런 생각을 더욱 굳히게 된다. 그만큼 2악장 아다지오는 심금을 울리다 못해, 우리가 숨겨 두고 있는 영혼까지 찾아내어 마른 울음으로 한없이 젖어 들게 한다.

셋째 악장 안단티노 – Presto non assai ma con sentimento는 '약간 느리게 그 다음에 빠르지만 지나치지 않게, 그리고 감상적으로' 라는 지시가 붙어 있다. 스스로 센티멘토라 적어 놓았으니 곡도 그러리라 생각되겠지만, 내가 보기에 3악장은 하나의 분위기 반전이면서 전체적인 통일성은 그대로 유지하고 있다. 3악장에는 낭만적인 포에지가 엿보인다. 역시 브람스는 당대의 시대정신인 낭만주의를 표현하고 있는 것일까.

군이 여기서 낭만주의라는 사상적 조류를 거론하기에는 어설픈 감이 있다. 그냥 그리움이라고 할까. 동경이라고 할까. 깊은 허무와 비애에 젖어 들었지만 그래도 미련이 있는 것일까. 아니면 실제로 앞 악장들의 감정을 부인하고 있는 것일까. 젊은 나이의 정열은 이미 사라졌다. 그러나 타고난 재는 기름이 되는 것이 아닐까. 한용운의 시처럼, 사라진 것이 아니라 타고난 재도 다시 기름이 되어 언제인가는 불꽃을 피우지 않을까. 낭만은 그리움을 부르고 동경을 가슴에 채운다.

마지막 악장은 콘 모토이다. 여러 개의 변주가 나온다. 우리는 브람스가 전개하고 있는 형식의 완성미라는 측면에서 앞서 먼저 들었던 모차르트의 오중주를 연상한다. 네 개의 악장을 구성하는 형식미가 완벽하다. 브람스를 신고전주의라 부르는 이유일 것이다. 마지막 악장에서 우리는 바하의 숨결도 느낄 수가 있다. 첼로와 바이올린이 번갈아 연주하는 테마와 변주, 그리고 자연스럽게 1악장의 주제로 옮아가는 과정에서 브람스가 얼마나 바하와 베토벤의 영향을 받았는가 인지한다.

음악이라는 측면에서 브람스의 클라리넷 오중주는 완벽하다. 그리고 우리는 그 아름다움에 흠뻑 젖어든다. 하지만 아쉬움이 남는다. 표현하는 감정은 아름다움의 극치이지만 그래도 듣는 이가 사람이기에, 그리고 비애와 회한을 함께 느끼는 사람이기에, 어떻게 하면 이런 감정을 극복하면서도 아름다움을 느낄 수는 없을까 생각하게 된다.

모차르트는 아름답지만 사람이라고 하기에는 근접하기 어려운 무지개빛 아름다움이요, 브람스는 아름답지만 너무 허우적거리며 짙은 슬픔만 남겨둔다. 미해결의 장이 우리 눈앞에 여전히 고개를 쳐들고 있는 것이다. 그래서 강물은 계속 흘러간다. 갈길이 더 있는 것이다.

合 / 普庵呪

곡은 네 개의 악기로 구성된 사중주이다. 동양의 음악에서는 삼중주 또는 사중주라 하지 않고 그냥 합주곡이라 부르지만, 이해를 돕기 위해 굳이 사중주라고 이름을 붙여 본다. 악기의 구성은 삼현금三絃琴, 소簫, 종鐘, 그리고 박拍으로 이루어져 있다. 박은 아마도 목탁일 것으로 추정된다. 종과 박의 역할은 제한되어 있으므로 어찌 보면 삼현금과 소의 이중주곡이라 할 수도 있다.

곡의 도입부는 삼현금, 소 그리고 박으로 시작된다. 삼현금의 다스름에 곧이어 소가 나타나 이 곡을 지배하는 주제 선율을 삼현금과 함께 연주한다. 여기서의 소는 배소排簫가 아니다. 단관單管의 피리다. 원래의 소는 관이 12개나 16개로 이루어졌다. 이러한 소를 우리가 보통 부르는 단관악기의 소들, 즉 퉁소나 단소와 구분하기 위해 배소라고도 부른다.

주제의 선율은 애잔하고 조용하다. 부드럽고 잔잔하다. 나지막하게 울리는 소의 음색에 삼현금이 리듬을 맞추며 함께 노래한다. 선율은 주로 소가 리드하고 있지만 이는 느낌일 뿐 소와 삼현금의 어우러짐이 극히 자연스럽다. 모가 난 구석이라고는 전혀 없다. 곡은 첫머리부터 조화롭다. 하지만 주제의 후반부는 소리가 높아진다. 잔잔한 가운데 어떤 애끓는 감정이랄까, 하소연이라고 할까. 크게 모가 나지는 않았지만 우리는 마음이 떨리도록 애절한 기도를 읽는다.

이러한 느낌의 효과는 악기 구성에서 비롯된다고 여겨진다. 곡을 이끌어 가는 악기들은 소와 삼현금이다. 실질적으로 이 곡은 이중주라고 말할 수 있다. 종은 각 단락의 매듭을 알려주는 신호의 기능을 하고 있을 뿐이다. 박은 우리의 장고처럼 장단을 맞추어 주고 있다. 그 음색이 목탁처럼 깊고 청아하지만 아무래도 곡의 흐름과 호흡을 다듬어 주는 기능만 갖고 있다.

나는 소와 삼현금이 이렇게 잘 어울릴 줄을 몰랐다. 대금과 가야금의 이중주라고나 할까. 그러나 우리 음악에서 이런 이중주곡을 들어본 적이 없어 실제로 나타나는 음색의 효과는 어떨지 모르겠다. 그리고 지금 우리가 듣고 있는 소의 음색이 대금에 비해 더 낮고 깊은 맛이 있다면 오해일까.

하여튼 현의 반주에 맞춰 노래를 하는 소의 소리는 가히 천상의 울림이라고 할 만하다. 하염없이 맑으며 부드럽고 또 깊다. 서양악기 중에서는 클라리넷의 음색이 곱고 그윽하지만 그래도 동양의 관악기들에 비해서는 모자람이 많다. 대부분의 서양 관악기들이 금관악기여서 그 음색이 차갑고 날카롭기만 한데, 그나마 클라리넷이 부드러운 것은 바로 나무로 만든 악기이기 때문이다. 우리에게도 나팔과 같은 금관악기가 있기는 하지만 우리의 관악기들은 대부분 대나무로 만들어져 있다. 자연의 정기를 담고 있는 나무로 만든 것이니 깊고 그윽함은 당연한 것이 아닌가.

곡의 전체 형식은 세틀형식이다. 세틀형식이란 진양조, 중머리, 자진머리로 구성되어 있는 곡을 말한다. 진인평의 『새로운 한국음악사』를 읽어보면 이러한 형식은 인도 남부에서 시작하여 동남아시아, 중국 남부, 그리고 우리 나라까지 골고루 퍼져 있다고 한다. 우리 나라의 산조가락이 대표적인 세틀형식이다. 우리가 지금 듣고 있는 〈보암주〉라는 곡도 역시 세틀형식인 것으로 미루어 보아, 이 곡은 중국의 남부지방에서 형성된 것이 틀림없다.

곡은 전체적으로 다섯 개의 단락으로 이루어져 있다. 첫째에서 셋째 단락까지가 진양조에 속하는 느린 곡조이고, 넷째는 중머리, 그리고 마지막 부분의 종결은 빠른 속도의 자진머리다.

이 곡은 송나라 때 임제종臨濟宗의 12대 선승인 보암普庵이 불경을 주송하던 가락으로서, 점차 틀을 갖춘 기악곡으로 발전되어 명대에 이르러서 고금곡古琴曲으로 완성된 것이다. 이런 고금곡이 청나라 왕실에서 일종의 합주곡으로 편곡되어 연주되었고, 지금 우리가 듣고 있는 곡으로 다양해진 것이다. 우리 나라의 〈영산회상〉이 당초 〈영산회상불보살靈山會相佛菩薩〉이라는 일곱자를 길게 늘어뜨려 부르다가 나중에 가사는 사라지고 기악곡만 남은 경우와 같다고나 할까.

임제종은 선종 6대조, 즉 육조대사 혜능慧能(638~713)에게서 갈라져 나온 남선종南禪宗의 일파이다. 혜능은 중국 남부지방에서 활동하였고, 이와 대립하여 북방에서 발달된 종파는 북선종北禪宗이라 한다. 우리 나라의 조계종은 모두 남선종인 임제종에서 내려온 종파이다.

그렇다고 해서 〈보암주〉가 불교음악이라고 할 수는 없다. 단지 그 연원을 불교에 두었다는 이야기이지, 세월이 흐르면서 중국의 민중들이 갈고 닦아 자연스럽게 사람들의 공통된 감정이 녹아들은 전혀 별개의 독자적인 아름다운 곡이다. 이는 우리 산조가락이 긴 세월을 거치며 형성되어 온 것과 마찬가지다. 어느 한 사람의 위대한 음악가가 창조한 것이 아니라 여러 시대에 걸쳐 숱한 사람들의 손을 거치며 다듬어진 곡이다. 그렇기에 그 감동의 깊이는 주관적이라기보다 어느 누구에게나 공감을 주는 보편성을 지닌다. 〈보암주〉은 이런 연유로 처음 이 곡을 듣는 사람에게도 무조건적으로 깊은 감동을 불러 일으킨다.

곡의 첫째 단락은 주제를 두 번 반복하고서 다시 주제의 변주가 이어진다. 담담하게 주제를 되풀이하고 있지만 우리는 이런 단순반복을 크게 의식하지 않고 곧바로 무엇인가 말할 수 없는 깊은 감정의 나락으로 빠져들게 된다. 두 번째 단락도 역시 앞 단락의 주제 변주로 시작하여 다시 주제를 두 번 되풀이한다. 즉 둘째 단락까지 해서 모두 네 번의 주제가 되풀이되어 연주된다. 어찌 보면 이런 연주는 듣는이에게 지루함을 줄 것이다. 그러나 전혀 그런 생각에 도달하지 않는다. 오히려 한없이 되풀이되었으면 하는 바램이 생긴다. 곡이 아름다워서 그럴까.

나는 주제의 선율에서 힘없는 불쌍한 중생과 보살의 두 얼굴을 읽는다. 중생은 왜 그리 서러움이 많은지 슬픈 하소연을 하고, 그것을 듣는 보살은 말없이 웃기만 한다. 대답을 해야 하건만 관세음보살은 말이 없이 입술을 다물고 간간이 미소만 띠울 뿐이다. 불국사 석굴암의 벽면에 돋을새김으로 만들어진 관세음보살은 얼마나 육감적이면서도 아름다운가. 지난 번 중국의 산서성 운강의 석굴을 보았을 때, 동굴마다 새기어진 그 무수한 부처와 보살들은 모두 아름다운 몸매에 고운 얼굴로 옅은 웃음을 짓고 있었다.

우리의 불교가 4세기 경 중국의 북위에서 전래되었으니 당연히 당시의 불상조각의 영향을 받았을 터이다. 그리고 북위는 한족이 아니라 북방호족들이 세운 나라이니 서역의 영향을 받았을 것이고, 서역에는 그 유명한 인도의 간다라 미술이 이미 전파되어 있었던 것이다. 이런 아름다운 보살이 조용히 미소를 짓고 있다. 말이 없다. 부처님이 영산에서 설법을 하셨을 때, 부처의 말씀을 혼자만이 이해하고 조용히 미소를 지은 가섭迦葉의 미소일까. 하지만 중생은 뜻을 아는지 모르는지 천 번의 절을 바친다. 탑돌이하는 심정이 이러할까. 바램을 지닌 중생들은 그들의 바램이 이루어지소서 하고 탑을 돈다.

　전생에 무슨 업이 있길래 윤회에서 벗어나지 못하고 중생으로 태어나 이토록 슬픈 바램을 갖고 있을까. 곡은 계속해서 이러한 느낌을 우리에게 선사한다. 탑을 한번만 돌면 정성이 부족하다. 한없이 돌아야만 하는 것이다. 삶이 그렇지 아니할까. 낮부터 돌기 시작해서 밤이 이슥하도록 탑을 돈다. 어두운 밤에 별도 총총히 떠 있고 휘영청 밝은 달도 조용히 탑을 비춘다. 바람도 이미 소슬해지고 밤이슬도 내린다. 그래도 발걸음은 그치지 않고 부처님이시여, 보살님이시여, 이 바램을 이루어지게 하소서 하며 계속 탑을 돈다. 서러운 삶이 어찌 그냥 단순하기만 할 것인가.

　재작년 중국 하남성의 개봉에 있는 도교사원 연경관을 찾았을 때 이러한 광경을 목도하고 깊은 감동을 느낀 적이 있다. 사원의 중앙에 자리잡고 있는 진인眞人이 굽어보고 있는 곳에서 어느 남루한 여인이 끊임없이 절을 하며 노래를 하고 있었다. 애절한 노래였다. 그리고 여인은 눈물을 흘리고 있었다. 서러운 눈물이었을 것이다. 참으며 참으며, 억누르고 있다가 저도 모르게 솟아나 흐르는 눈물이었고, 그럼에도 불구하고 노래는 계속해서 부르고 있었다.

　진인은 검은 수염을 아래로 늘어 뜨리고 조용히 여인을 쳐다보고 있었다. 무표정한 얼굴이고 무심한 모습이었다. 하지만 세상을 초월한 진인이라고 여인의 서러움을 모르고 있었을까. 아마 진인의 가슴에도 하염없이 눈물이 흐르고 있었을 것이다. 말은 없지만, 그래 난 알아 알지 하며 여인의 슬픔을, 그 고되디 고된 인생살이를 쓰다듬어 주며 받아들이고 있었을 것이다. 나는 이러한 광경에 감동을 받아 「여인의 수백년 된 노래」라는 시 한 수를 붙였다.

　검은 머리쪽을 뒤로 하고
　허름한 옷에 세월을 숨기고
　여인이 노래를 한다

겨워 울음이 되어가는 노래를
굽힌 허리에 얹어
두 손 모아 진인에게 바친다

거친 손매 그슬린 얼굴이
부드러운 발림에 스스로 녹아 내리고
쪼그리고 앉은 남정네의 추임새는
도사의 한숨이라

무슨 곡절이길래
저리도 어깨를 들썩거리는가
부축하는 사람들의 손길에 더욱 서러워
이마를 바닥에 조아리며 부르는 노래
수백년 설움이 다듬어져
여인의 입술을 타는가

진인은 말이 없고
연경관 어둠 속에 미소를 잃은
더부살이들의 눈동자만이
희망의 빛을 찾으며
나그네의 가슴을 서럽게 적신다

여인은 허무가 무엇인지 모를 것이다. 그들의 삶 자체가 이미 허무한 것
이기에 허무의 뜻을 인식하고 있다한들 무슨 차이가 있겠는가. 허무는 이
미 삶의 바탕이다. 인식의 대상이 아니다. 물을 이유도 없다. 당연히 그러
하거늘 질문을 던진다 해도 무슨 소용이 있으랴.

우리는 여기서 어떤 해결의 실마리를 찾는다. 브람스처럼 허무를 느끼

고 깊은 회한과 비애에 빠져들지는 않는다. 여인은 눈물을 흘리고 있지만 눈물을 흘리고 있는 순간에 진인에게 이미 귀의하고 있는 것이다. 절을 하며 바램으로 노래를 하고 있지만, 이것은 어떤 도전이나 반항과는 전혀 상관이 없는 그저 순수한 바램이요, 슬픔의 표현이다.

곡의 셋째 단락은 삼현금의 독주다. 기다란 독주곡이다. 서양의 카덴쟈 같은 형식이다. 카덴쟈는 곡의 말미에 나타나지만 여기서는 곡의 중간에서 이루어진다. 삼현곡의 연주는 듣기에 아름답다. 현의 농현도 나타난다. 음이 하나로 멈추는 것이 아니라 여러 감정을 지닌 음으로 분산되다가 합쳐진다. 트릴도 나온다. 현 세 개를 한꺼번에 훑을 때 나오는 음들이다. 앞서의 두 개의 단락이 길게 한없이 되풀이되다가 이제 삼현금은 어떤 단서를 찾은 모양이다. 강물이 한없이 흐르더니 이제 종착점인 바다에 다가서는 것이다. 그 동안 전혀 보이지 않던 바다가 슬며시 모습을 드러낸다.

곡은 종소리가 울려 나오며 끝이 나고, 곧바로 넷째 단락으로 이어진다. 이 부분에서는 소가 다시 선율을 리드하며 앞부분과는 약간 다른 주제를 연주한다. 제2주제라 하기에는 그렇고 첫 주제의 변주라 함이 마땅할 것이다. 곡은 중머리로 진행된다. 빨라지는 것이다. 리듬이 섞인 선율은 삼현금과 소의 화합이다. 아마 중생의 서러운 하소연을 보살이 들었음직도 하다. 아니 서러운 중생이 보살님의 미소를 이해하였는지도 모른다.

당초에도 대립은 없었지만 이 부분에서 조화와 화합이 두드러진다. 허무의 망각이요, 극복이다. 허무가 사라진 것은 아니지만 시달릴 이유도 없다. 귀의를 하는 것이다. 자비로운 부처에게 귀의하는 것이다. 중생의 가슴에도 부처님은 본디 살아 계시지 아니한가. 스스로 부처를 찾은 것이다. 중생이 보살이요, 부처인 것이다. 그리고 부처의 가슴은 바다처럼 넓고 깊지 아니한가. 강물이 드디어 바다로 들어간다. 바다는 말없이 흐르는 강물을 모두 받아들인다. 조건이 있을 수가 없다. 긴 세월 흘러온 강물은 바다로 흘러 들어가 소멸되고 강물은 바다로 완성된다.

곡은 다섯 째 단락에서 자진모리로 빨라지고 마지막으로 치닫는다. 악기 네 개가 처음으로 요란할 정도로 연주된다. 아마 이 부분에서는 춤도 있었을 것이고, 그 춤은 빠른 속도의 춤사위였을 것이다. 대단원의 화합을 이루며 곡은 종결된다.

「보암주에 붙여」라는 시 한 수를 이 아름다운 곡에 바친다.

중생의 티끌같은 바램마다
모두 소리가 되더이다.

탑돌이하며 걷는 발자국마다
합장하며 모으는 손 마디마디마다
모두 울림이 되더이다

보살님의 여린 미소도
탑돌의 가녀린 선에 맺혀
모두 노래가 되더이다

사는 길 가는 길 험하기만 한데
비추는 별빛마다
밤새 매달린 이슬마다
살랑이는 이파리마다
하염없이 눈가의 시울을 건드려
추스린 가슴에 방울방울
모두 화음이 되더이다.

노래를 맞추는
목탁의 아픈 박도
현의 떨리는 명주실도

피리의 텅 빈 구멍에
가이없이 흐르는 애닲은 숨소리도

보살님
천 개의 손처럼
내 가슴에 저미어
큰 소리로 바다가 되더이다.

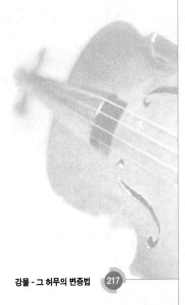

쓰디쓴 사랑의 노래

브람스의 피아노 사중주 3번 op. 60

브람스의 피아노 사중주 op.60은 겨울에 들어야 하는 곡이다. 그리고 실연의 아픔을 겪었거나, 겪고 있는 사람들이 들어야 하는 곡이다. 듣는 이를 대신하여 눈이 내리듯 펑펑 울어줄 것이다.

브람스의 고향인 함부르그는 북유럽에 위치한다. 그곳의 겨울은 음산하다. 편서풍의 영향으로 겨울 내내 차가운 바람이 북해에서 불어오고, 진눈개비인지 눈인지 모르는 습기찬 방울들이 하늘에서 떨어진다. 어두운 비안개가 시야를 가리고 해는 짧아 웅크린 나무들은 숨을 데를 찾지 못해 울부짖는다. 그런 겨울의 풍경을 연상하며 이 곡을 들어야 한다.

그러나 실연의 아픔을 모르는 사람들에게 이 곡은 이해하기가 매우 어려울 것이다. 한마디로 접근하기가 쉽지 않은 매우 까다로운 음악이다. 음악 자체는 순수하게 아름답지만 작곡자가 나타내고자 하는 감정의 복선이 이곡의 뒤안길에 너무 짙게 깔려 있기 때문이다. 음울한 겨울에 맑은 햇빛을 찾거나 생에의 희열을 확인하기 위해 음악을 들으려는 사람들에게 이 곡은 위험스러운 곡이다. 순수음악에서 어떤 의도적이고 목적적인 것을 찾는 것은 옳지 않다. 그러나 니콜라이 하르트만의 『미학』은 "아름다움과 예술품은 창작된 순간부터 창작자의 것이 아니라 감상자의 것이다"라 했다.

또 음악의 선율을 아름답다고 느끼게 되는 것은 듣는이의 마음에 이미 어떤 아름다움이 내재해 있어 음악과 마음의 선율이 합쳐지기 때문이다. 따라서 브람스가 피아노 사중주 op.60에서 분명 실연의 아픔을 표현하고자 하였다면, 그리고 그 곡을 듣는 감상자들 역시 동병상련에 시달리고 있다면, 이때 감상자들의 이 음악에 대한 공감은 말할 수 없을 정도로 더 절실할 것이다.

결국 음악은 자기가 선택하는 것이다. 베토벤은 〈에그몬트 서곡〉을 괴테에게 헌정하였지만, 막상 괴테는 고개를 가로 저었다. 나이가 든 그는 젊은 베토벤의 격렬함을, 그리고 자신이 젊었을 때의 격정을 그만 잊고 싶었던 것이다. 이해와 공감은 다른 것이다.

나는 브람스의 이 곡을 들을 때마다 비슷한 감정을 느낀다. 실제로 나 자신이 젊었을 때 성음사에서 발간된 이 곡을 판이 닳도록 들은 적이 있었다. 같은 판에 드보르작의 아름다운 〈둠키 트리오 Dumky-Trio〉가 실려 있었지만 그 곡은 거의 안 듣고 브람스만 들었다. 당시 상황이 그러했기 때문이었다. 그러나 그후 전혀 손을 대지 않고 있다가 슈만의 피아노 오중주와 더불어 음악에서 사랑의 표현은 어떤 것일까 하는 주제가 떠올라 수십 년만에 이 곡을 다시 들었다. 물론 다른 LP로 듣기는 했지만 아무렴 어떤가, 옛 생각이 아련히 다시 떠오른다.

브람스의 피아노 사중주 3번 op.60은 1875년, 우리 나이로 43세에 작곡한 것이다. 그의 음악이 한창 완숙미에 이르렀을 때 작곡된 것이다. 그러나 이 곡은 그의 피아노 사중주 세 곡 중에서 번호와 연대는 마지막이지만 실제로 구상된 것은 훨씬 더 오래 전의 일이다. 이 곡은 보통의 사중주가 모두 그렇듯이 4개의 악장으로 구성되어 있다.

1악장 Allegro ma non troppo
2악장 Scherzo - allegro
3악장 Andante
4악장 Finale - allegro

첫 악장은 강한 피아노 포르테로 시작한다. 들려오는 현들의 짤막한 소리는 음산하고 우울하다. 시작부터가 무겁다. 가슴앓이를 하는 사람이 어디 가벼울 수 있겠는가. 이러한 분위기는 1악장을 처음부터 끝까지 지배한다. 울렁거리는 듯 나오는 피아노의 주제도 그렇고, 그 주제를 따라 부르는 현의 노랫소리도 마찬가지다. 브람스 특유의 반복되는 긴장감이 분위기를 더 가라앉게 한다. 간혹 격렬함이 있지만 그것 역시 사랑의 아픔으로 견딜 수가 없어서 터져 나오는 고통스런 격정일 뿐, 다시 울음을 먹으며 조용히 내려온다.

사실 브람스가 전곡에서 나타내고자 하는 감정은 이미 1악장에 모두 표현되어 있다. 그리고 나머지 악장은 대립되거나 전개되는 항에 불과하다. 2악장 스케르죠는 1악장의 슬프고 비통한 감정을 반전시키려는 대립의 항으로 설정된 것이고, 3악장 안단테는 1악장의 감정을 다시 되풀이하여 서정적으로 전개한다. 그리고 4악장에서 마무리하는 것이다.

다시 말하거니와 이 곡은 전곡이 답답할 정도로 음울하고 비통하다. 아름다운 모차르트가 들으면 기절할 곡이다. 브람스의 곡들이 대부분 조용히 내면을 파고들어 어두운 분위기를 갖는데, 피아노 사중주 3번은 그중에서도 유난스러울 정도로 깊고 어두운 나락으로 한없이 빠져든다. 이는 브람스가 개인적인 사랑의 경험을 바탕으로 극히 주관적인 감정을 표현하였기 때문이다. 클라라에 대한 사랑의 좌절, 이러지도 저러지도 못하는 감정과 행동, 스스로 미워지는 자신, 그리고 다시 나타나는 절망.

그가 클라라를 만난 것은 스물 셋이 되던 해였다. 슈만이 그의 음악잡지 『음악의 신비평』에 브람스를 새로운 물결이라고 소개하여, 브람스는 시골이나 마찬가지인 함부르그에서 일약 독일의 음악계에 혜성같이 나타난지 얼마 후였다. 그가 슈만과 클라라 부부가 살고 있는 듀셀도르프를 방문한 것이었다.

이어지는 슈만의 자살 기도와 광기, 그리고 클라라에게 느껴지는 사랑의 감정, 그녀와 함께 하였던 라인강 지역과 단찌히로의 연주여행, 여행도중 바다를 보고 싶다는 철없는 그의 희망을 어루만져주는 여인의 부드러운 심성, 그리고 마침내 슈만의 죽음. 젊고 감수성이 강한 브람스에게 이는 충격 이상이었을 것이다. 열 네살이나 더 많은 여인에게 불꽃처럼 느껴진 그의 감정은 연민인가 사랑인가, 동정인가 충동인가. 슈만이 세상을 떠난 후 그는 쫓겨나듯 뒤셀도르프를 떠나 일시 함부르크로 돌아간다. 어떤 심정으로 떠났을까.

여인은 아름다웠다. 당시에 그린 초상화를 찬찬히 들여다 본다. 가르마를 타서 머리를 곱게 빗어 뒤로 넘겨 묶고, 달같이 밝은 이마 위에는 머리띠로 가느다란 줄이 지나 뒷머리로 젖혀졌다. 깊은 쌍거풀에 큰 눈. 무엇인가 그리움인가 상념에 젖어 바라보는 눈길이 커다란 호수에 떠 있는 달처럼 동그란 것이 깊고 그윽하다. 그 깊은 눈은 아마 바라보는 사람들의 혼을 뿌리째 흡입하려는 듯 매혹적이다. 기다랗고 높은 코, 갸름한 턱에 조그만 입술. 하얀 목덜미에는 화려하지 않고 그저 수수한 목걸이가 걸려 아래 가슴으로 드리우고, 풍만한 가슴에는 숄이 무엇인가 가리듯 걸쳐 있다.

그런 아름다운 여인이 피아노는 왜 그리 잘 치는가. 피아노 건반이 울릴 때마다 브람스의 가슴은 마구 뛰었으리라. 스승이나 마찬가지인 슈만. 그리고 슈만은 광기로 라인강에 뛰어 들었다가 목숨은 건졌지만 병원에 갇혀 살다가 얼마 안 있어 저 세상으로 떠났다. 저렇게 젊고 아름다운 여인이 홀로 되다니. 불쌍한 사람 클라라, 아니 불쌍한 사나이 브람스.

그들의 관계는 지금의 우리가 볼 때 피식 웃음이 나올 정도로 답답하다. 소위 플라토닉 사랑의 표본이라 할 만하다. 욕망을 밖으로 터뜨리지 않고 억제하거나 짓누르고 있으면, 그것은 독이 되고 또 절망으로 화한다. 그랬다. 1868년 그의 1악장 스켓치에는 "스스로 총을 쏘아 죽으려는, 그리고 그 외에는 다른 방법을 찾지 못하는 남자를 생각해 보라"라고 적혀 있다. 얼마나 절실한 호소요, 외침인가. 상처를 달랠 수 있는 방법을 찾지 못해 절망에 빠져든 사나이가 바보처럼 자살을 하려는 심정, 바로 그러한 처절한 감정이 전곡에 깊이 스며들어 있다. 1874년 브람스가 친구에게 쓴 편지에서 말한 젊은 베르테르의 심정 바로 그것이었다.

그러니까 이 사중주는 스물 네다섯 나이에 구상되기 시작한 것이 틀림없고, 슈만이 죽은지 12년이나 지난 1868년 1악장을 스켓치할 때에도 그 상처는 아물지 못하고 생생하게 남아 있었던 것이다. 물론 클라라와의 어렵고 달콤한, 하지만 생각만 하여도 몹시 쓰라린 관계는 지속되고 있었다. 이러한 연유로 이 곡은 하마터면 사라질 운명이었을텐데, 브람스는 나이가 들어 이제 사랑을 승화시켰는가, 아니면 극복했는가, 1875년 손을 더 본 다음에 이 곡을 드디어 발표한다.

마음에 안드는 곡을 수없이 파기시켜 버린 그로서는 의외의 일이라 할 만한데, 아마 브람스는 이 곡이 그의 인생에서 스스로를 표현한 몇 안되는 사실적인 기록이기에, 부끄럽지만 남겨둘 생각이 아니었나 싶다.

그리고 브람스는 죽을 때까지 결혼을 하지 않고 혼자 살다 죽었다. 여러 여인이 스쳐 지나가고 있지만 결국 그에게는 한 여인만이 있었을 뿐이었다. 그리고 그 여인이 저 멀리 세상을 떠나자 브람스는 1년도 안되어 그녀를 따라간다.

사람들은 누구나 사랑을 한다. 사랑을 한 마디로 정의하기는 어렵다. 그래서 사람들은 지금껏 모든 수단을 동원해서 사랑은 무엇인지, 어떤 것인지 노래하고 있다. 아마 앞으로도 인류가 존속되는 한 사람들은 사랑을 노래할 것이다. 그러나 브람스의 사중주를 들으며 느끼는 것은, 사랑은 즐거움이라기보다 눈물의 씨앗이요, 슬픔을 잉태시키는 고통의 덩어리이다. 그리고 그래야만 했던 브람스에게 연민의 정과 안타까움이 느껴진다. 그리고 나 스스로 이러한 감정을 다시는 갖고 싶지 않아, 아마도 브람스의 피아노 사중주 3번은 앞으로는 듣지 않게 될 것이다.

산다는 것, 사랑한다는 것, 그것들은 아름다운 것이다. 비극적인 것도 아름답다고 하지만, 짧은 인생에서 아름다운 것은 진정 고통과 슬픔 없이 그저 순수하게 아름다워야 하는 것이다. 나이가 들면서 자꾸 모차르트를 듣는 이유이다.

달콤한 사랑의 노래

슈만의 피아노 오중주 작품 44

1856년 7월 23일 슈만은 아무 것도 먹지 못한 채 죽어가고 있었다. 브람스와의 여행에서 갓 돌아온 클라라는 서둘러 그를 찾았다. 클라라는 썼다.

"그는 나를 보고 웃었다. 그리고 무서운 팔힘으로 나를 껴안았다. 그때 그는 이미 팔다리를 전혀 더 이상 쓸 수 없었다. 어떠한 보물을 준다해도 나는 이 포옹을 잃지 않을 것이다."

그리고 7월 29일 슈만은 눈을 감았다. 죽는 순간까지 몇 시간 동안 고통스런 경련 끝에 생을 마감한 것이다. 마지막 순간까지도 곱게 죽지 못하는 그 심성, 그 격렬함, 그는 47세의 짧은 생을 그렇게 마쳤다.

그러나 저러나 그가 가는 마지막에도 있는 힘을 다해서 껴안았던 여인, 그렇게도 사랑한 여인 클라라는 도대체 어떤 여인일까. 세기의 두 천재가 나이를 달리 하면서 아래 위로 세월을 나누며 사랑했던 여인 클라라. 브람스는 열 네살이나 연하였다. 남편인 슈만은, 응큼해라, 어렸을 때부터 보아 두었다가 클라라가 성장한 다음에 클라라의 아버지 비이크의 무서운 반대를 무릅쓰고 그녀를 앗아왔다. 법정소송까지 불사한 불같은 사랑이었다. 그의 나이는 클라라보다 벌써 아홉이나 많았다.

그러고 보면 그녀는 복을 많이 받은 여인이다. 그럴까. 아닐 것이다. 천재들의 사랑이 어디 간단하고 순진했을까. 모를 일이다. 후세의 우리들이 단지 이러쿵 저러쿵 하기 좋은 말로 떠들 뿐일까. 그녀 자신도 당대의 뛰어난 피아노 연주자였으니 슈만 정도 아니면 누구라도 마음에 들었을까. 한창 무르익었을 나이에, 그리고 인생의 즐거움을 마음껏 누릴 나이에 남

편을 먼저 보내고 그 허전한 마음을 어떻게 달랠 수 있었을까. 또 그때 나
타난 젊은 천재 브람스의 뜨거운 열정을 그녀는 어떻게 소화했을까. 참으
로 궁금한 일이다.

슈만은 19세기 전반 낭만주의가 유럽을 휩쓸고 있을 때 위대한 낭만주
의자로서 한 세상을 풍미한 천재다. 수많은 천재가 있지만 나는 슈만이야
말로 진정한 천재라고 감히 주장하고 싶다. 어쩔 수 없이 치솟아 오르는
감정의 분출. 감당할 수 없을 만큼 쏟아져 나오는 악상. 미처 손으로 다듬
을 수조차 없어 그냥 터져야만 했던 그의 천방지축의 악곡들. 그러면서도
후세의 모든 음악의 전범이 될 만큼 시도되었던 새로운 형식들.

그 뿐인가. 필요하다면 달아오르는 격정을 휘어잡고, 그 격정을 틀이 꽉
잡힌 고전주의 형식에 끼워 맞출 줄도 알았던 사나이. 그리고 자기만이 천
재가 아니라 수많은 천재를 한 눈에 알아보는 비범함. 멘델스존은 슈만에
의해 인정이 되고, 쇼팽과 브람스는 슈만 덕분에 이름을 알리게 되었다고
해도 과언이 아니다. 슈베르트도 그에 의해 새롭게 발굴되었다고 이야기
할 수 있다.

이러한 천재가 사랑을 썼다. 사랑을 열정적으로 노래했다. 그리고 그 사
랑의 대상에게 곡을 헌정했다. 바로 피아노 오중주 op.44이다. 슈만이
1840년 온갖 어려움을 물리치고 클라라와 결혼하는데 성공하고, 두 해가
지나 한창 사랑의 즐거움을 만끽하고 있을 때인 1842년, 이 곡은 작곡되
었다. 이 해에는 현악 사중주 세 곡과 피아노 사중주 한 곡을 이미 작곡하
고 있었고, 피아노 오중주는 마지막 작품이었다. 역시 사람이 행복할 때
최고의 걸작이 나오는가.

사랑도 앞서 이야기했던 브람스의 사랑과는 사뭇 다르다. 같은 여인을
두고 쓴 사랑이지만 하나는 이룰 수 없는 비극적 사랑이요, 다른 하나는
쟁취한 사랑의 이야기이다. 실패한 사랑이 아니라 성공한 사랑이다. 사랑
은 받는 것이 아니라 주는 것이 아름답다고 하지만, 그래도 사랑을 주고
또 그 사랑이 받아들여질 때 완전한 사랑이 되는 것이고, 그 때의 기쁨이

야말로 진정한 환희다.

슈만의 피아노 오중주에는 이러한 기쁨과 환희가 전곡에 넘쳐 흐른다. 그리고 이 작품이 더욱 걸작이 되는 것은 이러한 가늠할 수 없는 커다란 감정을 슈만답지 않게 고전적인 소나타 형식에 엄격히 맞추어 넣었다는 사실이다. 그래서 감정이 낭떠러지로 떨어지지 않고 우리는 그 아름다움을 잘 견디어 내며 즐길 수가 있는 것이다. 이 곡도 역시 네 개의 악장으로 구성되어 있다.

1악장 Allegro brillante
2악장 In modo d'una marcia – un poco largamente
3악장 Scherzo – molto vivace
4악장 Allegro ma non troppo

첫 악장은 '빠르게'이다. 그리고 brillante가 필시 영어의 brlliant와 같은 어원이라면 그 뜻은 화려하고 밝다는 뜻일 게다. 말 그대로 곡을 빠르게, 그리고 밝게 연주하라는 뜻이다. 곡은 시작하자마자 피아노의 힘찬 소리가 우리를 압도한다. 당장에 첫 주제가 튀어나오는 것이다. 그리고 맛보기로 두 번째 주제가 아주 짤막하게 나타난 다음에 다시 첫 주제가 반복된다. 첫 주제는 그야말로 강렬하다. 피아노 포르테로 힘껏 건반을 두드린다. 사랑의 힘이다. 기쁘니 힘이 넘쳐 난다. 피아노가 다시 힘을 약간 죽여 제2주제를 끌어낸다. 그리고 바이올린이 주제를 이어 받는다. 첼로가 되풀이하고 피아노가 또 부른다. 다시 첼로가 굵게 주제를 반복할 때 바이올린이 옆에서 따라 붙는다.

주제가 전개되는 동안 듣는이의 가슴은 떨린다. 이 선율은 분명 울렁거림의 가락이다. 사랑하는 이를 쳐다볼 때, 그리고 사랑하는 사람을 생각하기만 해도 가슴이 울렁거린다. 심하게 울렁거릴 때는 가슴의 맥박이 한껏 요동치고, 보이는 것은 하나도 없이 하늘이 노래진다. 어찔어찔하면서도 어디론가 떠내려 가는 듯하다. 세상의 잡동사니들은 모두 사라진지 오래다. 오로지 사랑만 들리고 사랑만 보이는 것이다. 자나깨나, 눈을 감거나 눈을 뜨거나 생각나는 것은 사랑스런 얼굴이다. 아아, 인간은 얼마나 아름다운 존재인가. 이런 사랑의 느낌을 가능하게 만들어주신 조물주에게 감사를 드릴진저.

아마도 슈만은 사랑하는 클라라를 품에 안고 하늘로 그저 둥실둥실 떠다니며 춤이라도 추고 싶었을 게다. 어렵게 쟁취한 사랑, 그 사랑이 어떤 것인데. 생각하면 생각할수록 새삼스럽고, 새록새록 솟아나는 강렬한 환희, 그리고 그 기쁨으로 울렁거리는 가슴.

1악장에서 슈만은 지치지 않고 이러한 느낌을 쏟아 낸다. 소나타 형식은 이러한 느낌을 되풀이해서 나타내도록 도와준다. 이러한 사랑의 기쁨은 아무리 들어도 싫증이 나지 않는 법, 아니 그보다 한 번만이라면 오히려 아쉬운 법이어서 곡은 되풀이된다.

그러나 이어지는 전개 부분은 갑자기 약간의 어두움이 드리운다. 검은 구름이 몰려온다. 그리고 폭풍우가 몰아친다. 피아노가 격렬하다. 하지만 이러한 날씨는 오래 가지 못하고 곧바로 끝이 난다. 거친 바람 뒤에 다시 이루어지는 사랑, 그리고 결코 꿈이 아닌 사랑이 우리를 기다리고 있다. 곡은 다시 앞으로 돌아가 아름다운 주제들이 되풀이된다.

2악장은 '행진곡풍으로 – 천천히' 이다. largamento가 영어로 slowly 또는 broadly라고 번역되니 천천히의 의미가 약간은 미묘하다. 피아노가 첫 부분을 열면 곧 현이 이분음표와 온음표로 구성된 첫 주제를 시작한다. 이것이 바로 행진곡풍의 곡조인데 이는 어디까지나 리듬이 그렇다는 이야기일 뿐, 느낌은 어둡고 슬픔에 잠겨 있다. 비탄에 잠겨 슬픔을 짧게 끊어지듯 토해낸다.

갑자기 웬 슬픔일까. 사랑의 환희를 노래하더니 무슨 일이라도 생긴 것일까. 그러나 슬픔이라 해도 비통하게 눈물이 얼굴을 주루루 흘러내리는 그런 슬픔이 아니다. 가슴이 메어지고 머리에 통증이 오는 그런 슬픔이 결코 아니다. 사랑의 뒤안길에서 느껴지는 환희의 슬픔이다. 좋아서 흘리는 눈물이다. 웃으며 흘리는 눈물인 것이다. 어디 사랑이 그저 쉽게 얻어지는 것인가. 밝은 사랑이지만 어두운 뒤안길이 또 있는 것이다.

나는 이런 감정의 느낌을 다른 곡에서는 발견한 바가 없다. 슈만같이 마음속에 마성魔性이 도사리고 있는 위대한 천재만이 이런 역설의 아름다움을 나타낼 수가 있는 것이다. 낭만주의자들이 흘리는 눈물이라는 것이 대체로 그렇기는 하지만, 나는 젊은 나이에 요절한 노발리스Novalis의 산문 「하인리히 폰 외푸터딩겐」의 슬픈 아름다움을 잊을 수가 없다. 순수의 세계에서는 슬픔이 아름다운 꽃으로 산화된다. 눈물을 흘리지만 우리는 슬픔 대신에 강한 아름다움에 빠져든다.

노발리스가 1803년에 죽었으니 아마도 슈만은 그 책을 읽었을 지도 모른다. 슈만이 누군가. 다른 위대한 작곡가들과는 달리 그는 젊어서 바이런과 같은 낭만주의 문학을 탐닉하였고, 대학에서는 법학을 전공하였지만, 칸트나 셸링, 그리고 피히테같은 철학에도 심취하였던 바다. 밑받침이 아주 튼튼한 것이다. 그렇다. 여기서 그는 슬픔을 표현하되 이미 꿈속에 들어가 아름다운 환상에 젖어드는 것이다.

우리는 2악장의 제2주제에서 그 사실을 확인할 수 있다. 2악장의 첫 주제가 피아노의 피아니시모로 끝나면서 갑자기 아련히 떠오르는 바이올린과 현의 선율, 그리고 뒤에서 받치는 피아노의 리듬이 나타나는데, 맹세코 이야기하건대 이렇게 아름다운 선율을 들은 적이 없다. 하늘에서 내린 선율이다. 모차르트의 하늘에서 내린 선율은 천사들의 선율로서 결점이 없이 완벽하다. 그러나 슈만의 이 선율은 하늘에서 내린 것이되 인간의 선율이다. 사랑하는 사람한테 주어진 선물이다. 사랑이란 이렇게 위대한 것인가. 아니 음악이란 이렇게 위대한 것인가.

학창시절 음악감상실 아폴로에서 처음으로 들은 이래, 청춘이 지나고 장년을 보내고, 이제 지천명의 나이에 이르도록 아직도 가슴에서 울렁거리며 솟아나는 그대 아름다운 선율이여, 청춘은 아름다워라, 그리고 사랑은 아름다워라, 음악이여 영원하거라. 선율은 우리의 호흡과 심장을 멈추게 한다. 꽃보다도 아름다운 선율이여. 그 선율은 슬프고 어두운 첫주제 뒤에 나오길래 상대적으로 더 밝고 투명하게 빛나며 우리를 현혹시키고 있다. 다시 피아노와 현이 첫 주제로 되돌아가 곡을 반복한다.

그리고 세 번째 주제가 나타난다. 피아노가 강렬하다. 아마 감정을 종결하기 위해 만들어진 부분같다. 그러나 정해진 형식은 여기서도 위력을 발휘하여 1주제, 2주제, 다시 1주제로 곡을 구성하며 아름다운 선율을 계속 선사한다. 그리고 슈만이 클라라에게 바쳤던 아름다운 사랑의 감정을 우리는 한 세기가 훨씬 넘어서도 마음껏 공유한다. 그리고 주제들은 곡의 끝부분으로 가면서 속도를 약간 빨리하는데, 서두르는 듯한 멜로디가 우리를 사로잡다가 또 터져 나오는 두 번째 주제가 귓가를 건드리면, 우리는 가만히 첫 주제의 아름다운 슬픔으로 되돌아가게 되는 것이다.

3악장과 4악장은 전개와 종결이다. 피아노가 격렬하게 현을 리드하며 앞선 악장들의 주제가 변주가 되어 곡을 지배한다. 특히 3악장의 리듬은 춤이라고 할 수가 있다. 3악장에서는 바이올린이 1악장의 제2주제를 변주하는데, 이는 사랑하는 여인과 손에 손을 잡고 빙빙 돌며 춤을 추는 느낌을 준다. 얼마나 좋을까. 비바체의 속도로 아주 빠르게 돌아가는 춤이라도 출 수 있으니. 그리고 4악장에서는 첫 악장의 첫 주제가 화려하게 변주되며 끝난다. 한마디로 빛나게 밝고 불타는 듯한 열정이다. 열정으로 가득차 곡은 마감된다.

슈만은 이후로도 그녀를 이런 열정으로 사랑하였을 것이다. 그러니 죽음을 앞두고서 전혀 움직이지도 못했던 손으로, 무슨 힘인가가 움직여 사랑하는 여인 클라라를 으스러지게 포옹하였던 것이다.

나는 슈만의 피아노 오중주를 아직도 아끼며 사랑하고 있다. 힘들거나 외로울 때, 그리고 슈만처럼 사랑이 넘칠 때, 나는 이 판을 틀고는 하였다. 사람이 살면서 필요한 것은 기쁨이요 환희가 아닌가. 슬픔은 오직 몰래 보이지 않는 곳에서 있어야 하는 법.

사람들은 말한다. 고통이 기쁨의 밑거름이라고. 그러나 우리는 그러한 고통을 기억에서 지우고자 한다. 고통을 나눌 수 있는 것은 고통에 시달리고 있는 한 순간일 뿐이고, 우리는 고통스럽고 괴로울 때에도 한 줄기 밝은 빛이 하늘에서 내리기를 바라는 것이다.

음률의 조화와 화평

바하의 무반주 바이올린을 위한 소나타와 모음곡 BWV 1001~1006

곡의 제목만 들어도 언제나 가슴을 설레게 하는 바하의 무반주 바이올린을 위한 소나타와 파르티타는 문학적 언어의 설명을 전혀 필요로 하지 않는다. 음악언어는 귀에 닿는 순간 곧바로 신경을 타고 가슴에 도달하며, 이러한 직관적 미감은 다른 어떠한 매개체로도 해석되지 않는다. 음악 자체로 충분하고 자족적이기 때문이다.

아름다움의 대상은 음악 말고도 여러 가지가 있다. 시도 있고 그림도 있으며, 조각이나 건축은 물론, 자연의 경관도 훌륭한 미적 대상이다. 그러나 무엇보다 음악의 특성은 시간적이고, 또 선택적이다. 특히 바쁜 시대를 살아가는 우리들에게 음악의 선택적인 요소는 음악을 다른 예술들과 구분 짓게 하는 중요한 특성이다.

아침에 일어나면 나는 음악을 튼다. 하루를 새롭게 맞이하며, 하루를 더욱 새롭게 하기 위해 나는 아름다움을 선택한다. 이럴 때의 선택은 자연스럽게 음악이 된다. 일어나자마자 화집을 찾아 인상파 화가들의 아름다운 그림들을 음미하기에는 마음이 정리되어 있지가 않다. 그렇다고 시집을 읽기란 더더구나 어울리지 않는다. 음악은 그에 비해 오디오 기기에 걸어 놓기만 하면 상대적으로 혼자 울려 나오고, 나의 귀는 수동적이지만 아주 자연스럽게 부담없이 음악을 듣게 된다. 그리고 그 음악으로 인해 나의 마음은 여러 형태로 변화하면서 음악을 듣는 순간의 나의 존재를 아름답게 음미하게 하고, 또 다가오는 하루를 아름답게 생각하게 한다.

아름다운 음악이여. 아름다운 인생이여. 밤의 어둠과 허무는 사라지고 이슬이 맺힌 풀잎들의 싱싱함, 하늘에서 쏟아져 내리는 햇빛, 그 햇살을 가로지르는 새들의 아침 노래소리. 그리고 나의 귀를 강하게 붙들고 있는 음악소리. 사람들이 만들어낸 음악소리. 나 아닌 어느 누가 창조해낸 소리. 그 소리에 가슴이 울리고 나도 아름다운 삶을 사는 사람임을 확인하게 된다.

어떻게 보면 우리는 멋진 시대에 살고 있다. 과거에 음악은 지금처럼 선택적일 수가 없었다. 음악은 시간적이어서 반드시 악기로 연주되어야 했고, 또 그런 연주를 접하려면 어느 특정한 장소나 사람들이 동원되어야 했다. 감상하는 사람들도 일반 대중과는 거리가 있었다. 그러나 지금은 문명의 이기가 극도로 발달되어 각자 살고 있는 집의 안방에서 언제든지 자기가 원하는 곡을 선택하여 들을 수가 있게 되었다. 물론 같은 음악이라도 연주회장에 가서 악기들을 보고, 또 그 악기들을 연주하는 연주자들의 생생한 몸짓을 음미하면 더 큰 아름다움을 느끼겠지만, 일상생활의 여러 제약으로 연주회 감상이 어디 쉬운 일이겠는가.

사람들의 귀는 아주 묘해서 모든 사람들이 두 개의 귀를 가지고 있지만 모양이 모두 다른 것처럼 귀가 순간순간 반응하는 것도 사람마다 다르다. 그리고 한 사람의 똑같은 귀라도 그 사람이 처해 있는 정황에 따라 귀는 음악에 대해 반응하기도 하고 침묵하기도 한다. 사랑을 열심히 나누고 있는 젊은 연인들에게 아무리 아름다운 음악을 곁에서 울려준다 해도 사랑의 순간에는 그들의 귀에 음악이 들릴 리가 없다. 또 지하철이나 버스의 소음 속에서 어떤 음악소리가 울린다면 우리의 귀는 훨씬 큰소리의 소음을 일체 제거하고 가느다란 음악소리만 통과시켜 가슴으로 전달한다.

그러니 이렇게 예민한 귀가 음악이라고 아무 음악이나, 아무 곳에서나, 아무 때나 좋다고 들을 리가 없다. 우리의 귀는 각자에 맞게 만들어져 있고 또 변덕스러워서, 음악을 들으려 하면 우선 어떤 음악을 들을까 하고 까다롭게 선택하는 것이다.

나는 아침에 바하를 듣는다. 우울하여 삶이 버거울 때는 바그너의 힘찬 서곡이나 간주곡들을 듣기도 하고, 화사하고 아름다운 봄에는 모차르트나 젊은 베토벤을 듣기도 한다. 조용하고 넉넉한 시간적 여유가 있는 아침이라면, 가야금 산조나 아니면 조선조 정악을 듣기도 한다.

그러나 일상적인 아침에서 아무 때나 무난한 것이 바하의 곡들이다. 언제 들어도 무리가 없는 곡들. 그리고 그 곡을 집중해서 들어도 좋고 그렇지 않아도 상관없는 음률들. 무엇보다 대곡이지만 중간 어느 부분부터 들어도 전혀 느낌의 통일성을 해하지 않는 곡들. 그리고 아무리 들어도 싫증이 나지 않는 곡들. 그러니까 매일 아침 들어도 좋고, 또 되풀이해서 들어도 계속 귀를 울리게 하는 곡들. 균형이 잡히고 조화가 느껴지면서도 사람의 감정이 짙게 배어있는 곡들. 그래서 바하는 언제나 나를 즐겁게 한다. 바하의 위대한 점이다. 그리고 어느 예술가가 매일 아침 이렇게 한 인간의 일상적 삶을 아름답게 할 수 있는가.

4시간 가까이 소요되는 〈피아노를 위한 평균율곡집 I/II〉는 48개의 전주곡과 푸가로 되어 있는 방대한 곡이지만, 아무 부분이나 그냥 언제 걸어도 아름다운 음률이 귀에 들어온다. 피아노 연주로 들을 것이 아니라 바하 당시의 악기인 쳄발로 Cembalo(Harpsichord)로 접해야 훨씬 제격이다. 〈골드베르그 변주곡〉도 길지만 아름답고, '인벤션'도 차분하며, 바하의 마지막 작품이라는 '푸가의 기법'은 또 얼마나 아름다운가.

푸가의 기법은 바하가 악기를 지정하지 않고 작곡하여 후세인들이 여러 악기로 연주하고 있지만, 무슨 악기로 연주해도 아름다우니 과연 신비스런 곡이라 아니할 수 없다. '무반주 첼로를 위한 소나타와 파르티타'는 또 얼마나 사람의 심정을 파고 드는가.

그러나 나는 이중에서도 〈평균율곡집〉과 〈무반주 바이올린을 위한 소나타와 파르티타〉를 가장 사랑한다. 전자는 건반악기를 위한 것이고, 후자는 현을 위한 곡이다. 아름다움의 비교는 무의미하다. 그러나 요즈음은 바이올린 조곡에 손이 더 자주 간다. 이 나이의 취향이려니 생각할 뿐이다.

바하는 엄청난 양의 칸타타와 합창곡, 미사곡, 수난곡, 그리고 오르간 연주곡을 작곡하였다. 특히 〈마태 수난곡〉은 음악의 최고 걸작이라고 알려져 있다. 그러나 나는 이 곡들은 우리나라 사람들이 접근하기가 쉽지 않다고 생각한다. 우선 작품의 양이 방대하여 체계적으로 분석하며 골라 듣기가 용이하지를 않다. 〈마태 수난곡〉이 최고의 걸작이라고 하지만, 두 가지 걸림돌이 있어 우리의 악곡 이해를 버겁게 한다.

첫째는 언어의 한계이다. 우리는 오페라를 감상할 때 간혹 지루함을 느끼는데, 이는 언어를 이해하지 못하고, 나아가서는 오페라가 제시하는 이야기의 극적 요소를 충분히 따라가지 못하기 때문이다. 두 번째는 종교적인 이유이다. 물론 특정한 종교가 지배하는 사회에서 나온 음악이라 해도, 종교의 엄숙하고 경건한 아름다움은 음악에서 보편화된 숭고미로 전환되어 어느 시대나 사회의 사람들에게도 감동적일 수 있다. 하지만 아무래도 그 종교를 신봉하는 사람들보다는 느낌의 정도가 다를 수밖에 없다. 태어나서부터 세례를 받고, 성장하면서 항시 들었던 교회음악들. 그러한 사람들이 바하의 수난곡을 들을 때 얼마나 감격하겠는가. 기독교가 육화되어 있는 사람들과 아무래도 많은 차이가 있는 우리들의 감동은 그 크기에 있어서 한계가 있을 수밖에 없다고 본다.

그리고 앞서의 두 가지 이유보다 성악곡이 갖는 본질의 한계가 있다. 음악이 탄생할 때 본디 시와 노래와 춤이 있었을 것이다. 즉 성악은 음악의 시초라 할 수 있다. 그러나 음악이 발전하면서 성악은 아무래도 보편적이고 절대적인 아름다움을 취득하는 데 문제가 있었다. 노래는 가사가 있다. 가사는 언어다. 언어는 이미 뜻을 지향한다. 우리는 노래를 들으면서 그 뜻을 이해한다. 다시 말해서 우리의 느낌의 최대치는 그 뜻의 최대치다. 아름다운 감정이 한계를 갖고 구속을 받는 것이다. 자유롭지 못한 것이다. 명료하지만 틈새가 없다. 아름다움이란 모호한 구석도 있어야 하는 법이다.

우리가 이야기하는 순수 절대음악이란 통상 기악곡을 가리킨다. 사람의 목소리가 배제된 순수 기악의 소리로만 구성된 음악이다. 서양 음악에서도 기악곡의 발전은 더디었다. 그리고 중세 그레고리안 성가 이래 르네상스 시대를 거쳐 오면서도, 기악곡은 미완성의 형식이었고, 대부분의 사람들은 기악곡을 불완전한 음악으로 평가하고, 심지어는 경멸까지 하였다. 이러한 생각들은 계몽주의 시대의 장 자끄 루소나 몽테스큐까지 이어져 왔다.

> 상식적인 인간에게 직접적으로 분명하지 않은 것은 어느 것이나 이해할 만한 가치가 없다는 것이었다. 기악은 표제 프로그램을 통해서 이해 가능한 의미를 지니지 않는 한 웅변적이기는커녕 하찮은 것으로 통했다.(칼 달하우스, 『음악미학』, 조영주 역, 이론과실천, 42쪽)

그러나 이미 바하(1685~1750)와 동시대에 살았던 작곡가이며 음악이론가인 요한 마테존(Johann Mattheson, 1681~1764)은 말했다.

> 단지 신중하게 소리를 선택하고, 그 소리들을 능숙하게 연결지음으로써 가사 없이도 마음의 모든 성향들을 진실되게 표현할 줄 알아야 한다. 그렇게 해서 청취자가 악상, 의미, 의견과 강조 등을 그에 적합한 악구樂句 및 악절樂節과 함께 마치 그것들이 실제의 말인 것처럼 완전히 파악하고 분명하게 이해할 수 있게 해야 한다. 그럴 때 즐거움이 있다. 가사가 없이 이러한 일을 성취하는 데는 가사의 도움이 있을 때보다 더 많은 기교와 더 강렬한 상상력이 필요하다.(위의 책, 43쪽)

순수절대 음악에 상대적인 것이 성악곡이나 악극만이 아니다. 기악곡들 중에는 표제음악이 있다. 프란쯔 리스트의 교향시들이 대표적일 것이고, 사회주의 음악들이 또한 그러하다. 그러나 한스 게오르그 네겔리Hans Georg Naegeli는 1826년 '음악강의'에서 말했다. 음악은 묘사하지도 모방하지도 않는다. 음악은 "유희하는 존재일 뿐 그 이상이 아니다. 음악에는 아무런 내용이 없다. 흔히 우리는 그렇지 않다고 생각하고, 또 음악에서 무엇인가를 읽어내고 싶어하지만 말이다. 음악에는 단지 형식만이, 즉 하나의 전체에로 통제되는 음과 음렬들의 결합만이 있을 뿐이다."(위의 책, 47쪽)

어떻게 보면 지나칠 정도로 극단적인 표현이지만 음악언어는 문학언어나 미술언어와 다르다는 사실을 지적하고 있고, 음악으로 무엇인가 목적적인 것을 표현하면 그 순간에 음악의 아름다움은 줄어든다는 것을 적절히 나타낸 말이라 할 수 있다. 여기서 브람스와 한슬릭을 한 축으로 하고, 바그너와 그 일파를 다른 축으로 하는 음악이론상의 대립을 논하기는 적절치가 않다. 다만 경험상으로 우리에게 음악의 지극한 아름다움을 전하는 것은 역시 순수 기악음악이라는 사실이다.

이러한 순수 기악음악은 근대에 들어서 무수히 많이 작곡되어 헤아릴 수 없이 많지만, 그중 대표적 걸작이라 할 수 있는 것들로서는 앞서 이야기한 바하의 기악곡들, 모차르트의 클라리넷 오중주 K.581, 베토벤의 일련의 현악 사중주들, 브람스의 교향곡 4번이나 클라리넷 오중주 op.115 등이 있고, 현대에 들어와서는 쇤베르그나 바르톡의 훌륭한 작품들이 있다.

우리에게도 자랑스런 순수 기악곡들이 있으니 〈영산회상〉이나 가야금 산조가 대표적인 것들이고, 아악의 경우도 굳이 불필요한 가사를 배제한다면 훌륭한 순수 절대음악이랄 수 있겠다.

바하의 무반주 바이올린을 들어보자. 첫 부분은 소나타 1번이다. 첫 악장은 아다지오다. 시작부터 활을 현에 대고 힘차게 확 긋는다. 여리고 조그만 악기인 바이올린을 전혀 염두에 두지 않는 듯한 거칠고 강한 움직임이다. 그러면서 흘러나오는 소리들은 우리가 늘 접하는 부드럽고 결 고운 바이올린 소리가 전혀 아니다. 무겁고 천천히 흘러나오는 소리는 듣는 사람의 귀를 강하게 잡는다. 그러면서 우리의 심정에 무엇인가 강하게 호소하기 시작한다.

2악장은 푸가 알레그로이다. 여기서는 긴장이 조성된다. 상당히 높은 음으로 음악은 연주된다. 1악장에서 설마설마 하다가 2악장에서 아연 마음을 집중하여 음악에 빠져들게 된다. 분명 아무런 악기도 없이 바이올린 하나로만 연주되는 곡인데 완벽하다. 마치 여러 개의 바이올린이 연주하는 효과를 낸다. 이미 이태리에서 발전된 바이올린의 테크닉이 여기서 고도로 발휘되는 것이다. 물론 주제의 반복을 통한 푸가 형식이 주는 느낌 때문인지도 모르지만, 우리는 곡이 진전되면서 아주 팽팽하게 긴장되는 아름다움을 느낄 수가 있다.

바하는 악기 하나를 놓고 악기가 도달할 수 있는, 아니 도달하여야 하는 음의 한계를 모두 시험하는 것처럼 보인다. 바하는 이전시대부터 내려오는 여러 가지 형식을 집대성하였다. 그 중에서도 그가 완성한 푸가라는 형식은 대위법을 사용하면서 음악을 아주 엄격한 일정 틀로 구성하는 것이었다. 그러나 바하는 이러한 틀 속에서 음이 실험할 수 있는 모든 효과를 달성하려고 노력하고 있는 것처럼 보인다. 아울러 그러한 노력을 통하여 그가 표현하고자 하는 미적 감정도 최고로 고양시킨다.

여기서 우리는 한가지 사실을 추가로 발견할 수 있다. 즉 베토벤도 바하 없이는 있을 수 없다는 사실을. 역시 음악도 역사가 개재된 예술인가. 베토벤의 현악 사중주 op.133 Grosse Fugue는 바하의 또 다른 변용이 아닌가. 베토벤도 음을 반복하면서 치열하게 음을 분해하며 음을 끝까지 몰고 가지 않았던가. 차이점이라면 바하는 오로지 바이올린 하나로 그 어려운 작업을 수행하고 있다는 점이다.

3악장은 Siciliano다. 시실리 지방에서 유래된 무곡이라 한다. 나중에 기술하겠지만 무곡은 이미 춤곡이 아닌 형식적 개념으로 변질되었다. 여기서 3악장은 후기 고전주의 시대의 소나타 형식에 나오는 미뉴엣 정도의 반전이다. 1악장과 2악장에서 보여준 긴장을 반전시키며 풀어주는 것이다.

4악장은 Presto이다. 아주 빠르게 연주하라는 지시이다. 서두부터 강렬한 음들이 쏟아져 내린다. 날카로우면서도 부드러운 바이올린의 특성을 잘 살린 음들이 우리의 귀를 풍성할 만큼 즐겁게 한다.

형식과 내용이 잘 어울려야 훌륭한 예술작품이 탄생된다는 말이 여기서도 적용되나 보다. 무엇보다 바하는 우리가 익숙한 아름다운 선율 위주의 통상적인 음악작품들과는 거리가 있는 듯이 보인다. 그는 선율을 포함한 음이 가지고 있는, 또 음으로 구성될 수 있는 조립품들에게 그 기능의 최대치를 요구하면서도 조화와 균형을 잃고 있지 않는 것처럼 보인다.

바하가 도달한 아름다움은 서양문화권에서 단연 최고봉에 속한다 하겠는데, 그 아름다움의 경지는 어찌 보면 서양의 정신과 언어로 표현하는데 한계가 있을지도 모른다. 최고가 아닌 것이 최고를 논할 수 있겠는가. 죽음과 삶, 정신과 물질, 신과 인간 등 대립적인 요소들의 화합을 찾지 못하고 끙끙 앓기만 하는 서양 사람들이 어찌 조화의 최고 경지를 터득하겠는가.

차라리 동양의 미적 감각으로 운위해보자. 『춘추좌전』에 "음악은 청탁, 대소, 단장, 질서疾徐, 애락哀樂, 강유剛柔, 지속, 고하, 출입, 주소周疏 등으로써 서로 가지런해집니다. 군자는 그것을 듣고 마음을 화평하게 하며, 마음이 화평하면 덕이 조화롭게 됩니다. 그러므로 『시경』에 덕이 있는 소리는 허물이 없다(德音不瑕)라 했습니다"(여기현 역)라는 말이 나온다.

맑음과 흐림, 크고 작은 것, 짧음과 긴 것, 서두름과 느긋함, 슬픔과 기쁨, 강함과 부드러움, 느림과 빠름, 높음과 낮음, 나아가고 들어오는 것, 집중과 흩어짐 등은 모두 대립적 요소들이다. 바하의 무반주 바이올린 조곡에는 이런 요소들이 모두 들어 있다. 그리고 그러한 대립요소들을 엄격한 형식과 자유로운 정신의 내용으로 조화를 추구하며, 궁극적으로는 듣는 이에게 아름다움, 즉 화평한 마음을 선사하는 것이다. 또 이런 말도 있다.

황제께서 말씀하시길 "기夔야 명하노니 음악을 관장하여 자제를 가르치되, 곧으면서도 온화하고 관대하면서도 위엄이 있어야 하느니라. 강직하되 포악하지 말고 대범하되 거만하지 말라. 시는 뜻을 말로 표현한 것이고 노래는 말을 읊조린 것이요, 소리는 읊조림에 의지하고, 음률은 소리와 화하는 것이니, 여덟가지 소리가 화해를 이루어 질서를 잃지 않으면, 귀신과 사람이 이로써 화합하리라." 기가 대답하길 "예. 제가 경쇠를 치니 뭇짐승도 모두 춤을 추더이다."(帝曰 夔, 命汝典樂, 敎胄子, 直而溫, 寬而栗, 剛而無虐, 簡而不傲, 詩言志, 歌永言, 聲依 永, 律和聲, 八音克諧, 無相奪倫, 神人以和. 夔曰 : 於, 予擊石 石, 百獸率舞 － 尙書 堯典 / 유중하 역)

그리스 신화에 나오는 오르페우스도 사랑하는 여인 에우리디케를 찾아 방황할 때 그가 악기를 연주하면 만물이 함께 춤을 추었다 했다. 그러나 앞의 인용문은 그러한 음악의 경지를 이야기할 뿐만 아니라 왜 그것이 가 능한지도 명료하게 지적하고 있다. 비약일지 모르지만 한가지가 지극하면 모든 것이 통한다. 음악이 지극하면 모든 현상과 통할 수가 있다. 음악은 인간이 만들어낸 최고의 예술형식이기 때문이다. 그래서 중국의 고대인들 은 다음과 같은 말을 할 수 있는 것이다.

무릇 정치는 음악과 비슷하니 좋은 음악은 화해로움에서 나오고 화해로움은 각 악기가 침범되지 않는 안정됨(平)에서 나온다. 오성으로써 음악을 화해롭게 하고, 음률로써 오성을 안정되게 한다. 타악기로 시작하고, 관현악기로 연주하 며, 시로 뜻을 말하고 노래로써 시를 읊고, 포匏로, 노래를 펼치며, 와瓦로써 연 주를 도우며, 혁목革木으로 절주를 맞춘다. 각 악기가 상도常道를 얻은 것을 악 극樂極이라 한다. 잘 맞는 것이 모인 것을 소리라 하고, 소리가 조응하고 서로 돕는 것을 화해롭다(和)고 하며, 높고 낮은 소리가 제 소리의 범위를 벗어나지 않는 것을 안정됨(平)이라 한다. 이렇게 하여 주조한 쇠와 갈고 다듬은 돌, 묶은 실과 나무, 박자를 맞추는 북 등으로 연주하면 이에 팔방의 바람(풍속, 기풍)에 순응하게 된다. 이리하여 여름에는 음기가 막히지 않고, 겨울에는 양기가 흩어지 지 않게 되며, 천지만물의 음양이 순서를 이루어 비와 바람이 때에 맞춰 내리게 된다. 이에 만물이 잘 자라고, 백성이 화해롭고 이롭게 되며, 만물이 갖추어지고 음악이 이루어지며, 윗사람 아랫사람 모두가 힘들지 않게 된다. 이런 까닭에 음악이 올바르다고 한다.(夫政象樂, 樂從和, 和從平, 聲以和樂, 律以平聲, 金石以動之, 絲竹以行之, 詩以道之, 歌而詠之, 匏以宣之, 瓦以贊之, 革木以節之, 物得其常曰樂極, 極之所集曰聲, 聲應相保曰和, 細大不踰曰平, 如是而鑄之金, 磨之石, 系之絲木, 越之匏竹, 節之鼓而行之, 以遂八風, 於是平氣無滯陰, 亦無散陽, 陰陽序次, 風雨時至, 嘉生繁祉, 人民和利, 物備而樂成, 上下不罷, 故曰樂正 - 國語 周語 下 / 유중하 역)

바하의 무반주 바이올린 조곡으로 돌아가자. 더 이야기하기 전에 전체 곡의 구성을 본다.

-Sonata No. 1 in G minor BWV 1001

Adagio, Fuga : allegro, Siciliano, Presto

-Partita No. 1 in B minor BWV 1002

Allemande, Double. Courante, Double : Presto, Sarabande, Double.

Tempo di Bourree, Double

-Sonata No. 2 in A minor BWV 1003

Grave, Fuga, A ndante, Allegro

-Partita No. 2 in D minor BWV 1004

Allemande, Courante, Sarabande, Gigue, Chaconne

-Sonata No. 3 in C major BWV 1005

Adagio, Fuga alla breve, Largo, Allegro assai

-Partita No. 3 in E major BWV 1006

Preludio, Loure, Gavotte en Rondeau, Menuett I/ Menuett II

Bourree, Gigue

바하의 첫 소나타에서는 뒷날 서양음악을 풍미한 소나타 형식의 초기 단계를 읽을 수가 있다. 소나타 형식 하면 두 가지 의미가 있는데, 첫째는 여러 개 악장을 구성하는 커다란 틀로서의 양식이다. 둘째는 악장 내부에서 통상적으로 1악장 안에서 제1 주제와 제2 주제의 제시, 발전부, 재현부 등의 구성으로 이루어진 형식을 말한다.

바하의 소나타에서는 둘째 의미의 소나타 형식은 뚜렷하지가 않다. 그러나 첫째 의미의 소나타 형식에서는 4개의 악장으로 구성되어 있고, 3악장의 반전이나 4악장의 빠른 속도의 마무리 등이 이미 후기 소나타 형식과 거의 흡사하다. 다만 바하의 1악장이 느린 아다지오인데, 통상 소나타 형식은 첫 악장이 알레그로이고, 둘째 악장은 안단테 등의 중간 속도인 것이 다르다.

바하의 소나타 형식에 대칭적으로 사용되는 파르티타는 모음곡이라는 뜻이지만, 본디는 앞서의 소나타가 교회 소나타라 불리고, 파르티타는 이태리에서 발전된 실내 소나타를 지칭한다. 바하는 의도적으로 이 대칭적인 소나타 형식들을 번갈아 배치함으로써 대비의 효과를 극대화시킨 것이다. 실내 소나타, 즉 파르티타는 바로크 시대의 가장 중요한 기악 형식의 하나이다. 무곡의 성격을 지닌 몇 개의 악장으로 이루어지며, 사용 악기는 초기에는 류트, 후에 와서는 쳄발로가 특히 많이 쓰였고, 그밖에도 실내악이나 관현악을 위한 모음곡이 있다.

바하 시대에 기준이 된 모음곡은 성격을 달리하는 다음과 같은 악장을 기본으로 하고 있다. 알르망드-쿠랑트-사라반드-지그. 그리고 흔히 사라반드의 앞뒤에 여러 형태의 무곡이 하나 또는 몇 곡이 임의로 삽입되었다. 알르망드 앞에는 프렐류드, 신포니아, 토카타 등 무곡 형식에 의하지 않은 악곡 전주곡으로서 사용된 적도 많았다.

이 시대의 모음곡의 특징은 바로 국제적 성격이라고 하겠다. 즉, 주요 악장을 이루는 무곡 가운데서 알르망드는 독일, 쿠랑트는 프랑스, 사라반드는 스페인, 지그는 영국에서 각각 생겨났다. 또한 건반용 모음곡과 아울러 상당히 자유로운 성격을 지닌 모음곡이 실내악이나 관현악 분야에서 사용되었다. 이탈리아의 실내 소나타(소나타 다 카메라)도 그 하나로서, 대표적인 작곡가로서는 이탈리아의 코렐리, 베라치나, 독일의 로젠뮐러 등이다. 한편 관현악 모음곡은 1690~1740년 사이에 독일을 중심으로 융성했다. 헨델의 '수상의 음악'이나 '왕궁의 불꽃의 음악', 바하의 관현악 모음곡은 이러한 형태의 대표작이다.

바하의 무반주 바이올린 파르티타는 앞서 모음곡 설명에 보이는 것처럼 무곡의 양식을 빌렸지만 이미 무곡이 아니다. 바하가 쓴 곡의 내용도 춤을 추고 싶을 만큼 흥을 돋우는 가락은 거의 없다. 파르티타 1번은 전부 8개의 악장으로 구성되어 있으나 실제로 각 주요 악장에 딸린 두블르를 하나의 곡으로 간주한다면 모음곡의 기본구성인 4개의 악장을 충실히 따른 곡이라 할 수 있다. 다만 마지막 악장을 지그에서 부레로 바꾸었을 뿐이다.

첫 악장인 알르망드는 무곡의 박자로 구성되어 언뜻 춤곡처럼 리드미칼하나 실제로는 춤과는 전혀 연관이 없는 무거운 곡들이다. 높은 음으로 호소하는 듯한 곡을 들으면, 춤을 출 마음이 싹 사라질 것이다. 춤은 외부 지향적인 곡이 반주로 나와야 한다. 그래야 망설이거나 우울한 사람들도 춤을 출 용기를 가질텐데, 바하의 알르망드는 전적으로 내면 지향적인 음악이다. 한가지 언급할 수 있는 것은 도처에서 음악언어가 느껴진다는 점이다. 일종의 음악수사학에서 사용되는 관용악구라 하겠는데, 이는 바하의 음악언어가 아주 풍부하면서도 교범적이어서 후대의 음악가들이 바하를 들으면 영감을 얻게 하는 점이라 하겠다.

알르망드에 따라 나오는 두블르는 앞선 악장의 높고 무거운 음을 부드럽게, 그리고 조용하게 변주한다. 우리는 바하의 음악 구성에서 이런 대칭적인 요소를 곳곳에 발견하게 되는데, 바로 이 점이 바하의 음악을 아무리 들어도 싫증이 안나게 하는 이유라 할 수 있다.

셋째 악장인 쿠랑트는 조형적인 아름다움을 느끼게 한다. 음이 분명하고 명료하게 끊어진다. 아름다운 희랍의 석조건물을 보는 느낌이다. 이러

한 느낌이야 바하의 어느 곡에서나 나타나는 특징중의 하나이지만 여기서
도 아주 뚜렷이 느껴진다. 희랍 건축은 기둥 양식이 세 가지가 있는데, 도
리아식, 이오니아식 그리고 코린트식이다. 바하에게 느껴지는 양식은 가
장 화려한 코린트 양식이 절대로 아니다. 오히려 가장 단순한 도리아식에
가깝다고 하겠다. 곡선을 허용하되, 최소한으로 사용한 도리아식에서 우
리는 더 깊은 맛을 천천히 감지한다.

쿠랑트에 딸려 나오는 두블르는 프레스토의 빠르기로 적혀 있다. 앞서
본 악장의 고전적인 아름다움을 빠르게 연주하니 우리는 아주 편안하게
마찰이 없는 감정상태로 리듬의 음을 즐길 수가 있다. 바하가 현대에 있어
서 다른 고전 작곡가들과는 달리 젊은 사람들에게도 인기가 좋은 이유다.
바하의 음악을 전자오르간으로 빠르게 연주하면 아마 그 곡은 무엇보다
훌륭한 현대의 전위음악이라고 할 수가 있다.

다섯째 악장인 사라반드는 다시 느린 곡조의 음악이다. 실질적으로 세
번째 주악장이니 일종의 반전이다. 매우 서정적인 곡이다. 아다지오의 속
도는 언제나 우리에게 깊은 감정을 야기시킨다.

이어지는 두블르는 안단테의 속도이다. 노래하는 듯한 변주는 아름답다.

일곱 번째 악장인 부레는 강렬한 열정이 넘친다. 파열하는 듯한 음도 나
타난다. 바하는 이어지는 두블르에서는 앞서의 열정을 눅이고 잔잔하게,
그리고 부드럽게 하지만 내연하는 열정을 노래한다.

사실 나는 첫 번째 파르티타를 기술하면서 나의 한계를 절감하였다. 세
부적인 음의 구성에 대해 지식이 부족한 점도 있겠지만, 그보다도 아름답
게 전달되어 오는 음악언어를 문학언어로 변환하는 데에 당혹감을 느꼈기
때문이다. 음악은 그저 듣기만 하면 된다. 그리고 느껴지는 아름다움은 자
족적인 것이다. 그것을 굳이 어떠어떠하다고 이야기하려니 본질적인 문제
에 부닥치는 것이다. 한슬릭 Eduard Hanslick(1825~1904)은 음악을 어
떤 감정의 묘사나 표현으로 나타내려 하는 것에 반대하고, 음악을 음과 음
의 조합이 구성되어 나타나는 아름다움만 강조하였다.

그는 바그너와 리스트에 반대입장을 표명하고, 슈만이나 브람스의 절대음악을 옹호하였다. 그러나 슈만이야말로 모든 음악에서 포에지 Poesie를 찾으려 했던 인물이다. 19세기 낭만주의자들은 음악에서 어떤 시적인 아름다움을 느끼고자 했고, 모든 예술은 결국 하나이며, 그렇기에 음악은 시적인 문학언어로 표현될 수 있다고 했다.

바하의 경우 그 형식의 순수 절대미에서 이러한 시적 감정을 찾는다는 것은 일견 위험하고 편견일 수 있으나, 낭만주의자들은 이러한 바하의 음악에서 포에지를 발견하고 바하를 찬양하였다. 바하가 사망한 후에, 잊혀져 가는 그의 음악을 되살려낸 사람들이 낭만주의 작곡가들이었다는 사실은 일견 모순되지만, 어느 정도는 이해되는 점이다. 뒤집어 이야기하면 그만큼 바하의 음악은 위대하다.

소나타 2번 역시 짜임새 있는 곡이다. 첫 악장인 그라베는 엄숙하며 장중한 곡이고, 두 번째 악장의 푸가는 으레 그렇듯이 긴장을 조성한다. 셋째 악장 안단테는 서정적인 곡이다. 그리고 마지막 알레그로는 전곡을 아름답게 종결한다. 이 마지막 악장에서 우리는 바하의 가지런한 자세를 엿볼 수가 있다. 곡 속에는 마음이 끊임없이 흔들리고 파도치는데, 겉으로 드러나는 외양은 전혀 한치의 흐트러짐이 없다. 앞서 중국의 고전에서 나오는 조화와 화평이 아마 이 경지일까.

바하의 무반주 바이올린 조곡의 네 번째 곡인 파르티타 2번을 이야기하기 전에 바하와 그 시대에 대해 좀더 알고 넘어가자. 음악이 아무리 절대적으로, 그 자체로 충분하다고 하지만, 그래도 작곡가 자신의 일생과, 또 그 음악이 탄생한 역사적 배경을 무시할 수는 없다. 헤겔의 말대로 모든 예술은 역사적인 선상에 있는 것이다.

바하는 음악을 직업으로 하는 집안에서 1685년 태어났다. 음악가라고 하지만 지금처럼 대우를 받는 직업은 결코 아니고, 하나의 전문 기능인으로 인식되었던 시대이다. 같은 해에 태어난 헨델과는 달리 집안 형편이 매우 어려웠고, 조실부모하여 형 밑에서 자라났다.

이태리의 대음악가인 안토니오 비발디는 바하보다 10년 전인 1675년에 태어났고, 바하는 나중에 그의 영향을 많이 받는다. 바하는 1750년 66세의 나이로 타계하는데, 이때는 그의 자식들과 조카들이 모두 유명한 음악가가 되어 유럽 각지에서 활동하고 있었다. 모차르트는 1756년 탄생하였고, 베토벤은 스무 해가 늦은 1770년에 세상에 나왔다.

이보다 앞서 하이든은 바하 생전인 1732년에 태어났으니, 이 시기야말로 독일인들이 자랑하는 황금시대였음에 틀림없다. 시대 구분으로 보아서는 이태리에서 꽃피운 르네상스가 전 유럽으로 확산되고, 이미 바로크로 넘어가 그 후반부에 해당되는 시기를 맞고 있었다.

동양을 보면 중국에서는 청나라가 건국된 이래 최고의 황금기를 구가하는 강희제, 옹정제, 그리고 건륭제에 걸친 통치시기가 바하가 살던 기간과 겹쳐 있다. 우리나라의 경우는 숙종 · 영조년간에 해당되며, 이후 정조까지 조선조 후기 문화가 꽃피우는 시대와 일치한다. 겸재 정선(1676~1759)이 바로 바하와 동시대에 살다간 인물이다. 음악에서도 시조와 가사가 최정점에 도달하였으며, 속악으로는 판소리가 잉태되어 후에 산조 가락이 발전할 수 있는 토대를 마련한다. 일본의 경우도 에도 막부의 전성시대라 할 수 있다.

그의 일생에 대해서는 세세하게 알려진 것이 없다 해도 근대 서양의 인물들을 기준하여 그렇다는 것이지, 우리의 당대 사람들과 비교해 보면 그의 일생을 추적할 수 있는 많은 자료들이 남아 있다. 우리의 경우 당대의 유명한 화가인 겸재 정선의 전기를 쓴다하면 과연 그것이 가능할까. 굳이 쓴다면 소설과 같은 픽션에 불과할 것이다.

그러나 중요한 사실이 있다. 우리가 반성해야 하는 점이다. 바하가 300년 전에 살다간 사람이라는 것을, 그것도 우리와는 전혀 다른 문명세계에서 태어난 사람이라는 사실을 믿을 수 없을 만큼 그의 음악은 우리의 일상생활에 가까이 있다. 100년 전에 불과한 조선조까지도 현대와 무조건 단절

시켜 골동품 취급을 하는 것에 비하면, 바하는 현대에서 얼마나 생생하게 살아있는가. 우리도 우리의 과거 예술을 재평가하고 되살려 내야 한다.

바하의 삶과 그 모습에 대해서는 『바하』전기(한길사)에 아주 잘 요약되어있다. 이를 인용한다.

어차피 그의 성격에 대해서도 별로 말한 것이 없다. 자의식이 강하고, 명예욕이 있으며 독선적이고 화를 잘 내는 사람이었을지도 모른다. 무조건 선량한 사람은 아니었지만, 그래도 사교적이고 유머 감각이 있었던 것같다. 우울증 발작은 그에게는 잘 어울리는 일이다. 그럴 시간이 있었다면 말이다. 그는 몹시 바쁜 가장이었다. 두 번 결혼한 남편. 20명이나 되는 아이들의 아버지. 그들 중 일부는 일찍 죽고 일부는 음악적 재능이 뛰어났다. 그는 수많은 손님들을 접대하는 주인 노릇을 해야 했고, 또한 아주 유명한 음악가였다. 아들들을 위해 그는 손수 교육을 했다. 아들이나 다른 학생들에게 참을성없는 선생이었을 지도 모른다.

신앙심이 깊었지만 신학적인 관심을 가졌다기보다는 오히려 세태를 주의깊게 관찰했던 것으로 보인다. 분명히 그는 스스로를 천재로 느꼈다. 그러나 잘못 판단하고 싶어하지는 않았다. 사회적인 인정을 받기 위한 노력은 그의 일생을 통해 계속되었다. 일에 대한 정력은 대단한 것이어서 그 덕분에 우리는 오늘날 많은 행복한 체험을 하고 있다.(188~9쪽)

그리고 이 글의 주제가 되는 바이올린 조곡의 유래와 배경에 관해 헨릭 쉐링이 연주한 음반 해설을 번역하여 인용한다.

바하의 음악작품들은 바로크 음악이 이룩한 최고봉이다. 그의 아들들까지를 포함하는 당대의 사람들이 후에 비엔나의 고전주의를 이루는 새로운 음악 감성으로 경도되고 있을 때, 바하는 거의 완벽한 대가의 솜씨로 바로크 음악 형식의 모든 양식과 내용을 그려내면서, 바로크 150년의 결과를 요약하고 있었다. 이는 오르간 음악이나 칸타타 등과 같은 음악은 물론 실내악을 포함하여 당시의 모든 유형의 작곡에도 적용된다. 무반주 바이올린 소나타와 모음곡은 오늘날 이런 종류의 음악에서 최상의 음악으로 간주된다. 그 음악들이 사실은 긴 세월에 걸친 발전단계의 마지막에 나타났음을 간과해서는 안된다.

바하는 여기서 독일의 위대한 바이올리니스트 학파들의 유산을 종합하고 있었다. 그들은 이탈리아인들이 고도로 발전시킨 바이올린 기법으로 고도의 테크닉과 예술 수준으로 바이올린의 여러 부분을 동시에 연주하는 능력을 지니고 있었다. 이탈리아인들 중에서도 안토니오 비발디는 가장 커다란 영향을 바하에게 미쳤다. 바하는 비발디를 높이 평가하고 있었는데, 이는 비발디가 초기에 작곡한 바이올린 협주곡들을 오르간 연주용으로 편곡한 것에서도 엿보인다. 또한 바하의 바이마르 시절 초기에 그는 독일의 바이올린 학파의 작품들과 친숙해 있었음은 잘 알려진 사실이다.

1717년 5월에 바하는 쾨텐의 궁정악단장으로 임명되는데, 이로써 그의 일생에 있어 최고로 풍성한 창작 시기가 마련된다. 이 때부터 그가 라이프찌히의 성토마스교회의 교사로 가기 전까지 수많은 위대한 걸작들이 작곡된다. A단조와 E장조의 바이올린 협주곡들, D단조의 두 개의 바이올린을 위한 협주곡, 6개의 브란덴부르그 협주곡들, 바이올린과 하프시코드를 위한 소나타들, 플루트, 바이올린, 그리고 첼로를 위한 무반주 소나타들이 그들이다. 그 외에도 많은 작품들이 있었으나 전해지지를 않는다.

바하 자신은 어려서 바이올린을 배우며 성장하였고, 이 사실은 그가 유명한 오르간 연주자였기 때문에 종종 잊혀져 왔다. 그의 집안은 수대에 걸쳐 바이올린의 전통이 있었다. 그는 어려서 아버지한테 처음으로 바이올린 교습을 받았고, 18살이 되던 해인 1703년에 그는 바이마르의 요한 에른스트 공작의 궁정음악기관에 들어갔으며, 거기서 1708년부터 1717년까지 바이올리니스트와 하프시코드의 연주자로 일했다. 바이마르는 그가 오르간 음악과 칸타타를 작곡한 시기로 간주되고 있지만, 이때 그는 이미 대가의 경지를 획득하고 있었다. 그리고 곧이어 쾨텐에서 지낸 기간 동안, 그는 기본적으로 오케스트라와 기악, 그리고 실내음악 분야에서 그의 영역을 확대하였다.

그렇다. 바하의 위대한 작품 무반주 바이올린 조곡은 저절로 생긴 것이 아니다. 바하가 천재임에는 틀림없지만, 그의 작품들이 아무런 바탕이 없이 하늘에서 떨어지듯 갑자기 창작된 것이 아니다. 하나님께서도 사람을 만드실 때 무에서 유를 창조하신 것은 아니다. 진흙이라는 소재가 있었다. 다만 하나님이기에 진흙을 살아있는 생명인 사람으로 창조할 수 있었던 것이다.

바하는 자기가 살았던 시대를 종합하였다. 그가 살아온 시대의 훨씬 이전부터 내려오고 있던 모든 음악을 섭렵하고, 그것들을 재료로 하여 바하만이 할 수 있는 능력으로 최고의 걸작을 창출해 낸 것이다. 무엇보다 우리가 유념하여야 할 점은 바하 자신이 바이올린이라는 악기의 달인이었다는 사실이다. 바이올린에 대한 경험과 이해를 밑받침으로 하여, 바하는 그가 표현하고자 하는 모든 것을 마음껏 시도한 것이다.

바이올린 조곡의 네 번째 곡은 파르티타 2번이다. 전체 곡의 중간 부분에 위치하면서 작품구성의 최정점을 이룬다. 곡의 길이도 장대해서 연주시간도 30분이 소요된다. 소나타 2번이 22분 걸리고, 나머지 곡들은 모두 20분을 넘지 못한다. 더구나 마지막 악장인 샤콘느는 무려 14분이나 되는 기다란 악장이다.

파르티타 2번의 첫 악장은 알르망드이다. 균형이 잘 잡힌 곡이다. 둘째 악장은 쿠랑트로 감정의 기복이 엿보인다. 그렇다고 흔들림이 있는 것은 아니다. 세째 악장은 사라반드인데, 으레 그렇듯이 사라반드의 서정적인 모습을 보여준다. 아다지오 속도로 부르는 노래는 절창이다. 네째 악장은 지그다. 알레그로 정도의 빠르기로 반전을 이룬다. 그리고 마지막 악장인 샤콘느에 도달한다.

전체적인 구성을 보면 앞의 4개 악장은 그것들로 이미 파르티타의 기본구성을 완비하고 있다. 전통적인 모음곡 형식인 알르망드-쿠랑트-사라반드-지그로 이루어지는 표준 모델을 사용하고 있다. 관례에 따라 지그의 빠른 곡으로 이미 작품은 종결되어야 하지 않는가. 우리는 왜 바하가 갑자기 맨 뒷부분에, 그것도 형언할 수 없을 만큼의 대작을 붙였는지 알 수가 없다. 분명한 것은 샤콘느를 포함한 파르티타 전곡이 어떤 유기적인 관계로 구성되어 있다는 사실이다. 샤콘느를 떼어 그것만 들어도 비할 수 없이 완전하고 아름다운 작품임에 틀림없지만, 그래도 앞의 악장들을 들은 다음에 샤콘느를 접하면 감동이 더 깊은 것이다.

이러한 예는 베토벤의 위대한 작품 현악 사중주 op.133 Gross Fugue 에서도 나타난다. 이 곡은 당초 op.130의 마지막 여섯 번째 악장으로 작곡된 것이다. 다섯째 악장인 카바티나의 깊고도 깊은 서정적인 노래에 이어 거칠면서 장대한 작품이 무한한 길이로 우리 앞에 선뜻 다가선다. 거대한 절벽처럼 말이다. 이 시기 베토벤은 이미 전통형식인 4개의 악장으로 이루어지는 사중주를 무시하고 있다. 그리고 바하처럼 op.133은 앞 악장의 서정적인 노래, 즉 op.130을 먼저 들어야만 그 효과가 증폭될 수 있다.

두 곡을 굳이 비교한다면 바하의 샤콘느가 다른 악장들과의 관련성에서 독립성이 더 강하다고 할까. 어떻든 위대한 천재들은 기존형식을 존중하되, 필요하다면 한 걸음 더 나아가서 새로운 형식을 도입한다. 치열한 창조정신의 발로다. 그렇게 함으로써 새로운 내용이 또 탄생하는 것이다.

샤콘느가 어떠하다고 언어로 기술하려니 걱정이 앞선다. 이 유명한 곡을 얼마나 많은 사람들이 해석하려 했던가. 그리고 후세의 음악 천재들이 이 곡을 나름대로 편곡하려고 얼마나 애를 썼던가. 멘델스존과 브람스가 그랬고, 부조니가 또한 그랬다. 얼마 전 부조니가 건반을 위해 바하의 샤콘느를 편곡한 것을 들어본 적이 있다. 하지만 바하는 바하 자체로 그냥 남겨져야 한다는 사실만 확인하였을 뿐이다. 19세기 말의 작곡가이며 바하 해석의 대가로 인정받고 있었다는 부조니가 그러하거늘 다른 사람들이야 말하면 무엇하랴. 이 곡은 8개의 마디(bar)를 주제로 모두 256개의 마디로 구성된 변주곡이라 한다. 이 장대한 곡이 한 주제의 변주라니. 작곡가들이 이 곡을 보면 충격을 받았을 것이 틀림없다.

샤콘느는 현의 선을 굵게 긋는 것으로 시작한다. 첫 부분부터 심상치가 않다. 그리고 걷는 걸음은 한치의 비틀거림도 허용하지 않는다. 우리의 산조 가락처럼 긴장을 죄었다 풀었다 하며 끌고 나가기도 한다. 팽팽한 긴장이 있으면 긴장의 해이도 있다. 속박과 해방이다. 그리고 조용한 침잠과 폭발도 있으며, 침묵과 불꽃도 있다. 반성과 희망도 느껴진다. 그리고 중간 부분의 트레몰로에 가까운 빠르고 여린 곡은 우리를 얼마나 아련하게 하는가.

슈베르트의 즉흥곡 op.90의 네번째 곡을 들으면 피아노 소리가 아침 이슬에 맺히는 햇살처럼 영롱하게 쏟아져 내리면서도, 그 뒤안길에는 얼마나 깊은 우수가 배어 있던가. 모순인 것이다. 아름다움이 도대체 무엇이기에 모순을 느끼면서도 우리는 아름다움에 젖어드는가.

통상적으로 아름다움 하면 여인의 모습이 떠오른다. 옛날 중국 춘추시대 월나라 왕 구천이 절치부심, 오를 쳐부시기 위해 오나라 왕 부차에게 보냈던 절세의 미인 서시西施는 얼굴을 찡그리고 있을 때 더욱 아름다웠다 하던가. 인간들은 묘하게도 모순을 좋아하나 보다. 바하도 모순을 드러내 보인다. 하지만 조화를 이룬다. 그리고 속삭이는 소리도 있다. 그리움에 젖어 그리움을 부르는 소리다. 그리움이길래 약간의 애조를 띤 곡도 나타난다. 낭만주의자들이 언제나 좋아하는 소리들이다. 샤콘느의 마지막은 다시 첫 부분을 반복한다.

여기서 한가지 중요한 점을 더 지적해야 한다. 바이올린은 태생이 선율악기이다. 리듬악기가 아니다. 피아노는 선율과 리듬을 완비하여 모든 악기의 중심이 될 수 있지만 바이올린은 그렇지가 못하다. 바이올린의 이러한 한계 때문에 바이올린 작품들은 대개 피아노 반주를 수반한다. 물론 오케스트라를 대동하고 연주하는 협주곡의 경우도 마찬가지이다. 이런 이유로 고금을 통해 보아도 바이올린 독주를 위한 곡은 거의 없다. 대작을 쓴 경우는 바하가 유일하다.

바하는 바이올린의 취약점을 분명 알고 있었을 터인데도 그 조그만 악기로 마치 우주에 도전하듯 모든 가능성을 시도한다. 그리고 그 결과는 기적이어서 듣는이들은 헤아릴 수 없는 깊은 감동을 받는다. 하나로써 전체를 통하는 것이다. 하나의 바이올린은 고독하겠지만, 그리고 무엇인가 스스로 모자라고 못나고 미치지 못하지만, 바로 그 점을 바탕으로 완성을 향하여 애쓰는 불굴의 노력은 우리 인간들을 뒤흔드는 것이다.

바그너는 말한다.

"여기서 원소적인 힘들은 혹성처럼 심리적으로 생동한다. 그는 진정한 음악이라는 뜻에서의 음악가이다.… 모든 것이 그 안에 싹으로 들어 있다. 꿈속에서처럼 무의식적으로 많은 것이 바하에 의해 기록되었다. 무한한 멜로디가 거기 미리 예정되어 나타났다." (『바하』, 한길사, 74쪽).

그리고 브람스는 클라라에게 보낸 편지에서 "샤콘은 내게는 가장 경이롭고 이해하기 어려운 작품중의 하나입니다. 단 하나의 악보 시스템으로 하나의 작은 악기를 위해서 이 사람은 가장 심오한 사상과 가장 강렬한 감정의 세계 전체를 잡아냈으니까요." (위의 책, 95쪽)

샤콘느를 들을 때마다 나는 음악언어를 문학적으로 표현하고 싶은 강렬한 충동을 느낀다. 음악이 문학과는 본질적으로 다른 언어를 사용하고 있다 하더라도, 아름다움이 나의 내면에 그냥 느껴지는 것이 아니라, 어떤 구체적이고도 명료한 대상으로 인식되면 얼마나 좋을까 하는 바램으로 그것을 일상적 언어로 바꾸어 보고 싶은 것이다. 이러한 충동이 어디 나 혼자만의 것이겠는가.

이 글을 쓸 때 딸아이가 마침 가지고 있던 〈바이올린 연주자〉라는 영화를 다시 음미하며 보았다. 주연은 리처드 베리 Richard Berry이고 감독은 찰리 반 담 Charlie van Damme이고, 유명한 바이올리니스트인 기돈 크레머 Gidon Kremer가 음악감독을 맡았다.

음악영화이기에 스토리는 아주 단순해서 언급할 이유가 없다. 다만 전곡에 흐르는 곡이 모두 바하의 바이올린 조곡이다. 앞부분에 베토벤의 바이올린 협주곡이 약간 들리지만, 이 역시 바하를 나타내기 위한 상대적인 등장에 불과하다. 즉 주인공이 불가피하게 갑작스런 대리 연주를 하면서 베토벤의 바이올린 협주곡 1악장의 카덴짜 부분을 바하식으로 연주하는 것이다.

이 영화는 대부분의 장면이 파리의 지하철을 배경으로 하고 있는데, 우리는 이 점에서 영화가 뜻하고자 하는 의도의 일면을 엿볼 수가 있다. 지하철은 어둡다. 그리고 무수히 지나다니는 사람들은 무작위적이다. 화면도 어둡다. 사람들의 구체적인 형상이 보이지 않는다. 주인공의 얼굴이 안 보이고 단지 움직임만 느껴질 때가 있다.

바하의 음악이 그렇다고 하면 지나친 억측일까. 어둡고 구체적인 형상은 보이지도 않는데도 들리는 음악은 아주 명료하다. 주인공은 사람들이 자신의 연주를 듣기를 희망한다. 어느 한 사람이라도 들어주는 사람이 있다면 쾌히 연주를 한다. 관행에 젖어 음악의 표면만을 즐기려 하는 지식인들의 가식이 문제가 아니다. 음악의 본질이 문제인 것이다. 영화의 마지막 부분에서는 역시 샤콘느가 지배한다. 새로 생긴 바이올린을 붙들고 어둠 속에서 주인공은 연주에 몰입한다.

그리고 음악이 흐르면서 지하철의 현실은 몽환적으로 바뀌어 주인공은 동굴 안에 흐르는 배를 타고 나아간다. 주인공 말고는 오직 뱃사공 한 사람만이 있을 뿐이다. 배가 도달하는 곳에는 갑자기 빛이 환하게 비추이고 나무와 풀이 우거진 숲이 나타난다. 주인공은 숲 속을 뛰어간다. 천국의 싱그러운 아름다움이 지배하는 곳이다.

음악이 더 진전되면서 꿈속에서 주인공은 대도시의 광장에서 연주를 한다. 수만 명이 넘는, 아니 숫자가 의미가 없는 헤아릴 수 없이 많은 사람들이 오직 바하의 음악에 귀를 기울이며 모여 있다. 음악이 마침내 모든 인간과 자연을 울리게 한 것이다. 그러면서 영화는 끝난다.

그렇다면 이 영화에서 바하의 음악은 영상이라는 다른 양식으로 훌륭하게 재현되었을까. 우리가 바하의 샤콘느에서 느꼈던 아름다움이 틀림없이 재현되었을까. 샤콘느의 음악과 실제 연주하는 사람을 배경으로 하였음에도, 나는 영화에서 보인 영상들이 바하의 아름다움을 재현하는 데는 성공하지 못한 것으로 생각한다. 아마 감독도 이 어려움에 부닥쳐 영화

전편을 어둠이라는 추상적이고 모호한 화면으로 처리하지 않았나 싶다.

음악에 문학성과 회화성이 있다는 점을 부인할 수는 없겠지만, 그렇다고 그것들이 전부는 결코 아니다. 예를 들어 밀레의 〈만종〉을 보거나, 르느와르의 〈여인들〉을 보면 우리는 우선 구체적 대상을 접한다. 그리고 나아가서 필요하다면 숨어있는 어떤 상징성을 찾는다. 그렇게 어려운 작업이 아니다. 그러나 음악은 전혀 그렇지를 못하다. 음악은 재현하는 순간 본래의 모습을 상실한다. 현대 미국 음악학자 피터 키티는 『순수음악의 미학(Music Alone)』에서 말한다.

"음악은 단순히 인식의 대상이다. 인식을 통한 과정에서 즐거움을 획득한다. 즐거움이란 음악에서 일어나는 음악적 사건을 지각하는 데 있다."

사람들은 음악에서 어떤 구체적인 표현을 찾고자 하며, 나아가서는 특정한 표제를 발견하려 한다. 이러한 표제는 작곡자가 작곡하면서 염두에 두었던 것이라고 주장한다. 그러나 키티는 "숨겨진 표제는 영원히 숨겨져 있으며 그 내용은 언어로 표현될 수 없고, 그것에 대해 누구도 이야기할 수 없다"(위의 책, 장호연 역, 이론과실천, 76쪽)고 말한다.

여기서 음악적 사건이란 무엇일까. 내가 보기에는 음악적 사건이란 음의 합성과 조합, 음의 나열과 배치, 그리고 그러한 것들이 들어있는 틀들의 구성과 배치 등을 뜻하는 것이다. 키티는 역시 영미 분석철학의 조류답게 음악을 음악의 구성물로서만 인정하고, 그것들을 인식하는 사람과의 관계에서 음악의 아름다움을 찾으려 한다. 19세기 독일의 한슬릭이 주장했던 이론과 일맥상통한다.

과연 그럴까. 그렇다면 음악은 즉 시라고 주장한 낭만주의자들의 경우를 따를까. 아니다. 바하의 샤콘느를 구체적인 언어로 형상화한다면 앞에서 이야기한 영화보다 훨씬 내용과 느낌이 빈약할 것이다. 그렇다고 언어적 형식을 포기해야 할까. 머리가 아프다. 여기서 한 번 생각을 바꾸어 보자. 직접적인 표현이 어렵다면 간접적인 기술은 어떨까. 몇 가지 예를 든다.

파리의 베르사이유 궁전 앞에 있는 정원을 보자. 이 정원은 아름다움에 있어 서양의 정원을 대표하는 것 중의 하나다. 넓다란 공간에서 정원의 구성물은 나무, 꽃, 대리석 석상들, 연못과 분수, 그리고 빈 공간의 잔디밭 등이다. 일견해서도 기하학적 구성미가 훌륭하다. 그리고 각 구성 요소들은 모두 대칭적으로 나열되어 있고, 중심의 연못과 분수는 단조로울 수 있는 결함을 보충하고 있다. 음악으로 보면 음을 잘 구성된 요소로 배치하고 나열한 것이다.

그러나 우리가 보기에 아름다운 것은 틀림없지만 어떻게 보면 차갑고 죽어 있는 것같다. 나무는 사각형으로 반듯하게 전지되어 있고, 피가 흐르지 않는 석상들은 차갑기만 하다. 움직임과 생동감이 없다. 우주와 자연의 움직임은 본질에 있어서 카오스가 아닌가. 이에 비해 우리나라 창덕궁의 후원은 인간이 손을 대었지만 자연의 숨소리를 최대한 존중하였다. 살아 있는 것이다. 기하학적 단조로움이 빠지기 쉬운 함정을 벗어나 불규칙하지만, 자연이 살아있고 생동하는 것이다. 바하의 음악의 경우 이 두 가지를 다 가지고 있다면 어떨까. 아마 중국의 정원이라고 하면 어떨까.

두 번째 보기는 음식이다. 음식은 각종 재료가 수집되고 다듬어지고 익혀지는 과정을 통해 만들어진다. 생선찌개를 보자. 우선 재료로서 생선을 택해야 한다. 한가지 생선만 준비할 수도 있고 여러 가지를 혼합할 수도 있다. 그리고 무나 호박, 버섯, 또는 쑥갓 등이 들어간다. 양념으로 마늘, 풋고추, 고춧가루, 양파 등이 있다. 그리고 고추장이나 소금으로 간을 한다. 끓이는 과정에서 재료를 넣는 순서도 중요하다.

그러나 요리는 보거나 만드는 데 궁극적인 가치가 있는 것이 아니라 먹는 데 있다. 냄새도 아주 중요하지만 그것이 마지막이 아니다. 최종적으로 유효한 것은 먹는 행동과 그 때의 맛인 것이다. 요리를 보며 그것으로 구성된 재료만 생각한다면 무슨 맛이 있겠는가. 또 맛이 있다고 즐기면서도 무엇으로 어떻게 만드는지 모르면서 먹는다면 얼마나 맛이 있겠는가. 바하를 들을 때는 이 두 가지 요소를 전부 유념하며 들어야 음악의 맛을 느낄 수 있다고 본다.

세번째 예는 설악산이다. 누구나 설악산을 아름답다고 한다. 그렇다고 설악산이 왜 어떻게 아름다운지 이야기하려면 쉽지가 않을 것이다. 설악산은 그렇게 쉽사리 자기 모습을 간단히, 그리고 명료하게 보여주지 않는다. 그렇다고 설악산은 강원도 인제군 · 속초시 · 양양군 등에 걸쳐 있으며, 최정상인 대청봉의 높이는 1,708m이다라고 객관적으로 기술해야 할까.

어떤 이들은 내설악의 수렴동 계곡에 있는 울창한 원시림을 찬탄할 것이고, 클라이머들은 험준한 바위로 둘러싸인 공룡능선에 감탄할 것이며, 단풍을 즐기는 이들은 정상에서 외설악의 비선대로 내려가는 경관에 감격할 것이다. 어떤 이는 백담사에서 만해 한용운을 생각하며 회상에 잠길 것이고, 불교신자들은 오세암이나 봉정암 등에서 예불을 드리며 주위 경관에서 깨달음을 얻을 것이다. 설악산의 아름다움이야 곳에 따라, 계절에 따라, 그리고 하루의 시각과 날씨에 따라 변화무쌍하기도 하니 어찌 일설로 표현할 수 있으랴.

바하의 음악 특히 무반주 바이올린을 위한 소나타와 모음곡이 이렇다고 하면 과장일까. 어찌 무엇이라고 단정지어서 이야기할 수 있을까. 시각적으로 확인이 되는 설악산의 경우도 표현할 수 없는데, 어찌 추상적인 음악을 언어로 표현할 수 있을까. 틀림없는 것은 설악산을 이루는 각 요소, 즉 봉우리, 나무와 숲, 계곡과 계류, 바위와 벼랑, 암자와 절 등이 그것 하나로 멋있으면서도 전부가 아니고, 설악산이라는 하나의 무엇인지 모르는 개념으로 통합되어 있다는 사실이다.

성철 스님이 말씀하셨다던가. "산은 산이로다." 바하가 그런 것이다.

샤콘느의 설명이 너무 길어졌다. 그리고 모음곡의 소나타 3번과 파르티타 3번이 아직 남아있다. 하지만 이야기는 거의 다 나왔으니 남은 곡들을 들으며 무엇을 더 설명하랴. 듣는 이들의 자유에 맡기자. 앞선 곡들 못지않게 기가 막힐 정도로 아름다운 곡들이라는 것만 다시 확인하자. 그보다 지루할 정도로 이야기했던 음악감상의 방식에 대해 결론을 내야 한다.

음의 형식과 내용, 즉 표현이 꼭 대립되는 것만은 아니다. 음악을 음 자체로만 보는 것도 거부하지만 음악을 문학적인 포에지로만 해석하는 것도 마땅히 거부되어야 한다. 그만큼 음악은 이해하기가 곤혹스럽고 지난하다. 여기서 결론을 도출하기 위해 바하를 모차르트와 베토벤으로 도식화해 본다. 샤콘느를, 그리고 샤콘느를 포함하고 있는 바하의 바이올린 조곡을 이해하고 서술하기 위한 또 하나의 간접적인 방법이다.

모차르트는 음과 그 형식에 있어 완전하다고 한다. 하이든과 더불어 고전주의의 각종 양식, 이를테면 소나타 형식, 교향곡, 협주곡, 사중주 등의 틀을 완성시켰다고 한다. 형식이 빈틈없이 완벽해서일까. 그의 음악을 듣고 있으면 음들이 하늘에서 내려오는 소리처럼 순수하고 투명하다.

누군가가 말했다. 세상을 살다가 힘에 겨워 절망하거나, 심지어 죽음의 유혹을 느낄 때 모차르트를 들으면 다시금 삶에 대한 빛이 보인다고. 세상 인간사는 절망적이고 어두운데, 모차르트는 영롱한 이슬방울, 반짝거리며 살랑거리는 나뭇잎, 그리고 깊숙이 집안으로 찾아오는 따사롭고 아늑한 햇살 등을 보여주니, 저런 아름다움을 남겨두고 어찌 죽을 수가 있단 말인가.

모차르트는 완전함이다. 그러나 완전함은 신의 영역이다. 그래서 한편으로는 인간답지가 못하다. 그리고 신이 아닌 우리 사람들이 느끼는 아름다움을 약간은 목마르게 한다.

베토벤은 형식을 최대한 존중하였지만 필요하다면 형식을 부수고 새로운 형태의 음악을 시도했다. 왜냐하면 내면에 끓어오르는 감정을 표현하기에는 기존의 틀로서는 부족했기 때문이다. 그는 모든 음악에서 인간의 감정을 노래한다. 그리고 부단히 싸우며 노력한다. 무엇인가에 도달하려고 발버둥친다. 그 스스로는 "음악은 어떤 예지나 철학보다도 숭고한 계시이다"라고 이야기했지만, 그는 언제나 모순 투성이의 인간이었다. 우리는 그런 베토벤의 모습을 그의 음악에서 인지하고, 마치 우리 자신의 모습을 보는 것처럼 감동하고 아름다움을 느끼는 것이다.

불굴의 의지로 살아가는 베토벤, 음악가로서 생명과 같은 청각을 잃고도 불후의 걸작을 창조한 인간의지의 승리. 이런 면에서 베토벤은 위대하다. 완전하지는 않지만 위대한 것이다. 바하의 모습에도 이런 면이 있다.

그는 쓰러지려고도 정복하려고도 하지 않았고, 그 어떤 역할, 어떤 장르로도 확정되지 않는다. 베토벤과 마찬가지로 그는 위대하고 힘든 단독자였다. 자신의 창작에 몰입하지 않고 오히려 창작한다는 것을 자기 시대의 도전들에 대해 새로운 성향을 가지고 반성적으로 맞서는 가능성으로 이해했다. 그런 면에서 모순을 지닌 진정 현대적인 작곡가이다.(『바하』, 한길사, 211쪽)

그렇다. 바하를 모차르트와 베토벤의 종합이라면 지나친 찬양일까. 아니다. 전혀 지나치지 않다. 분명한 것은 바하야말로 바하이며, 바하는 완전하며 위대하다는 사실이다. 끝으로 쇼펜하우어의 말을 인용한다.

완전 협화음은 인간에게서 완성된다. 마침내 선율에서, 전체를 이끌고 무한한 자유를 갖고 나아가는, 높은 음역으로 노래하는 주성부에서, 처음부터 끝까지 하나의 생각이 방해받지 않은 채 의미있게 연결되면서 전체를 표현하는 속에서 나는 의지의 객관화의 가장 높은 단계, 지적인 삶, 그리고 인간의 노력을 인지한다.(키티, 『순수음악미학』, 67쪽)

동백꽃의 붉은 그리움

베토벤의 후기 피아노 소나타들

피아노 소나타 29번

곡을 틀자마자 피아노 건반이 부서지라고 두들겨 댄다. 힘이 넘친다. 그리고 그 힘이 거침없이 우리 듣는이에게 달려 들어 마음을 뒤흔든다. 그 강력한 힘이 우리의 온몸을 짓누르고, 건반은 계속하여 엄청난 파장으로 공간을 지배한다. 베토벤의 피아노 소나타 29번, 일명 Hammer Klavier 의 1악장 알레그로의 첫 주제다.

도대체 베토벤은 내면에 어떤 힘이 숨어 뭉쳐 있길래 저렇게 화산으로 폭발하는가. 아무래도 연주자들의 손가락에 멍이 들 것이 틀림없다. 연습으로 단단해진 손마디라 하지만 문자 그대로 망치로 두들기듯, 딱딱하기만 한 건반을 쉴 사이 없이 전력으로 두들기면 틀림없이 손은 부서질 것이다. 아니 그렇게 해서 나온 음이 우리의 귀를 건너 마음으로 흘러 들어가 우리의 약한 가슴을 분명히 으깨어 놓을 것이다.

하지만 곧바로 따라 나오는 음들은 갑자기 투명해진다. 첫 주제를 이루고 있는 뒷부분이다. 건반에서 흘러나오는 소리가 마치 물방울이 톡톡 튀듯 빠르게 구른다. 아름답다. 그리고 앞의 주제와 대조적이어서 상대적으로 그 맑은 아름다움이 우리를 아연케 한다. 긴장과 이완일까. 힘과 섬세함이 교차하며 아름다움이 질펀하다.

전체적으로 이러한 대비적인 효과가 조화를 이루고 있지만, 연주하는 사람은 넘치는 힘과 자지러지는 섬세함을 동시에 소화해야 하기에 연주하기가 지극히 어렵지 않을까 생각된다. 이러한 대칭구조는 베토벤의 후기 소나타를 지배하는 하나의 양태로 29번의 첫 악장에서 그 모습을 드러낸다.

곡은 계속해서 발전하며 흐른다. 그리고 악장의 뒷부분으로 접근하며 다시 긴장이 조성된다. 제1주제의 푸가적인 전개가 나타나는 것이다. 한 선율이 나타나면 곧이어 다른 성부로 똑같은 선율이 연이어 중복되며 나타난다. 중복은 강조이며 긴장이다. 시에서도 똑같은 단어나 문구를 연이어 되풀이하면 힘을 느끼게 되며, 그 힘에 의해서 우리는 긴장하게 된다. 그리고 그러한 긴장은 아름다움으로 드높여진다. 중복과 반복의 묘미다.

베토벤은 그의 인생 후반부에서 작곡한 곡들에 무수한 푸가 형식을 도입하였다. 푸가 하면 물론 바하가 떠오르지만, 베토벤은 바로크 시대로 되돌아가 아주 고색창연한 형식을 차용한다.

베토벤은 앞선 모차르트와 달리 누구보다도 새로운 형식을 추구하고 있음에도 왜 과거로 돌아갈까. 모차르트는 하이든과 함께 고전주의 형식을 완성한 사람으로 일컬어진다. 교향곡이나 소나타 형식 등이 그의 손에서 다듬어졌기에 이미 모차르트는 전 시대의 형식을 빌릴 이유가 없었다. 그는 무수한 피아노곡을 썼지만, 푸가는 단지 'K.426 두 개의 피아노를 위한 푸가'가 전부다.

베토벤은 자유주의자다. 본성이 그렇다. 그는 사상적으로도 나폴레옹을 한때 유럽의 해방 물결이라고 얼마나 찬양하였던가. 귀족들 앞에서 모자도 벗지 아니하고, 오히려 굽실거리는 괴테를 얼마나 빈정거렸는가. 음악도 마찬가지이다. 기존 형식에 얽매이지 않고 정해진 틀을 벗어나 마음대로 작곡한다. 형식에 구애를 받지 않으니, 역설적으로 바로크시대에 이미 완성된 푸가를 거리낌없이 빌리는 것이다. 푸가는 그 형식 자체로서 조화이다. 중복을 통해서 적당히 긴장이 조성되면서도 음들간의 균형이 이루어진다. 베토벤은 그의 뜻한 바 내용을 가장 잘 표현해줄 양식으로 자연스럽게 푸가를 택한 것이다.

곡은 다시 힘찬 주제를 반복한다. 중간에 있는 듯 없는 듯 제2주제가 있지만 전체 악장의 대세는 첫 주제의 힘과 여림의 교직이 끝없이 펼쳐진다. 듣다보면 세 가지 힘이 마찰을 일으키는 것을 느낀다. 이러한 장대한 곡을 써내려간 작곡자의 무한한 힘. 이를 소화하여 무섭게 내려치는 연주자의 손가락과 건반의 둔중한 충돌. 이러한 소리들에 압도당하면서도, 음들이 아름답기에 끝까지 들으며 버티는 우리 감상자들의 안간힘이다. 힘들이 교차되면서 1악장은 매듭을 진다.

피아노 소나타 29번 op.106은 1819년 그의 나이 43세에 작곡된 것으로 루돌프 대공에게 헌정된 곡이다. 후원해주는 대공은 음악을 사랑하고, 또 본인이 피아노를 수준급으로 치기에 베토벤은 이러한 걸작을 그에게 바친 것이다. 이 곡은 모두 4개 악장으로 구성되어 있다. 전통을 따르는 모습이 보이지만 반드시 그런 것이 아니어서, 마지막 악장은 피날레이지만 역시 푸가 형식으로 구성되어 있고, 또 각 악장에서도 엄격한 소나타 형식을 취하기보다 자유로운 형식을 취하고 있다. 악장 구성을 본다.

1악장 Allegro

2악장 Scherzo. Assai Vivace – Presto – Tempo

3악장 Adagio Sostenuto.

　　　 Appassionato e con molto sentimento

4악장 Largo – Allegro risoluto.

　　　 Fuga a tre voci, con alcune licenze

2악장은 짧은 곡으로 세도막 형식이다. 언제나 그렇듯이 스케르쪼는 반전이다. 앞의 악장에서 넘쳤던 힘이 여기서 잠깐 중화되며 단순한 리듬이 반복적으로 나타난다. 하지만 '매우 빠르게'라고 제시되어 있음에도 이 작은 악장에서 연주 속도는 여러 가지다. 호흡조절이 간단치가 않다. 어떤 면에서 2악장은 다음에 나오는 기다란 3악장의 서정적 깊이로 들어가기 전에 1악장의 거친 힘을 한번 도를 낮추며 다듬는 작용을 하고 있다.

3악장은 시작부터 음이 천천히, 아주 천천히 둔중하게 울려 나온다. 1악장의 분위기와는 딴판이다. 여기 첫 부분부터 우리는 극단적인 대조를 절감한다. 형식 구성에 있어서 이러한 대조는 우리를 즐겁게 한다. 미감의 극치다. 소리는 한없이 느리다. Adagio Sostenuto이니까 '느리게 그리고 음을 끄는 듯이'라는 뜻이다. 음은 지시한대로 마냥 길게 끌린다. 한 음에 여음이 있다. 음은 선율을 구성하는 부분이 아니라 음 하나가 독립해서 우리에게 무엇인가 전달하려 한다. 음에 꼬리가 달려 있다. 음의 그림자라고나 할까. 건반을 두드리는 순간에 나오는 음은 가만히 있으면서 피아노 내부의 철선이 바르르 떨며 나오는 소리까지 기다린다.

이러한 효과는 우리 가락에서는 얼마든지 들을 수가 있다. 산조 가락을 들으면 결코 서두름이 없이 음 하나의 전 모습을 감지하게 된다. 베토벤은 자기의 내면을 표현하기 위해 음 하나도 소홀함이 없이 최대한의 효과를 추구하고 있는 것이다. 천천히 낮은 소리가 나오다가 맑고 높은 소리가 흘러나온다. 첫 주제의 변주는 단조롭고 반복적인 리듬이다. 모노톤이라고 할 수 있다. 직선적이고 일렬로 가지런하다. 그의 후기 음악에서 자주 보이는 모습이다. 단순화, 추상화되어 뼈만 남아 있는 앙상한 골격. 하지만 매우 투명하고 깨끗하다. 이러한 음들이 전혀 끝날 기미가 보이지 않는다. 마치 op.133 Gross Fugue의 중간 부분에서 나오는 소리들 같다. 단지 op.133이 더욱 극단적으로 단순화되었다나 할까.

3악장을 들으면서 우수에 잠긴다. 우수라고는 하지만 슬픈 것은 결코 아니다. 일종의 그리움이다. 무엇인가 동경하며, 그리움은 그리움을 불러 일으키고, 깊은 강물로 빠져들게 한다. 거친 물살이 아니라 조용히, 그리고 아주 깊게 흐르는 강물이다. 그리움은 대상을 찾는다. 듣고 있노라면 이런 생각도 든다. 내가 저 그리움의 대상이 될 수 있을까. 아니면 나도 저 아름다운 소리, 그리고 부르는 소리처럼 누군가를, 무엇인가를 그리움에 사무쳐 찾고 있을까.

음이 천천히 흐르면 또한 여백을 느낀다. 자유로운 공간이다. 마치 동양화의 여백처럼 생각할 공간을 갖게 된다. 생각을 하니까 음은 더욱 깊어진다. 한없는 깊이. 하염없다. 가이없다. 한갓되이 깊어만 간다. 느리고 여린 음들이 들릴듯 말듯 호소하고 있다. 곡은 아주 유장하게 길기만 하다. 그리움은 과정이다. 과정이기에 맺음이 없다. 먼 길이다.

곡은 전체적으로 조용하지만 틈틈이 건반이 힘차게 울린다. 하지만 잠깐이다. 이러한 구성으로 깊은 서정을 느끼면서도 그 속의 불꽃을 보게 된다. 그리움이라는 것이 어찌 비애만 있는가. 우리는 베토벤의 그리움이 속에서 아주 뜨겁게 타오르는 것을 생생하게 볼 수가 있다. 열정이 연기를 피우지 않으면서도 내연되고 있다.

이제 그의 귀는 완전히 먹어 아무 소리도 들을 수 없다. 하지만 사람들의 귀에 들리는 소리는 실상 외형적인 소리에 불과하다. 그는 소리를 마음으로 듣고, 또 보고 있었던 것이다. 귀를 먹었다니, 더구나 그 성격에 남의 소리를 듣지 못하다니 얼마나 슬프고 외로웠을까. 하지만 이겨냈다. 그리고 그 과정에서 모든 소리가 그의 가슴속으로 흘러 들어가 고여 뭉치고, 그 단단한 얼음덩이들이 쓸쓸함을 애타게 호소하면서도 뜨거운 의지가 열정으로 변하여, 바로 피아노 소리로 밖으로 솟구치는 것이다.

단단한 석탄덩어리에 불을 붙이자 화염에 휩싸이는 것처럼 베토벤은 전 악장을 느리고 슬픈 음악으로 채우면서도 불을 지피고 있는 것이다. 작가 자신이 'Appassionato(열정적으로)' 그리고 'Con molto sentimento (아주 감상적으로)' 라고 지시해 놓았으니 그 이유를 알만 하다. 열정과 감상이라는 모순이 교차되고 있는 것이다. 베토벤의 '열정소나타 23번 op.57'은 작곡자 자신이 붙여놓은 제목이 아니다. 그의 악보를 발간한 출판업자가 그렇게 느껴 붙인 이름에 불과하다. 하지만 소나타 29번의 3악장 지시는 베토벤 자신이 써놓은 것이다. 그러니 분명 곡이 열정적인 것이다.

우리는 이 기다란 악장을 들으며 마음이 깨끗해진다. 그리움의 우수와 열정에 흠뻑 빠지고 난 다음에 느껴지는 일종의 순화작용이다. 여기서 베토벤이 곡을 구성하며 1악장의 거친 장대함과 그에 이은 짧은 휴식, 그리고 3악장에서 기다란 노래를 배치한 연유를 깨닫게 된다. 1악장에서 당혹스러울 정도로 느꼈던 엄청난 힘, 잔인할 정도로 몰아쳤던 힘이 여기서 순화되며 높은 경지로 승화되는 것이다.

곡은 자연스레 4악장으로 넘어간다. 매듭을 지어야 하는 것이다. 곡은 라르고로 시작된다. 아주 느리다. 그러나 짧다. 곧바로 알레그로가 따른다. Allegro Risoluto라 적었으니 '빠르게 그리고 단호하게' 라는 뜻일 게다. 곡의 매듭을 지으려니 결연한 자세가 필요한 것이다. 짧은 서주에 이어 화려한 트릴(Trill), 즉 떨림소리가 튀어나오고 연이어 푸가가 전개된다. 트릴로 푸가를 전개하다니. 상식을 뛰어 넘는다. 언제나 새로운 내용과 형식은 기존의 상식을 무너뜨린다.

트릴은 곡의 선율을 아름답게 수식하고 장식하기 위한 수단이다. 본이아니라 언제나 말이다. 헛치레에 불과한 것이다. 그러나 베토벤이 이러한 장대한 곡을 쓰면서 겉치레를 사용할 이유가 없다. 그는 트릴에 독립성을 부과한다. 트릴이 말이 아니라 본이 되는 것이다.

이러한 트릴의 효과가 극단적으로 유용하게 사용된 경우를 중국의 전통 악기인 비파 연주에서 볼 수 있다. 비파는 4개의 현으로 구성된 악기인데 각각의 현을 뜅겨서 기타처럼 연주하기도 하지만, 네 개의 줄을 동시에 훑으며 한 개의 기다란 음을 구성한다. 이런 조립된 음들은 다시 하나의 음이 되어 곡을 구성한다.

중국 원나라 때, 그러니까 약 700년 전의 비파 음악을 들으면 마치 현대의 전기 기타로 연주되는 것같은 대단한 음향효과를 느낄 수가 있다. 형식에 구애받지 않는 위대한 창조정신은 동서고금에 차이가 없다.

게다가 베토벤은 이러한 트릴을 푸가라는 엄격한 형식에 집어 넣는다. 극단적인 시도요, 실험이다. 19세기 초에 음악사전을 발간한 고트흐리드 헤르더는 푸가를 음의 조화라고 설명했다던가. 언제나 그렇듯이 앞선 세 개의 악장을 대조적으로 양립시켜 놓은 다음에 마지막 피날레에서 그는 푸가라는 형식을 통해 조화와 균형을 기대하며 곡을 완성시키는 것이다.

이러한 완성미를 통해 듣는이들은 아름다움을 느끼게 되고, 시적 감정 도 달할 수가 있다. 베토벤은 한때 이야기했다.

"푸가를 만드는 것은 예술이 아니다. 그러나 판타지는 그 자체로 의미가 있어야 한다. 현재는 색다른 진정 시적인 요소가 전통형식에 소개되어야 한다."

그러나 거꾸로가 아닐까. 푸가라는 형식에 시적인 요소를 도입한 것이 아니라, 시적 감정을 표현하기 위해 푸가라는 형식을 선택할 수밖에 없었던 것이 아닐까. 대립과 갈등, 그리고 복잡다단한 감정을 봉합하기 위해서는 푸가라는 형식이 안성맞춤이었을 것이다. 바하를 들으며 언제나 느끼는 요소가 바로 이런 점이 아니었던가.

푸가라고 하지만 여러 변주가 연이어 나오며 우리의 느낌을 자유롭게 한다. 틀에 맞추되 그에 매이지 않고 숨실 공간을 확보하며 자유롭게 움직인다. 악장의 지시에 쓰인대로다. 'Fuga a tre voci(푸가 3성부로)' 'con alcune licenze(연주방식은 자유롭게)' 라 했으니 곡은 자유롭게 흘러간다. 라르고와 트릴이 반복되고 변주도 연이으면서 곡은 종결된다. 자유를 얻은 것이다.

베토벤이 이 곡을 쓰면서 얼마나 심혈을 기울였는가는 다음의 일화에서 엿볼 수가 있다. 그에게 음 하나하나는 무척이나 소중했던 모양이다. 페르디난드 리스는 베토벤의 제자였다. 그는 런던에서 소나타 29번을 출판하려 했었는데, 느닷없이 베토벤으로부터 아다지오의 도입마디에 두 개의 음을 추가할 것을 요구하는 편지를 받은 것이다. 그는 다음과 같이 기록하고 있다.

나의 존경하는 선생님께서 정말이지 머리가 어떻게 되신 것은 아닌가 하는 의아스러움을 한때 갖지 않을 수 없었음을 고백한다. 이 장대한 작품에 두 개의 음을 새로 보내다니. 고치고 고치고 한 작품이고, 더구나 6개월 전에 완성된 것이 아닌가. 그러나 이 두 개 음의 효과를 발견하면서 나의 놀라움은 점점 커졌다.

베토벤의 전기 피아노 소나타

베토벤은 작품번호가 붙은 피아노 소나타를 32곡이나 썼다. 대단한 규모다. 사람들은 초기부터 말년까지 작곡된 이 일련의 작품들에서 음악형식의 발전과 베토벤 자신의 정신적인 발전단계를 읽을 수 있다고 한다. 그러나 규모가 규모인 만큼 그저 음악을 애호하는 평범한 감상자로서 이 곡들을 전부 듣는다는 것은 쉬운 일이 아닐 것이다.

나 자신도 예외는 아니어서 한 번도 체계적으로 베토벤의 피아노 소나타 전곡들을 접근해 본 적이 없다. 그때그때 입수되는 판들을 임의로 선택해서 듣기만 했다. 모차르트나 하이든의 영향을 받은 초기 작품들을 몇 번인가 듣기도 했지만, 젊었던 시절에 자주 감상하였던 곡들은 표제가 붙은 곡들이었다. 소위 대중적으로 널리 알려지고, 모든 사람들이 부담없이 사랑하는 곡들이었다. 물론 표제라고 해도 작곡자 자신이 붙인 것은 8번 〈비창(Pathetique)〉 정도이니까, 표제가 있다 해서 무슨 큰 의미가 있는 것은 아니다. 하여튼 별명이 붙어 있는 곡들이니까 친숙감이 더해지고, 그 만큼 자주 듣게 되었을지도 모른다.

8번 op.13은 무척이나 아름다운 곡이다. 28살에 작곡한 것이니 베토벤의 초기에 해당되는 곡이지만 이미 다른 사람들의 영향을 완전히 벗어나, 그만이 갖고 있는 특유의 감정표현이 대단히 뛰어난 걸작이다. 〈비창〉의 경우에도 무슨 슬픈 감정이 있는 것은 아니다.

차이코프스키의 교향곡 6번 비창과는 그 내용이 아주 다르다. 차이코프스키의 〈비창〉은 얼마나 음울하고 비통하고 애절한가. 소리도 지르지 못하고 마지막 악장을 조용한 울음으로 끝내지 않는가.

베토벤의 〈비창〉은 차라리 정열적이다. 감동이 주체 못할 정도로 넘친다. 나는 내 아이들이 사춘기로 한창 성장할 때 이 곡들을 여러 번 들려주곤 했다. 자라나는 아이들이 가장 감수성이 예민할 때, 베토벤의 〈비창〉은 아름다움이 무엇인가를 깨우쳐 주기에 충분하고 남음이 있다. 자신은 요즈음은 잘 듣지 않지만 그래도 판을 걸어 놓으면 다시금 젊은 열정에, 그리고 그 아련한 그리움에 흠뻑 취할 수 있을 것이라고 생각한다.

14번 월광은 여기서 언급할 필요가 없을 정도로 잘 알려진 곡이다. 첫 악장의 아다지오 소스테누토는 단순한 음의 반복이면서도 얼마나 환상적인가. 누군가가 스위스의 루체른 호수에 비치는 달빛같다고 해서 '월광'이라는 별명을 붙였다던가. 연이은 2악장과 3악장의 빠른 음들은 얼마나 리드미컬하게 경쾌하고 기쁨이 넘치는가.

17번 op.31-2 (Der Sturm, Tempest, 폭풍)은 그의 나이 32세가 되는 1802년에 작곡된 것이다. 이 곡은 그의 초기 소나타들을 마무리짓는 걸작이다. 〈폭풍〉이라는 주제가 붙었다고 해서 특별히 의미가 있는 것은 아니다. 그의 비서였던 쉰들러의 질문에 그저 "셰익스피어의 템페스트를 읽으라"라는 데서 연유했다던가. 첫 악장은 라르고, 알레그로이다. 아주 느린 곡이 나온다. 짧지만 템포의 변화가 잦다. 마치 폭풍 전야의 정적이다. 주제는 열정적으로 빠르게 나타난다. 그리고 이어지는 제2 주제는 얼마나 아름다운가.

폭풍 하면 언제나 휘몰아치는 비바람을 연상한다. 거칠고 무서운 밤이 사람의 가슴을 졸이게 한다. 그러나 여기서의 폭풍은 전혀 그렇지가 않다. 그냥 끓어오르는 사랑의 열정이 비에 젖어 여기저기 널려 있다. 풀에도 걸려 있고, 나뭇잎에도 매달려 있다. 산에도 있고, 들에도 있으며, 듣는이의 가슴에도 흥건하게 고여, 결국 눈에 보이는 삼라만상이 모두 아름다운 열정에 휩싸인 것 같다.

2악장 아다지오는 문자 그대로 느리다. 베토벤의 아다지오는 언제나 아름답고 서정적이다. 감정표현의 대가이니 느린 곡에서 그의 음악은 언제나 무엇인가 마음을 표현하고자 노력한다. 여기서도 중간 부분의 선율은 마치 노래를 부르는 것처럼 사람을 감동시킨다.

이어지는 마지막 악장 알레그로토는 아름다움의 백미다. 전 악장이 두

부분으로 나뉘어져 있다. 첫 부분의 소리들은 무엇인가 찾는다. 어두운 숲속에서 헤매이다가 어디선가 아름다운 소리가 들려와, 숲속을 빠져나가기 위해 그 소리들을 따라 나선다. 무서운 숲을 나서면 분명 밝고 아름다운 햇살이 비치고 있으리라. 이어지는 부분은 애절하지만 힘이 약간 들어 있다. 이기는 것이다.

지난 12월 어느 날 나는 우울증에 시달리고 있었는데, 그 기분을 이기고자 아침에 바그너의 곡을 들은 적이 있다. 신들이 '발할라' 성에 입성하는 장면이다. 말발굽 소리가 힘차고 강렬한 의지가 엿보이는 곡이다. 그러나 듣고서도 기분은 크게 해소되지 않았다. 힘으로 이기려니 한계가 있었다. 이튿날 기운을 내서 운동을 하고, 약간은 상쾌한 기분이 되어 마침 베토벤의 〈폭풍〉을 틀었다. 인생은 역시 아름다운 것이었다.

특히 더 감동을 주는 것은 이 곡이 베토벤이 정신적으로 가장 고통스러웠던 시기에 작곡되었기 때문이다. 귀가 먹었다는 사실을 숨기며 괴로워하다가, 자살을 시도하려고 동생들 앞으로 유서까지 썼다. 비장하게 유서를 작성하고 나흘이 지나서 그는 다음과 썼다.

하일리겐슈타트에서, 1802년 10월 10일.
친애하는 희망이여, ─ 그러면 나는 너와 작별하련다. 참으로 슬픈 마음으로. 그렇다. 내가 이곳까지 이끌고 왔던 희망, 얼마만큼이라도 나을 수가 있으려니 하였던 희망, 이제 그것은 그만 나를 저버리지 않을 수 없게 되었다. 가을의 나뭇잎들이 떨어져 시들어 버리듯이, 그처럼 나에게는 희망도 말라버리고 말았다. 이곳에 왔을 때와 별 다름없이, 나는 다시 이곳을 떠난다. 아름다운 여름철에는 흔히 나를 받들어 주던 고매한 용기조차 사라지고 말았구나. 오오, 천명이여, 기쁨의 맑은 하루를 단 한 번만이라도 나에게 나타내 주소서! 진정한 기쁨의 깊은 소리를 들어 본지 이미 오랩니다. 오오! 언제, 오오! 언제, 오! 신이여! 나는 자연과 인간의 성전 속에서 기쁨을 다시 느껴볼 수가 있을까요? 영영 없을까요? 아닙니다! 오오! 그것은 너무 참혹합니다."(로망롤랑, 『베토벤의 생애』, 이휘영 역)

희망도 용기도 사라진 절망적인 상황에서 신을 찾고 있다. 그런데 이런 아름다운 곡이 튀어나오다니. 1801년 작곡된 그의 바이올린 소나타 5번 Spring(봄)은 또 얼마나 아름다운가. 개인적인 이야기이지만 나는 아내를 만나 사귈 때, 첫 선물로 지구레코드에서 나온 라이센스판인 바이올린 소나타 5번을 택했다. 이름도 멋진 지노 프란체스카티 Zino Francescatti가 연주한 앨범이다. 시집올 때 다시 가져왔지만 벌써 28년 전의 일이다. 작곡자는 불행하면서도 그 모습을 드러내지 않고 안으로 연소시키며, 밖으로는 비할 수 없이 아름답기만 한 곡을 발표한 것이다.

천재는 위대하다. 그의 소나타를 연애하던 청춘시절에 듣고, 지금도 또 정신적으로 우울할 때 그의 곡을 들으며 이겨 나가니, 나는 얼마나 베토벤에게 빚을 지고 있는지 모른다. 그에게 정말로 경의를 표하고 싶다.

21번 op.53 Waldstein은 동명의 백작에게 헌정한 곡이다. 두 개의 악장으로 이루어진 곡으로서 화려하기 그지없다. 23번 op.57 Appassionata(열정)은 프판쯔 폰 브룬스비크 Franz von Brunsvik에게 바쳐진 곡인데, 그는 테레제 Therese의 오빠다. 테레제는 베토벤이 약혼까지 한 여인이다. 약혼은 결국 파기되었지만, 그녀는 죽을 때까지 베토벤을 잊지 못하고 사랑하였다 한다. 반드시 이러한 스토리가 배경에 있다고 해서 '열정'은 아니다. 제목은 작곡가가 붙인 것이 아니라 악보 출판업자가 그렇게 느껴서 정했을 뿐이다. 어찌 보면 사랑의 열정도 지나치면 부담스럽다. 이렇게 넘치는 뜨거운 힘을 어찌 받아들일 수 있단 말인가. 남자와 여자가 함께 살면서, 그것도 순간이 아닌 긴 세월을 살면서 어찌 뜨거움으로만 채울 수 있단 말인가. 사랑도 천재는 다르단 말인가.

26번 op.81a는 루돌프 대공에게 헌정된 곡으로 세 악장으로 이루어져 있다. 각 악장에는 Das Lebewohl(이별), Die Abwesenheit(떨어져 있음), Das Wiedersehen(다시 만남)이라고 적혀 있다. 나폴레옹의 침입으로 루돌프 대공이 전란을 피해 비엔나를 떠난다. 그리고 베토벤은 이 곡을 작곡한다. 그렇다고 해서 우리는 역사적 사실에 무슨 큰 의미를 부여할 필요는 없다고 본다.

▌베토벤의 후기 소나타

베토벤의 후기 소나타를 이야기하기 위해 그 이전의 소나타를 개략적으로 훑어 본 것은 이유가 있다. 아무래도 그의 마지막 곡들이 하늘에서 떨어지듯 갑자기 나타난 것이 아니라면, 필경 그에 앞서 여러 과정을 거쳤음이 틀림없다. 사람은 분명 똑같은데도 그의 내면적인 정신은 한 곳에 머무르지 않고 진행되고 있었던 것이다.

한 인간이 스스로의 동일성을 유지하며 살아가는 동안 정신적으로 여러 발전단계를 거친다는데 사실일까. 과연 그것이 가능할까. 나는 그러리라고 본다. 무엇보다 나는 베토벤의 음악에서 그러한 현상을 분명히 감지할 수가 있다. 정신적인 발전단계라 해도 건물의 층수처럼 딱 부러지게 가를 수는 없는 일이다. 예컨대 지리산 천황봉에 이르기 위해서는 높낮이가 다른 무수한 봉우리와 능선을 오르락내리락하다가 도달하는 것이 아닌가.

우리는 베토벤의 진행과정을 통상적으로 초기, 중기, 후기로 구분한다. 이런 기준으로 보면 베토벤의 마지막 소나타들, 즉 28, 29, 30, 31, 32번은 후기에 속한다고 하겠다. 그리고 후기를 다시 나눈다면 이 소나타들은 후기 중에서 초기에 해당되는 작품들이다.

베토벤의 후기 작품으로는 불후의 걸작인 교향곡 9번과 마지막 현악사중주들 op.127, 130, 131, 132, 133, 135 등이 있다. 인류가 영원히 간직해야 할 기념비적인 작품들이다. 이렇게 생각해보면 앞서 이야기한 피아노 소나타 다섯은, 그가 생전에 마지막으로 이룩한 불멸의 예술작품들인 현악 사중주들에 앞선 일종의 예비단계라 할 수 있다. 예비라고는 하지만 그의 인생 후반부에 작곡된 것이어서 이미 깊은 경계에 다다른 작품들이다.

어느 한 사람이 정체성을 간직하면서 이렇게 높은 정신적 단계로 진행된다는 사실에 나는 똑같은 사람으로서 전율을 느낀다. 그의 소나타에 대해 더 이야기하기 전에, 이러한 정신적 발전과 의미를 비교하는 의미에서 한 시인을 예로 들고 싶다. 중견시인 조정권이다. 마지막 단계에서 베토벤과 양상이 많이 다르기는 하지만, 그래도 그의 작품들을 몇 수 읽으면 정신은 무한히 발전하는 하나의 구체적인 형상임을 알 수 있다.

먼저 시인이 처음으로 내놓은 시집 『비를 바라보는 일곱가지 마음의 형태』(1977)에 나오는 구절들을 보자. 바로 시집의 제목과 똑같은 이름의 시에서 인용한다.

집집의 어두운 문간에서 / 낙숫물 소리로 흐느끼는
니 맘 내 자알 안다 / 니 맘 내 자알 안다

풀밭에 떨어지면 / 풀들과 친해지는 물방울같이
그대와 나는 친해졌나니

바람이여 네가 / 웃으며
내게로 달려왔을 때

나무는 / 가장 깊숙한 빈터에서
흡족한 얼굴을 보인다

바람이여 / 네 至純한 손길이
내 몸을 열어놓을 때

나는 낮은 움직임 / 바다 밑으로 손을 펴
눈먼 이의 눈먼 가슴을 더욱 가라앉힌다

비 내린 풀밭이 파아란 건 / 풀잎 속으로 몰려가는 푸른 힘이 있기 때문이다
풀밭에 힘을 주는 푸른 손목이 숨어 있기 때문이다
풀밭이 노오랗게 시드는 건 / 힘을 주던 손목이 부러졌기 때문이다

두서없는 인용이지만 우리는 시인의 젊고 아름다운 감성을 쉬이 느낄 수가 있다. 자연과 사물을 바라보는 그의 시각은 그러한 대상과 합일해 있으면서도, 대상들의 미세한 움직임과 소리를 모두 듣고 자기의 투영된 모습을 본다. 그리고 거기에는 흐느낌과 웃음과 아픔이 모두 배어 있다. 어찌 보면 낭만적인 포에지가 시를 지배하고 있다. 흐느낌도 아름답게 보는 시적 정신 말이다.

이 시집에서 14년이 지나 시인은 「산정묘지 山頂墓地」라는 걸작을 내놓는다. 그 동안 다른 몇 권의 시집을 발간하였지만 구체적으로 읽어보지 않아 시인이 어떠한 과정을 거쳤는지는 아는 바가 없다. 그러나 「산정묘지」에 이르러 이미 그의 시는 엄청난 힘으로 정신의 최고경계에 이르렀음을 인식할 수 있다. 나는 감히 말하건대 우리의 시들이 이런 경지에 도달하였다는 사실에 찬탄을 금할 수가 없다. 정신을 깎고 다듬어, 그리고 다시 벼리고 깎으며 마무리하여 올라간 빛나도록 차갑고 단단한 세계. 그리고 우주처럼 한없이 투명한 모습에 경의를 표하지 않을 수가 없다.

가장 높은 정신은 / 추운 곳에서 살아 움직이며
허옇게 얼어터진 계곡과 계곡 사이 /
바위와 바위의 결빙을 노래한다. (「산정묘지 1」)

얼음덩어리들은 / 제 스스로의 힘에 도취해 있다.
결빙의 바람이여, / 내 핏줄 속으로
회오리치라. / 나의 발끝에서 머리끝까지
나의 전신을 / 관통하라.

점령하라. / 도취하게 하라. (「산정묘지 1」)

그리고 지상에 홀로 남아 / 칼을 입에 물고 노래하는 歌人을
오래 머물게 하라. (「산정묘지 5」)

언 하늘에다 / 竹을 치며, 竹을 치며 (「산정묘지 5」)

젖은 날개를 험한 절벽 끝에서 말리며 휴식을 거부하는 /
강한 영혼들을 노래하라.
지상으로 결코 내려가 피지 않는 高生草들의 密生地 (「산정묘지 8」)

바위같은 얼음 덩어리. 단단하게 결빙된 정신. 속세를 거부하는 냉혹한 영혼. 오죽하면 칼을 입에 물고 노래를 할까. 그리고 언 하늘에다 대나무로 장막을 칠까. 문자 그대로 젖은 날개를 험한 절벽, 그것도 절벽 끝에서 말리며 휴식을 거부하는 강철같은 아니 다이아몬드같은 무서운 정신이 빛나고 있다. 지상과는 단절된 아주 고고한 상태에 도달해 있다.

우리는 이러한 시들에서 아름다움을 느낀다. 시를 구성하는 아름다운 언어와 이미지의 사용에서도 미감을 느끼며, 또한 그런 언어들이 빚어내는, 속인들이 범접할 수 없는 저 까마득한 미지의 세계에 대해 상상으로나마 아름다움에 젖어 든다.

베토벤도 그랬다. 그의 후기 작품들에는 다이아몬드처럼 단단하게 뭉쳐진 정신들을 곳곳에서 발견할 수 있다. 말년의 현악 사중주들은 이러한 모습들을 적나라하게 보여주는 최고의 작품들이다. 끔찍하고 몸서리칠 정도로 단련된 경계들이다. 지금 이야기하고 있는 피아노 소나타들에서도 이런 빛나는 세계, 인간의 의지로 싸워 만들어낸 아름다운 정신의 모습을 발견할 수가 있다. 특히 소나타 29번와 32번의 각 첫 악장들에서 한 인간의 치열한 정신을 보게 되고, 또 놀라게 된다. 피아노의 건반을 강하게 두들

기며 만들어내는 음들이지만, 그 음들이 속으로 나타내고 있는 것은 위대한 거인의 정신이다.

그러나 반드시 유념해야 할 점이 있다. 바로 이 점을 지적하기 위해 앞의 시들을 인용하였는지 모른다. 높게 다다른 정신세계의 아름다움은 베토벤이나 조정권이나 마찬가지일 것이다. 인간으로서 끝없는 투쟁과 싸움을 거치며 걸어가는 과정, 그리고 그러한 기나긴 여정 끝에 도착하는 정신적 종착지가 무슨 차이가 있겠는가.

그러나 종착지의 풍경이 완연히 다르다. 조정권의 시 세계에서는 돌아가는 길이 없다. 스스로 길을 끊어 버린 것이다. 그리고 유감스럽게도 그동안 거쳤던 속세의 과정은 무시되거나 단절되어야 한다. 그의 짧막한 시 「독락당獨樂堂」을 보자.

獨樂堂 對月樓는 / 벼랑 꼭대기에 있지만
옛부터 그리로 오르는 길이 없다. / 누굴까, 저 까마득한 벼랑 끝에 은거하며
내려오는 길을 부셔버린 이.

시 자체로서 완성되어 있다. 홀로 즐기는 경계에서 달을 맞이하는 즐거움을 어디에다 비하랴. 어떻게 올라온 꼭대기인데, 얼마나 힘들게 도달한 높이인데, 보통 사람들은 그곳으로 오르는 길을 찾지 못하는 그러한 경계인데, 얼마나 위대한 경지인가.

그러나 역설적으로 벼랑 위에 독락당은 위치하고 있다. 그리고 내려오는 길을 부숴버린 상태이다. 완전하지만 외부와 단절되어 있다. 하지만 사람들이 보기에 그러한 까마득한 경계에서 계속 살려면 얼마나 힘들까 걱정이 앞선다. 힘이 부치지나 않을까. 얼마나 쓸쓸할까. 다이아몬드는 단단하지만 일순 녹아 내리지는 않을까. 지레 두려운 것이다. 무엇보다 그러한 경지에 도달한 인간에게는 그 다음의 과정은 무엇일까. 완성으로 이미 끝난 것은 아닌가. 숨을 쉬며 계속 살아야 하는데 완성된 인간은 진정코 무엇을 더 한단 말인가.

　시인은 다시 내려와야 한다. 독락당은 막히고 폐쇄되어 있는 그만의 공간이 되어서는 안된다. 열려져 있어야 한다. 올라가는 길을 스스로 부쉈듯이, 힘이 들더라도 내려오는 길을 만들어서라도 아래 세상으로 되돌아 와야 한다. 부끄러워 할 이유는 없다. 그러한 감정은 이미 독락당으로 올라갈 때 극복되었던 것이 아닌가. 이루었던 경계는 가슴에 품고 속세로 내려와 다시 다듬어야 한다. 숨을 쉴 공간이 있어야 하지 않는가. 그리고 올라가기 위해 바쳤던 아픔을 어느 정도는 어루만져야 하지 않는가. 그런 다음에, 힘이 재충전된 다음에 더 높은 경계로 향해서, 정말로 그러한 경계가 있는지 모르지만 다시 한 걸음 한 걸음 올라가야 하지 않겠는가.

　베토벤은 달랐다. 완성을 위해 끊임없이 길을 걷지만 끝을 볼 수가 없었다. 위대한 정신세계에 도달하기도 했지만 그것은 마침표가 아니었다. 설사 순간적으로 도달하였더라도 오랫동안 지속할 수가 없었다. 그는 산의 정상에서 발 아래로 모든 세상을 보기도 하였지만 곧바로 다시 내려오고는 했다. 그리고 정상에서도 다시 다음 단계를 위해 질문을 계속 던졌다. 마지막 작품인 현악 사중주 op.135에서도 미련하고 의아스러울 정도로 질문을 하지 않았던가.

　베토벤은 소나타 29번이라는 장대한 작품에서 이미 말년의 경지를 보여준다. 엄청나고 거대한 힘과 의지가 넘치면서도 돌로 만든 조각처럼 잘 다듬어진 곡이다. 돌을 파며 얼마나 피를 흘리며 울어야 했을까. 그것을 버텨내는 의지의 차가움은 바로 얼음 덩어리가 아닌가. 3악장의 슬픔과 열정은 또 무엇이란 말인가. 하지만 베토벤은 스스로의 열정을 식힐 줄도 알았다. 정상에서 다시 내려와 휴식을 취하는 것이다.

피아노 소나타 30번

피아노 소나타 30번 op.109는 앞의 소나타에 비해 소품이랄 수가 있다. 29번의 연주시간은 42분이나 걸리는데 비해 30번은 18분에 불과하다. 이 곡은 1820년에 작곡되었고, 막시밀리안 폰 브렌타노Maximiliane von Brentano에게 헌정되었다. 규모는 작지만 전체적으로 우아한 작품이다. 베토벤은 29번의 높이에서 다시 한 단계 내려와 휴식을 취하는 것이다.

그렇다고 이 작품이 질적으로 떨어진다는 것은 결코 아니다. 위대한 예술가가 한 개의 작품이라도 소홀히 하겠는가. 단지 발을 디딛고 있는 경계가 다를 뿐이다. 그러나 이 작품에는 무겁거나 어두운 면이 없다. 치열하게 싸우고 외치는 의지도 보이지 않는다. 그냥 가볍고 편안하다. 소나타 형식을 따르고 있다 하지만 꼭 그런 것도 아니다. 그렇다고 해서 기존형식을 깨는 과감한 변화도 없다. 그리고 무엇보다 극적인 긴장요소가 없다.

이 작품을 감상할 때 그저 편안한 마음으로 들으면 된다. 특히 3악장의 아름다운 변주는 우리의 귀를 몰아의 경지로 몰아 넣는다. 아름다움에 흠뻑 젖어 감동을 하게 되고 마음은 다시 평온해진다. 이러한 미감을 느끼며 한편으로 역시 베토벤은 여러 경계를 아우르는 위대한 정신임을 새삼스레 깨닫게 되고, 또 이런 여유공간이 있기에 다시 나중의 더 높은 산에 오르기 위한 힘을 축적하게 되는 것이다.

첫 악장은 Vivace ma non troppo – Adagio espressivo 즉 '아주 빠르게 그러나 지나치지 않게 – 느리게 표현적으로' 이다. 환상적인 곡이다. 그리고 청명하고 투명하다. 시작은 빠르지만 속도가 다른 두 개의 멜로디가 나온다. 이어서 강한 피아노 포르테가 나타난다. 제2 주제다. 다시 전개가 나오고 변형된 주제들이 제시되면서 곡이 끝난다.

둘째 악장은 Prestissimo다. '프레스토보다 더 빠르게' 라고 표시했으니 매우 빠른 곡이 틀림없다. 곡은 강하게 시작한다. 앞의 악장과 대조적이다.

그리고 조용한 음이 나오다가 다시 주제의 변주가 나온다. '빠르게'라고 지시되었지만, 이 짧은 곡 가운데서도 셈과 여림이 교차된다. 연주하기가 간단치가 않을 것이다. 베토벤의 후기 작품들은 쉬운 것이 하나도 없다.

앞의 두 악장은 총 연주시간이 5분 남짓하니 짧고 연이어 연주된다. 그러면서 3악장으로 넘어간다.

세번째 악장은 독일어와 이태리어로 동시에 지시되어 있다. Gesangsvoll mit innigster Empfindung. Andante molto cantabile ed espressivo라 적혀 있는데, 앞의 독일어는 '깊은 감정으로 노래하듯이'이고, 뒤의 이태리어는 '느리게 노래하는 듯이 그리고 표현적으로'라는 뜻이다.

베토벤의 후기 작품들의 공통적인 것은 각 악장마다 상당히 구체적으로 작곡가 자신의 상세한 지시가 있다. 예를 들어 현악 사중주 op.131의 주 악장인 4악장의 지시는 특히 길다. 간단히 연주 속도만을 지시하는 것이 아니라 곡의 내면적인 흐름을 나타나게 하는 용어들이 많이 나온다. 그만큼 베토벤은 표현하고 싶은 것들이 많았다는 점 이외에도, 연주가들이 그런 자기의 의도를 정확히 파악하여 연주하라는 뜻일 게다. 따라서 한 악장 내에서도 완급과 셈, 여림 등이 여러 번 교차하고 있는데, 마치 날씨처럼 수시로 변하는 모습을 인지하게 되고, 또 그에 따른 미감을 맛보게 된다. 연주자들 입장에서는 상당히 곤혹스러운 지시가 아닐까 생각된다.

3악장은 모두 여섯 개의 변주로 구성되어 있다. 베토벤은 바하와 더불어 변주의 대가다. 그렇다고 변주를 하며 화려하거나 어려운 기술을 보여준다고 생각되지는 않는다. 변주는 기술의 상징이 아니라 작곡자의 내면을 표현하기 위한 훌륭한 수단으로만 채택될 뿐이어서 각 변주는 이미 주제가 완전히 변용된 모습으로 나타난다. 베토벤의 위대한 창의성이 돋보이는 점이다.

첫 주제는 molto espressivo이다. '아주 표현적으로'라는 뜻이다. 곡은 투명하고 노래하는 듯하다. 고상한 품격까지 느껴진다. 가볍고 맑지만 깊은 서정이 스며 있다.

곡의 둘째 변주는 legerement로 '가볍게'라는 의미이다. 여기서는 주제가 음정을 높여 노래된다. 높은 음들이다. 높으니까 더욱 투명하다. 유리알같다. 하늘에서 마치 맑은 물방울이 똑똑 떨어지는 것 같은데, 물방울들은 잔잔한 호수에 부딪치며 동그란 파문을 만든다. 파문은 곧바로 사라지고 물방울은 연이어 하늘에서 떨어진다.

세 번째 변주는 allegro vivace이니 빠른 속도로 연주된다. 대단히 경쾌한 곡이다. 발걸음이 그렇게 가벼울 수가 없다. 떨림소리도 나온다. 아름답다. 그리고 재미도 있다. 일종의 해학까지 느껴지니 어쩌랴. 베토벤이 가진 천의 얼굴을 보는 것 같다.

넷째 변주는 un poco meno andante이니 '약간 덜할 정도로 느리게'이다. 이 변주는 의외로 상당히 길다. 그리고 대조적인 두 부분으로 구성되어 있다. 곡은 갑자기 강한 톤으로 시작된다. 힘도 들어 있다. 그러나 이어지는 곡은 다시 아름다운 노래다. 전개도 있다. 빠르고 힘찬 연주가 나타나기도 하지만 긴장은 없다. 가벼운 춤곡이 아닌가 싶을 정도의 리듬도 있다. 베토벤의 변주 솜씨가 유감없이 발휘되고 있다. 대단히 아름다운 곡이다.

다섯 째 악장은 allegro ma non troppo로 '빠르게 그러나 지나치지 않게'다. 빠르고 화려한 곡이다. 곡은 여러번 되풀이되다가 끝이 난다.

그리고 마지막 변주는 tempo primo del thema로 '주제의 본디 빠르기로'다. 해서 변주는 앞의 첫 부분으로 돌아가 깊은 노래를 다시 한 번 부르고 끝난다.

피아노 소나타 31번

소나타 31번 op.110은 1821년에 작곡된 곡이다.

1악장은 Moderato cantabile molto espressivo로 '중간속도로 노래

하듯이 그리고 아주 표현적으로' 라는 뜻이다. 첫 주제는 아름답고 부드럽다. 음들이 하늘에서 햇살처럼 쏟아져 내린다. 이어지는 둘째 주제는 청초하면서도 애수에 찬 곡이다. 나는 이 악장을 들으면 슈베르트의 즉흥곡들이 연상된다. 1827년 동시에 작곡된 op.90과 op.142의 8개의 즉흥곡 소품들은 밝으면서도 어둡고, 햇살이 떨어지면서도 뒤안길에는 우수가 묻어 있는 곡들이 아닌가. 낭만적인 아름다움이 물씬 배어 있는 곡이다.

사람들은 슈베르트를 낭만주의 작곡가로 분류한다. 꼭이나 나누는 것이 무슨 의미가 있을까 여겨지기도 하지만, 자유로운 형식과 끝이 없는 판타지라는 면에서 아무래도 낭만주의는 앞선 고전주의와는 다름이 틀림없다. 하지만 슈베르트는 엄연히 베토벤과 동시대의 인물이다. 늦게 태어났지만 베토벤보다 1년밖에 더 살지 못하고 저 세상으로 떠난 사람이다.

이렇게 보면 베토벤의 소나타 31번에서 낭만적인 요소를 느낀다는 것은 틀린 일이 아니라 당연한 것인지도 모른다. 예술가는 그 시대를 가장 잘 표현한다고 하지 않는가. 베토벤의 낭만적인 모습은 사실 여기서뿐만 아니라 도처에서 나타나는데, 그의 마지막 소나타 32번의 둘째 악장은 서정적 깊이가 넘치는 곡이지만 한편으로 낭만주의 작품들의 전범이 되는 기념비적인 걸작이다.

둘째 악장은 2분 정도의 짧은 악장으로 allegro molto 즉 '아주 빠르게'로 연주된다. 격렬하고 힘찬 곡으로 세도막 형식으로 이루어졌다. 첫 부분은 예의 강한 힘이 나타나고 중간 부분은 매우 빠른 음들이 다섯 번 반복된다. 그리고 다시 첫 부분으로 되돌아 간다. 짧고 간단한 곡이지만 아주 다이나믹하다. 그리고 포르테와 피아노가 교차된다. 셈과 여림이 얽혀 있다.

셋째 악장은 Adagio ma non troppo - Fuga. Allegro ma non troppo 이다. 앞의 30번이 마지막 3악장에서 소나타의 전체 모습을 결정지었듯이, 이 소나타에서도 마찬가지로 3악장이 앞선 두 악장을 합친 것보다 훨씬 길게 연주되니, 베토벤이 3악장을 얼마나 힘을 들여 썼는가를 알 수 있다. 악장은 느린 아다지오로 시작된다. 음들이 길게 끌린다. 노래하는 듯한 음들이 낮은 음으로 나타나고 곡은 마냥 조용하기만 하다. 일종의 서창敍唱이다. 노래라는 형식을 빌리되 노래라기보다는 무엇인가 이야기하고 싶은 눈치인 것이다. 이러한 서창은 베토벤이 현악 사중주에서 즐겨 썼던 방식이다. 하지만 듣는이는 이런 느린 곡에서는 언제나 무엇인가 깊은 서정을 느끼게 된다.

곡은 본격적으로 진행되며 3악장의 진면목인 Arioso dolente(아리아처럼, 슬프게)가 나타난다. 작가 자신이 슬프다라고 지시했으니 오죽하겠는가. 기다란 탄식이 깜깜한 밤에 허공으로 번져 나간다. 어두운 탄식이다. 푸념이나 한탄이 아니다. 깊게 잠겨들어 뱉어내지 못하는 슬픔이 고이다 못해 밖으로 흘러나온다.

그러나 베토벤이 어떤 사람인가. 한 가지로만 치중하지 않는 것이 천재들인 모양이다. 장탄식이 나오더니 갑자기 푸가가 튀어나온다. 매우 투명하고 깨끗하다. 푸가는 언제나 그렇듯이 종합을 한다. 대립을 중화시키며 조화와 균형으로 인도한다.

여기서 베토벤은 푸가라는 형식을 빌려 앞의 어쩔 수 없었던 슬픔을 치유하며 어떤 믿음을 발견하는 것이다. 그러나 곡은 반복되어야 한다. 형식의 비극이라 할까. 치유되었는데도 다시 앞의 슬픔이 재현된다. 슬픔이 그만큼 깊었던 것일까. 그리고 작가는 스스로 'perdendo le forze, dolente'(영어로 wearily, lamenting라 번역)라고 적으니, 지치고 탄식한다는 의미다.

인생살이가 고달프지 않은 사람이 어디 있겠는가. 다 아는 사실이지만 그래도 막상 쓸쓸함에 부딪치면 자기의 서러움은 왜 그리 크게 보이는지. 하여튼 베토벤도 속을 썩이는 조카 칼Karl 때문인지는 몰라도 어지간히 세상살이에 지쳐 있었나 보다. 그리고 나이도 들어 서러움이 자꾸 솟아났을 게다.

그러나 위대한 정신은 여기서 굴하지 않는다. 피아노가 갑자기 탄식에서 벗어나 격렬한 소리들을 마구 쏟아 놓는다. 반전이다. 이 부분을 그는 'poi a poi di nuovo vivente'(영어로 gradually becoming animated again 라고 번역)라 적는다. '점차 다시 생기를 찾아서' 라는 뜻이다. 그렇다. 물러설 수가 없다. 꺾일 수가 없다. 이미 선택하여 걷고 있는 길이 아닌가. 힘을 내야지. 기운을 내야지. 정신을 차려야지. 숱한 다짐은 피아노의 빠르고 힘있는 소리들로 나타나고 곡은 종결된다.

▌피아노 소나타 32번

베토벤의 마지막 피아노 소나타 32번 op.111은 1822년, 그러니까 그의 나이 52세에 작곡된 명작이다. 이때 그는 불후의 걸작인 교향곡 9번을 함께 쓰고 있었다. 이미 최고로 성숙되어 완성의 길을 걷고 있었던 셈이다. 그러니 같은 시기에 쓰여진 소나타도 범상치 않음이 틀림없다. 이 곡은 단지 두 개의 악장으로만 구성되어 있다. 왜 3악장은 없느냐는 쉰들러의 질문에 시간이 없어서 그랬다고 답했던가. 대답을 할 수 없는 질문에 어쩔 수가 없는 우스꽝스러운 답변이다.

첫 악장은 Maestoso - Allegro con brio ed appassionato(장엄하게 - 빠르고 힘차게 그리고 열정적으로)이다. 울리는 첫 마디가 심상치가 않다. 언제나 시작이 중요한 법이다. 기선을 제압하는 것이다. 음은 대단히 무겁고 둔중하다. 어둡기까지 하다. 트릴도 짤막하게 등장한다. 이어지는 음들은 반복되지만 웅장하고 거칠고 격렬하다. 피아니시모도 섞이며 다시 힘이 나타나니까 느낌이 신비스럽기까지 하다. 그러나 마에스토소 부분은 그렇게 길지가 않다. 일종의 서주라고나 할까.

그리고 곧이어 첫 주제가 등장한다. 알레그로라는 지시대로 빠르다. 힘이 넘친다. 참지 못하는 열정이다. 바위가 계곡을 무섭게 굴러 내리듯 소리는 힘을 잔뜩 얹은 채로 진행된다. 베토벤은 그렇게 굴러온 바위를 손으로 친다. 그대여 정말로 바위를 치는가. 바위를, 아니면 땅을 치는가. 곡이 전개되며 중간에 부드러움도 나타나지만 잠시 모습을 보일 뿐 곧 사라지고 격렬함이 전 악장을 지배한다.

제2주제는 있어도 미미하기만 하다. 느리고 짧은 선율이지만 베토벤은 그곳에 머무를 수 없을 만큼 급하다. 한번 치솟기 시작한 뜨거움은 무엇이라도 태우듯 불을 뿜는다. 곡을 들으며 나는 희랍신화에 나오는 프로메테우스를 생각한다. 인간에게 불을 건네준 죄로 절벽 바위에 매달려 벌을 받는 프로메테우스 말이다. 그의 의지와 힘 그리고 인내와 열정이 뒤범벅이 되어 곡은 흐른다. 프로메테우스의 심장을 쪼아대는 독수리라고 마음이 편할까. 따스한 보금자리에 알을 남겨두고 공중에서, 아무도 없는 허공에서 숨을 죽이며 빙빙 돌다가 제우스로부터 저주받은 영웅의 심장을, 그 붉은 가슴을 도려내는 심사는 어떨까.

곡이 우리에게 주는 연상은 한이 없다. 곡은 흐른다. 그리고 곡은 다시 변주라는 반전을 거치며 음들이 끝없이 내려가다 다시 올라가기도 한다. 어떻게 보면 시지프의 신화가 연상된다. 끝없이 굴리며 올려야 했던 바위 덩어리들. 그리고 그 힘든 작업들. 그리고 그것을 버텨내며 참는 열정. 어떻게 감동 안할 수가 있겠는가.

재현부에서 나타나는 피아노의 빠른 음들은 아주 가지런해서, 마치 알렉산더의 팔랑헤 보병들이 방패를 굳게 쥐고 긴 창을 앞으로 세우고 정렬하여 착착 진격하는 것같다. 물론 기마병도 뒤따른다. 곡은 그래서 무엇인가 돌파하려고 애쓴다.

1악장의 힘은 앞선 소나타 29번와 비견된다. 이어지는 2악장도 29번의 3악장과 닮은꼴이다. 그러나 32번이 더 짜임새가 있어 보인다. 곡은 그러한 생각을 되새기게 하며 종결된다.

둘째 악장은 Arietta. Adagio molto semplice e cantabile (작은 아리아. 느리게 단순하고 노래하는 듯이)로 적혀 있다. 노래라니, 결국은 노래로 매듭을 지어야만 하다니. 우리는 여기서 음악의 큰 구조를 바라보게 된다. 앞의 악장과 대칭으로 구성되어 전체 구조가 균형미를 갖는다. 아니 그보다도 격렬함을 치유하는 것이 필요하다. 어쩔 수가 없는 것이다. 그리고 그 방법은 역시 아다지오인 동시에 노래이어야만 하는 것이다.

곡은 천천히 끊어지는 듯한 음으로 시작된다. 역시 그리움의 소리로 들린다. 부르는 듯한 그리움이 가득 찬 소리들이다. 동경의 소리들은 언제 들어도 어두우면서도 깊고 그윽하다. 그리고 조용해야 한다. 음들은 소리를 한껏 낮추어 들릴듯 말듯 울려 나온다. 바람이 안 불어도 소리없이 타오르는 불꽃들이다. 늘 그렇듯이 이런 음들은 음 하나하나에 감정이 묻어 있다. 음 하나가 어떤 감정을 나타내게 해준다. 무서운 일이다. 음 하나하나를 이렇게 생생하게 살려 놓다니.

화가가 그림을 그리면서 붓자국을 선명히 남겨 놓을 때, 그 붓자국 자체가 살아서 그림의 중요 부분으로 보여지는 경우와 마찬가지라고 할까.

붓자국에 호흡을 잔뜩 묻혀 놓은 대표적인 화가로는 서양에서 반 고흐를 들 수 있다. 암스텔담에 있는 고흐 박물관에 들어서면 걸려 있는 그림마다, 특히 그의 후기 작품들에서 붓자국들이 살아 움직이며 보는이를 몸서리치게 한다. 기름물감이 덩어리로 캔버스에 손힘으로, 아니 온몸의 힘으로 뭉개져 있다. 동양에서는 명나라 말기의 서위나, 청나라 초기의 주답, 즉 팔대산인이 그러한 그림을 그렸다. 압축되고 절제되어 흰 공간에 그린 일필휘지의 선들. 울퉁불퉁 구부러진 간단한 획인데도 공간을 휘어잡아 그림을 감상하는 우리들을 무서운 힘으로 압도하고 있다. 슬픔과 광기가 완전히 승화된 그 단순한 붓자국에서 눈물이 날 정도의 고고한 세계와 우주가 느껴지는 것이다.

혼이 살아있는 음들은 연이어 흐른다. 그러면서도 그 음들이 모여 조용한 강물처럼 노래를 이루고 노래는 길게 흐른다. 그리움은 언제나 길고 아련하고 또 사무친다.

그리움이 주제이지만 조용한 열정도 있다. 베토벤의 소나타는 천천히 내연하는 불꽃에서 점차 속도를 높여간다. 곡들은 단순한 음들을 반복한

다. 지시도 semplice가 아닌가. 속도가 높여지고 있지만 아직은 알레그로
는 아니다. 이런 효과로 인해 곡은 절제되고 있다. 감정이 방만해지지 않
는 것이다. 아름다움은 얼굴을 꼭 화장만 한다고 해서 이루어지지는 않는
다. 잠을 깊게 자고 난 여인의 아침 얼굴은 얼마나 싱싱하고 깨끗한가.

곡의 단순함은 음들을 나란히 일렬로 세워 놓은 것 같다. 단순함과 절제
가 선을 이루어 늘어서 있으니 마치 불국사의 무영탑을 보는 것 같다. 극
히 절제되어 흐르는 돌들의 선은 얼마나 아름다운가. 감정을 최대한 절약
한 강인한 선은 또 얼마나 부드러운가. 저런 선이 만들어지려면 저 돌들을
깎은 석공의 마음은 도대체 얼마나 벼리고 벼린 마음일까.

석가탑은 아사달이 세운 것이다. 백제 사람 아사달이 사랑하는 아사녀
를 놔두고 이국 신라에 건너와 고생을 하며 건설한 것이다. 그리고 아사녀
는 님을 찾아 먼 길을 오지만 호수에 탑의 그림자가 없음을 알고 님이 떠
나버린 것으로 착각, 호수에 몸을 던진다. 그림자는 탑과 나뉘어지지 않고
그리움으로 뭉쳐 탑신으로 흘러 들어가 굳게 합쳐져 있었음을 아사녀가
어이 알았을까. 아픈 그리움이 깎이고 다듬어져 절제된 선은 천 수백년이
지나도록 곱고 우아하게 공간을 흐른다. 베토벤의 조용한 가락은 정말로
석가탑의 말없는 선처럼 흐르고 있다.

곡은 변주되고 약간의 힘도 가미된다. 반전이다. 흐름이 빨라지지만 그
래도 곡은 단순함을 지킨다. 단순하게 아래위로 움직이니 마치 무엇인가
덜렁덜렁거리는 것 같다. 시니컬한 모순이 느껴지기도 한다. 어떻게 보면
무엇인가 질문을 던지는 것 같기도 하다. 그러다가 곡은 트릴로 전환된다.
꼭이나 트릴은 아니어서 내 생각으로는 트릴을 구성하는 음들을 하나씩
띄어놓은 기다란 배열로 보인다. 그러면서 표현되는 서정은 정말로 기가
막히게 아름답다는 말 이외에는 달리 어떻게 쓸 수가 없다.

곡은 진행되고 진짜 트릴이 길게 나오기 시작한다. 무엇인가 막 흔들어
대는 것 같기도 하지만 혼란은 결코 용납되지 않아서 모양은 언제나 가지
런하다. 물방울이 튀긴다. 하지만 긴장도 있다. 트릴을 따라 베이스에서는

무거운 음도 울린다. 무엇을 뜻하는가.

곡은 점차 밀도가 강해지고 크레센도로 높아진다. 그리고 트릴이 다시 반복되다가 악장의 첫 주제로 돌아간다. 그러나 느낌은 약간 다르다. 그리움이 묻어 나서 뚝뚝 떨어진다. 소리는 아주 약한데도 그리움이 뚝뚝 떨어지는 것이 들린다. 아주 크게 말이다. 마음의 소리는 겉으로는 귀에 들리지 않아도 가슴에서는 큰 돌이 떨어지듯이 들리는 법이다.

벌써 추운 겨울 동안 기다랗게 참았던 그리움이길래 그 그리움이 동백꽃으로 맺혀 땅으로 떨어지는 것 같다. 붉은 동백꽃이 나무에서 땅으로 내릴 때 어디 소리가 들리는가. 그저 뚝뚝 떨어져도 그 붉은 꽃들은 소리없이 떨어져 그 붉음을 땅에 흘리지 않는가. 꽃은 소리를 내지 않아도 우리 사람들은 그 소리를 듣고 노래로 시로 읊지 않는가.

곡은 미약한 소리로, 귀를 쫑긋 세워야 들릴 정도로, 아니 마음을 활짝 열어놓고 마음의 귀로만 들어야 들리는 소리로 맺는다.

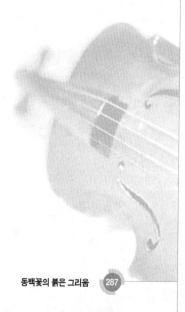

위대한 영혼

베토벤의 현악 사중주 14번 작품 131

지난 며칠 동안 베토벤의 마지막 현악 사중주를 듣고 또 들었다. op.131 과 Grosse Fugue op.133을 반복해서 들었다. 오랜만이었다. 베토벤의 사중주는 역시 좋았다. 그래서 또 들었다. 형언하기 어려운 감동이었다. 좋았다. 곡은 귀에서 다시 되풀이되었다. 학창시절부터 숱하게 귀를 기울였던 곡들이다. 듣고 또 듣고 했던 소리들. 베토벤의 마지막 현악 사중주들 op.127, 130, 131, 132, 133, 135는 접할 때마다 무한한 감동을 주는 곡들이다.

그러나 막상 접근하여 이 곡들의 실체를 파악하려면 곡들은 갑자기 거대한 절벽으로 우리 앞에 우뚝 선다. 너무 가파르고 웅장해서 그 거대한 암벽은 우리를 엄청난 중압감으로 짓누른다. 그 깊이는 실로 광대무변하다. 간단한 표현은 도저히 용납되지 못한다. 가슴이 메어지는 감동이 있음에도 그 곡들은 나에게 틈을 허용하지 않는다. 곡들이 도달한 경지가 높아서일까. 내가 아직도 생의 깊이를 모르는 철부지라서 그럴까.

그러나 베토벤은 현악 사중주를 말년에 작곡하면서, 인생이 궁극적으로 도달하려는 관조적 선의 경지나 형이상학적 깨달음을 찾으려 한 것은 아니다. 숭고한 신의 세계나 순수한 절대 자연을 노래하는 것도 아니다. 오히려 베토벤은 인생을 달관할 만한 나이에도 끊임없이 괴로워하고, 기뻐하고, 몸부림치고 있다. 계속해서 질문도 한다. 소리를 지르고, 어떤 때는 조용히 울다가 다시 춤도 추고 하는 한 인간으로서 절절한 상황을 우리는 볼 수 있다.

눈물을 블랙홀처럼 흡인하여 압축해서, 그 메마른 눈물을 다시 쌓아올리는 슬픔을 지닌 사람은 어떤 모습일까. 지구가 몽땅 짓누르는 듯한 무거운 슬픔이 엄습하여 한 사람을 휘감고 있을 때, 그것에 맞서 슬픔이라는 돌을 깎으며 아름다운 선율의 곡을 쓰는 사람은 도대체 어떻게 생겼을까.

op.131은 모순 덩어리다. 인간이 갖는 슬픔과 기쁨을 엇갈리며 섞어 놓은 곡이다. 울음과 웃음이 한꺼번에 어우러지기도 한다. 대립의 항들이 화학적으로 용해되어 빚어지는 리듬과 선율들은 매혹적이라기보다 마술의 세계다. 사람의 솜씨로는 불가능한 야금술이다.

형식도 특이하다. 7악장의 대편성은 전통적인 현악 사중주가 지니는 네 개의 악장 형식을 완전히 해체했다. 1악장은 빠르고, 2악장은 느리게, 3악장은 스케르쬬, 4악장은 론도나 휘날레, 아니면 프레스토나 알레그로 비바체로 끝나는 것이 통상적이다. 그러나 op.131의 악장은 복잡하고 길다. 적어 본다.

1. Adagio,ma non troppo e molto espressivo
2. Allegro molto vivace
3. Allegro moderato
4. Andante,ma non troppo e molto cantabile – Andante moderato lusinghiero – Adagio – Allegretto – Adagio, ma non troppo e semplice – Allegretto
5. Presto – Molto poco adagio
6. Adagio quasi un poco andante
7. Allegro

그리고 2, 3 악장은 대단히 짧다. 이들 악장은 4악장의 절창을 위한 서주부임에 틀림없다. 1악장과 4악장은 기다란 곡으로, 하나의 악장에 높낮이와 장단, 그리고 빠르고 느림을 전부 갖추어서 그것 자체가 완성된 작품이다. op.131 중에서 1악장 하나만을 들어도 훌륭하고, 또 제4악장은 앞뒤가 꽉 차인 독립적인 걸작이다.

나는 Fugue 형식의 음악을 들을 때마다 무엇인가 신비로움을 느낀다. op.131을 들을 때, 특히 Grosse Fugue를 들을 때 베토벤의 숨결이 바하와 깊이 연관되어 있음을 느낀다. 짧은 스타카토Staccato, 성부를 달리하여 한 소절이 나타나면 곧바로 다른 성부로 반복되는 짧은 소절들, 그리고 대칭의 느낌. 현의 날카로움. 바하의 무반주 바이올린 조곡이 꼭 같은 것이 아닌가. 위대한 느낌을 주는 커다란 높이다. 넓이도 서로가 닮았다. 다만 베토벤이 좀더 주제를 치열하게 맞닥뜨리며 의식적으로 작품을 쓰지 않았을까?

형식을 크게 염두에 두지 않고, 표현하고자 하는 것에 초점을 맞추고 소리만을 따라갔을 때, 그러한 소리들의 집합은 감동적일 수도 있지만, 한편으로 소리들의 개성이 너무 강해 듣는 사람들이 낯설어 하거나 이해를 못할 수가 있다. 이러한 이유로 베토벤의 사중주들은 소리에 어려움을 느낀 당대 대중들한테 철저히 외면당한 것이다.

그러나 새로운 본질을 표현하려면 기존의 고정된 틀을 넘어서야만 한다. 새로운 형식과 소리들의 집합만이 궁극적으로 새로운 감성의 세계에 도달할 수 있다. 이런 면에서 베토벤은 현대의 미국 작곡가 죤 케이지 John Cage나 락 음악과도 본질에 있어서 일맥상통하고 있다. 베토벤의 시대에 그가 한계를 뛰어 넘을 수 없는 조건, 즉 바이올린, 비올라, 첼로라는 악기 구성을 제외한다면 베토벤은 어느 누구보다도 새로운 음악을 형식과 내용에서 과감히 도입한 작곡가이다.

락 음악은 끊임없이 새로운 음악에 도전한다. 기존의 틀을 철저히 깨거나 무시한다. 일부러 그런 것이 아니라 필연적 과정이다. 또 그러한 노력의 자세가 정말로 진지하고 순수할 때 우리는 락 음악에 감동한다.

그렇다면 락의 음이 나타내는 본질은 앞서 이야기한 베토벤의 본질과 무엇이 다를까. 베토벤을 고전주의 작곡가라고 부르며 일정한 틀에 맞추는 것은 문제가 있다. 그는 당대에 일반 대중들의 존경을 받았던 위대한 작곡가이지만, 그의 내면에서 깊숙이 불타오르는 위대한 영혼의 불꽃은 시대를 뛰어넘는 자유의 상징 바로 그것이었다.

1악장은 '느리게 하지만 너무 지나치지 않게, 감정은 풍부하게' 다. espressivo인 만큼 곡이 표현적이다. 무엇을 어떻게 표현적으로 베토벤은 전달하고 싶었는가. 거대한 설악산의 한 능선과 계곡을 올랐다 해서 그 산 전체를 이야기할 수는 없다. 비행기를 타고 공중에서 조감을 한다해도 깊은 계곡의 나무 한 그루는 숨을 수가 있다. 그가 무엇을 말하고 싶어했는지는 수학계산이 아니므로 답을 구할 수가 없다.

곡이 시작되자마자 긴장을 하게 된다. 첫 바이올린이 끌어내는 소절을 둘째 바이올린이 받아 되풀이한다. 먼저 울렸던 악기들은 배경으로 물러선다. 계속 나오는 새로운 얼굴들의 반복적인 음률을 바탕으로 비올라가 나타나고 다음에 첼로가 둔중한 소리로 등장한다. 다시 4악기가 폭포로 합쳐지며 절묘한 조화를 이루어낸다.

보통의 현악 사중주는 4악기가 잘 어울리게 작곡되어, 언뜻 보기에 한 악기가 연주하듯 완벽한 화음을 지니게 마련이다. 물론 주제를 이끌어 낼 때, 또는 카덴짜 형식으로 연주될 때 독주 악기의 모습이 보이지만 현악 사중주의 특징은 어디까지나 아름다운 어울림이다. 그러나 op.131의 1악장에서 각 악기는 고집불통의 독립성을 자랑한다. 적어도 귀에는 그렇게 들린다. 아마 현악 사중주를 감상하며 곡을 이루고 있는 4개의 악기 소리를 구분하고 싶어한다면 추천할 수 있는 곡이 바로 이 곡이 아닌가 싶다.

왜 강한 독립성이 부여됐을까. 한 사람의 감정은 언제나 복합적이다. 인간의 감정은 단선적으로만 발생되는 것이 아니다. 감정은 많은 시간이 걸려 쌓이고, 또 발효되거나 삭혀진다. 또 인간의 감정은 여러 갈래의 계곡으로 나누어져 흐르다가 한 곳에서 만나 소리를 내며 어울린다. 베토벤의 op.131에는 몇 줄기의 강물이 거대하게 흐르고, 그것을 표현하기 위해서 악기들은 각각의 강줄기를 대변하며 소리를 내고 있다. 4악기가 서로의 독립성을 강조하고 있어서, 우리는 바이올린에 비해 크게 눈여겨보지 않던 비올라나 첼로의 중요성을 새삼스레 절감하게 된다.

여인의 섬섬옥수같은 바이올린의 음색과 그 음을 활용하는 전통적인 구성으로 보면, 저음부의 두 악기는 리듬이나 화성을 위해서만 존재하는 것으로 착각하기 쉽다. 마치 저음의 남자가수와 고음의 여자가 듀엣으로 노래할 때 여인의 목소리만 들리는 것처럼 두 저음악기는 있는 듯 없는 듯한 것이 상례인데, 베토벤은 op.131에서 두 저음부의 악기를 생생하게 살려내고 있다.

애시당초 인생을 살아가는데 어디 한가지 일만이 그토록 사람을 붙잡을 수 있겠는가. 첼로의 저음이 나타내는 웅장함에서 우리는 평소 보지 못했던 산너머 그림자에 가려진 울창한 참나무 숲을 읽을 수가 있다.

학창시절 나는 비올라와 첼로의 소리를 남자들의 소리로 생각했다. 두 사람의 여인, 즉 두 개의 바이올린에 대응하여 함께 존재하는 두 사람의 남자로 말이다. 여인과 남정네의 삶은 반드시 공존한다. 그리고 그들은 서로 의지하고 대화를 나누며 살아간다. 나는 나이가 들면서 이러한 생각을 바꾸었지만, 당시에는 음악을 내 나름대로의 이야기를 설정하여 이해하곤 했던 것이다.

그러나 지금 들어보면 느낌이 다르다. 곡에는 인간들의 무슨 이야기가 내재되어 있지 않다. 사람들의 이야기가 버려진 것이 아니라, 그런 이야기들이 고이고 고여 시간이 흐르며 삭혀져, 이제는 살과 근육은 어디론가 사라지고 형해만 남아 있다. 형이하학적 세계가 아니라 형이상학적인 세계로 전이되어 있는 것이다. 베토벤의 현악 사중주는 프로그램 음악이 아니다. 절대적인 순수음악이다. 곡을 어떻게 해석하든 듣는이의 자유이지만 어느 특정 모델에 연결하는 것은 위험하다.

보통 음악을 구성하고 있는 것이 리듬, 멜로디, 화성이라면 제일 먼저 귀를 즐겁게 하는 요소가 멜로디다. 노래할 때 멜로디의 아름다움을 빼버리면 무슨 재미가 있는가. 하지만 첫 악장에서 멜로디는 전혀 느껴지지 않는다. 멜로디는 연속적인 곡선의 아름다움을 갖는데 이 곡에서는 리듬과 고저에만 충실한 듯하다. 짧게 끊어 치며 매듭과 매듭을 맺거나 풀어 가는 형식이 매섭도록 가슴을 때린다.

기하학적인 미라고 할까. 어떤 도형적인, 또는 조각을 볼 때 느끼는 조형미. 군더더기는 생략해서, 돌을 깨는 끌로 하나하나 파고들어 결국은 뼈만 남아있는 조각품을 보듯, 추상적이고 기하학적인 음의 요소들이 나열되고 있다. 그리고 얼마나 긴가. 도대체 그는 당대의 청중들을 의식이나 하고 추상적인 음을 그토록 장시간 나열한 것인가.

음의 벽돌을 하나하나 쌓듯이, 무너지지 않도록 기단을 튼튼하게 충실히 쌓고, 다시 그 위에 벽돌을 고열로 구워서 단련되도록 차곡차곡 얹어나가는 그 힘과 바탕을 우리는 느낄 수가 있다. 높이를 알 수 없을 만큼 높다랗게 쌓는 정성과 힘은 도대체 어디에서 나오는 것일까. 분명 바벨탑을 쌓고 있는 것일 게다. 순수는 간단명료해서 복잡하게 탑을 쌓을 이유가 없다. 욕심에 시달려 하고 싶은 이야기가 많은 사람들이 견디디 못해 신에 도전하기 위해 벽돌을 하나씩 쌓아 올린 것이 바벨탑이다. 탑들 하나마다 인간들의 서원이 서려 있었으리라. 신은 불행하게도 인간들의 바벨탑을 내려쳤지만, 지금도 사람들은 누구나 자기만의 벽돌을 하나씩 만들어가고 있으리라.

벽돌이 높게 쌓였을 때 거기에서 나오는 음은 또 얼마나 몸서리치도록 파란가. 불은 가장 뜨거울 때 새파란 빛을 뿜는다. 베토벤은 독립된 악기들의 음을 까마득한 높이에 세우고 새파란 불꽃을 보여준다. 그리고 비로소 4악기의 완전 용해된 울음과 서원의 불꽃이 정점에서 빛나는 것이다.

2악장과 3악장의 짧은 반전이 기다리고 있지만 우리는 1악장 하나만으로도 세상을 다 산 듯, 밀려오는 격정의 파도와 회한의 파도에서 벗어날 수 없다. 광대한 바다를 쳐다보며 쉴 사이 없이 다가서는 파도, 그리고 깨어지는 흰 물결, 밤새 아니 죽을 때까지 이야기한다 해도 어디 끝이 보일 수 있겠는가. 파도 밑에는 무엇이 있고, 시퍼런 바다에는 무엇이 살고 있는지, 그저 쳐다보기만 하는 이 조그만 가슴은 바다로 족하고 또 감동한다.

4악장의 지시는 대단히 복잡하다. 아마 서양의 고전음악 중에서 한 악장이 이렇게 길고 복잡하게 지시된 곡은 없을 것이다.

Andante, ma non troppo e molto cantabile(느리게 그러나 너무 느리지 않게 그리고 아주 노래하는 듯이) – Andante moderato e lusinghiero(느리게 중간 속도로 그리고 부드럽고 신성하게) – Adagio(아주 느리게) – Allegretto – Adagio, ma non troppo e semplice(아주 느리게 그러나 지나치지 않게 그리고 단순하게) – Allegretto.

보통 안단테라는 속도는 빠른 첫 악장이 끝난 다음 둘째 악장에서 서정적인 노래를 표현하기 위해 쓰인다. op.131에서도 베토벤은 1악장의 지나친 긴장과 2, 3악장의 빠른 반전에 이어 본격적으로 무엇인가 표현하고자 주악장인 4악장에 당연히 안단테를 적용하고, 게다가 칸타빌레라고 강조까지 하였다. 물론 1악장도 아다지오이고 2악장도 안단테이니 대비적 효과는 없겠지만, 그만큼 베토벤은 할말이 많았던 모양이다. 할말이 너무 많았던 만큼 이미 과거의 형식으로 이러한 욕구를 채우기란 불가능한 노릇이었다.

4악장도 안단테 칸타빌레로 시작하지만 그것은 일부에 불과한 것이었다. 느리다가, 빠르다가, 쉬다가, 그리고 또 분위기를 바꾸어 4악장은 한없이 흘러간다.

4악장 하나에 산이 솟아오르고 계곡에는 시냇물이 흐르다가 너른 벌판에 이르러 강물이 되기도 한다. 그리고 그 안에 솟아 있는 Adagio는 높은 산이다. 만년설을 머리에 인 고봉은 구름을 뚫고 하늘처럼 높기만 하다.

1악장에서도 긴 시간을 이야기하고, 2악장, 3악장에서 빠른 속도로 숨만 돌리고, 다시 4악장에서 천천히 그 동안 미진하게 남겨 두었던 속내를 호소력있게 드러내기 시작한다. 칸타빌레이니 정말 노래일까. 노래라 하지만 백조의 노래임이 틀림없다. op.131이 실제로 op.135와 op.130의 마지막 악장을 Finale라는 명칭으로 다시 쓴 것을 제외하고는 가장 늦은 작품이 아닌가.

op.130의 두 번째 피날레는 Grosse Fugue를 대체하기 위한, 어찌 보면 본인 의사에 반하여 쓰여진 보완적 성격의 작곡이고, op.135가 예언자적인 질문과 결론으로 구성된 철학적 소품이라고 한다면, op.131이야말로 베토벤이 마지막 남은 힘으로 노래를 부른 것이다. 그러한 노래이니 백조의 노래라 하지 않을 수 없고, 죽음을 남겨 두고서 부르는 노래이니 절창일 수밖에 없다.

op.131의 각 악장이 나름대로 특징이 있고, 전곡의 일관성을 유지하며 독립성을 갖고 있지만, 유난히 4악장은 주악장으로서 백조의 노래의 핵심 부분을 형성하고 있다. 연주시간도 길어 14분이 넘었다. 언제인가 베토벤 사중주의 마니아였던 미국의 번스타인Bernstein의 연주는 16분이 넘는다. 1악장이 6~8분이었던 것에 비하면 놀랄 만큼 긴 악장이다. 절절하게 부르는 노래가 14~16분이라면 정상적인 크기의 감성 소유자는 그 절대적 크기에 맞서지 못해 처절하게 부서지리라.

노래라고 하지만 상식적인 개념의 목소리로 부르는 노래는 결코 아니다. 즐겁게 부르는 것이 노래일진대 4악장의 느낌은 그러한 노래와는 한참이나 거리가 멀다. 4악장은 인간을 표현하고 있기 때문에 노래라고 하는 것이지, 우리가 이 곡을 쉽게 부르고 듣고 할 수 있는 것이 아니다. 우리는 4악장 전반에 걸쳐 작가가 어떤 서정적인 달콤한 감성을 노래하지 않고, 오로지 무엇인가 강렬하게 또 치열하게 표현하고자 하는 노력을 엿볼 수 있다. 작가는 자기 목적에 갇혀 그것을 풀어내며 이야기하기 위해 대단히 서술적으로 또 반복적으로 무엇인가를 표현하고 있다.

따라서 효과적인 방법, 즉 형식을 채택했는데, 주제를 정하고, 그 주제를 여러 가지 형태의 변주로 나타낸다. 4악장 자체가 이러한 변주들로 구성되고 각 변주가 나름대로 의미를 갖고 있어서, 4악장 전체를 하나의 독립된 작품으로 떼어 낼 수 있을 만큼 4악장은 표현의 완성도가 뛰어나다. 통합적인 완성도에 도달하기 위해 각 변주의 세세 부분에 있어서는 각 악기들이 일렬로 서다가 또는 병렬로 공존하다가, 어떤 때는 치열한 대립으로 치달아서 갈등이 극에 달하고, 종국에는 부드러운 대화로 종결되기도 한다.

완성은 파멸 뒤에 따라오는 것이다. 베토벤의 후기 사중주에서 나타나는 특징의 하나가 각 악기의 독립성을 존중하는 것이지만, op.131의 4악장에서처럼 4개의 현이 서로 다르게, 그것도 아주 생생하게 자기만의 목소리를 유지하는 모습은 찾기가 쉽지 않다. 바이올린은 바이올린대로, 첼로는 첼로대로 강렬하게 혼자 떠들다가 다시 그 소리들이 모여 하나의 큰 물줄기를 만든다. 거꾸로 계곡이 본래 지니고 있던 물맛과 소리 모습을 거대하게 흐르는 강물 속에서 흔들림이 없이 간직하려면 얼마나 치열하게 노력을 해야 할까. 모르기는 하되 20세기 들어서 음악의 모든 가능성에 대해 실험하기 전까지는 누가 감히 악기를 부수듯, 오로지 음의 절대적인 가치만을 추구하기 위해 무섭도록 현絃의 가능성에 도전했겠는가.

베토벤 사후에 등장하는 천재들, 슈베르트, 슈만, 브람스도 결국은 서정적인 아름다움에 머무르기만 했고, 20세기 들어서야 쇤베르그, 바르톡 등이 절대음에 겨우 도전하지 않았는가. 그것도 베토벤처럼 인생의 본질을 처절하게 음미하며, 음악을 형이상학적인 차원으로 한 단계 상승시키며, 음악을 자기살 베듯이 아프게 어루만진 사람은 아무도 없다. 차라리 형식면에서 파괴하듯이 음의 관행적인 가치를 부수며 그때그때의 감정에 충실하고자 애쓰는 모습은 락 음악에서 찾을 수가 있다. 베토벤이야말로 시대를 뛰어넘는 정신의 소유자이며 형식과 시대를 넘어서는 인간이었던 것이다.

4악장은 첫 주제를 바이올린이 칸타빌레로 시작한다. 천천히 걷는 소리는 고혹적이다. 손으로 퉁기며 따라나오는 첼로의 음이 인상적이다. 어깨는 늘어지고 인간사 모두를 가슴에 품고 뚜벅뚜벅 천천히 걷는 바이올린에게 마치 박자를 맞추듯 울리는 첼로는 틀림없이 북소리다. 가슴이 무겁길래 의문이 가득하다. 그리고 첼로가 답한다. 그저 답하는 것이다. 해서 바이올린은 되풀이 묻는다. 그리고 다시 주제는 되풀이 변주된다. 4악기가 대화를 한다. 이야기를 나눈다. 화두는 주로 바이올린이 끌어낸다. 고생을 많이 해서 그런 것인가 조바심이 가득하다.

또 다른 변주가 연이어 흐른다. 안단테 모데라토이다. 바이올린에서 첼로로 주고 받으며 나란히 이어지는 변주가 나오고 다시 첼로가 무겁게 바탕을 깔며 바이올린이 춤을 춘다. 그리고 다른 사람들도 끌어내어 손을 잡고 함께 춤을 춘다. 얼마나 모순된 춤인가. 인생을 길게 반추하고 있는 깊은 성찰 속에 난데없이 춤이라니, 그 엄청난 반전과 모순은 대가가 아니면 누가 감히 소화하겠는가. 4악기가 모처럼 단일한 화음으로 일제히 덩실덩실 춤을 춘다. 반주음악이 좀 날카로운 것은 춤이 보통의 춤이 아니기 때문이리라.

일전에 아쟁 산조를 들으며 '어깨를 들썩이다'라는 말을 곰곰이 생각한 적이 있다. 양면성을 갖고 있는 어구인 동시에 아쟁의 산조 가락을 적절히 표현하고 있는 말이다. 어깨를 들썩이는 경우는 두 가지다. 눈물을 감추듯 얼굴을 파묻고 어깨만 들썩이는 소리가 없는 울음이 첫째고, 정말 흥이 나서 버선발을 높이 치켜세우고 어깨의 선을 한껏 들썩이는 경우가 바로 두번째다. 울음과 춤이 한가지 언어로 통함은 원래 그것들의 본질이 하나임이 틀림없기 때문이요, 그 하나임은 분명 인간 본연의 모습이기 때문이다.

이러한 모순을 일순간으로 함께 용해해서 나타낼 수 있는 예술의 형식은 음악밖에 없다. 음악만이 순수의 본질에 접하고 있는 것이다. 베토벤의 4악장은 이러한 모순을 나타내고 있다. 그러나 우리의 아쟁 산조처럼 자연스럽지는 못하다. 아쟁 산조는 있는 그대로 느껴 슬퍼하고 춤추고 감동을 한다. 그러나 베토벤은 의도적으로 긴장을 팽팽하게 조성한다. 냉혹하고 잔인할이 만큼 그는 눈 하나 깜짝하지 않고 인간의 모순 덩어리를 있는 그대로 적나라하게 보여주고 있다.

그는 할말이 많았던 모양인 만큼 새로운 변주를 첼로로 시작한다. 비올라가 나오고 다음에 제2, 제1 바이올린으로 이어지는 단선적인 배치가 나타난다. 그러다가 두 개의 악기가 두텁게 묶이며 곡은 다시 되풀이된다. 첼로와 비올라의 둔중하고도 무거운 특징이 잘 드러난다. 삶의 내면에 검은 어둠이 무겁게 흐르고 있다. 그러다가 첼로가 큰 소리로 무겁게 터지며 밖으로 울린다. 두 저음부의 악기가 본래의 제 모습을 마음껏 드러내고 있다.

그리고는 다시 대화가 이어진다. 사람들은 살면서 끊임없이, 죽을 때까지 대화를 요구한다. 어디 꼭 같은 삶이 있겠는가. 남을 이해하기가 이렇게도 힘든 것인가. 간단히 끝날 대화가 아니다. 밤새도록 이야기를 나누어도 가까이 하기가 쉽지 않으리라. 한 사람의 내면 속에 서로 다른 얼굴들이 찡그리며 갈등하고, 또 화합하고 타협하며 살고 있다. 그래서 4개의 악기는 대화를 계속한다.

대화를 한없이 해도 충족되지 않으면 가슴에 슬픔이 고여진다. 4악장의 마지막 아다지오다. 아다지오라 하지만 깊이 젖어드는 그런 서정성이 아니라 베토벤의 지시대로 지나치지 않게 그리고 단순하게이다. 음들은 흐르는 강물이 아니라 하나하나 단순하고 단단하게 잘 빚어진 슬픔의 벽돌들이다.

바이올린이 새로운 변주를 시작하며 이러한 슬픔의 벽돌을 하나씩 쌓기 시작한다. 벽돌 쌓는 과정과 모습은 스타카토의 선율로 나타난다. 분명 선율이 있지만 첼로의 낮은 깔림 속에 나타나는 바이올린의 소리가 어디 아름다운 멜로디라고 할 수 있겠는가. 바이올린이 자꾸 높은 봉우리를 만들어 간다. 높이 돌을 쌓는 만큼 소리도 점차 크레센도로 높아간다. 첼로는 둔중하게 소리를 엇긋는다. 우리는 이 부분의 첼로가 무지막지할 정도로 큰 소리를 짧게 반복적으로, 그것도 바이올린이 힘들어할 때마다 울려나오는데, 그 소리는 신비스럽기까지 하다. 아마 그 힘에 홀려 다시 바이올린은 한층 높이를 올리며 올라가는 발길에 긴장을 더한다.

마침내 도달하는 정상, 긴장이 극에 달해 최정점의 폭발하는 꼭지에 설 때 슬픔은 다이아몬드처럼 빛난다. 얼음처럼 차갑게 휘황찬란한 슬픔이 하늘에서 빛난다. 듣는이에게 눈물을 자아내게 하는 부분이 바로 이곳이다. 한 거인이 그렇게도 처절하게 쌓아 올려 단단하게 뭉쳐진 얼음과 다이아몬드로부터 슬픔이 찬란하게 빛날 때 우리네 여린 심성은 어찌 감동하지 않을 수 있겠는가. 백조의 노래도 이러한 경지에 이르면 죽음이 극복되리라. 노래 자체가 신비스럽고 경건하여 그곳에서 죽음이라는 불경스러운 단어를 감히 상상할 수도 없다.

한편 이러한 높이에 섰을 때 되돌아 내려가는 것은 어떻게 가능할까. 우리들 새가슴은 걱정이 앞선다. 정말로 베토벤 아저씨는 어떤 모습으로 산에서 내려올까. 내려오는 변주는 빠르다. 빠른 템포의 리듬이 아름답다. 바이올린이 곱게 떨린다. 리듬과 세세하게 떨리는 소리의 어울림, 내려올 때는 가벼운 것인가. 내려가며 부른다. 누구를 부르는지 계속해서 부른다. 하지만 답이 없다. 소리는 아름답게 떨리고 세속의 유행가요처럼 퍽퍽 정감이 넘친다. 아랫 계곡의 동네로 돌아가는 것이다.

그곳은 우리가 언제나 흔히 듣고 보는 사람들이 사는 곳이다. 삶의 현장이 진정 우리가 돌아가야 할 곳이고, 그곳에서 불리는 노래야말로 가식과 도식이 없는, 우리들 있는 그대로의 모습이 아닌가. 베토벤이 정상에 섰던 모습을 그곳에서 새삼스럽게 나타낼 이유가 전혀 없다. 오히려 탈을 쓴 거짓 모습으로 비추일 수도 있다. 길고도 긴 4악장은 우리를 선뜻 긴장에서 풀지 못하게 하고 답도 주지 않으면서 마감한다.

5악장은 Presto다. '아주 빠르게' 연주하라는 주문이다. 알레그로 비바체보다 빠르게, 그리고 Presto의 본디 의미로 생생하게(lively), 빠르게 곡을 해석하라는 뜻이다. 4악장에서 그토록 오랫동안 고산준령에서 숭고함과 처절함에 긴장을 다하였던 곡이 마침내 평지에 내려와서 꾹꾹 눌러 막혔던 감정이 무서운 속도로 폭발하고 있다. 첼로의 아주 짧은 소절은 탁하다. 그 소리를 이어 받아 곧바로 바이올린이 '부른다.' 문자 그대로 부르는 소리다. 뒤이어 제2 바이올린이 따라 부르고, 비올라가 또 부른다. 첼로도 마지막으로 쫓아 부른다. 누구를, 무엇을 부르는가.

한 차례의 돌림이 한 번으로 끝나지 않고 연속적으로 되풀이된다. 나란히 부르는 소리들이 두 번 반복되는 것이다. 그리고 낮은 목소리로 떨어지며 또 한번 되풀이한다. 무려 세 번을 4개의 악기가 부르는 것이다. 그리고 이어지는 전체 악기들의 강렬한 불협화음이랄까, 대단히 거친 음들이 나타나고 첼로는 짓궂은 노래를 토한다. 힘찬 첼로의 소리가 끔찍하기까지 하다. 그리고 곧바로 현을 쥐어뜯는 스타카토가 강렬하게 튀어나온다. 한 마디로 튕기는 소리다. 그러다가 다시 서주부와 꼭 같은 소리로 되돌아가 또 '부른다.' 계속 부른다. 이렇게 두 번 다시 반복한다. 얼추 유념해서 꼽아보면 48번이나 부른다.

부르는 대상은 무엇인가? 누구인가? 부르는 그리움은 낭만적이다. 낭만적인 감정의 대표적인 것이 '부르는' 것이다. 어둠에서 찾는다. 중간 중간 폭풍우가 몰아친다. 캄캄한 숲에서 길을 헤매고 있다. 그럴수록 등불을 찾으며 부르는 것이다. 등불은 찾더라도 찾는 것이 아니다. 하나의 등불 뒤에는 또 다른 등불이 기다리고 있다. 그리움을 쫓는 사람들은 그리움과 등불을 스스로 만들며 찾는다. 찾으며 찾으며 헤매는 것이다.

낭만은 본디 정리되지 않은 폭풍우이다. 마성魔性이 가득 차서 귀신들이 뛰어 노는 어둠이다. 그 속에서 그리움을 찾아 헤맨다. 그것은 고상한 발걸음이 아니다. 발이 가시에 찔려 피가 나더라도 아픔을 무릅쓰고 미친 듯이 잰걸음으로 그리움을 쫓아다닌다. 그러니 무려 48번이나 부르지 않겠는가. 아무리 높은 산에 도달했다 하더라도 아쉬움과 그리움은 한 사람의 가슴에 부끄러울 만큼 도사리며 얼굴을 숨기고 있는 것이다. 낭만적 감성이 풍부한 이 곡을 보면 니체가 '베토벤은 고전주의와 낭만주의를 잇는 가교'라고 말한 사실에 수긍이 간다.

베토벤은 욕심이 많은 사람이다. 아니면 보통의 사람들이 겪는 것처럼 자기를 어쩌지 못하는 딱한 사람일 수 있다. 앞의 악장에서 무수한 대화를 통하여, 그리고 피나는 노력으로 다다랐던 경지에서 왜 갑작스런 반전을 도모하는가. 아무리 인간사가 그립다 하더라도 그렇게 선뜻 얼굴을 바꿀 수가 있는가. 역설적으로 그러한 모순으로 베토벤은 폭풍우 속에서 또 그리워하며 부르는 것이다. 그리움이 넘치면 미친다. 머리를 풀어헤친 듯이 넘쳐나는 강물을 쏟아내는 것이다. 해서 현을 마구 쥐어뜯는다. 보통의 현으로는 감당이 되기 어려운 소리이다.

6악장은 Adagio, quasi un poco andante. '아주 느리게 거의 약간은 느린 속도로'이다. 아다지오이지만 감정이 지나치게 풀려지는 것을 경계하라는 지시이다. 이러한 지시에 걸맞게 6악장은 시작부터가 심각하다. 음울하다. 장송행진곡이다. 둔중한 걸음걸음이 무겁게 느껴진다.

해가 떨어지는 길목에 선 나그네가 비올라의 음색으로 처연하다. 깊은 슬픔에 잠겨 어쩔 수 없는 시작으로 돌아간다. 어둠으로 다시 돌아가려니 발걸음이 무디다. 무거운 것은 어쩔 도리가 없다. 마지막 노래를 부르느라 기운은 이미 모두 소진했다. 마지막 끝의 소절까지 전부 토해냈다. 어둠과 죽음의 소리가 바다의 심연까지 들린다. 낮은 한숨소리의 선율로 베토벤은 우리의 귀와 가슴을 사로잡으며 숨을 죽이게 한다.

마지막 7악장은 Allegro이다. 맺음을 빠른 속도로 끝내려 한다. 하지만 놀랍게도 마지막 악장은 첫 1악장에 버금가는 기다란 악장이다. 길게 쓴 이유는 곡을 쉽게 매듭짓기가 그리 쉬운 일이 아니었음이다. 가파르게 벼랑으로 세우는 듯한 Gallop 풍의 리드미칼한 주제가 처음부터 끝까지 전 악장을 지배한다.

op.131의 전편에 흐르는 각 독주악기의 독립성도 마지막 악장에서는 별로 나타나지 않고 4개의 악기로 동시에 긁어 대는 거친 리듬만이 남는다. 그렇다. 거칠게 현을 마구 다루는 사람이 베토벤 말고 그 누가 있겠는가.

표현하고자 하는 욕구는 악기의 감성한계를 넘어서 현을 부수고 깨뜨리며, 오로지 음의 본질과 정면으로 부닥치고 있는 것이다. 그의 음악이 시대를 뛰어 넘어 현재의 우리를 잔인할 정도로 흔드는 이유이다.

거칠고 힘찬 리듬은 궁극적으로 극복을 뜻하는가? 질문에 대한 답은 끝내 명쾌하지가 않다. 노래하는 듯한 간주곡이 중간 중간에 흘러나오며 숨을 돌리게 하지만, 다시 묻는 질문은 리듬의 주제로 돌아간다. 마지막까지도 긴장을 더한다. 깃발을 휘날리며 힘차게 걷다가도 질문은 계속된다. 이만하면 답을 구하고 마치련만 반복되는 리듬 속에 숨어 있는 여린 바이올린의 간주곡은 힘에 부친다. 도달되어야 하는 종착지가 보이지 않는다. 음악에도 목적지가 있는가. 있다면 걸어가서 도착되어야 하는가.

질문은 계속된다. 사람이 어디 그럴 수가 있나 하고 듣는 사람도 무겁다. 이제는 마쳐야 한다. 그러나 걸음은 멈추지 않는다. 질문을 벼랑 위에 가파르게 세우고 1악장의 시작과 물음으로 되돌아간다. 어쩔 수 없는 매듭으로 곡은 끝난다. 매듭은 풀지 못한 매듭이다.

일화를 소개한다. 슈베르트는 1828년에 이 곡을 들었다. op.131이 두번 공개 연주된 시점이었다. 그러나 일반 대중들이 이해를 하지 못하여 반응이 별로 좋지 않았다. 하지만 슈베르트는 연주자들에게 특별히 부탁하여 곡을 감상할 기회를 가졌다 한다. 그와 동료 교사 단 두 사람이 청중이었다. 병을 앓고 있다가 겨우 회복중이던 그는 op.131을 들으며 환희에 들떴다. 그리고 깊은 감동으로 얼굴이 창백해져 주위 사람들을 놀라게 했다.

그러나 결국 심적 충격으로 이 곡을 들은 지 5일만에 존경하는 베토벤을 따라갔다. 얼마나 슬픈 일인가. 천재는 천재를 안다. 천재는 그 뛰어난 감성으로 다른 천재의 압축된, 마치 블랙홀이 신성新星으로 폭발하는 엄청난 감성을 순간적으로 완벽히 소화했을 터이니 어디 연약한 신체가 감당할 수 있었겠는가.

끝까지 벼랑에 서서

베토벤의 현악 사중주 작품 133 Grosse Fugue

주관적인 소감을 서술하기 전에 객관적인 사실부터 몇 가지 밝힌다. op.133을 정확히 이해하기 위해서는 당시의 사정을 파악하는 것이 긴요하다. 물론 op.133 자체는 하나의 완성된 예술작품이다. 따라서 이 작품을 이해하는데 굳이 다른 사건들이나 그 시대적 상황에서 특별한 의미를 찾을 필요는 없다. 그럼에도 불구하고 이 작품이 탄생된 배경에는 작품 자체의 비극적 구성으로 말미암아 빚어진 특이한 이야기가 얽혀 있다.

Grosse Fugue는 현악 사중주 13번 op.130의 마지막 악장이었다. op.130은 총 6개의 악장으로 구성되어 있는데, 맨 뒤에서 앞의 전 악장들을 총괄하며 마무리짓는 악장이 바로 Grosse Fugue였다. 그러나 초연이 실패로 돌아가고 그 이유를 마지막 6악장 탓으로 돌리자, 주위 사람들은 6악장을 떼어내고 새로운 악장을 작곡하여 대체할 것을 베토벤에게 요청하였다.

이 이상스런 마지막 악장은 앞의 5개 악장과 비교하여 성격이 너무 달랐다. 사람들은 장대하기 그지없는 이 기다란 악장을 도저히 이해할 수가 없었던 것이다. 결국 Grosse Fugue는 독립된 곡으로 분리되었다. op.133이라는 작품번호도 붙여졌다. 그리고 새로운 악장 피날레Finale가 op.130의 마지막 악장으로 덧붙여졌다.

20세기 들어서, 그것도 근래에 사람들은 베토벤의 마지막 현악 사중주들, op.127, 132, 130/133, 131, 135의 다섯 곡이 어떤 유기적 연관성을 갖고 있음을 인지하기 시작했다. 그 중에서도 가운데 세 곡, 즉 132,

130/133, 131은 아주 밀접한 관련이 있었음이 판명되었다.

이러한 사실로 보아 op.133을 별개로 떼어내고 피날레를 삽입한 것은 흐름에 맞지 않는 것이었다. Grosse Fugue야말로 op.130의 결정적 요소이며, 세 개의 유기체적 사중주들 중에서도 핵이라고 할 수 있는 아주 중요한 연결 고리였다. 문제는 Grosse Fugue를 떼어내고 별도의 악장을 작곡한 것은 베토벤 자신이었다는 사실이다. 주위 사람들이 무분별하게 비합리적인 것을 종용했을지라도 최종적인 결정은 베토벤이 내린 것이었다. 결정은 존중되어야 한다.

그러나 피날레와 Grosse Fugue는 형식이나 내용 면에서 아주 판이하다. 피날레는 무엇보다 길이가 7분 정도로 Fugue의 반도 안된다. 전통적인 끝맺음곡으로 빠른 속도의 발랄함이 충만한 곡이다. 춤곡이라 할만큼 가벼운 웃음과 여유가 풍부하다. 말년의 베토벤답게 완숙미가 넘쳐서 막힘이 없이 써내려 간 흔적이 역력하다. 틈틈이 사중주 특유의 깊은 무거움이 섞여 있지만 그것은 당시의 베토벤의 생리적 현상이라 할 수 있는 것이었다.

결과적으로 피날레는 베토벤 최후의 작품이 되었지만 op.131이나 132와 함께 나란히 세울 수 있는 작품은 아니다. 이런 곡이 op.130의 구성요소로 들어간다는 것은 앞뒤가 맞지 않는다. 특히 op.130의 5악장인 카바티나Cavatina와 6악장을 피날레가 아닌 Grosse Fugue로 해서 연속적으로 들으면, 베토벤이 본래 구성한 곡들, 특히 Grosse Fugue가 필연적으로 op.130의 마지막 악장임을 이해할 수가 있다.

Grosse Fugue가 얼마나 핵심인가는 다음의 표에 나타나는 각 작품들의 작곡 시기를 살펴보면 알 수가 있다.

No.12　op.127　1824년 6월 ~ 1825년 2월

No.15　op.132　1824년 10/11월 ~ 1825년 9월

No.13　op.130　1825년 7/8월 ~ 1826년 1월 9일

No.14   op.131   1825년 12월 ～ 1826년 8월

No.16   op.135   1826년 8월 ～ 1826년 가을

Finale   1826년 11월

　작곡 시기는 당시 악보 출판 등에 의해 혼란스러운 순서를 바로 잡은 것이다. 베토벤의 스케치북을 직접 연구해서 얻은 최근의 성과라 한다. op.133의 분위기와 감성은 op.131과 흡사하다. 작곡 시기도 비슷해서 Grosse Fugue를 끝내며 동시에 op.131을 작곡하고 있었음을 알게 된다. 베토벤은 op.127과 op.132를 마무리짓고, 또한 op.130을 완결지면서 Grosse Fugue라는 커다란 미해결의 장을 만든 것이다. 현악 사중주 15번 op.132가 실은 op.130보다 먼저 작곡되었던 것이다. op.130의 전편은 마지막 현악 사중주들이 보여주는 심각성, 표현적인 서정성, 그리고 간간이 리듬이 섞인 춤곡의 변주 등이 혼재되어 있다.

　특히 5악장의 카바티나는 뜻 그대로 '중요하지 않은 부분이다.' 어느 악곡에서 중요한 아리아나 주제곡을 떠받쳐 주기 위한 보조곡을 카바티나라고 한다면 베토벤의 의중이 어디에 있는지 간파할 수 있다. 5악장 자체는 대단히 아름다운 곡이다. 베토벤 특유의 표현적 감성이 무르녹아 있다. 그리고 쉽지 않게 곡의 길이도 7분이 넘는다. 무엇을 뜻하는가. 5악장 카바티나는 문자 그대로 6악장 Grosse Fugue를 위한 도입부요, 준비하는 부분인 것이다. 6악장을 부르기 위해, 6악장을 필사의 힘으로 노래하기 전에 조용히 백조의 노래 즉 5악장 카바티나를 부른 것이다.

　그리고 6악장에서 작곡자가 표현하고자 한 의도는 op.127이나 132와는 딴판이다. 한층 유기적으로 진화된 것이어서 다른 세계가 나타난다. 여기서 화산은 크게 폭발한다. 파괴력이 무시무시하다. 그러나 대폭발에도 불구하고 무엇인가 여의치 않자 다음의 작품으로 미룬다. op.131로 넘어가 화산은 뜨겁게 재분출하는 것이다. 이럴진대 아무리 생각해도 Grosse Fugue는 op.130의 마지막 악장으로 되돌려 자리매김을 하는 것이 타당

하리라.

최근 라 살레La Salle 사중주단은 과감하게 op.130을 연주할 때 마지막 악장을 Grosse Fugue로 바꿨다. 즐겨 듣던 아마데우스Amadeus 사중주단은 피날레였다. 그리고 그 유명한 부다페스트Budapest 사중주단의 1952년 녹음도 피날레였다. 라 살레의 용기있는 판단과 시도에 고마움을 느낀다.

Grosse Fugue의 짓궂은 운명을 확인하기 위해 당시의 상황을 들여다본다. 라 살레가 연주한 앨범에 나오는 해설이다.

쉰들러Schindler(한때 베토벤의 비서였음. 베토벤의 전기를 최초로 쓰기도 함)가 '모든 사중주 중에서 괴물'이라고 한, 6악장으로 구성된 op.130은 1826년 3월 21일에 슈판찌히Schuppanzigh와 그의 동료들에 의해 초연되었다. 그 날의 연주 프로그램에는 5개의 잡다한 곡이 있었는데, 사중주는 마지막 곡이었다. 늘 그랬듯이 베토벤은 인근 선술집에서 기다리고 있었다. 연주가 어떠했느냐는 그의 질문에 조카 칼이 답했다.

"그저, 그냥 몇 가지는 좋았어요. 하지만 전곡을 이해한 것 같지는 않았어요. 그래도 2악장 4악장은 앙코르로 다시 연주되었어요."

그는 힐난했다.

"오, 바보 멍텅구리들, 그래, 그래, 그 곡들은 과자 부스러기야. 그들은 주전부리에 팔리고 있어. 도대체 마지막 악장 Fugue는 어떻게 하고? 앙코르가 되려면 바로 Fugue가 되었어야지!"

마지막 악장으로 혼란스러웠던 것은 전문적인 음악 비평가들도 마찬가지였다. 1826년 5월 10일자로 라이프찌히의 음악평론지에 실린 기사를 보자.

"첫번째, 셋째, 다섯째 악장은 심각하고, 침착하고 신비스럽다. 아마도 어느 정도 기이하고, 갑작스럽고, 예측불허였다. 두번째, 네번째 악장은 생기가 가득차고 명랑하며 또 천진난만스러웠다. 작곡자는 근래 작품의 끝 부분에서 적당한 마무리를 하지 못했는데 이 두 개의 악장에서는 평소답지 않게 분명히 자신을 표현하였다. 청중은 박수갈채로 두 악장을 재연주하도록 요청했다. 그러나 필자는 마지막 푸가의 의미를 위험을 무릅쓰고 설명할 수는 없다. 그것은 중국어만큼이나 이해할 수가 없었다. 현악기들이 남극과 북극지방의 가혹한 어려움을 이기려고 애쓸 때, 각 악기가 불협화음의 소용돌이에서 서로 불규칙함을 겹치며 다른 모양을 하고 있을 때, 연주자들이 스스로 확신을 못하며 아마 음표 모두를 제대로 틀림없이 연주하지는 못하고 있을 때 바벨탑의 혼란은 완성된다. 결과는 오직 무어인들만이 즐길 수 있는 연주인 것이다. 추측하건대 이 곡의 대부분은 작곡가가 그의 창작품을 들을 수 있었다면 결코 씌어질 수가 없었을 것이다. 그렇다고 너무 성급하게 판단하고 싶지는 않다. 처음에 우리에게는 모호하고 혼란스럽게 보였던 것이 아마도 언제인가는 분명하고 잘 구성된 곡으로 인정받는 날이 올 지도 모른다."

그랬다. 2악장 프레스토는 연주시간 2분, 그리고 4악장은 3분에 불과한 짧은 곡이다. 4악장은 표제 자체가 '독일 춤곡 스타일'로 되어 있다. 전 곡의 균형을 잡기 위해 극히 형식적인 요소로 가미된 악장들이다. 말하자면 풀 코스 요리 중에 맨 처음 나오는 입맛 돋구기 음식, 또는 중간중간 입을 헹구는 음식인 셈이다. 청중들이 그것만 좋아한다고 하니 얼마나 실망스럽겠는가. 그리고 음악평론가에게도 Grosse Fugue는 난해한 것이었으니 일반 대중들이 이해하고 감동하기를 바란 것은 한 마디로 무리였다.

무어인들이라니! 당시 야만인들을 지칭할 때는 한때 스페인을 지배했던 무슬림교도들인 무어인을 말하고는 했다. 야만인들이나 들어야 할 정도로 잘못 작곡된 곡이 Grosse Fugue였던 것이다. 이해를 바로하기 위해 op.130의 각 악장을 적어본다.

1 악장　　Adagio ma non troppo – allegro

2 악장　　Presto

3 악장　　Andante con moto, ma non troppo

4 악장　Alla danza tedesca. Allegro assai

5 악장　Cavatina : Adagio moto espessivo

　　　　카바티나 : 느리게 생생하고 표현적으로

6 악장　Overtura Allegro

　　　　Fuga Allegro - meno mosso e moderato - Allegro

　　　　molto e con brio

　　　　오버츄어 푸가 형식 빠르게 - 너무 빠르지 않게 그리고

　　　　중간 속도로 - 빠르게 그리고 힘차게 격정적으로

한 마디 덧붙인다. 6악장이 op.133으로 분리되어 파리에서 악보가 처음 출판될 때 표지에 불어로 'tantot libre tantot recherchee'(때로는 자유 때로는 탐구)라고 쓰여 있었다 한다. 탐구는 영어로 'studied'라고 번역된다. 베토벤이 직접 붙인 말인지는 모른다. 그리고 무슨 의미를 찾을 필요는 없다. 하지만 자유라는 단어와 탐구라는 단어는 늘 그렇듯이 심상치가 않다. 여기에서의 자유는 그간의 사중주 형식, 즉 전통적인 양식을 과감히 허물고 새로운 질서를 찾고, 또 그런 노력(탐구)을 하고 있음을 의미한다. 표현하고자 하는 뜻 자체가 이미 자유로운 것이고, 그러한 내용을 담기 위해 형식에 대한 면밀한 검토가 이루어졌음이다. 자유롭되 치밀한 구상을 통해 곡이 쓰여졌음을 뜻하리라.

마지막 악장 Grosse Fugue에는 왜 overtura라는 말을 써놓았을까. 여기서의 overture는 시작이 아니다. 건너가는 다리이다. 한쪽에서 저쪽으로 넘어가는 다리이다. 피안에 도달하기 위해 베토벤이 스스로 힘들여 건설한 교량인 것이다. 앞의 5개 악장에서 준비를 단단히 한 다음, 다리 입구를 넘어 다리 위에 들어서는 것이다.

곡은 시작하자마자 현의 웅장한 소리가 기선을 제한다. 세 부분으로 나뉜 도입부는 대단히 짧다. 짧지만 전 곡을 약간 암시한다. 처음에는 현의 저음들이 강하고 큰 소리로 울리며 갈길의 험난함을 암시한다. 곧바로 짧

은 소절로 베토벤 특유의 서정적 표현이 나온다.

다음으로 나중에 나올 두 번째 주제가 잠깐 비추인다. 이 주제는 전 악장에서 나타나는 격렬함을 부드럽게 달래며 잠재우는 듯해서, 거칠기만 한 악장이 한편으로는 가지런한 모습을 갖추게 한다. 천천히 숨을 고르며 아주 느린 속도로 거의 멈추듯 흐른다. 여기서는 오히려 조용하기에 긴장감을 부른다. 불길함도 있다. 도입부에서 서로 다른 짧은 소절을 나란히 세우며 처음부터 팽팽함을 예시하고 있다.

아니나 다를까. 정적을 깨고 터져 나오는 소리는 음이되 이미 음이 아닌 음으로 귓전을 때린다. 첫 번째 푸가요, 주제이다. 푸가는 대위법을 기초로 해, 각 악기가 성부를 달리하여 주제를 규칙적으로 반복하여 전개시키는 형식을 뜻하며 둔주곡遁走曲이라 한다. 하나의 성부가 주제를 연주하면 곧바로 서로 다른 성부들이 연이어 앞선 성부의 주제를 받아 되풀이한다. 몇 개의 성부가 동일한 곡을 다른 위치에서 한꺼번에 연주하지만 혼란스러움은 전혀 없고 오히려 아름다운 형식미를 느낄 수가 있다.

바하를 들을 때 아름다운 선율보다는 음들의 끊임없는 되풀이를 통해 도리아식의 미를 느낄 수가 있는데, 베토벤의 푸가 전개도 마찬가지임을 확인할 수가 있다.

보통 이 경우 선율을 강조하기 이전에 음 자체의 구성요소들을 통해 작곡자의 뜻을 읽게 된다. 마찬가지로 푸가 알레그로 부분에는 주제라고 하지만 이미 그것은 선율임을 거부한다. 선율이지만 선율임을 전혀 못 느끼게 한다. 각 악기가 일제히 온갖 힘을 다해 스타카토 식으로 짤막하게 긁어댄다. 마찰을 일으키다 못해 벽에 세워 놓고 밀어붙이다가 때리기조차 한다.

얼마 전에 쓴 시 한 구절이 생각난다. 지난 겨울 제주도 서쪽에 있는 차귀도 인근 해안가를 찾았을 때이다. 비바람이 드세게 불고 거대한 파도가 바닷가 절벽과 바위들을 세차게 몰아치며 부서지고 있었다. 물이되 물이기를 거부하며 깨지고 있었다. 자기도 거대한 파도로 뭉쳐 그 힘으로 밀려

왔음에도, 또 하나의 거대한 세월이 녹아 내린 바위와 부딪쳐 흩어지며 소리를 내고 있었다. 자작시 「제주 차귀도에서-2」이다.

깎아지른 벼랑
시꺼먼 절벽의 바위들을
힘껏 쳐라
흰 거품이 되더라도
온몸으로 부딪쳐라

망망대해에서 기다리고
또 기다려 뭉친 넋이
큰 손짓 내저으며
치솟는다

너라고 수억 년 벼린
칼날 같은 바위를 모를까
해서 잊으마
다시 쳐라

부서지도록 깨리라
네가 흩어지고
내가 사라지리라

그렇다. 여기서 기존의 음악 구성요소는 철저히 파괴되고 있다. 화성, 화음, 그리고 아름다운 선율은 거부한다. 아름다움을 갖기 위해 만들어지는 여러 가지 복잡한 구성과 틀도 마다한다. 짜임새가 단순 간편하다. 그리고 그러한 형식을 반복한다. 지금껏 사람들이 알고 있는 통념을 단숨에 부순다. 그것은 미친 짓이다. 적응이 안되는 귀에는 아플 정도로 시끄럽다. 보통의 귀는 마치 베토벤이 미쳐서 주위의 모든 사물을 때려 부수려 하는 것으로 착각할지도 모른다. 조용히 부수는 것이 아니다. 날카로운 고음을 지르며 머리를 풀어헤친 채 악을 쓰듯 철저히 파괴하고 있다.

오죽하면 당시의 비평가가 남극과 북극의 가혹함이라고 이야기할까. 서릿발이 날카롭게 일어날 정도로 음들은 자기를 일으켜 세우며 소리를 지른다. 어느 누가 바이올린, 비올라, 첼로 등의 현악기를 높은 음으로만 구성해서 곡을 만들 수 있겠는가. 도대체 허용할 수 있는 만큼의 최대치로 이토록 높은 음으로 부르는 사람은 누구인가. 그럴만한 필연적인 이유가 있는 것인가.

음 하나는 독립할 수가 없다. 음은 몇 개가 겹쳐 화음을 구성한다. 음은 나열되어 리듬이나 선율을 이루어낼 때 의미를 갖는다. 음은 요소이다. 요소들이 합쳐져 노래를 만든다. 음의 요소들이 합쳐지는 데는 통상적으로 인정되는 기본 방식이 있다. 물론 이 곡도 예외는 아닐 것이다. 그러나 베토벤은 여기서 그러한 기본 정형의 틀을 적용할 수가 없었다. 그는 음을 하나하나 뜯어 절대적인 가치가 있는 독립요소로 보았다. 그러한 독립요소들이야말로 그 동안 그가 고심하고 끙끙 앓고 있던 내면의 불씨들을 세세하게 표현할 수 있는 수단이었다.

그래서 그는 이 부분에서 곡을 구성하고 조직하지 않는다. 오히려 완벽하고 철저할 정도로 분해하고 있다. 분해가 어디 쉬운 일인가. 음을 마지막 순간까지 밀어 붙여, 눈을 똑바로 세우고 쳐다보려면 얼마나 많은 노력이 있어야 할까? 맞는 이야기이다. 가혹하다는 것은! 악기가 부서질 정도로 활을 켠다. 퉁긴다. 손가락으로는 줄을 쥐어뜯어야 하리라. 불협화음은 잠자는 사람을 깨운다. 시끄럽다. 그러나 듣는 귀가 있는 사람은 부서져 처절하게 흩날리는 음들로 이루어진 전체적 공간의 처연함에서 결코 눈을 돌릴 수가 없다. 그리고 그러한 비극적 아름다움에 깊이 빠지며 음을, 부서진 음들을 하나씩 주워 끌어안으리라.

두 번째 주제와 푸가는 반전이다. 이 부분은 meno mosso e moderato. '너무 빠르지 않게 중간 속도로'이다. 앞의 주제가 격렬하게 빠른 속도로 진행되어 왔다면 이 부분은 한숨을 돌리는 곳이다. 하지만 결코 간주곡이나 쉼터가 아니다. 전면과 후면이라고 할까. 첫 푸가가 앞면이라고 한다면 모데라토는 분명 뒷면이다. 한 모습을 두 개의 그림자로 나타낸 것이다.

우선 기하학적으로 단순구조이다. 높낮이가 일정하게 반복된다. 정갈하다. 청결하다. 정숙하다. 정적이기까지 하다. 모노톤이 끊임없이 반복된다. 4개의 음이 되풀이되다가 2개의 음으로 압축되어 간결하게 반복된다. 간혹 첼로 저음부의 피치카토가 조금씩 깔려 있지만 두 개의 높낮이가 다른 음이 한없이 계속된다. 디지털로 조합된 무의미의 반복이다. 현대 전위음악 중에서도 몇 개의 음을 단순하게 긴 시간 반복하는 경우가 있다. 음의 순수함을 추구하다 보면 극히 단순화되는 모양이다. 마치 몬드리안의 기하학적 추상화를 보는 느낌이다.

베토벤은 현대 예술이 추구하는 극단적인 집약과 단순함을 이미 보여주고 있다. 어찌 보면 그것은 불가피한 형식이다. 생각의 깊이가 무한하여 계속 빠져들고 또 들어가면 결국 단순함에 도달한다. 뼈대만 남는다. 그것이 진리라고 한다면 베토벤이 살던 시대와 현대의 차이는 존재하지 않는 것이다. 똑같이 단순 형식미에 이르는 것이다.

간과해서는 안될 사실이 있다. 단순한 결과는 결코 용이하게 얻어지지 않는다. 험난한 여정을 겪은 자만이 도달한다. 베토벤은 첫 주제에서 이미 갈 곳까지 다 갔기에 이러한 아름다운 곡이 뒷면에서 흘러나오는 것이다. 그것은 조용히 타오르는 촛불이다. 끊임없이 타오르며 불꽃을 날리는 뜨거운 불이다. 얼마나 많은 세월을 삭이고, 한숨을 쌓으며, 속에 숨어있는 그림자로 불꽃을 태웠던가.

속에서 타오르는 불꽃은 보이지가 않는다. 그 뜨거움은 태양처럼 모든 물체를 녹이리라. 빚어내는 조각과 그림은 불꽃을 전면에 드러내지는 않는다. 보는 눈이 있는 사람만 몰래 들여다 볼 뿐이다. 겉으로 극히 단순하게 빚어낸 조각품 하나로도 이미 충분하다. 베토벤은 모데라토에서 단순함을 추구하다가 말미에서 첼로로 웅장하게, 그러나 처연한 모습으로 매듭을 짓는다.

네 번째 부분은 Allegro molto - e con brio 즉 '매우 빠르게 그리고 격렬하게'이다. 알레그로는 이탈리아 말로 '생생하게'이다. 생생하게 살아있는 듯이 연주하면 속도는 자연히 빠르다. 그래서 알레그로는 빠르게이다. 게다가 '격렬하게 (vigorously)'라고 덧붙였으니 이 부분의 곡이 어떠한 모습일까는 상상키 어렵지 않다.

여기서는 첫 주제와 둘째 주제의 복합적인 발전형태가 나타난다. 앞부분에서 나왔던 생각들이 이곳에서 종합된다. 거대한 추상화가 펼쳐진다. 화가가 붓에다 물감을 뭉텅 묻혀 듬성듬성, 하지만 힘차게 캔버스가 뚫어지라고 바른다. 이미 물체를 구체적으로 형상화하는 것은 잊어버린지 오래다. 원근법도 무시한다. 빛의 방향도 철저히 도외시한다. 남은 것은 색이다. 보이는 색을 어떻게 볼 것인가는 보는 자의 자유이다. 붉은색은 혁명일 수도 있지만 정열과 사랑, 그리고 죽음일 수도 있다.

추상화는 물감들이 거미줄처럼 얽혀 있다. 그러나 거미줄마다 아무렇게나 만들어진 것이 아니다. 피땀이 묻어 있다. 시간이 얹혀 있다. 첼로의 밑줄을 북북 긋는 듯한 장중한 울림, 그리고 바이브레이션으로 떨리는 악기들의 음들, 그리고 바이올린의 날카로움, 한 소절 한 소절이 그것으로 충분하다. 그렇다. 음 하나로 충분하다. 분해된 음들은 그것으로 독립적이다. 그리고 독립된 음들로 구성된 각 소절들도 스스로 충분하고 의미가 있다. 그러한 소절로 곡은 복잡하게 얽혀 있다. 결과적으로 추상화이다.

사실 베토벤은 여기에서 그 동안 이야기하고자 했던 것을 종합하고 매듭을 지었어야 했다. 물론 줄기차게 시도를 했다. 내가 보기에도 처절하도록 노력했다. 그러나 그에게 완벽한 결론은 불가능한 것이었다. 바다가 한때 포효하고 울부짖는다 해도, 태풍이 한번 불어 거대한 해일이 일어난다해도 결국은 일시적이요, 너른 바다의 한 귀퉁이에서 생기는 일이 아니겠는가.

자연스럽게 우리는 op.131의 길목에 서게 된다. 그는 Grosse Fugue에서 못다한 이야기들을 바다 한복판에 뛰어 들어 op.131이라는 작품으로 다시 건져내는 것이다. 과정의 끊임없는 연속이라 할까. 그의 최후의 작품이라고 할 수 있는 op.135도 이러한 일련의 투쟁을 겪은 자가 지친 몸을 이끌고 안식을 바라며 마지막으로 질문과 답을 조용히 구하려는 하나의 귀결(postlude)인 것이다.

추상은 관념이다. 모호하다. 임의적이기도 하다. 그리고 접근을 허용하지 않을 수도 있다. 음악작품들 중에서 이러한 생각을 곰곰이 하게 하는 작품은 극히 손을 꼽을 정도로 드물다. 베토벤의 말년 사중주들은 이중 대표적인 것이다. 특히 음의 절대적 요소를 추구하는 op.133이나 op.131은 가히 그렇다고 할 수 있다.

일련의 사중주들을 마무리하는 op.135도 마찬가지다. 음악을 형이상학적이고 철학적인 경지로 끌어올린 사람은 그가 유일하리라. 철학관념이나 논리에 비해 음은 직선적이다. 순수하게 직관적으로 우리를 향해 달려온다. 해서 감동은 철학 이상의 흥분과 희열을 선사한다. 그렇기에 그럴 수 있었던 베토벤은 위대하다. 그의 삶은 우뚝 찬연히 빛난다. 우리가 그에게 고개를 깊이 숙이는 이유인 것이다.

이제 마지막 부분이 남는다. con brio도 힘이 다하면 지치는 법이다. 소리가 뚝 떨어진다. 아주 느린 속도의 음들이 나타난다. 호흡을 가다듬는다. 모습을 다시 단정히 하고 몸을 세운다. 주제들의 재현도 이루어진다. 그리고 모처럼 4개의 악기가 동일한 음들을 동시에 연주하기도 한다. 매우 웅장하고 강렬하다. 마무리짓기 위한 형식일 수도 있다. 그러다가 4개의 악기가 이어 달리듯 음들을 연주한다. 끝내기가 쉽지 않은 모양이다.

그의 작품들 중에는 끝낼 듯 하다가 다시 반복하는 경우가 많다. 그렇게 하다가 끝내는 마침은 더욱 강렬하다. op.132의 molto adagio의 경우 그렇게도 긴 '감사의 마음(Dankgesang)' 악장이 끝없이 길게 반복되지 않았는가. 마침내 하늘에서 바이올린이 금속성으로 날카롭게 울리며 떨어진다. 내림소리다. 날카롭지만 구슬프다. 내림소리가 땅을 디딛자 곧 전곡이 종결된다.

　나는 이 위대한 작품에 깊은 충격과 감명을 받았다. 2백 년 가까이 흘렀음에도 이렇게 생생한 감동을 주는 이 작품과, 그리고 이러한 작품을 창출해낸 베토벤의 그림자가 나의 머리를 계속해서 점하며 떠나지를 않았다. 나는 이 그림자들을 세 개의 시로 옮겨 현악사중주 op.133에 붙였다. 그중 한 편을 옮긴다.(「베토벤의 현악 사중주 op.133을 기리며」)

미쳐라
미쳐라
미친 듯이 미쳐라

소리를 부순다
소리를 분해한다
흩날리는 소리를 응시하고
숨어드는 소리 그림자를
지구 끝까지 몰아친다

음절이 깨어져 흩어진 유리알이
가슴에 박혀
뱀혓바닥 통증이
땅과 하늘을 날름거린다

소리를 뜯어라
살점의 마지막까지 깨물어라
뼛속 깊이 사무치게

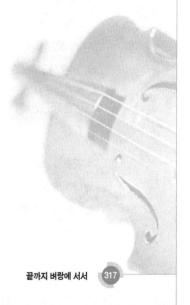

산산이 부딪쳐 깨어져라

울음은 발로 차거라

존 케이지는 망치로 바이올린을 부순다
백남준은 첼로를 어깨 너머로 던진다

음표를 적는 펜이 부러지고 종이가 찢긴다
손끝마다 흐름이 바위로 맺혀
튕겨져 나오는 불꽃더미,
방전되는 핏방울들이
번개와 천둥을 낳는다

남극을 끌어안은 얼음덩이로
미친 듯이 불을 지피는
미친 사람아
살아서 숨쉬는
사람아
어디를 향해
무엇 때문에
미친 듯이 등불을 흔드는가

등불은 아직도 꺼지지 않았는가

악기들의 소리
빙하 밑으로
천년이나 숨겨진 바닷물소리

높은 하늘에

고요함이 다이아몬드로 쌓여

부서진 소리들을 모으고 있다

귀머거리인 사람아

소리를 눈과 가슴으로 보는 사람아

사람의 아들인 사람아

무슨 소리를 듣길래

깨어지면서도 온전한가

질문은 계속되는데

정말로 '희극은 끝났는가'

몇 가지 부언하고 싶다. 갖고 있는 앨범은 세 가지다. 가장 오래된 것은 부다페스트 사중주단이다. 그리고 아마데우스와 라 살레다. 라 살레가 가장 새로운 사중주단이다. 흥미로운 것은 Grosse Fugue 의 연주 시간이다. 아마데우스가 가장 짧아 15분, 라 살레는 16분, 그리고 부다페스트는 무려 16분 31초이다.

라 살레를 듣다가 아마데우스를 들으면 너무 빠르다는 것을 느끼게 되고 힘도 약함을 알게 된다. 특히 두 번째 주제와 변주, 즉 모데라토 부분을 너무 빠르게 연주하여 정갈한 기하학적 구성미를 퇴색시키고 있다. 그렇다면 부다페스트가 괜찮을 것 같은데 갖고 있는 1952년 녹음이 유감스럽게도 모노이기 때문에 베토벤이 격렬하게 추구하는 음의 독립적인 색채를 느끼는데 한계가 있다. 선택은 필연 라 살레이다. 그리고 이 사중주단은 Grosse Fugue를 op.130의 유기적인 부분으로 인식하고 새롭게 연주한 것이다.

op.130 전곡을 들으며, 특히 5악장 카바티나를 연결해서 op.133을 감상할 때 우리는 역사적인 의미(한 곡 내에서, 그리고 마지막 현악 사중주들의 서클 내에서)를 터득하고 감동의 깊이를 더할 수 있는 것이다.

끝으로 이러한 곡을 연주하는 연주자들은 얼마나 힘들까 생각해 본다. 무엇보다 연주자들은 미적 인식이 완숙해야 되리라 본다. 그러기 위해서는 인간적인 성찰에 있어서도 깊이를 파헤친 사람이어야 한다. 또한 육체적으로도 힘이 들 것으로 본다. 격렬한 내용을 정확히 표현하기 위해서는 한 치의 오차나 틀림도 없이 그것도 전력으로 연주해야 한다. 땀이 엄청나리라. 결국 정신적으로, 육체적으로 홍역을 치르듯 연주해야 하리라. 아마도 연주가 끝난 다음에는 장시간 아무 것도 하지 못하리라. 그 뜨거움과 미친 듯한 격렬함을 벗어나는 것은 범인으로서는 쉬운 일이 아닌 것이다.